KB260229

高山 大三國志

4 적벽대전

고산고정일

고산 대삼국지 4 적벽대전

군사(軍師)

업성을 함락시킨 뒤 조조는 본거지를 허도에서 업으로 옮겼다.

우선 형주의 유표를 의식하여 그곳으로부터 멀어진다는 뜻이 있었다. 업성은 황하 북쪽에 있어 형주에서 공격하자면 강을 건너야 하기 때문에 급습은 하지 못한다.

하지만 그것보다 더 큰 이유는 업성이 허도보다 규모가 크고 앞으로의 도읍 건설에 편리했기 때문이다.

요서 오환으로 달아난 원희·원상 형제를 어떻게 할 것이냐 하는 문제로 조조 진영에서는 격론이 벌어졌다.

"원씨 형제는 이미 변경의 요서까지 쫓긴 몸입니다. 그것을 깊이 추격하여 공연히 오환과 싸움이 벌어지면 형주 유표가 이때다 하고 등 뒤에서 습격할 것입니다. 지금은 출병할 때가 아닙니다."

이런 의견이 우세했다.

그러나 곽가(郭嘉)는 싸울 것을 주장했다.

"원씨는 오랜 세월 4주를 다스려서 은혜 입은 가신이나 백성이 많습니다. 그러므로 원씨 형제가 무사히 있다는 소문을 듣게 되면

옛날 신하들이 잇따라 요서로 모여들겠지요. 더구나 오환의 기병
이 강하다는 건 정평이 나 있습니다. 지금 우리 쪽은 4주의 백성
에게 위력을 가했을 뿐으로 아직 덕을 베풀지 못하고 있습니다.
오환이 병력을 움직이면 솔직히 말해서 4주의 인심이 원씨 형제
에게 쏠릴 염려가 있습니다. 그러나 지금 상대는 아직 준비가 갖
추어져 있지 않습니다. 늦기 전에 쳐부숴야 합니다.”
“형주 유표가 우리 등 뒤에서 병력을 움직이면 어떻게 하오?”
걱정스러운 표정으로 한 장수가 곽가의 주장을 반박했다.
“유표는 그럴 만한 결단력이 없소. 병을 움직이는 일은 없을 거
요.”
“유표는 그럴지 모르지만 거기에는 유비가 있소. 그 토끼 귀의 장
군은 보통이 아니오. 유비가 유표에게 출병을 권할 수도 있을 게
아니오?”
“권해도 유표는 출병을 하지 않을 거요!”
곽가는 잘라 말했다.
“어떻게 그것을 알 수 있소?”
“지금 유표는 객장 유비에게 형주를 빼앗길까 봐 겁내고 있소. 가
령 유비에게 병력을 준다고 한다면, 그것은 유비의 힘을 더해 주
는 것이 되고, 반대로 유표 자신이 출전하고 유비에게 유수를 하
게 한다면, 유비는 그것을 틈타 형주를 빼앗아 버릴지도 모르오.
어느 쪽이든 출병은 할 수가 없을 거요.”
곽가가 말을 끝내자 조조는 가신들을 둘러보고 말했다.
“의견들은 모두 나온 것 같다. 논쟁은 이것으로 끝내겠다.”
군신들은 마른 침을 삼키고서 마지막 결정을 기다렸다. 조조는 그
것을 빗나가게 하듯이 아들 조비 쪽으로 눈길을 돌리며 물었다.
“그런데 비는 한 마디도 하지 않았는데 어떻게 생각하느냐?”
조조도 이제 쉰고개를 넘었다. 후계 문제를 슬슬 생각하지 않으면

안 되었다.

"현덕이 출병을 권할 때 유표가 움직일 것인가 않을 것인가 하는 논쟁 같았습니다. 그러나 저라면 말로만 이렇다 저렇다 하고 있기보다 형주를 조금 찔러보겠습니다. 그러면 그들의 반응을 좀더 분명히 알 수가 있지 않겠습니까?"

조비는 말하고 싱긋 웃었다.

"으음."

조조는 신음했다.

백 번의 논의보다 한 번의 실행이 확실함은 말할 것도 없다. 조조는 마침내 단을 내렸다.

"좋아. 번성에 있는 자효에게 급히 사자를 보내라! 유표를 시험해 보겠다. 결코 깊숙이 들어가지 말고 글자 그대로 살짝 찔러보라고 하여라. 그런 뒤 요서 원정을 떠나리라."

조조가 오환 토벌을 늦춘 것은 이밖에도 고간의 반란이 있었기 때문이다.

고간은 원소의 외조카로 병주(幷州) 자사였다. 물론 원소가 임명하였다. 업이 함락된 뒤 고간은 조조에게 항복했다. 조조는 그를 그대로 병주자사로서 머물러 있게 했다.

그런데 곧이어 반란을 일으켰다. 조조는 아들 조비에게 업성을 지키라 하고 몸소 출격하여 호관(壺關)에서 고간을 포위했다.

호관은 함락되었지만 고간은 탈출하여 흉노한테로 달아났다. 그는 흉노를 끌어들여 조조와 다시 한 번 승부를 겨루려 했다.

흉노에는 좌현왕 표가 이미 귀국해 있었다. 좌현왕 표는 고간을 만나자 한 마디로 거절했다.

"우리 흉노는 조 승상과 우호 관계에 있소. 조 승상을 배반할 수는 없소."

이렇게 되자 고간은 형주의 유표에게 기댈 수밖에 없어 남으로 향했지만, 도중에 상락도위(上洛都尉) 왕염(王琰)에게 붙잡혀 목이 잘렸다.

　한편 형주에선…….
　유비가 매일처럼 허벅지에 살찐 것을 한탄하며 우울한 나날을 보내고 있었다. 그는 요즘 들어 전에 없이 조조와 자신이 자꾸 비교되었다.
　"조조와 내가 다른 점이 과연 무엇일까? 조조는 거의 맨주먹으로 출발하여 비교적 짧은 기간에 황하 유역에서 패권을 잡았다. 그런데 나는 언제나 조조가 일으킨 먼지만 뒤집어쓰는 불우함만 잇따랐다. 과연 그 이유가 무엇일까?"
　유비는 혼자 곰곰이 생각했다.
　"사람들은 조조를 가리켜 권모술수에 빼어나다고 한다. 그리고 나는 정의(情義)의 사람이라 부른다. 그런데 난세에서는 권모가 필요한 것이고 정의는 한낱 쓸데없는 장식에 지나지 않는 것이 아닐까?"
　유비는 이런 생각이 들 때마다 우울했다. 그는 백성들 속에 섞여 그들의 말에 귀를 기울였다. 귀에 번쩍 뜨이는 백성의 소리가 혹시나 있을까 해서였다.
　어느날 성문 앞길을 오가는 사람들 물결 속에 낭랑한 목소리로 노래를 부르며 지나가는 사람이 있었다.
　머리에는 갈건(葛巾)을 쓰고 도포를 입고 오리(烏履)를 신은 사람이었다. 키가 훤칠하고 얼굴이 수려한, 아직 스물서너 살밖에 안 되어 보이는 젊은 장부였다.

　　하늘과 땅이 뒤집히고 타던 불길 꺼지려 하네
　　큰 집이 무너지려는데 기둥 하나로 어이 지탱하리

산골에 현자 있어 어진 주인 찾으려 하네
밝은 주인 현인 구함이 도리어 나를 몰라보는구려

유비는 귀를 기울이다가 공손히 불렀다.
"저어, 잠깐……."
청년은 시원스러운 눈으로 유비를 바라다보았다.
"그대는 이 유비가 들으라고 그 노래를 불렀소?"
청년은 말없이 고개를 숙였다.
"그대는 혹시 언젠가 수경 선생 댁을 밤중에 찾아왔던 사람이 아니오?"
청년은 여전히 고개를 숙인 채 말이 없었다.
'……틀림없다!'
유비는 자신이 생겼다.
'……그날 밤 수경 선생은 이 젊은이에게 신야에 가서 이 노래를 부르라고 시켰을 것이다.'
"나와 함께 성 안으로 들어갑시다."
이렇게 말하자 청년은 비로소 입을 열었다.
"모시고 들어가겠습니다."
현아(縣衙)의 객실로 안내되자, 청년은 공손히 절하고 말했다.
"저는 영천(潁川)에서 태어난 선복(單福)이라는 자올시다. 이름조차 없는 가난한 집안에서 자랐습니다만, 군략(軍略)을 조금 익혔으므로 명군을 모시고 힘을 시험해보려는 뜻을 품어 왔습니다. ……오늘 이렇듯 불러주시니 더없는 영광입니다."
"혹시 그대는 와룡, 아니면 봉추라고 하는 수경 선생의 제자가 아니오?"
유비가 묻자 선복은 자신은 그들 같은 수재는 못된다는 듯 고개를 저었다. 그리고 무슨 생각을 했는지 화제를 돌렸다.

"황숙께서 타셨던 준마를 다시 한번 보고 싶습니다만……."
유비는 하인에게 적로를 객실 앞으로 끌고 오라고 명했다.
선복은 한동안 그 명마를 가만히 쏘아보다가 고개를 저었다.
"이 말은 틀림없이 고금을 통해 찾아보기 힘든 준마입니다만, 반드시 주인에게 화를 입히는 불길한 운명을 지닌 듯합니다. 앞으로는 타시지 않는 것이 좋을 것 같습니다."
"나도 이 말이 화를 입힌다는 말을 들었지만…… 화를 입기는커녕 이 명마 덕분에 구사일생으로 살아났소."
유비는 단계의 급류를 건너던 일을 자세히 들려 주었다.
선복은 그 말을 듣고서도 차갑게 말했다.
"주인을 구사일생으로 구했다고 해서 불길한 화가 사라졌다고 할 수 없습니다. 앞으로 반드시 화를 입힐 것입니다……."
선복은 그 예방 방법을 말했다.
"그 말을 장군께서 평소에 은근히 미워하시는 사람에게 빌려 주어 그 인물이 화를 입은 뒤에 되찾으면 틀림없는 애마(愛馬)가 될 것입니다."
그 진언을 듣자 유비의 표정이 싹 달라졌다.
"군사(軍師)로 맞아들일 수 있는 인물이 아닌가 하고 그대를 이리로 모셔왔소. 아마 내가 사람을 잘못 본 모양이오. 자아, 가고 싶은 곳으로 가도록 하오."
"잠깐만……."
선복은 손을 들어 만류했다.
"한 마디만 들어주십시오. 제가 정도(正道)를 어기고 사리(私利)를 위해 남을 해치기를 권한 것은 까닭이 있기 때문입니다. 장군이 과연 세상에 나도는 소문대로 인덕(仁德)을 갖춘 분인가 아닌가를 시험해 보기 위해서였습니다. 무례한 행동을 용서해 주시기 바랍니다. 본디 마음에도 없는 것을 권한 것이옵고, 결코 장군을 조롱한 것은 아닙니다.”

사람이 가지고 있는 성격이나 품성은 어쩔 수 없다.

유비가 탄식해 마지않았던 불우함도 따지고 본다면 정의(情義)를 으뜸으로 여기는 그의 품성 때문이었다.

정의는 난세에서는 스스로의 행동을 얽어매는 족쇄가 되기 쉬운 법이다. 그러나 장점이 단점으로, 단점이 장점으로 자주 바뀌기도 한다.

조조의 장기인 권모술수는 전쟁이나 정치 싸움과 같은 수라장에서는 눈에 번쩍 띄는 날카로움을 발휘하지만, 사람의 마음을 사로잡지는 못한다.

그에 비해 유비의 몸에 배어 있는 정의는 전략·전술면에서는 약점으로 작용할지 모르나, 사람의 마음을 사로잡는 데는 큰 위력을 발휘한다. 선복은 유비가 알려진 대로 과연 정의의 사람인지 직접 확인하고 싶었던 것이다.

그 말을 듣자, 유비는 자리로 되돌아왔다.

“역시 그대는 그날 밤 수경 선생을 찾아왔던 사람이로군.”

“그렇습니다. 여러 곳을 떠돌아다니며 목숨을 바칠 주군을 찾던 중 뜻밖에도 바로 가까이에 장군이 계시다는 말씀을 듣고 찾아온 것입니다.”

“군사(軍師)가 되어 나를 보필해 주시오.”

“아직은 미숙한지라 군사의 소임을 다하지 못하리라 생각됩니다. 언제고 저의 군략을 시험해 보시고 만족하신다면 그때 군사의 자리를 주시기 바랍니다.”

유비는 그 겸양스러운 말이 마음에 들었다.

낯선 이방인에게 유비가 군사(軍師)라는 요직을 맡기려는 것을 보고 장비는 사뭇 불만어린 어조로 내뱉었다.

“떠돌이에게 뭘 가르쳐달라는 건지 정말 알다가도 모르겠군.”

평소보다는 작은 목소리로 말했으나 원래 목청이 우렁찬 장비였던지라 그 소리가 당사자인 유비와 선복을 포함한 주위 모든 사람들에게 들리지 않을 리 없었다.

유비는 장비의 무례함을 꾸짖으려 했으나 선복이 곧 이를 제지했다. 선복은 장비에게 다가가 말했다.

"체구가 이렇듯 당당하신 걸 보니 보통 사람 열 명의 힘으로도 당신을 움직일 수는 없겠군요."

"물론이지. 열은커녕 백 명이라도 나를 맘대로 하지 못할걸."

"그럼 그 힘을 한번 보여주시겠습니까?"

선복의 이 말에 장비는 기다렸다는 듯이 쾌히 응락했다.

곧 열 명의 병사들이 장비의 앞에 섰다. 병사들은 다섯 명씩 장비의 좌우로 나누어 서서 장비의 팔과 다리를 잡고 힘껏 앞으로 잡아당겼다. 그러나 장비는 꿈쩍도 하지 않았다. 마치 집채만한 바윗덩어리처럼 미동조차 하지 않았다. 이때 장비가 '에잇!' 하고 기합을 넣으며 몸을 뒤로 빼자 앞쪽으로 몸이 쏠려 있던 병사 열 명이 일제히 뒤로 나동그라졌다.

이를 보며 서 있던 선복은 비로소 칭찬을 했다.

"실로 천하에 보기드문 장사요."

"어때, 이제 알았나?"

한껏 거드름을 피우며 장비는 하찮은 듯 선복을 바라보았다. 그러자 선복이 말했다.

"잘 보았습니다. 이번에는 제가 보여드릴 차례입니다. 저 혼자 당신을 번쩍 들어보겠습니다."

장비는 등잔같은 고리눈을 크게 뜨며 되물었다.

"뭐라고? 나를 들어보겠다고?"

무슨 가당찮은 소리를 지껄이냐는 듯 장비는 가소롭게 선복을 건너다보았다. 재미있는 구경거리인 양 순식간에 그들 주위로 병사들이 모여들었다. 유비는 한켠에 서서 말없이 선복과 장비의 대결을 지켜보았다. 유비로서는 군사(軍師)로서 선복의 자질을 엿볼 수 있는 좋은 기회이기도 했다.

장비는 모여든 주위 사람들이 다 들으라는 듯이 크게 소리쳤다.

"좋다! 만일 나를 놀리는 것이라면 용서치 않겠다!"

선복은 근처에 쌓아둔 길이 두 길쯤 되는 통나무를 하나 가져왔다. 그리고 나무를 바위 위에 걸쳐놓았는데 석 자 정도를 상대편 쪽으로 내밀게 놓고 자신은 그 반대쪽 끝에 섰다.

"나무 위로 올라 서십시오."

황당한 주문을 받은 장비는 싱긋싱긋 미소를 지으며 통나무 끝에 올라섰다.

"뭘 어쩌려는 건지 모르지만 우습구만. 어서 날 들어보라구."

장비는 호기를 부리며 검지손가락을 들어 선복에게 재촉하는 신호를 보냈다.

그때였다. 선복을 조롱하던 장비의 손이 채 제자리로 내려오기도 전에, 그만 장비의 몸이 허공으로 붕 튀어올랐다. 선복이 반대쪽 끝의 나무 위에서 힘껏 발을 구르자마자 생긴 일이었다. 주위는 삽시간에 얼어붙었다. 시간이 멈춰버린 듯, 머리칼 하나 바람에 날리지 않는 순간이었다. 어느 결에 장비의 얼굴에는 호방한 기상과 자신감은 온데간데없고 겁에 질린 창백한 패자의 그늘만이 가득했다.

곧이어 제정신을 찾은 장비는 귀까지 새빨개져서 예의 벽력같은 소리를 내질렀다. 한마디로 절규에 가까운 고함이었다.

"네 이놈! 감히 내게 속임수를 쓰다니, 용서치 않겠다!"

그러자 선복은 침착한 목소리로 말했다.

"귀공과 힘을 겨루어서 이길 수 있는 자는 없을 것입니다. 하지만 약간의 기지를 발휘해 남다른 방법을 사용하면 얼마든지 이길 수 있습니다. 이것이 병법입니다."

장비는 곧 사모를 움켜쥘 기세로 맞섰다.

"뚫린 입으로 잘도 조잘대는구나. 입만 갖고 나불댈 게 아니라 어디 한번 직접 싸워보자. 그래도 네가 나를 이긴다면 난 아무 미련 없이 단창에 내 목을 찌르겠다!"

상황이 이쯤 되자 유비가 나서지 않을 수 없었다.

"익덕! 이 분은 내가 군사로 모시고자 이미 청을 드린 분이라는 걸 잊었느냐? 더 이상의 무례한 짓은 말라. 그만 화를 풀도록 하여라."

"하지만 주군! 아니, 형님!"

장비는 씩씩거리며 어찌할 바를 몰라 땅에 발을 쿵쿵 굴렀다. 선복은 가볍게 목례를 하며 정중하게 자리를 피했다.

유비는 내심 선복의 기지에 감탄했다. 또한 덕망 높은 수경 선생의 제자라는 사실이 더 믿음직스러웠다. 비록 와룡과 봉추, 그 어느 쪽이 아니더라도 선복은 군사로써 부족함이 없어 보였다.

조조가 조인(曹仁)을 총수로 이전(李典)을 부장으로 삼고 그 휘하에 기주의 항장(降將)인 여광과 여상을 넣어 번성(樊城)으로 진주시킨 뒤, 형주의 양양을 시험적으로 공격하라는 지시를 내렸다.

번성으로 진주할 때 여광과 여상은 조조에게 진언했다.

"유표를 치기 위해서는 우선 신야의 현덕을 쳐야 합니다. 우리는 승상께 항복한 뒤 아직 이렇다 할 공도 세우지 못하고 후대를 받아 왔으니 이번에 유비 토벌을 맡겨주십시오. 반드시 유비의 목을 베어다 승상께 바치겠습니다."

조조는 이를 허락하고 정병(精兵) 5천을 주었다. 번성에 이르자, 여광과 여상은 곧 신야로 향했다.

급보를 받은 유비는 선복에게 말했다.

"군략을 맡기겠소!"

드디어 선복이 군사로서의 능력을 보여 줘야 할 때가 온 것이다.

선복은 마치 이번 침공을 예측이라도 하고 있었던 것처럼 곧 작전을 세웠다.

관우에게 한 부대를 주어 왼쪽에서 공격케 하여 적의 한가운데를 친다. 장비는 군사를 이끌고 적의 후미를 치게 한다. 유비는 조운과 함께 곧바로 앞으로 나아가 적을 맞이해 싸운다.

작전회의 자리에서 듣는 것만으로는 조금도 새롭고 기이할 것이 없는 작전이었다. 관우·장비를 비롯한 여러 무장들은 모두들 이 정도의 작전을 못세울 사람이 어디 있으랴 싶어서 선복을 대단치 않게 생각했다.

선복은 당(堂) 안의 공기를 느끼고 미소를 띠며 말했다.

"여광과 여상은 아주 단순한 지능밖에 없는 무장이므로 기습책이나 뜻밖의 계략을 쓰지 못합니다. 그러므로 우리도 임기응변의 병법을 쓸 필요는 없다고 생각합니다. 그들을 단번에 치려면 내가 세운 작전을 정확히 행하기만 하면 충분합니다."

선복은 펴놓은 지도를 가리키면서 설명했다.

여광과 여상이 이 산으로 넘어오는 것은 내일 정오일 테니까, 우선 조운이 곧바로 돌격하여 여광의 목을 벨 것. 여상은 당황하여 5천 군사를 이끌고 물러갈 것이니 관우가 땅에서 솟은 듯이 내달아 그를 공격할 것. 그러니까 관우가 공격하는 것은 한 시간 뒤가 될 것이며, 적이 공격을 받고 도망치는 거리는 약 십 리. 그 도망치는 길목을 막은 장비가 여상의 목을 치는 것은 다시 한 시간 뒤가 될 것이다.

마치 내일의 싸움이 이미 끝나 버린 것처럼 선복은 말을 맺었다.

"내가 말한 시각을 단단히 지켜 어김없이 행하기 바랍니다."

다음날 정오부터 시작된 전투는 선복이 지도를 펴놓고 설명한 그대로였다.

여광은 조운에게, 여상은 장비에게 목이 잘렸고, 5천의 정병 중 4천여 군사가 시체로 바뀌었다.

유비는 새삼스럽게 군사(軍師)라는 것이 얼마나 중요한 존재인가를 뼈저리게 느꼈다.

유비가 이처럼 쉽게 승리를 거둔 것은 처음이었다.

한편 도망쳐 간 군사에게서 패한 소식을 들은 조인은 격노하여 외쳤다.

"음, 어디보자. 단숨에 신야를 짓밟아 버리리라!"

이전이 고개를 내저었다.

"여광과 여상은 적의 적은 군세(軍勢)를 얕보다가 패했습니다. 아무래도 승상께 아뢰어 대군을 동원시켜야 할 것 같습니다."

"무슨 말씀! 두 장군과 수많은 병마를 잃은 책임은 내게 있소. 이 보복은 우리 힘으로 해야 하오!"

"그것은 경솔한 짓입니다. 유비는 인걸(人傑)이기는 하지만 군략가라고는 생각지 않았는데, 이번 싸움을 보니 너무나 눈부셨습니다. 필경 뛰어난 군사(軍師)를 얻은 모양이니 군사의 수가 적다고 해서 얕보다가는 큰일날 겁니다."

"만성, 귀공은 언제부터 그런 겁쟁이가 되었소!"

조인은 이전을 쏘아보았다.

"손자병법에도 있지 않습니까? 적을 알고 나를 알면 백 번 싸워 백 번 이긴다고. 내가 두려워하는 것은 적군이 아니라 적을 모르고 공격하려는 우리 편입니다."

"만성! 그대는 두 마음을 품고 있는 것은 아니겠지?"

조인의 찌르는 듯한 한 마디에 이전의 얼굴빛이 싹 달라졌다.

"그렇게까지 의심한다면 할 수 없습니다. 조 공의 뜻대로 하십시오."

이전은 주장을 꺾었다.

조인은 그날로 2만 5천의 군사를 이끌고 번성을 떠나 백하(白河)를 건넜다.

부장들이 시체가 되어 실려오니
주장은 치욕을 씻고자 다시 군사를 일으키네

신야성 안은 오랜만에 군사를 한 명도 잃지 않고 큰 승리를 거둔 기쁨에 들끓었고 이어 성대한 연회가 베풀어졌다.

다만 한 사람 선복만은 외따로 떨어져 앉아 무엇을 생각하고 있는 듯하더니, 연회가 한창 무르익었을 때 관우 앞으로 돌아왔다.

"관 장군께서는 오랫동안 허도에 머무셨기 때문에 조조 휘하의 여러 무장들을 잘 아시리라 생각합니다. 조인이란 자는 어떤 성격의 사람입니까?"

"글쎄……."

관우는 조인의 면모와 평상시의 언동 등을 생각하다가 대답했다.

"대단한 기략을 가진 자라고는 생각할 수 없지만 담력·용기·수치를 아는 결백성 등 칭찬할 만한 좋은 점을 두루 갖추고 있소."

그 말을 듣자 선복은 곧 유비 앞으로 걸음을 옮겼다.

"조인은 지금쯤 번성을 출발하여 신야로 진군해 오고 있을 것입니다."

"나도 조인이 보복하러 오지 않을까 근심하고 있던 참이오."

"필경 조인은 번성에 진주했던 군사를 한 사람 남김없이 다 이끌고 나왔을 것입니다. 우리는 이 틈을 타서 텅빈 번성을 빼앗는 것이 좋겠습니다."

"가능할까?"

"저에게 좋은 계략이 있습니다."

마침 이때 백하 강변으로 정찰 나갔던 기병들이 달려 돌아왔다. 조인의 군사들이 병선(兵船)을 타고 백하를 건너오고 있다는 급보를 가져온 것이다.

일시에 웅성거리기 시작한 무장들을 조용하게 진정시킨 다음 선복은 말했다.

"나에게 묘계가 있소. 지령을 기다리시오."

이틀 뒤 조인과 이전이 이끄는 2만 5천여 군사는 신야에서 20리 떨어진 곳까지 육박해 왔다.

선복은 장비가 기세등등하게 앞장서겠다고 나서는 것을 말리고, 적세(敵勢)를 10리 가까이까지 이르게 놔두었다가 조운에게 군사 3천을 이끌고 쳐나가도록 명령했다.

조운의 군세는 앞장선 이전의 군세를 질풍같은 기세로 격파했다. 조운은 크게 소리치며 이전을 맞아 단기 대결을 하다가 선복의 계략대로 싸우다 말고 말머리를 홱 돌려 철수해 버렸다.

만일 장비였다면 이전의 목을 벨 때까지 무슨 일이 있어도 물러나지 않고 정신없이 적진 깊숙이 쳐들어가서 오히려 피해를 입었을 것이다. 선복이 조운을 시켜 이전의 군세를 교란시킨 데에는 한 가지 의도가 있었다.

다음날 아침 유비와 함께 신야성 오른쪽 언덕 위로 올라간 선복은 적진을 내려다보고 미소지었다.

조인이 진형(陣形)을 완전히 바꿔놓았기 때문이다. 조인은 이전을 믿을 수 없다고 생각한 듯 후진(後陣)으로 물러서게 한 것이다.

"황숙께서는 저 진형을 아십니까?"

"모르겠는데. 처음 보는 진형이오."

"저것은 팔문금쇄진(八門金鎖陣)이라고 합니다. 팔문이란 휴(休)·생(生)·상(傷)·두(杜)·경(景)·사(死)·경(驚)·개(開)입니다. 저런 진형과 싸울 때는 생문(生門)·경문(景門)·개문(開門)으로 돌입하는 것은 길하옵고, 상문(傷門)· 경문(驚門)·휴문(休門)으로 돌입하면 큰 손해를 입으며, 두문(杜門)·사문(死門)을 향해 공격하면 이쪽이 반드시 궤멸당합니다. 언뜻 보기에는 팔문이 완비되어 공격하기 힘들 것처럼 보입니다만 중간에 허점이 있어 보입니다."

그 말을 듣자 다시 눈을 크게 뜨고 살펴보았으나, 유비는 그 허점을 발견할 수 없었다.

선복은 말을 계속했다.

"저 팔문을 깨려면 우선 동남쪽에 있는 생문으로 돌입하여 그를 격파하고 서쪽 경문으로 빠져나가면 전군이 뿔뿔이 흩어지고 말 것입니다."

유비는 곧 조운을 불러 명령했다.

"군사 500을 이끌고 동남쪽을 뚫고 들어갔다가 서쪽으로 빠져 나가라."

선복이 옆에서 덧붙여 말했다.

"적이 뜻밖의 급습에 쉽게 흩어지면 서쪽에서 말머리를 돌려 다시 동남쪽 구석으로 빠지는 것이 좋을 겁니다."

조운은 사납게 날뛰는 야수의 무리가 들판을 휩쓸듯 무서운 기세로 생문(生門)을 향해 돌진했다.

순식간에 노호와 비명 소리와 칼 부딪치는 소리가 하늘을 찌르고 핏방울이 허공에 뿌려졌다. 조운은 각 문을 교란시키면서 서쪽 경문으로 빠져 나갔다.

이에 호응하여 관우·장비를 앞세운 신야의 군사가 곧장 중군(中軍)을 향해서 돌격을 감행했다.

조운은 경문에서 말머리를 홱 돌리자 다시

"나를 따르라!"

외치며 막 휩쓸고 온 적진을 거꾸로 내달렸다.

팔문금쇄진이라면 틀림없이 완승하리라 자신만만했던 조인은 너무나 비참한 패배에 자기의 눈을 의심하고, 부하들을 지휘하는 것도 잊은 채 정신없이 말만 이리저리 휘몰아댔다.

조인은 끝내 5천여의 군사를 잃고 20리 밖으로 패주했다.

군사를 수습한 조인은 비로소 이전의 충고를 수긍하면서 내뱉듯이 말했다.

"유비 놈! 틀림없이 군사(軍師)를 얻은 모양이야!"

이전은 어두운 표정으로 충고했다.

"이렇게 된 이상 곧 번성으로 철수하는 것이 상책이라고 생각합니다. 유비는 반드시 빈틈을 노려 번성 점령을 꾀할 것입니다."

조인은 말했다.

"잠깐! 이렇듯 무참히 패배한 채 철수하다니! 어찌 이 굴욕을 참겠소! 오늘밤 기습을 감행하여 신야성을 유린해 버리겠소. 만일 야습에 실패했을 때는 할 수 없이 번성으로 철수하겠소."

"유비는 반드시 야습에 대한 방비책을 강구하고 있을 겁니다."

이전은 반대했다.

"두고 보면 알 거요!"

조인은 화가 난 듯이 버럭 소리를 질렀다.

'어쩔 수 없군!'

이전은 더이상 충고해 봐야 소용 없음을 깨달았다.

그날 밤은 세찬 바람이 불어닥쳤다. 소리없이 성 안으로 쳐들어가기에는 안성맞춤이었다. 조인은 하늘의 도움이라 생각하고 회심의 미소를 띠었다.

그런데 그 결과는 정반대였다. 세찬 바람은 신야 쪽을 이롭게 해 준 것이다.

한밤중, 소리없이 신야군의 진영으로 육박한 조인군이 명령에 따라 함성을 지른 그 순간이었다.

신야군의 진영으로 보이는 곳에서 갑자기 무섭게 불길이 치솟아 공격군 2만 병사의 머리 위로 미친 듯 넘실거렸다. 깜짝 놀라 후퇴하려 하자 그 뒤쪽에서도 불길이 올랐다. 선복이 교묘히 계획한 화염책(火焰策)에 보기좋게 걸려든 것이다.

조인은 본영(本營)으로 물러갈 수도 없어 100여 기 부하를 거느리고 북쪽으로 패주했다.

백하(白河) 강변에는 장비가 3천의 정예군을 이끌고 기다리고 있었다.

불귀신이 될 것을 겨우 피해 백하로 패주한 조인군은 그곳에서 대기하고 있던 장비의 맹렬한 공격을 받아 대부분이 급류 속으로 뛰어들어 물귀신이 되고 말았다.

조인 자신마저도 장비의 장팔사모에 몸이 두 쪽이 날 지경이었으나 부하들이 결사적으로 막아 겨우 목숨을 건졌다.

물에 빠진 새앙쥐 꼴이 되어 강기슭으로 기어올랐다. 다리에 중상을 입고 제대로 걷지도 못하게 된 조인은 이전의 부축을 받고 가까스로 번성까지 도망쳐 올 수 있었다.

"문 열어라!"

이전이 소리치자, 성벽 위에서 북소리가 한 번 '둥!' 하고 울렸다. 깜짝 놀란 이전이

"혹시?"

고개를 갸웃하는데, 문이 열리고 긴 수염을 바람에 나부끼며 관우 운장이 조용히 나타났다.

"조인! 관우와 단기(單騎) 대결을 할 여력이 남아 있느냐?"

말 위에 엎드려 있던 조인은 아무 말 없이 몸을 뒤로 젖히고, 말머리를 돌려 도망쳤다.

'할 수 없다!'

그러나 이전은 결심하고 외쳤다.

“관우! 간다!”

그 말을 들은 관우는 고개를 저었다.

“이전! 너의 소임은 부상한 총수를 부축해 업성까지 데리고 가는 것이 아니겠느냐!”

이전은 관우의 위엄있는 태도에 저도 모르게 고개를 숙였다.

이전이 조인을 뒤쫓아 사라진 뒤 유비는 그의 휘하를 이끌고 번성으로 들어갔다.

그러나 유비는 번성에 며칠 동안 머물렀을 뿐, 조운에게 1천 명의 군사를 주어 지키게 하고 신야로 되돌아갔다.

어머니

업성으로 도망친 조인은 처벌받을 것을 각오하고 패전한 자초지종을 낱낱이 조조에게 보고했다.

다 듣고 난 조조는 별로 화도 내지 않고——

"실패는 병가의 상사다. 자책(自責)하지 말라."

이렇게 말하고 나서 옆에 있던 정욱을 돌아보며 물었다.

"유비의 이번 승리는 도저히 전에 볼 수 없었던 멋진 것이다. 휘하에 들어간 군사(軍師)가 누구일까?"

정욱은 이미 그것이 선복이라는 보고를 받고 있었다.

"그 자는 선복이라는 가명을 쓰고 있습니다만, 짐작이 가는 인물입니다."

"누구냐?"

"영천 태생이라는 것을 보니 필경 서서(徐庶), 자(字)를 원직(元直)이라고 하는 인물이 아닌가 추측됩니다."

영천의 유서깊은 가문에서 태어난 서서는 어릴 때부터 남달리 지능이 뛰어나 사람들에게 격찬을 받았다. 또 검술을 즐겨 익혔는데

14세가 되자 이미 주위에서 그와 맞설 자가 없었다.

서서는 중평(中平) 연간 말에 억울한 어민의 부탁을 받아 원수를 갚아 주었다. 그 때문에 자신이 쫓기는 몸이 되어 얼굴에 먹칠을 하고 산발한 모습으로 숨어 살았다. 그러나 이윽고 그는 체포되어 수레 위에 묶여서 시중으로 끌려다녔다. 그러나 형리(刑吏)가 서서임을 증명할 수 있는 자가 있느냐고 사람들에게 소리쳤으나 아무도 응답하는 사람이 없었다. 모두들 서서의 의협심에 감동하여 감싸 준 것이다. 서서는 처형을 면하고 옥에 갇혔다. 어느날 밤 식구들이 서서를 구출하여 도망치게 했다.

그 뒤로 줄곧 본명을 감추고 여러 나라를 떠돌아다니다가 이윽고 수경 선생 사마휘를 알게 되어 그의 제자가 되었다. 그는 큰 뜻을 품고 학문에 정진하여 수경 선생 문하의 다섯 수재(秀才) 중 한 명이 되었다는 것이다.

"그랬었군. 초야에 아직도 현사(賢士)들이 묻혀 있구나."

조조는 고개를 끄덕이며 말했다.

"참고삼아 물어보겠는데, 정욱…… 그대와 서서를 비교할 때 누구의 재능이 더 앞섰다고 생각하나?"

"저의 재능이 하나라면 서서의 재능은 열이라 할 수 있습니다."

"으음! 그토록 놀라운 인재란 말이지."

조조는 신음했다.

"공융이 저에게 언젠가 말한 일이 있습니다. 허도에 초빙하고 싶은 인사가 두 사람 있다. 모두 사마휘의 문하생인데, 한 사람은 제갈량 공명이고 또 한 사람은 서원직이라고……."

"음, 공명이란 젊은이는 나도 만난 일이 있다. 장수를 정벌할 때였지. 그러나 공명은 나와 첫대면을 했을 때 뜻이 맞지 않는다고 차갑게 뿌리쳤어. 아마 공명을 부르기는 불가능할 것이다. 그 서서란 사람 한 명이라도 부르고 싶은데, 무슨 묘책이 없겠느냐?"

정욱은 한참동안 생각에 잠겨 있다가 말했다.

"서서에게는 틀림없이 나이 든 어머니가 계실 겁니다. 어릴 때부터 효자로 소문난 서서인만큼 그 노모를 허도로 잡아온 뒤 편지를 쓰게 하면…… 혹시 서서의 마음이 움직일지도 모르겠습니다. 서서는 유비를 모신 지 얼마 되지 않으므로 그의 곁을 떠나는 데 그다지 대단한 가책은 느끼지 않을 겁니다."

선복이라는 가명을 쓰고 있는 서서는 신야에서 간소한 진막(陣幕)을 마련하여 하인도 두지 않고 조용히 살았다.

싸움이 없을 때, 서서는 절대로 군사(軍師)인 체하지 않았다. 유비의 옆자리를 차지하고 앉거나 하지 않았고 연회석에도 나타나지 않았다.

손발처럼 중히 여기는 관우와 장비에게 갑자기 군사인 자기가 옆자리에 앉았다는 것을 실감케 하여 불쾌하게 만들 우려가 있었기 때문이다.

어느날 유비가 아침상을 받았을 때 선복이 뵙기를 청했다.

유비는 마주 앉은 뒤에야 선복의 얼굴이 종이처럼 창백한 데 깜짝 놀랐다.

"어디 몸이라도 불편하시오?"

유비는 근심스럽게 물었다.

"아닙니다. 불편한 곳은 없습니다. 우선 주군을 속여 온 죄를 빌어야 하겠습니다. 실은 선복이라 함은 가명이옵고, 저는 영천 태생인 서서, 자가 원직이라는 자올시다."

가명을 쓰지 않을 수 없었던 까닭을 자세히 설명하고 다시 말을 이었다.

"다행히 명군을 만나 작은 힘을 시험할 기회를 얻어 나아갈 길을 잡았다고 기뻐하고 있던 참에 어젯밤 뜻밖의 일이 생겼습니다."

"뜻밖의 일이라니?"
"어제밤 허도에서 밀사 한 명이 저를 찾아와 한 통의 편지를 주고 갔습니다."
"누가 보낸 편지요?"
"영천 땅에 계시리라고 생각했던 어머님의 편지였습니다. 읽어 보시겠습니까?"
"어디 봅시다."
유비는 편지를 받아 들었다.

오랫동안 만나지 못하여 소식이 궁금하던 차에 듣자니 한실의 종친 유비 현덕 아래 군사로 있다던가……. 나는 네 동생 강(康)을 잃고 옛집에서 쓸쓸히 지내던 중 조 승상의 사자에게 붙들려 업성으로 끌려왔다. 네가 역적이 된 유현덕을 도운 죄로 나도 연루(連累)의 오욕을 받지 않을 수 없게 된 모양이다. 만일 네가 업성에 와서 조 승상께 항복한다면 나도 용서받을 수 있다 한다. 네가 항복하지 않을 때는 나도 죽음을 면치 못하리라. 어미의 목숨을 구할 생각이 있으면 편지를 받는 대로 상경하여라. 네가 오기를 일각이 삼추같이 기다리고 있겠다.

유비가 편지를 다 읽고 나자 서서는 말했다.
"어머님은 아들을 변절시키면서까지 생명을 부지하려는 분이 아니십니다. 이 편지가 가짜라는 것은 분명하며 저를 유인하기 위한 비열한 술책이라고 생각합니다만, 어머님이 잡혀 있다는 것만은 틀림없는 사실일 것입니다. 얼마동안 말미를 얻어 업성의 노모를 구출한 뒤 어머님이 돌아가실 때까지 모시다가 다시 돌아올까 하여 허락을 받으러 왔습니다."
현덕은 고개를 끄덕였다.

"자식으로서 어버이의 신변을 걱정하는 것은 당연한 정이오. 내 걱정은 말고 어서 업성으로 가서 어머님을 만나 보도록 하시오."

"고맙습니다."

서서는 유비에게 절을 올리고 곧 떠나려 했다. 유비는 이렇게 헤어지기가 섭섭하니 오늘 하루는 서로 회포를 풀고 내일 떠나달라고 부탁했다.

이 사실을 전해 들은 손건이 은밀히 유비에게 말했다.

"서원직은 천하에 찾아보기 힘든 기재(奇才)이옵고, 또 이 신야성에 머물렀으므로 우리의 병력과 군세에 정통하고 있습니다. 그런데 조조에게 보낸다는 것은 위험하지 않겠습니까? 조조는 반드시 서원직을 중하게 쓸 것입니다. 서원직을 적으로 돌린다는 것은 우리의 파멸을 스스로 부르는 것이나 다름이 없다고 생각합니다. 원직을 업성으로 보내려 하심은 무모한 생각이시니 깊이 통촉하십시오."

유비는 아무 말도 하지 않았다. 손건은 어조에 한층 더 힘을 주어 말했다.

"조조는 원직이 가지 않으면 반드시 그의 노모를 살해할 것입니다. 그렇게 되면 서서는 어머니의 원수를 갚을 마음으로 점점 더 주군을 지성으로 섬겨 신산귀모(神算鬼謀)를 종횡으로 부려서 조조를 멸망시키는 데 목숨을 걸 것입니다."

"손건! 그만해라. 나는 원직의 어머니를 죽음으로 몰아넣으면서까지 이득을 얻고 싶지는 않다."

"주군! 원직은 업성으로 가면 다시는 돌아오지 않을 것입니다."

"그래도 할 수 없는 일이지."

"아아! 주군께서는 너무 인의(仁義)를 중하게 보십니다."

손건은 탄식했다.

다음날 아침, 날이 새기를 기다렸다가 서서는 신야성 사람들과 작별했다.

　모든 무장들은 교외까지 배웅을 나와서 자리를 깔고 이별의 연회를 베풀었다.

　유비는 술자리가 끝났어도 차마 헤어지기 섭섭한 듯, 멀리 교외 장정(長亭)까지 배웅했다.

　"이제 그만 돌아가십시오."

　서서는 송구스러워 몇 번이고 머리를 숙였다.

　"원직, 지금 헤어지면 영영 다시 못볼지 모르오. 한번 더 저 주정(酒亭)에서 이별의 술잔을 나눕시다."

　"이 은혜를 어떻게 갚아야 하올지."

　서서는 유비의 호의에 저도 모르게 눈물이 볼을 타고 흘러내렸다.

　또한 그 외의 여러 무장들과도 석별의 정을 나누며 아쉬움을 감추지 못했다. 서서는 장비에게 다가가 정중한 어조로 말했다.

　"지난번의 무례함을 용서하시오. 귀공과의 일은 평생을 두고 잊지 못할 소중한 기억이 될 것이오."

　장비는 서서가 내미는 손을 맞잡으며 수줍게 말했다.

　"나야말로 그대처럼 지혜로운 사람을 만난 걸 일생의 영광으로 생각하겠소."

　그리고 고개를 툭 떨구었다.

　'서서가 계속 참모로서 진중에 남아 있으면 좋으련만.'

　장비는 진심으로 아쉬움을 느꼈다. 지난 날, 팔문금쇄진의 진형을 뚫고 신출귀몰한 무용을 펼칠 수 있었던 것, 화염책의 치밀한 전략으로 단숨에 승리를 거머쥘 수 있었던 것, 모두 서서의 완벽한 군략 덕택이었다. 장비는 이미 서서의 존재를 인정하고 있었다. 그러나 힘 못지않게 센 자존심 때문에 그 사실을 한번도 입 밖에 꺼낸 적이 없을 뿐이다.

　"많은 걸 배웠는데 아쉽소이다."

"꼭 돌아오시길 바라겠습니다."

관우와 조운이 이어서 인사했다.

서서는 유비의 그림자까지도 밟지 않는 경외심으로 그 뒤를 따랐다. 정자 위에 올라가 마주앉자 서서는 새삼스레 두 손을 앞으로 짚었다.

"재능이 없고 지혜가 얕은 저를 그토록 중용해 주신 은혜를 갚지 못하고 떠나는 것은 오로지 노모를 위해서일 뿐입니다. 만일 조조가 군사(軍師)를 시킨다 해도 절대로 제가 배운 군략을 쓰지 않겠사오니 안심하시기 바랍니다."

유비는 고개를 저었다.

"그것은 잘못된 생각이오. 비록 어머니를 위해서 할 수 없이 조조를 모시게 된다고 하더라도 주군은 주군이오. 그 재능을 충분히 발휘함이 좋을 것이오. ……그대의 군략으로 인해 우리 신야군이 패배한다면 나는 다시 먼 산림 속으로 피하면 되오. ……영토를 잃고 여러 곳을 유랑하는 데에는 이미 익숙하오."

유비는 이렇게 말하고 쓸쓸히 웃었다.

"아아!"

서서는 창자가 끊어지는 것 같았다. 머리를 푹 숙인 그의 뺨 위로 눈물이 주르르 흘러내렸다.

잠시 후, 드디어 주종(主從)은 헤어졌다.

나무가 듬성듬성 나 있는 숲 저쪽으로 서서의 모습이 사라지자 유비는 자기도 모르게 중얼거렸다.

"저 나무들을 모조리 베어 버리면 뒷모습을 좀더 볼 수 있을 것을……."

이젠 더 서 있어 보았자 다시 서서를 볼 수 없다는 생각에 말머리를 돌렸다. 바로 그때였다.

"주군! ……잠시만 기다려 주십시오!"

숲 저편에서 서서의 고함 소리가 들려왔다.

'······아니 웬일일까?'

혹시 마음을 돌려 그냥 신야에 머물기로 작정한 것은 아닐까. 기다리고 있으니까 말을 타고 다시 달려온 서서는 숨을 헐떡거리면서 말했다.

"주군! 너무 마음이 어지러워 중요한 것을 아뢰지 않고 떠날 뻔했습니다."

"무슨 말이오?"

"실례의 말씀입니다만, 주군께서는 뛰어난 군사(軍師)를 거느리지 못하셨습니다. 곧 군사를 한분 모셔야 합니다."

"그대만한 군사가 있을까요?"

"주군께서는 이미 그 이름을 아시고 계시지 않습니까?"

"제갈량 공명이라는 인물 말이오?"

"그렇습니다. 낭야(琅琊) 양도(陽都) 태생인데, 한(漢)의 사예교위(司隸校尉) 제갈풍(諸葛豊)의 후예······제갈량 공명이야말로 100년에 한 사람 나올까말까한 천하 제일의 기사(奇士)입니다. 제가 나귀라면 공명은 기린, 제가 까마귀라면 그는 봉황입니다. 저는 수경 선생의 초당에서 책상을 나란히하고 글을 배웠습니다만, 그의 재능과 저의 재능은 천리의 간격을 가지고 있다는 것을 깨닫고 절망한 일이 한두 번이 아니었습니다, 공명 자신은 자기의 재능을 관중(管仲)이나 악의(樂毅)에 비교하고 있습니다만, 천만의 말씀입니다. 공명은 관중이나 악의보다도 몇 단은 더 뛰어난 인물입니다. 공명을 군사로 맞이하시기만 하면 주군께서는 왕패(王霸)의 대업을 이룩하실 수 있을 것입니다."

"고맙소. 그런데 공명이 어디에 있는지 알고 계시오?"

"양양성 밖 10리쯤 떨어진 융중(隆中)이란 곳에 초옥을 짓고 산다는 말을 들었습니다. 주군, 미리 말씀드립니다만 공명은 편지나 사자를 보내서는 움직이지 않을 것입니다. 그를 불러내려면 몸소 찾아가서서 설복시켜야 하실 것입니다."

"알았소."

"공명을 꼭 맞이하시기 바랍니다."

이렇게 말한 서서는 마치 미련을 끊듯이 바람처럼 말을 돌려 표표히 사라졌다.

공명을 천거한 서서는 그로써 주군으로 모시던 유비에게 가장 큰 군략을 남겼다고 자부했다.

뒷날 사람들은 서서가 유비에게 공명을 천거한 일을 두고 이러한 시를 지어 칭송했다.

어진 인재 언제 다시 만나나 이별 애통하니
갈림길에서 눈물 뿌리는 두 마음 애달파라
돌아와 전하는 한마디 봄날 우레와 같아
남양 땅에 잠든 와룡을 깨워 일으켰더라

스승인 사마휘의 문하에서 배움을 받고 있을 때 공명은 서서에게 매우 깊은 인상을 남겼다.

그러나 공명은 지금, 어디에도 출사하지 않고 산야에 묻혀 밭을 갈며 생활하고 있다. 서서는 그처럼 고결한 공명의 품성이 마음에 걸렸다.

사마휘 선생의 문하 시절, 한번은 문우들과 같이 공명의 집을 찾아간 적이 있었다. 어느새 끼니때가 되자 공명은 부인에게 말했다.

"절구질을 해서 국수를 만들어 내오도록 하시오."

그러자 부인은 다소곳한 목소리로 호응했다. 그런데 한참이 지나도록 밖에서는 절구질 소리가 들려오지 않았다. 국수를 만들려면 일단 면을 뽑기 위해 밀을 절구에 빻아야 하건만 아무리 시간이 지나도 절구 소리는커녕 밖에서는 인기척조차 들리지 않았다. 서서와 문우들은 서로 얼굴을 마주보았다.

그리고 그들은 머릿속으로 속된 노래 한 구절을 읊었다.

'본받지 마라, 아내를 선택한 공명의 안목을.'

이심전심으로 그들은 눈짓하며 가장으로서는 무력하기만 한 공명의 처지에 씁쓸한 연민을 느끼었다.

공명의 아내는 본래부터 박색으로 외모 어디에서고 여자다운 구석을 찾아볼 수 없었다. 그런데다가 유서깊은 명문 출신임을 내세워 손님들 앞에서 지아비의 지시조차 따르지 않는 게 아닐까. 서서를 비롯한 일동은 모두 똑같은 생각을 하고 있었다.

그런데 한참 후, 공명은 문을 열고 바깥에 있는 부인을 향해 천연덕스럽게 말했다.

"뭘 하시오? 국수는 아직 다 되지 않았소? 모두 기다리고 계시오."

"네, 다 되었습니다."

일동은 의아한 눈빛으로 걱정스레 공명의 눈치를 살폈다. 서서는 생각하길 '이제 남은 것은 공명의 위신이 깎이는 일뿐이겠구나.' 했다. 그런데 예상밖의 일이 벌어졌다. 대답과 동시에 공명의 부인이 상에 국수를 받쳐 들고 나타난 것이다.

서서는 깜짝 놀랐다.

'어느 틈에 밀을 다 빻았을까?'

아마도 부인은 미리 밀을 절구에 빻아두었던 것이리라. 그러나 그 경우에는 국수 맛이 떨어진다. 일동은 별 기대를 하지 않고 젓가락을 들었다. 공명이 말했다.

"어서 들자구. 우리 집 국수는 천하일미야. 모두들 맛을 보면 잊지 못할 게야."

서서와 일동은 국수를 먹기 시작했다. 공명의 말처럼 국수 맛은 천하일미였다. 서서는 그렇게 쫄깃하고 감칠 맛이 나는 국수를 난생 처음 먹어보았다. 한 사람이 조심스럽게 입을 열었다.

"미안한 말이네만 자네 부인은 언제 절구질을 했나? 절구 소리를 듣지 못했는데."

"음식에 관한 거라면 본인에게 직접 물어보는 게 좋을 걸세."

공명은 문 밖에 있던 부인을 불렀다.

부인은 부끄러운 듯 자신이 고안해 만든 목제인형이 대신 절구질을 해 주었다고 설명했다. 호기심 많은 젊은 학자들은 식사를 하다 말고 부엌으로 나가서 부인이 개발한 기계절구를 구경했다. 어떻게 만들었는지 절묘하게 움직이는 목재인형이 돌절구의 둘레를 빙빙 돌며 밀을 빻고 있었다.

모두들 경탄을 금치 못했다. 특히 서서는 공명과 그 아내인 황 부인에게 경외심을 느꼈다.

식사를 마치고 서재로 가자 공명이 말했다.

"제 아내를 칭찬하는 일은 대장부가 할 짓이 아니라고 하는데 내 아내는 참으로 놀랍지 않은가. 나는 저것을 목우유마(木牛流馬)라고 명명했다네. 항간의 속된 노래로 표현하자면 '본받아라, 아내를 선택한 공명의 안목을' 정도이겠지."

공명은 잠시나마 자신을 동정하고 있었던 문우들의 속을 훤히 들여다보고 있었던 것이다.

서서는 군략에 있어서는 조조의 모사인 순욱을 앞지른다고 자부하고 있었으나 공명의 치국경세(治國經世) 안목과 인간의 심리를 관통하는 혜안을 비교하면 자신은 그 한끝만도 못한 존재임을 절감하고 있었다.

서서가 신야로 온 것은 인의의 수장으로 평판이 높은 유비를 직접 제 눈으로 확인하기 위해서였다. 유비는 자신이 선택한 주군으로서 비길 데 없는 인품을 지닌 인물이었다.

서서는 진심으로 유비가 자신보다 나은 군사(軍師)를 맞아들여 천하통일의 대업을 이루기를 바랐다. 공명이라면 그 역할을 충분히 수행할 수 있을 것이다.

'……가일(佳日)을 택하기로 하자.'

유비는 방문할 날짜를 잡았다.

유비는 서실에 들어앉아 제갈씨의 계보(系譜)와 공명의 경력을 조사한 서류를 훑어보고 있었다. 그러자 마치 유비의 마음속을 환히 꿰뚫어본 듯 수경 선생 사마휘가 찾아왔다.

유비는 두근거리는 가슴으로 노석학을 맞아들여 후당으로 안내했다. 그리고 수경 선생에게 윗자리를 내주고 말했다.

"곧 선안(仙顔)을 뵈러 갈 생각이었습니다만, 군무에 바쁜 몸이라 하루하루 미루다가 왕림의 영광을 입게 되어 더없이 기쁘게 생각합니다."

인사를 나눈 수경 선생은,

"원직을 군사로 삼으셨다니 잘된 일이라 여기고 있었는데, 이번에 업성으로 보내졌다는 소식을 들었습니다. 황숙께서 그런 실수를 범하시다니……."

"하오나 그것은……."

유비가 변명하려 하자 수경 선생은 손을 들어 말을 막고 품속에서 한 통의 편지를 꺼내어 건네주었다.

"읽어 보십시오."

유비는 급히 읽어내려가더니 얼굴에서 핏기가 싹 가셨다.

그것은 서서에게서 온 편지였다.

서서는 밤낮없이 달리어 업성에 이르자 곧 조조를 찾았다.

조조는 성대한 환영의 연회를 마련하고 기다렸으나, 서서는 굳이 사양하고 곧 어머니를 만나게 해달라고 청했다.

어머니는 새로 지은 훌륭한 저택에 있다고 해서, 서서가 찾아가보았으나 그곳에서 어머니의 모습은 찾아볼 수 없었다. 집 안을 찾다 못해 집 뒤의 채소밭으로 나가 보았다. 채소밭 가에 하인의 거처로 세운 듯한 오두막이 있고, 어머니는 그 앞에 웅크리고 앉아 콩을 고르고 있었다.

서서가 부르자, 조용히 얼굴을 든 어머니는 10년 만에 만나는 자식인데도 기쁨의 빛은 조금도 없이 물었다.

"왜 왔느냐?"

"어머니께서 승상 부하에게 잡혀 업성에 납치당하셨다는 소식을 듣고, 만일 제가 오지 않는다면 생명이 위태로우실 것 같아 달려 왔습니다."

어머니는 그 말을 듣자 서서의 얼굴을 빤히 바라보았다.

서서는 어머니의 그 자그마한 몸집이 갑자기 커진 듯한 착각을 일으켰다.

"못난 자식!"

어머니는 차가운 목소리로 꾸짖었다.

"강호(江湖)를 헤매기 10년……. 어느 정도 인간이 되었으려니 하였는데, 이게 어찌된 일이냐. 순직했던 옛날보다도 오히려 더 어리석은 자로 변하다니!"

"어머니!"

"네가 신야에서 심신을 바쳐 모실 수 있는 명군을 얻었다는 소식을 듣고 내가 얼마나 기뻐했는지 아느냐? 그런 명군을 저버리고 이리로 오다니! 유 예주와 조 승상은 숙적지간이 아니냐. 어리석은 사정(私情)에 눈이 어두워 주군의 원수에게로 달려오는 어리석은 자식을 둔 기억이 나는 없다. 가짜 편지인 줄 알았으면 왜 그 자리에서 찢어 버리지 않았느냐! 참다운 효자라면 제 어미를 이렇듯 슬프게 만들지는 않을 것이다. 밝은 것을 버리고 어둠을 찾아 스스로 악명을 얻어 조상을 더럽히는 자를 어찌 자식으로 알겠느냐. 이 자리에서 당장 모자의 인연을 끊겠다.”
말을 마치자 어머니는 오두막 안으로 들어가 버렸다.
서서는 한동안 문 밖에 꿇어앉아 고개를 숙이고 있었다.
갑자기 불길한 예감이 들어 오두막 안으로 들어가 보았다. 예감은 적중했다. 어머니는 집안에 전해져 내려오는 보도(寶刀)로 목을 찔러 죽어 있었다.
후세 사람이 시를 지어 서서의 어머니를 칭송했다.

어질고 어질도다, 서서의 어머니여
천고에 꽃다운 이름을 남겼네
절개 지켜 이그러짐 없었으니
집안을 바로 다스렸어라

자식을 지극한 도리로 가르치니
자신의 몸 얼마나 괴로웠으랴
그 기개 큰 뫼와 같으니
그 의리 가슴속에서 우러났네

유예주를 찬미하고
조조는 몹시 꾸짖도다
가마솥에 삶겨 죽는 벌도 두려워 않고
칼날에 목이 잘림도 결코 겁내지 않았네

오직 두려워한 일 사랑하는 아들이
선조를 욕되게 함이었다네

칼로 자진하여 죽음과 같고
맹자 어머니 짜던 베 자르던 일과 한가지일세

살아서는 그 이름을 얻었고
죽어서는 올바른 곳을 얻었네
어질도다, 서서의 어머니여
꽃다운 그 이름 천고에 빛나리

서서는 어머니의 시신을 묻고 한 방에 틀어박혀, 조조가 보내는
여러 가지 물건과 연회 초대를 모두 사양한 채 우울한 나날을 보내
게 되었다.

편지를 다 읽고 난 유비는 눈물을 흘렸다.
"오오, 실책이로구나!"
수경 선생도 침통한 표정으로 말했다.
"당대의 쟁쟁한 인물을 매장시킨 결과가 되었습니다."
"곧 밀사를 보내어 원직을 불러오겠습니다."
유비가 말했다.
그러자 노석학은 고개를 저었다.
"서서는 떠날 때, 반드시 자기의 자리를 맡아 줄 군사를 추천했을
것입니다. 서서는 일단 자신이 비운 자리에 다시 돌아올 사람이
아닙니다."
유비는 서서가 남양의 제갈량 공명을 추천했다고 말했다.
"선생님, 제갈량 공명이야말로 선생님께서 말씀하신 와룡이 아닙
니까?"
"맞습니다!"
사마휘는 비로소 대답했다.

“공명이야말로 와룡입니다. ……내 문하에는 다섯 사람의 준재(俊才)가 있지요. 박릉의 최주평(崔州平), 영천의 석광원(石廣元), 여남의 맹공위(孟公威), 그리고 서원직과 제갈공명, 이 다섯 사람 중 특히 공명이 천하의 대략(大略)을 터득한 사람이라 생각합니다. 스스로 관중과 악의에 견주고 있지만, 그의 경략(經略)의 재능은 그 깊이를 헤아릴 수 없습니다.”

“어째서 영천에는 이처럼 현사(賢士)들이 많을까요?”

“옛날에 은규라는 천문(天文)에 잘 통하던 학자가 군성(群星)이 영천의 분야(分野)에 모여 있으므로 영천에서 현사들이 많이 나타날 것이라고 예언했지요.”

사마휘가 대답했다. 안으로 쑥 고개를 들이민 관우가 좀 못마땅한 듯한 표정으로 말했다.

“주군. 듣건대, 관중과 악의는 춘추시대의 명신으로 그 공업(功業)은 온 세상을 덮는다 합니다. 공명이란 현사가 아무리 자부심이 출중하다 하더라도 그 두 사람과 자기를 비교하다니 좀 지나친 자부심 아닐까요?”

그러자 사마휘가 빙그레 웃고 말했다.

“그렇군. 공명이 관중과 악의에 자신을 비교하는 것은 잘못일지도 모르지. 내가 보기에 공명과 비교할 만한 고인(古人)은 따로 있소.”

“그게 누구입니까?”

“주(周)의 800년 기업을 이룩한 강자아(姜子牙), 한(漢)의 400년 터전을 닦은 장자방(張子房)……. 이 두 사람에게 비교하는 것이 옳을 거요.”

이 말을 들은 관우는 아연해졌다. 강자아와 장자방이라면 관중과 악의를 아득히 앞지르는 명신으로 제후와 군웅들이 침을 삼킨 군사(軍師)의 이상상(理想像) 아닌가!

그렇게 말한 뒤 사마휘는 자리에서 일어났다. 유비의 배웅을 받으면서 문을 나선 사마휘는 문득 하늘을 우러러 중얼거렸다.

"와룡이 드디어 주인을 만나는가? 시세(時世)가 맞지 않는 것이 애석하구나!"

유비는 그 뜻을 물으려 했으나, 표연히 걸어가는 노석학에게 선뜻 말을 걸 수가 없어 잠자코 배웅했다. 유비는 다시 서실로 들어가 제갈씨의 계보와 공명의 경력을 조사한 서류를 뒤적였다.

죽어서 산다

하루는 조비가 느닷없이 물었다.

"아버지, 얼마쯤을 파면 됩니까?"

"무엇을 파겠다는 거지?"

조조가 되물었다. 그러나 곧 말문조차 막히는 심정이 되었다.

'연못을 파두어라!'

오환 토벌을 떠나기 전 조조는 후방을 지킬 아들 조비에게 그리 명령해 둘 작정이었다.

그런데 그가 입밖에 내기도 전에 아들이 먼저 파야 할 연못의 크기를 묻는 것이다. 연못을 파는 일 따위 당연하다는 표정이었다.

'내가 말한 적이 있던가?'

순간, 조조는 그것을 입에 올렸던 듯한 착각마저 느꼈다. 그러나 아무리 생각해도 그런 말을 아직 누구에게도 한 적이 없다.

조조는 평소의 표정으로 돌아오며 일부러 퉁명스레 말했다.

"들을 것도 없잖느냐!"

그러면서도 등줄기에 으스스한 한기가 느껴졌다.

냉철하기 이를데 없는 눈으로 보기 때문에 남의 마음을 이렇듯 똑똑히 읽을 수 있으리라.

조조는 업성 안에 연못을 파려 하고 있었다. 그는 이미 오환을 토벌한 뒤의 전쟁을 생각하고 있었던 것이다.

형주의 유표.

조조의 부하들은 전쟁 상대를 유표로 생각하고 있었다. 가상적(假想敵)이다. 하지만 조조는 적이 유표 혼자만이 아니라고 내다보고 있었다. 유표는 혼자서는 결코 조조와 싸우려 하지 않으리라.

그러나 싸우고 싶지 않아도 조조는 쳐들어온다. 그러니까 지금 유표는 필사적으로 자기편을 찾을 것이다.

강동의 손권.

이 인물도 언젠가는 조조와 자웅을 결판짓지 않으면 안 된다. 그렇다면 하루라도 빨리 한편으로 끌어들이고자 생각할 것이 틀림없다.

형주와 강동의 연합군.

조조는 다음의 가상적을 그렇게 내다보고 있었다. 유비는 그리 대단치 않게 보았다.

그리하여 전장은 장강 일대, 즉 수전이 벌어진다.

그런데 조조군은 수전의 경험이 거의 없다. 이제부터 열심히 수전 훈련을 해야만 한다.

업성 부근에는 수전을 위한 적당한 훈련장이 없다. 그렇다면 훈련장을 만들어야 한다. 큰 연못을 성 안에 파면 밤낮으로 수군 훈련을 할 수 있다.

“예, 알았습니다.”

조비는 수전(水戰) 훈련용 연못이 어느 정도의 크기인지 그것마저 알고 있었던 것이다.

“장소는 어디가 좋겠는가?”

조조는 이미 장소를 점찍고 있었다. 그러나 그는 아들을 시험하고자 일부러 물었다.

"현무원(玄武苑) 말고는 없습니다."

그것은 바로 조조가 예정하고 있던 장소였다.

"이 녀석!"

조조는 기가 차다는 듯이 중얼거리면서 가버렸다.

조비는 아버지의 모습이 보이지 않게 되자 '흐흐흐.' 하고 혼자서 웃었다. 그리고 휙 돌아서서 복도를 걸어갔다. 복도 모퉁이 꺾인 곳에 한 여인이 서 있었다.

견락(甄洛). 일찍이 원희의 아내였으나 조비의 아내가 된 세상에 다시 없이 아름다운 여인이다. 두 사람이 부부가 된 지 벌써 1년 이상이나 지나고 있었다.

견락은 미녀일 뿐 아니라 몹시 총명한 여자였다. 견락은 가엾게도 세 살 때 아버지를 여의었는데 집은 부자였다.

난세가 되어 먹을 것이 없어 사람들은 금은·주옥·보물 같은 것을 곡식과 바꾸어 먹었는데, 견락의 집은 저장한 곡물이 많아 이런 재보들을 차례로 거두어들였다.

견락은 이때 10여 세의 소녀였지만 그런 광경을 보고서 어머니에게 말했다.

"이런 어지러운 세상에 보물을 사모으다니 안 될 일이에요. 속담에도 '갖지 못했을 때 사람에게는 죄가 없고, 구슬을 품고서야 죄가 생긴다.'고 했지 않습니까? 게다가 어디를 보나 굶주린 사람들뿐이에요. 곡식은 친척이나 이웃 사람들에게 나누어주고 널리 은혜를 베풀기 위해 쓰는 것이 현명할 거예요."

이 말에는 가족들도 감탄하고 곧 어린 딸이 시키는 대로 했다고 한다.

"아버님께서는 어딘지 기분이 상하신 것 같았어요."

견씨가 말했다.

"호오, 내 일을 걱정해 주시오? 그건 고마운 일인데……."

조비는 아내의 어깨에 손을 얹으며 끌어안으려 했다. 견씨는 몸을 빼려 했으나 별 도리 없었다.

20세인 조비는 세 살이나 위인 아내를 그 자리에 쓰러뜨려 어깨 밑으로 손을 집어넣었다.

"어머……."

견씨는 가쁘게 숨을 쉬었다. 조비의 손가락은 이미 아내의 가슴을 부드럽게 만지고 있다.

'이상한 사람…….'

견씨는 눈을 가늘게 뜨고 바로 눈앞에 있는 젊은 남편의 얼굴을 쏘아보았다. 남편은 거친 숨소리를 내고 있었다. 정욕의 불길이 그 숨결을 싸고 있는 것 같았——그러면서도 그의 눈은 차갑기만 하다. 숨결은 거칠었지만 눈빛은 얼음처럼 차가웠다.

"아버지는 그대의 전남편을 토벌하러 가는 거요……. 현혁(顯
奕 : 원희)의 목숨도 앞으로 얼마 남지 않은 셈이오……. 부인 기
분이 어떻소?"

조비의 차가운 눈길이 아내의 마음속을 들여다보았다. 견락은 자신의 마음이 그만 얼어붙는 것만 같은 느낌이 들었다.

"낙은 벌레이옵니다."

아내는 모기 소리처럼 가냘프게 대답했다. 그 말에 만감(萬感)이 깃들어 있었다.

자기 생각 따위는 어떤 경우라도 허용되지 않고 물건처럼 뺏고 빼앗긴다. 인간의 눈에서 벗어나 풀숲에 사는 벌레 편이 되는 게 얼마나 편할까?

조비는 웃었다.

"가엾은 소리 하지 마오."

이 젊은이의 웃는 얼굴은 기묘했다. 웃고 있는 자기를 싸늘하게 들여다보는 눈이 다름아닌 웃는 얼굴 한복판에 있는 것이다.

"벌레만도 못하지 않습니까?"

"그런 말 하지 마오!"

외치듯이 말하고 나서 조비는 힘껏 아내의 몸을 끌어안았다.

"아파요."

할딱이면서 견씨는 말했다.

"아픔쯤은 참으시오. 이제 머지않아 그대를 황후로 세워주리다."

어지간한 조비도 이 말만은 귀엣말로 속삭였다.

황후로 세우겠다, 이것은 자기가 황제가 되겠다는 말과 같다. 대역(大逆)의 말이다.

"말씀을 삼가셔요……."

"나하고 그대의 사이, 무엇을 감출 것이 있겠소. 마음에 품은 건 그대로 말하고 싶소. 지금 나는 정직하게 말했소."

"무섭습니다."

"나는 먼저 아버지에게서 후계자로 지명되어야 하오. 아버지는 이제 나를 지명할 수밖에 없을 거요."

아버지 조조는 신하로서 다소 무엄한 언동이 있었을지 모르지만 헌제를 천자로서 받들고 있다. 이제껏 한 번도 황제 자리를 뺏겠다는 말을 입에 올린 적은 없었다. 하지만 아들 조비는 후한의 왕조를 빼앗겠다는 생각을 가지고 있었다.

'새로운 천하를 만들자.'

그런 마음이 아버지보다 더 강했다.

조비는 한 손을 그녀의 등 뒤로 돌리고 또 한 손으로 다시 아내의 젖가슴을 더듬었다.

거친 숨소리가 어느 틈에 사라졌다.

견씨는 이상한 듯 남편의 얼굴을 보았다.

"누군지 보고 있어."

조비가 갑자기 속삭였다. 그의 입술 언저리에 차가운 웃음이 새겨져 있었다.

"정말……"

견씨는 몸을 떨었다. 이와 같은 부끄러운 모습을 남에게 보였다는 것보다도 혹시 남편의 그 대역의 말을 엿듣지 않았을까 하는 두려움이 더 앞섰다.

"벌써 달아났소. ……좀 전까지 우리들의 육교(肉交)를 숨죽여가며 보고 있었지."

"부끄럽습니다."

"엿보는 쪽이 더 부끄러울 거요."

"하지만 당신은 무서운 말을 입에 올리셨습니다."

"염려 마오. 그런 걸 결코 입 밖에 낼 사람은 아니니까."

"누군지 알고 계십니까?"

"식(植)이었소."

조비는 말했다.

"어머나! 자건께서……."

조비와 같은 어머니를 가진 동생 조식은 이때 15세였다.

20여 명이나 되는 조조의 아들 가운데 후계자 후보라 하면, 조비와 조식의 둘로 줄어든다.

'그러고 보니……'

견씨는 누구에게도 말하지 않았으나 때때로 조식의 눈길에서 뜨거운 열기를 느끼는 일이 있었다.

'어쩌면 남편은 그것을 알고 있었는지도 모른다. ……조식이 우리를 보고 있다는 것도…… 어쩌면 일부러 보여주기 위해 그랬던 것은 아닐까……'

견씨는 차츰 숨이 막혀 왔다.

　　요서 오환의 근거지는 유성(柳城)이었다. 오환이나 선비 등 퉁구스 계통 부족은 흉노와 같은 몽고 계통에 비하면 정착성(定着性)이 강했다.

　　게다가 한인들이 난리를 피해 많이 흘러들어와 정착 경향은 더욱더 강해졌다. 따라서 한인들은 성벽으로 완전히 둘러싸인 유성에서 살고 있었다.

　　조조 출병 소식을 듣고 유성에서는 농성이냐 출전이냐로 의견이 갈라졌다.

　　답돈이 주장했다.

　　"산야(山野)에서 싸우는 것이 우리들 오환의 방식이었다. 성을 지킨 일 따위는 없었다. 성에서 나가 맞서 싸워야 한다."

　　원씨 형제를 받아들이는 문제에서는 인의를 내세운 한인식 윤리관이 이겼다. 그러나 전쟁이라면 문제가 다르다.

　　오환은 한인에 대해 문(文)에 있어선 열등감을 가지고 있었지만 무(武)에 있어서는 그렇지 않았다.

　　젊은 선우 누반이 단을 내렸다.

　　"싸움에 대해선 모든 것을 답돈에 맡기자!"

　　"찬성!"

　　"공손찬을 무찌른 답돈이다. 조조도 짓밟아 버릴 거다!"

　　"출전이다, 출전이다!"

　　부족회의에서도 전쟁에 대해선 답돈에게 일임하기로 결의했다.

　　답돈은 다짐받았다.

　　"일체를 맡겨 주시겠습니까?"

　　"그렇다. 전쟁에 대해서는 나도 답돈의 뜻을 좇겠다. 일체를 맡긴다."

　　"그렇다면 우리들 오환의 전 병력을 가지고 조조군에 맞설 것이오. 조조도 형주에 대한 대비 없이 거의 전군이 내습해 왔다고 하오. 우리도 성에 병사를 남기지 않고 싸울 수 있는 자는 한 명도 남김없이 출전해야 하오!"

답돈의 이 선언에 모두 열렬히 환호했다.

"병은 신속을 중히 여긴다. 하루라도 빨리 출전할 수 있도록 곧 준비에 착수하라."

전쟁 명령에 대해서는 그렇게 독재권이 주어졌다. 그의 명령에 누구 하나 거역하는 자가 없었다. 오환족들은 기꺼이 그의 명령을 따랐다.

요서 오환이 오늘처럼 강성해진 것도 모두가 답돈의 강력한 지도 덕분이었다. 답돈은 원소와 손잡고 공손찬을 격파하여 천하 정국에 큰 영향을 주었다. 답돈이야말로 참으로 민족의 영웅이었다.

더욱이 지난날 선우의 아들이 어렸을 때에는 그를 훌륭히 보좌하고 성장하기를 기다려 선우로 세웠으며, 자기는 한걸음 뒤로 물러섰다. 예사 인물로써는 쉽사리 할 수 없는 일이었다.

사람들은 답돈이 위대한 인물이었다는 것을 새삼 돌이켜보고, 그를 따르면 틀림이 없으리라 굳게 믿었다.

요서 오환 부족 모두의 신임을 받으며 그는 작전 지시를 내렸다.

'이상한데……? 그렇듯 깊숙이 들어가도 괜찮을까?'

전쟁을 숱하게 겪은 고병(古兵)이 고개를 갸우뚱했다.

출전도 좋지만 너무나도 멀리 성을 떨어져 나온 것이다.

하지만 사람들은 답돈을 전적으로 믿었다.

'그에게 무엇인가 생각이 있어 이렇게 하는 거겠지.'

그는 이 싸움에서 척후를 중하게 여겼다. 한인 농부를 써서 연방 조조의 진격로를 탐사했다.

대준하(大凌河)를 따라 백랑산(白狼山)이 솟아 있다. 일명 백록산(白鹿山)이라 했지만 그 험준한 산 모습은 역시 사슴보다도 늑대라는 편이 알맞았다.

요서 오환군은 그 산을 목표로 진군했다.

무리한 강행군을 계속했다.

"적당한 휴식을 취하지 않으면 병사가 지치고 맙니다."

이렇게 건의하는 막료가 있었지만 답돈은 고개를 저었다.

"이건 훈련이 아니다. 진짜 전쟁이다. 무리를 하여야 될 때도 있다."

백랑산이 가까워지자 그는 명했다.

"흩어져라!"

오환은 창을 일제히 내밀고서 돌입하는 밀집 작전이 장기였다. 드문드문 흩어져 싸우는 데는 익숙지 못하다. 오랜 세월에 걸쳐 집단으로 유목하던 생활 양식이 전투 양식에도 배어 있었다. 바로 옆에 동료가 없으면 불안했고 마음껏 힘을 발휘하지를 못했다.

그렇건만 답돈은 사람도 말도 지쳐 버린 부대에게 흩어져서 나아가라고 명했던 것이다.

'무언가 생각이 있어서이겠지.'

막료들은 아직도 그렇게 생각하고 있었다.

답돈은 말했다.

"위에서 아래를 공격하면 지는 일이 없다. 그래서 백랑산에 올라가는 거다."

누구라도 백랑산을 빙 돌 줄로만 생각하고 있었다. 그러나 총사령관은 산에 오르라고 명했다. 기병이 많은 오환군은 산악전이 서투르다. 그렇건만 굳이 산길을 올라가려 한다.

'높은 데 진을 치려는구나.'

막료들도 조금은 이해가 되었다.

무리를 해서라도 백랑산에 올라가 거기서 조조군을 기다린다. 그들이 산기슭에 이르면 '와' 하고 물밀듯 아래로 쳐내려간다.

'그 때문에 적의 움직임을 하나하나 탐사하고 있었구나.'

비로소 총사령관의 행동을 이해할 수 있었다.

거의 길이 없는 산이므로 밀집 대형을 풀고 산비탈 가득 흩어져 올라가는 편이 빠르다. 산개 명령도 그런 식으로 풀이되었다.

"산 꼭대기에 인기척이……."

종군 경험이 풍부한 장교가 얼굴빛이 달라지며 답돈에게 말했다.

백랑산에 무리를 해가며 올라가는 것은 높은 데서 적을 공격하기 위해서이다. 위에서 공격하는 편에게는 비탈이라는 것이 큰 도움이 된다. 비탈을 뛰어내리는 기세는 예상 이상의 힘을 낳는 법이다.

산꼭대기에 인기척이 있다. 만일 그것이 조조군이라면 오환군은 무리를 해서 손에 넣으려던 고지(高地)의 우위를 고스란히 적에게 넘겨주는 꼴이 된다.

"설마……."

답돈은 산마루를 우러르며 중얼거렸다.

"설마라곤 생각됩니다만, 만일 그러하다면 큰일이옵니다. 잠시 동정을 살펴보도록 할까요?"

그만큼 조조 부대의 행진 속도나 위치를 정밀하게 정탐하고 있던 답돈이 정작 막바지에 이르러 상대를 놓쳐 버렸고, 그 적군이 하필이면 이쪽이 올라가고 있는 산 위에 있다!

오환군 누구에게도 믿어지지 않았다.

단 하나, 사태를 알고 있는 인물이 있었다. 답돈이었다. 그는 산 위에 조조군이 있다는 것을 너무도 잘 알고 있었다.

지금쯤 산꼭대기에 진을 치고 있으리라 계산하고, 그는 오환군에게 흩어져서 산을 오르라고 명령했다. 실은 답돈은 이 시간에 맞추기 위해 행군을 서둘러 왔던 것이다.

오환군은 인마가 모두 지쳐 헐떡이며 백랑산 비탈을 오르고 있다. 더욱이 장기(長技)인 밀집 대형을 풀고 흩어져 있는 것이다.

오환군의 막료들이 설마…… 하고 고개를 갸웃하고 있을 때, 산마루에서는 조조가 아래를 살피며 중얼거렸다.

"믿어지지 않아!"

답돈이 자기 군의 위치를 쉴새없이 탐사하고 있었다는 것을 조조는 일찍부터 알고 있었다.

'이렇게 끈질기게 탐사하면 숨을 수도 없다.'

조조군은 자기 군의 위치가 이미 처음부터 오환측에 알려져 있다는 전제 아래 행군했던 것이다.

백랑산 위에 이르렀을 때도 조조는 오환군이 당연히 알고 있을 것이라고만 생각했다. 산마루에서는 눈앞이 훤히 트여 있어 작전을 세우기 쉽다. 조조는 천천히 공격법을 검토하기 위해 백랑산 산마루에 주둔한 것이었다. 조조군이 산마루에 있는 줄 안다면 오환군은 산에 가까이 오지 않을 것이다.

그렇건만 오환군은 금새 백랑산 기슭까지 다다랐다. 강행군한 까닭에 전군이 지칠 대로 지친 상태이다. 그뿐인가, 자기네 장기인 밀집 대형을 풀고서 흩어져서 산을 올라오고 있는 것이다.

원정군은 휴대 병량이 적다. 그러므로 오환군으로서는 농성 전술로 대항하는 게 가장 좋은 방법이다. 다음의 계책으로선 성 가까이서 맞아 싸우는 일이다. 그렇건만 오환군은 가장 서투른 작전을 하고 있다. 유성에서 이처럼 멀리 떨어져 있는데 적이 있는 산에 오르려 하고 있다.

믿어지지 않는 일이었다.

그러나 그것은 조조에게는 환영할 사태였다. 이렇듯 안성맞춤으로 이쪽 술책에 빠져 줄 줄이야. 너무나도 척척 들어맞아 믿어지지 않았다.

'적에게 기책이라도 있는가?'

조조가 총공격 명령을 늦춘 것은 그것을 확인하기 위한 데 지나지 않았다.

일찍이 유성에서 산 적이 있는 한인 길 안내자가 바위 그늘에서 오환군을 바라보며 작은 소리로 말했다.

"저기 선두에 흰 말을 타고 투구 위에 빨간 술을 단 것이 답돈입니다."

"뭐라고? 답돈이 선두에 섰다고?"

조조로서는 이것 또한 믿기 어려운 일이었다. 평범한 지휘관이라면 또 몰라도 답돈쯤 되는 자가 이런 어리석은 짓을 하리라곤 생각할 수도 없었다.

그러나 생각할 수 없는 일이 실제로 눈앞에 벌어지고 있지 않은가.

조조는 천천히 머리 위로 손을 들었다. 그리고 좌우로 흔들었다.

총공격 신호이다.

그 무렵 답돈은 백마 위에 눈을 감고 있었다. 산 위에서 솟아오를 적의 함성을 기다렸던 것이다.

'나는 잘못하고 있는 게 아니다. 오환을 구하는 단 하나의 방법이다.'

유성을 출발하여 이 백랑산에 올 때까지, 도중에서 몇 번이고 되풀이한 자문자답이었다.

아마도 이것이 마지막이 되리라.

원씨 형제를 받아들인 순간부터 오환족의 위기가 시작되었다. 두 형제 추방을 주장한 답돈의 의견은 의리론(義理論)에 밀려 받아들여지지 않았다.

그에게 전권이 맡겨진 것은 전쟁을 하기로 한 다음부터였다. 그는 눈앞의 승패보다도 오환이 살아남는 방법을 생각했다.

조조가 자기 아버지의 원수를 갚는다며 서주에서 감행한 몰살 전법을 답돈은 알고 있었다. 조조라면 본보기를 위한 대학살을 하고도 남음이 있다.

만일 오환이 그 대상이 된다면 부족은 멸망하고 말리라.

유리한 농성전을 피한 것도 그 때문이었다. 농성전을 하면 당장은 유리할지도 모른다. 하지만 종합적 군세로 보아 유성이 조조의 대군을 언제까지나 버텨낼 수는 없다.

패배의 시기가 좀 늦추어질 뿐인 것이다. 또 굶주림 때문에 유성 안에서는 숱한 사망자가 발생하리라. 그리하여 낙성 때 조조가 몰살 전술로 나오게 되면 요서 오환은 이 땅 위에서 자취도 없이 사라지고 만다. 답돈은 오환의 모든 병력을 이끌고 되도록 멀리까지 나왔다. 유성에는 군졸 하나 남아 있지 않다. 전투력이 전혀 없으니 농성전도 할 수 없다.

'멋들어지게 져서 조조의 호감을 사자.'

이번 출전에서 답돈이 계획한 것은 패전이었다. 잔뜩 애를 먹이면 상대는 화를 내고 전원 몰살이라는 잔인한 짓을 생각할지도 모른다. 따라서 얼마쯤은 바보스러울지라도 깨끗하고 애교 있는 패배를 보여 주어야 한다. 그것만이 요서 오환을 구하는 가장 확실한 방법이리라.

답돈은 눈을 떴다.

옆에는 젊은 선우인 누반이 있었다. 그는 누반에게 말했다.

"어떤 일이 닥치더라도 유성으로 퇴각해선 안 됩니다."

"어떤 일이라니?"

"전쟁에서는 온갖 상황을 생각해야 합니다. 퇴각도 있을 수 있습니다."

"흐음, 그것은 알겠는데 왜 유성에 돌아가면 안 된다는 거요?"

"양평(襄平)으로 도망쳐 공손강을 의지하십시오. 공손씨를 끌어들여 조조와 싸운다면 다시 일어설 수가 있겠지요."

답돈은 희미하게 미소지었다.

그의 말이 채 끝나기 전에 천지를 진동하는 대함성이 산 위에서 솟아올랐다.

조조군의 총공격전이었다.

참새

오환군은 뿔뿔이 도망쳤다. 처음부터 승부가 되지 않았다. 오환군은 가장 불리한 상태에서 가장 유리한 조건을 갖춘 상대와 싸웠던 것이다.

승패는 순간적으로 결정되었다고 해도 좋았다.

조조군의 선봉은 장료(張遼)였다. 그는 흉노와의 경계 지역인 안문(雁門) 출신이라 흉노 등 중원 밖의 민족에 대해서 잘 알고 있었다. 처음에 여포를 섬겼고, 그 뒤 조조에게 투항했다. 조조군에서도 손꼽히는 맹장이었다.

조조는 장료에게 군기를 주었다. 장료는 군단 선두에 서서 그 깃발을 나부끼며 산길을 달려 내려갔다.

"저 백마 탄 사나이야말로 적의 총대장이다!"

"답돈의 목을 베라!"

오환의 선봉군은 도망치기에 바빴으나 그 중에서 백마에 높이 올라탄 장수 하나는 달아나려 하지 않았다. 말 위에서 허리를 조금 비틀어 칼을 뽑았다. 그 칼을 머리 위로 높이 쳐든다.

장료는 말 위에서 몸을 굽히며 답돈을 향해 곧장 돌격했다. 언덕 위에서 내리달리는 것이다. 엄청난 기세였다.

장료가 겨눈 창은 겨냥한 대로 답돈의 가슴을 찔렀다.

답돈의 몸은 안장에서 튕겨져 산길에 나가떨어졌고 데굴데굴 구르다가 풀숲에서 멎었다.

"후퇴다! 후퇴!"

"유성이 아닌 양평으로 달아나라!"

"공손씨를 의지하는 것이다."

답돈은 이렇게 외치는 오환의 말을 들으면서 풀숲에서 차츰 의식이 희미해져 갔다.

조조는 말했다.

"이 사나이의 임종을 지켜주자."

답돈은 결국 적장 조조 앞에서 숨을 거두었다.

"문원(文遠), 훌륭한 솜씨였소."

"오늘 전투의 수훈을 세웠네."

장수들은 답돈을 거꾸러뜨린 장료를 입을 모아 칭찬했다. 조조도 칭찬의 말을 아끼지 않았다.

"눈부신 활약이었어!"

하지만 조조는 마음 속으로 죽은 답돈의 마음 자취를 더듬고 있었다. 어렴풋하나마 그에게는 이 오환의 깊은 마음이 이해되기 시작했던 것이다.

오환이 원씨 형제를 받아들였을 때 조조는 대뜸 생각했다.

'천치 같으니! 야만인은 역시 아무것도 모르는구나. 자기가 하는 짓이 어떤 결과를 불러온다는 것도 모르다니!'

그래서 결심했던 것이다.

'요서 오환을 철저히 소탕하여 적을 숨겨 주는 무리는 이렇게 된다는 본보기를 보여 주리라!'

그런데 답돈의 죽음을 지켜 보며 조조는 비로소 요서 오환에도 인물이 있음을 이제서야 알았다. 아마도 답돈은 원씨 형제 추방에 대해 젊은 선우의 찬성을 얻지 못했기 때문에, 차선의 책략을 택했으리라.

완전한 패배.

답돈은 그것을 생각한 것이다.

요서 오환은 조조군과 전력상 현격한 차이가 있다. 농성을 하든 출전을 하든 전쟁은 오환의 패배로 끝난다. 승부가 이미 정해진 것이나 다름없다면 가능한 한 피해를 더 보고 지는 방법을 택한다. 아울러 조조의 무자비한 복수도 피한다. 이것이 답돈이 구상한 작전의 요체였다.

오환은 말타는 데는 천재적인 부족이었으므로, 도망칠 때는 아주 민첩하다. 조조의 중원 기병대로서는 도저히 따라잡지 못할 터이다.

될 수 있으면 전투 초기에 오환군이 빨리 패배를 자인하게 해야 한다. 그러자면 아군을 가장 불리한 조건에 두고서, 유리한 태세의 적에게 맞서도록 해야 한다. 그래서 답돈은 적군의 위치를 그토록 열심히 탐지한 것이었다.

백랑산의 전투에서 조조군은 대승리를 거두었다. 하지만 오환군의 사상자는 답돈의 작전이 적중하여 뜻밖에 적었다.

"도망치는 데는 빠른 녀석들이야!"

조조군의 장병들은 분하게 여겼다.

전군이 바람처럼 달아나 버리면 조조는 노할지도 모른다. 적당한 수확을 적에게 허용하는 편이 좋다.

'그렇다면 내 시체를 조조에게 주자.'

답돈은 이렇게 생각했을 게 틀림없다.

조조는 말끄러미 답돈의 죽은 얼굴을 쏘아보았다. 금방이라도 죽은 사나이가 입을 열어,

"요서 오환은 이쯤에서 용서해 주시지 않겠습니까? 그대한테 거역한 바보들은 머지않아 목이 잘려 보내져 올 테니까."
이렇게 말을 할 것만 같은 느낌이 들었다.
"알았네, 알았네."
조조는 저도 모르게 죽은 사람의 소리에 대답했다.
"무엇을 아셨다는 것입니까?"
막료가 어리둥절해진 얼굴로 물었다.
"아냐, 아무것도 아니다."
조조는 말하더니 덧붙였다.
"이 사나이를 정성껏 묻어주어라."
"원씨 형제는 오환군과 함께 양평 방면으로 달아났습니다. 곧 양평 공격 준비를 할까요?"
유성에 무혈 입성한 뒤 막료가 묻자 조조는 대답했다.
"그럴 필요는 없을 거다."
"어째서입니까?"
"양평의 공손도는 우물 안의 개구리였지만 이미 죽어버렸어. 아들인 공손강은 그다지 바보는 아닐 테지. 머지않아 원씨 형제의 목을 보내올 걸세."
조조는 웃으면서 말했다.
아니나다를까 며칠 뒤, 양평의 공손강은 원씨 형제와 누반 등 오환의 수뇌들의 목을 보내 왔다.
화북 땅에서 패권을 자랑하던 명문 원씨도 이로써 완전히 멸망했던 것이다.
요서 오환에 속한 20만의 사람들은 조조에게 항복하였다. 조조는 이들을 용서하였다. 우두머리 몇몇의 목과 바꾸어 오환족은 살아남을 수가 있었던 것이다.
그러나 조조에게도 불행은 있었다. 역수(易水)에 들어왔을 때 모

사 곽가가 열병에 걸려 죽은 것이다.
후세 사람들이 시를 지어 곽가를 기렸다.

하늘이 내린 천재 곽봉효여
뛰어남이 뭇 영웅 중에서 으뜸이라
뱃속에는 경전과 지식을 숨기고
가슴에는 병법의 슬기를 감추었네

지모를 운용하기는 월나라 범려와 같고
책략을 결정함에는 진평과 같네
애석하다 몸이 먼저 죽으니
중원 땅 대들보가 기울어졌어라

어느날 밤, 조조는 업성 동쪽 누각 위에 서 있었다.
난간에 의지한 채 하늘에 반짝이는 별들을 우러러보고 있었다.
그러자 문득 땅에서 한 가닥 금빛이 빛나는 것 같더니 하늘을 향
해 치솟았다.
조조는 등 뒤에 서 있는 순유를 돌아보고 명했다.
"저 빛이 발산되는 곳에는 반드시 보물이 들어 있을 것이다. 파보
도록 하라."

별빛은 바야흐로 남방을 가리키는데
황금보배 오히려 북쪽땅에서 빛이 나네

순유는 얼른 누각에서 내려가더니 이윽고 구리로 된 참새를 하나
들고 왔다.
"공달, 이건 무슨 조짐일까?"

"옛날 순임금의 어머니는 옥으로 된 참새가 품안으로 들어오는 꿈을 꾸고 성군을 낳았다는 말이 전해지고 있습니다. 방금 승리하고 돌아가는 마당에 구리로 된 참새를 얻은 것은 좋은 조짐임에 틀림없습니다."

"그래? 그렇다면 구리참새를 얻은 기념으로 이곳에 높은 대를 하나 짓기로 하자."

그리하여 구리참새가 나온 장하(漳河) 기슭에 웅장한 동작대(銅雀臺)를 건립했다. 공사 기간이 1년 남짓이나 걸렸다.

셋째아들 조식이 하늘 높이 치솟은 대를 우러러보며 의견을 말했다.

"아버지, 이 동작대는 좌우에 모시고 서 있는 두 누각이 더 필요합니다. 왼쪽은 옥룡(玉龍), 오른쪽은 금봉(金鳳)이라 이름을 붙이고, 그 두 누각에서 동작대로 구름다리를 놓게 되면 더욱 장관을 이루리라 생각합니다."

"그럴 듯하다. 그럼 그것은 네가 맡아서 짓도록 하라."

조조에게는 정확히 말해서 25명의 아들이 있었다.

25명의 아들 가운데 조조가 재능을 사랑하여 장차 후계자로 삼으리라 마음먹은 아들은 셋이었다.

변 부인이 낳은 조비와 조식, 환 부인(環夫人)이 낳은 조충(曹沖)이었다. 그 가운데 조조는 조식 아니면 조충 둘을 더 마음에 두고 있었다고 한다.

뒷날 무선(武宣) 변 황후가 된 변씨 부인은 낭야(瑯琊) 개양(開陽) 사람으로 현모양처형 여성이었다. 변 부인은 창기(娼妓) 출신이었다.

일설로는 연희(延憙) 3년(160) 12월 기사(己巳) 날 제군(齊郡)의 백정집에서 태어났다고 한다. 이때 누런 기운이 방 안에 자욱하여 며칠이고 사라지지 않았다.

아버지 경후(敬侯)가 이상히 여기어 왕단(王旦)이란 점쟁이에게
물었더니 길조라고 했다.

조조는 20살 때 고향 초(楚)에서 변씨를 측실로 맞았다.

그 뒤 변씨는 조조를 따라 도읍 낙양으로 갔다. 이윽고 동탁이 입
경, 조조는 동탁을 치려다가 실패하고 고향으로 탈출했다. 이때 ‘조
조가 죽었다’는 소문이 퍼졌다. 낙양에 머물러 있던 조조의 측근들은
이 소문을 듣고 뿔뿔이 흩어지려 했다. 이때 변씨 부인이 말했다.

“아직 돌아가신 것이 분명해진 것도 아닙니다. 흩어졌다가 나중
에 잘못된 소문이라는 것을 알게 되면 무슨 낯으로 다시 올 수 있
겠어요? 이대로 있다가 정말이라면 끝나 버린 일, 함께 죽어 버
리면 되잖아요!”

모두들 이 의견을 좇았다.

나중에 조조는 이 말을 듣고 변씨를 다시 보게 되었다. 그래서 정
부인(丁夫人)과 이혼하고, 변씨를 정실부인으로 올려 앉혔다. 아들
들 가운데 어머니가 없는 아이를 모두 변씨가 맡아 키우도록 했다.

조조의 부인들과 아들들은 다음과 같다.

변 황후……비(丕), 창(彰), 식(植)

유(劉) 부인……앙(昻), 삭(鑠)

환(環) 부인……충(沖), 거(據), 우(宇)

두(杜) 부인……임(林), 연(袞)

진(秦) 부인……현(玹), 준(峻)

윤(尹) 부인……구(矩)

왕소의(王昭儀)……간(幹)

손희(孫姬)……상(上), 표(彪), 근(勤)

이희(李姬)……승(乘), 정(整), 경(京)

주희(周姬)……균(均)

유희(劉姬)……극(棘)
송희(宋姬)……휘(徽)
조희(趙姬)……무(茂)

그러나 조조는 이 많은 아들들 가운데 조충을 가장 사랑하였고 장래를 기대했다.

조충은 대여섯 살에 벌써 어른을 앞지르는 슬기를 가진 수재였다.

오나라 손권이 큰 코끼리를 바친 일이 있었다. 조조는 무게를 재려고 했지만 그렇게 큰 저울이 없었다. 어떻게 달 방법이 없을까 하고 부하들에게 물었으나 모든 사람이 고개를 저을 뿐이었다. 그때 조충이 말했다.

"뭐 그까짓 일! 코끼리를 큰 배에 태우고 어디까지 가라앉는지 뱃전에 표시를 해두었다가 나중에 그 선까지 잠기도록 돌을 실어 보고, 돌의 무게를 하나하나 재보면 되잖아요?"

조조는 무릎을 탁 치고 나서 아들이 말한 방법으로 코끼리 무게를 달았다.

또 이런 일도 있었다.

전시라서 군율이 엄격히 시행되던 때였다. 때마침 창고 속에 넣어둔 조조의 말안장을 쥐가 갉아먹었다. 창고지기 병사들은 얼굴이 새파래졌다. 발각되면 사형이다. 깨끗이 자수하고 용서를 빌자고 의논되었으나, 역시 용서해 주실까 안 하실까 불안으로 떨었다. 이것을 안 조충이 말했다.

"며칠 기다려요. 그 뒤 자수하면 될 테니까."

그러고는 칼로 자기 옷에 쥐가 갉아먹은 것처럼 구멍을 내고 자못 걱정스러운 얼굴로 조조 앞에 나갔다.

조조가 물었다.

"왜 그러느냐? 얼굴이 몹시 안 되었구나."

"세상에서는 쥐가 옷을 쏠든가 하면 옷 임자에게 좋지 않은 일이 생긴다고 말합니다. 저는 옷을 쥐에게 쏠리고 말았습니다. 그래서 걱정하고 있습니다."

"하하하……. 그런 건 미신이다. 걱정할 것 없다."

그런 뒤 창고지기 병사들이 안장을 쥐에게 쏠렸다고 자수하자 조조는 껄껄 웃으며 말했다.

"조충은 몸 가까이 둔 옷까지 쥐에게 쏠렸다. 안장은 기둥에 걸어 둔 것이니까 쥐가 쏘는 것은 당연하지."

그러면서 아무런 벌도 주지 않았다.

조충의 동정심과 재치는 이와 같았고, 사형될 죄인데 그의 은밀한 노력으로 목숨을 구한 자가 수십 명에 이르렀다.

조충은 죄인을 볼 때마다 그 죄상을 다시 조사하고 무고하다는 것을 알면 넌지시 손을 써서 석방시켜 주었다. 또 근무 중 실책을 저지른 관원이 있으면 언제나 조조에게 눈감아 주라고 건의했다.

조충은 천성적으로 매우 총명하고 인정이 풍부했다. 게다가 모습이 남달리 뛰어난 데가 있어 조조는 끔찍이도 그 아들을 사랑했다. 거기에서 그치지 않고 조조는 곧잘 가신들 앞에서 조충을 칭찬하고 그에게 뒤를 잇게 하고 싶다고 공언(公言)했었다.

조충은 건안 13년(209) 13세 때 중병에 걸렸다. 조조는 의생에게 몸소 아들의 목숨을 살려달라 빌었고 또 이렇게도 말했다.

"지금에 와서 화타(華陀)를 죽여 버린 것이 후회스럽기만 하구나. 이 아이를 이런 꼴로 만들지 않아도 되었을 텐데……."

화타는 당시 으뜸가는 명의였다.

조조가 화타를 불러들인 것은 지병인 두통으로 시달렸기 때문이었다. 화타가 조조에게 침을 몇 대 놓아주자 두통이 거짓말처럼 사라지고 머리가 맑아졌다.

조조는 발작이 심해지면서 한시도 화타 없이는 견딜 수 없게 되었다. 그런데 화타는 어디까지나 자기는 선비라는 의식이 있었다. 그는 의사로서밖에 인정받지 못하는 데에 불만을 느꼈다.

어느날 화타는 조조에게 말했다.

"병이 쉽사리 낫지 않을 때에는 마음 느긋하게 양생하시는 게 으뜸입니다. 소인은 집에서 편지가 와 그러하오니 잠시 돌아가 있게 해 주십시오."

고향으로 돌아간 화타는 아내의 병을 구실로 내세우며 귀경을 미루었다. 조조는 몇 차례 귀경을 재촉했지만 화타는 여전히 돌아오려 하지 않았다.

성이 난 조조는 부하를 보내어 화타의 동정을 조사케 했다. 그때 정말로 아내가 아프다면 팥 40섬을 위문품으로 보내주고 날짜를 정하여 얼마쯤 말미를 주어도 좋지만 거짓말이라면 당장 잡아오라고 명했다.

이리하여 화타는 호송되어 와서 도읍의 옥에 갇혔고 취조 결과 죄가 인정되었다. 그러나 도읍에도 화타의 의술을 아끼는 자가 많았다. 순욱이 조조에게 간했다.

"화타는 세상에 다시 없는 명의로 많은 사람의 목숨이 그의 손에 달려 있습니다. 그것을 생각해서라도 죽여서는 안 됩니다."

그러나 조조는 말했다.

"내버려 둬! 그 따위 의사는 천하에 얼마든지 있다."

화타는 죽게 됐을 때 한 권의 의서 '청낭'을 옥리에게 건네주며 말했다.

"이것이 있으면 많은 사람의 목숨을 구할 수 있을 거요."

하지만 옥리는 후환을 겁내어 받으려 하지 않았다. 화타도 억지로 권하려 하지 않고 불을 얻어 그 책을 태워 버렸다.

후세 사람이 탄식하며 시 한 수를 남겼다.

화타의 하늘같은 의술 장상군과 견주리니
신묘한 진료 담 너머 물건도 꿰뚫어보네
슬프도다 사람이 죽었는데 책마저 불타버리니
후세 사람들 다시는 청낭을 볼 수 없어라

조조는 사랑하는 아들이 중병에 걸린 지금에 와서야 그것이 후회되었다.

마침내 조충이 죽자 조조의 슬픔은 더할 나위 없이 컸다. 조비가 위로하자 조조는 눈물을 흘리며 다른 아들들에게 말했다.

"충의 죽음은 나에게는 불행이지만 너희에겐 다행이겠지."

더욱 슬퍼하며 혼자서 황천길을 떠난 아들을 가엾이 여기고 같은 무렵에 죽은 견씨 집안의 처녀를 며느리로 삼아 합장까지 시켜 주었다.

조비는 뒷날 제위에 오르고서도 곧잘 말했다고 한다.

"만일 조충이 살아 있었다면 나는 이 자리에 오르지 못했을 거야."

조조가 조충 다음으로 사랑한 아들은 조식이었다.

조식은 자가 자건(子建)인데 글재주가 뛰어났었다. 그는 열두서너 살 때 〈시경〉〈논어〉를 줄줄 외웠다.

어린 식의 문장이 언젠가 조조의 눈에 띄었다. 조조는 아직 어린 아들이 그런 문장을 썼다는 게 믿어지지 않았다.

"너, 이것을 누가 써 주었느냐?"

조식은 무릎을 꿇고서 대답했다.

"저는 입을 열면 그대로 논(論)이 되고 붓을 잡으면 곧 문장이 이루어집니다. 부디 이 자리에서 제(題)를 내려주십시오. 남에게 대신 시켰는지 아닌지 그것으로 아시게 되리라고 믿습니다."

업의 동작대가 완성되었을 때, 조조는 공자들 모두를 누대 위에 오르게 하고 그 자리에서 동작대의 부(賦)를 짓게 하였다. 조식은 붓을 잡자 단숨에 써냈다. 그런데 그 글이 더욱이 고금의 명문이었기 때문에 조조도 혀를 내둘렀다.

조식은 또 천성이 활발하여 형식적인 것을 싫어했다. 타고 다니는 수레도, 복장도, 화려한 것을 좋아하지 않았다. 조조에게 알현하러 가서 어려운 문제를 내놓을 때마다 척척 대답했기 때문에 형제 중에서 누구보다도 조조의 사랑을 받았다.

삼고초려(三顧草廬)

제갈량 공명.

그의 아버지 제갈규(諸葛珪)는 태산군(太山郡)의 승(丞)을 지냈다. 낭야 양도(陽都) 사람으로 조상은 전한(前漢) 말에 사예교위를 역임한 제갈풍(諸葛豊)이라 한다.

제갈규에게는 3남 1녀가 있었다. 공명은 그 중에서 차남이다. 장남은 근(瑾)이라 하며, 공명보나 일곱 살 위로 지금 오(吳)에서 벼슬을 하고 있다. 삼남 균(均)은 후처의 몸에서 태어났다. 아버지 규가 죽었을 때 공명은 겨우 열한 살이었다.

공명은 아버지의 장례를 치른 다음, 일곱 마리의 산양을 이끌고 집을 떠나 방랑길에 올랐다.

양양에 나타나 수경 선생 사마휘의 초당 문을 두드리기까지 몇 해 동안, 공명이 어떤 방랑 생활을 했는지 아무도 모른다. 본인도 그동안의 일을 입 밖에 낸 적이 없었다.

사마휘의 초당에 나타났을 때 이미 공명은 소년으로서는 도저히 생각할 수 없는 예지를 지니고 있었다. 사서(史書), 경서(經書)를 모조리 외고 있었다. 산야를 떠돌아다니는 동안 독파(讀破)한 것이다. 그는 한 번만 읽으면 한 구절도 빼놓지 않고 줄줄 외는 놀라운 기억력을 갖고 있었다.

양가(良家)의 자제들은 모든 것이 풍부한 환경에서 공부했지만, 방랑아 공명은 전란으로 어지러운 세상을 떠돌아다니며 살육과 굶주림의 위기 속에서 책을 읽었다. 책이 가르치는 것을 공명은 직접 체험하면서 하나하나 몸에 익혀 갔던 것이다.

그래서 두뇌만으로 생각하는 독서인들과는 달리 그 뿌리부터 다른 예지(叡智)를 지니게 되었다. 공명의 생각은 살아 있었다. 본토박이나 걸인 사이에 끼어서 자기의 생명을 지켜내는 방법을 터득했고 정신력을 단련시켰다. 그리고 그 뛰어난 혜안(慧眼)으로 여러 나라의 풍속을 조사하고, 통치자의 사람됨을 비교했으며, 거기서 일어나는 전쟁의 모습을 낱낱이 관찰했다.

천하 경략(經略)의 대지(大智)를 담을 수 있는 그릇이, 열 살 때부터 살기 위해 온갖 고난의 길을 헤쳐 나가며 자기의 성장을 도모한 전례는 그때까지 없던 일이었다.

사마휘는 한 달이 채 못 되어 제갈량 공명에게 더 이상 가르칠 것이 없다고 말했다. 스스로 생각하는 바를 실천하며 직접 학문을 연구하라고 조언했다.

그래서 제갈량 공명은 산기슭에 따로 초막을 짓고 마을 사람들에게 글을 가르치기로 했다. 또한 틈틈이 땅을 일구며 자연의 소리에 귀기울이고 흙과 대화하는 나날을 보내기로 했다.

제갈량 공명은 땅을 갈고 일구는 일에 유난히 집착했다. 메마른 땅을 비옥하게 만드는 과정에서 그는 삶의 보람과 희열을 느꼈다. 깊은 땅 속의 흙을 만져보면 그 감촉만으로 토질(土質)과 토성(土性)을 어느 정도 가늠할 수 있었다. 밭농사를 5년쯤 짓자 땅의 생리를 절로 터득하게 된 것이다.

원래 제갈량이 땅을 일구기 시작한 땅은 매우 척박한 토질이었다. 잡풀이 우거져 농작물을 도저히 재배할 수 없는 황무지였다. 그러나 아침 저녁으로 마른 잎을 실어와 땅에 묻고, 고기가 생기면 그 뼈를 빻아서 땅에 뿌렸다. 얼마쯤 지나서 메마르기만 하던 토양에 윤기가 돌았다. 씨를 뿌리고 물을 주자 식물이 자라나기 시작했다. 마침내 밭 작물 재배가 가능해진 것이다.

제갈량은 뿌듯했다. 그것을 지켜보던 근동의 마을 사람들도 모두 감탄했다.

그런 가운데 제갈량은 흙과 대화하는 법을 익혔다. 흙이 답답하다고 하소연하면 그는 땅을 갈아 공기를 마시게 해주었고, 목이 마르다고 하면 개천에서 물을 길어다 뿌려주었다.

제갈량도 흙에게 묻는다.

'내 인생은 이대로 끝날 것인가?'

흙은 침묵했다. 황무지를 기름진 땅으로 만들 수 있는 손길이라면 이 어지러운 세상을 평화로운 세계로 이끌 방법 또한 잘 알지 않을까. 하지만 흙은 아무 말도 하지 않았다.

공명은 당년 27세였다.

땅을 일구어 온 지도 어언 10년. 그 동안 사마휘의 초당에 종종 들러 세상 돌아가는 이야기도 듣고 시국 정세에 대한 토론도 나누었다. 제갈량은 토론해서 논파(論破)당한 적은 없었다. 그곳은 각자 내로라하는 준재들이 모인 곳이다. 그래도 그들은 제갈량의 혜안과 논설만은 앞지르지 못했다.

와룡(臥龍).

사마휘는 다소 야유하듯 제갈량을 그렇게 비유했다. 누워 있는 용은 있을 수 없다고. 언젠가 떨치고 일어나 날아야 하리라고.

사마휘가 공명을 자신의 제자로 맞아들이고 얼마 안 가 공명에게 자신의 길을 가라 조언했던 것도 일찍이 공명의 욕망을 꿰뚫어 보았기 때문이리라. 그도 그럴 것이 공명은 학문에 관한 한 이미 스승의 경지를 넘어서 있었던 것이다.

유비 현덕은 공명의 경력을 조사한 서류를 훑어보면서 몇 번이나 감탄하지 않을 수 없었다.
다음날 아침 유비는 아침상을 물리자마자 관우·장비에게 함께 갈 것을 명했다.
"어디로 가십니까?"
"융중(隆中)으로 간다."
신야에서 융중은 20리 거리였다.
"융중에 별장이라도 지으시려나?"
장비가 관우에게 슬쩍 물었다. 관우가 대답했다.
"글쎄, 융중은 공자(公子)님을 기르기에 더없이 한적하고 경치 좋은 고을이지."
유비는 남의 눈에 잘 띄지 않도록 일부러 수수한 차림을 했다. 관우나 장비에게도 언월도와 사모를 들지 말라고 일렀다. 세 사람은 마치 한가로이 산책이라도 즐기듯이 성문을 빠져 나갔다.
가을 하늘은 구름 한 점 없이 맑게 개어 끝간 데를 몰랐고, 들에는 벼이삭이 누렇게 익어 고개를 숙이고 있었다. 들을 지나 나지막한 고개를 넘어서려는데 몇 명이 나무를 베면서 노래를 부른다.
유비는 말을 세우고 그 노랫소리에 귀를 기울였다.

푸른 하늘은 둥근 일산이고요
네모진 넓은 땅은 바둑판일세
인간들은 흑백을 다투어
우왕좌왕 이겼다 졌다 하네
이긴 자는 편안하지만

진 자는 실망하여 고개 숙이네
이곳 남양 땅에
은사(隱士) 한 사람 팔베개 베고 누워
이기거나 지거나 아랑곳없네
언제까지 모른 체 잠만 자려나

"운장."
유비가 문득 관우를 불렀다.
"저 노래가 누구를 두고 부르는 것인지 나무꾼에게 물어보아라."
관우는 말에서 내려 곧 나무 베는 곳으로 달려갔다. 그는 이내 되
돌아와서 말했다.
"나무꾼들의 말로는 저 남쪽 와룡강(臥龍岡)이라는 언덕에 사는
은사가 즉흥으로 지어준 노래라고 합니다. 그분의 이름을 물으니,
와룡 선생이라는 것밖에 모른다고 합니다. 어제 수경 선생이 말씀
하시던 제갈량 공명이 그 와룡 선생 아닐까요?"
"음, 그럴 것이다."
유비는 고개를 끄덕였다.
이윽고 세 사람은 와룡강에 이르렀다.
너른 언덕 아래로 맑은 물이 휘돌아 흐르고, 기슭에서 언덕 위까
지 죽죽 가지를 뻗은 소나무 숲으로 덮여 있었다.
솔밭으로 들어서니 모양이 다른 돌들이 쭉 놓여 있었다. 이것은
소나무 가지를 관상(觀賞)하면서 걷도록 늘어놓은 아취 있는 배치
였다.
유비는 잠시 말을 멈추고 바람에 흔들리는 소나무 가지를 바라보
았다.
'이런 곳에서 유유자적 은자의 삶을 영유하는 것도 좋으리라.'
유비는 생각했다.

지난날 유표에게 비육의 탄식을 토로한 적이 있었다. 유비는 답답한 가슴을 풀 길이 없었다. 일찍이 서주 시절 이후 지금껏 상황은 계속 나빠지고만 있지 않은가.

그런 참담한 생각이 문득 고개를 들자, 유비는 초옥 안에 머물고 있을 제갈량 공명에 대한 필요성을 더 절실히 느꼈다.

돌을 밟으며 걸어가니 사립문이 나타났다. 초옥이 그 안쪽에 조용히 들어앉아 있었다. 문 양쪽에는 수죽(脩竹)을 심어 울타리를 만들었다.

　　좌상(座上)에 드나드는 사람은 천한 자 없네
　　원숭이는 문 두드려 과실 바치고
　　문 지키는 늙은 학은 밤에 글읽는 소리 듣네
　　주머니 속 명금(名琴)은 낡은 비단에 싸여 있고
　　벽에 걸린 보검(寶劍)엔 소나무 가지 비치네
　　초옥 속의 선생은 홀로 유아(幽雅)하구나

이런 글이 그대로 들어맞는 풍아(風雅)한 거처였다.
유비는 두 아우에게 일렀다.
"여기서 기다려라."
유비는 말에서 내려, 사립문으로 다가가 주인을 찾았다.
사립문이 열렸다. 나타난 사람은 외눈의 보기 흉한 꼽추였다.
유비는 눈을 크게 떴다.
"오오! 그대는 나의 은사 노식 선생의 충복(忠僕)이었던 원귀(猿鬼)가 아닌가?"
말보다 빨리 달리고 원숭이보다 높은 곳을 더 잘 오른다는 초인(超人)도 역시 세월은 이기지 못하는지 평범한 초로의 몸이 되었다.
"어서 오십시오."

원귀는 조용히 무릎을 꿇고 머리를 숙였다.

유비는 반갑게 바라보며 말했다.

"네가 제갈량 공명 공의 하인이 되어 있다니 정말 인연이란 기이하구나. 유비 현덕이 뵙고 싶어 왔노라고 아뢰어다오."

"정말 안됐습니다만……."

원귀는 현덕을 쳐다보며 말했다.

"선생께서는 아침 일찍 외출하셨습니다."

"어디로 가셨나?"

"일단 집을 나가시면 종적이 묘연합니다. 어디로 가셨는지 알 길이 없습니다."

"돌아오실 때까지 기다리면 어떻겠는고?"

"죄송합니다만, 일단 나가시면 돌아오시는 시각이나 날짜가 일정치 않으십니다. 사흘이 될지, 닷새가 될지. ……어떤 때는 열흘씩 안 돌아오실 때도 있습니다."

원귀의 대답을 듣고 유비는 실망이 컸지만 발길을 돌릴 수밖에 없었다.

"다음에 다시 찾아오도록 하겠네. 선생께서 돌아오시거든 신야의 유비가 찾아왔었노라고 아뢰어 주게."

이렇게 말하고 문을 나서려 했다.

"잠깐만."

원귀가 불렀다. 유비가 고개를 돌리자 원귀가 말했다.

"오늘이 분명히 10일이옵지요?"

"그런데……?"

"그러면 혹시 그곳에 계실지도 모릅니다……. 제가 곧 달려가 보겠습니다."

"그곳이라니?"

"이 산을 북쪽으로 넘어 30리쯤 간 곳에 주유묘(侏儒廟)가 있습니다. 선생께선 한 달에 한 번씩 꼭 그곳에서 이웃아이들을 모아 놓고 손수 지으신 동요를 가르치십니다. 어쩌면 오늘은 그 곳에 가셨는지도 모릅니다.”

주유묘란 공자가 전국을 순행할 때 세운 사당이다.

공자가 노(魯)의 정공(定公)을 도와 제(齊)의 경공(景公)과 협곡(夾谷)에서 회견했을 때의 일이다. 제(齊)의 유사(有司)들은 궁중의 음악을 연주한다는 구실 아래 우창(優倡)·주유(侏儒)들에게 문란한 행동을 하게 했다. 우창이란 지금의 배우와 창부를 말하며, 주유는 난쟁이를 말하는 것이다.

이것을 본 공자는 제후(諸侯)를 어지럽게 한 자들은 제거해야 한다면서 우창과 주유들을 모조리 처단케 했다.

후에 공자는 그 일을 몹시 후회했다. 우창은 본인 자신이 희망하여 그런 문란한 직업을 택한 것이지만, 주유들은 자기가 좋아서 보기 흉한 난쟁이로 태어난 것은 아니다. 그렇게 태어났기 때문에 할 수 없이 천한 직업을 갖게 되었던 것이다.

공자는 그 불쌍한 죽음을 애도하기 위해서 여러 곳에 주유묘를 세워 그들의 영혼을 위로한 것이다. 제갈량 공명은 그 주유묘를 교실로 삼아 아이들에게 즐거운 동요와 여러가지 놀이를 가르쳐 주었다.

원귀는 유비를 기다리게 하고 늙은 몸으로 바람처럼 달려갔다.

멀리 나지막한 산꼭대기에 낡은 모습의 주유묘가 보였다.

원귀가 그곳에 다다랐을 때 15명의 소동(少童)들은 한나절을 즐겁게 놀다가 막 내려오고 있었다.

묘 앞에는 옥색 학창의(鶴氅衣)를 입은 훤칠한 사나이가 우뚝 서서 소동들을 배웅하고 있었다.

원귀가 다가가자 공명은 시원스러운 두 눈에 미소를 띠고 말했다.

“손님이군?”

초옥에서의 일을 본 듯이 알아맞혔다.

"그렇습니다. ……손님은…….."

원귀가 말을 꺼내려 하자, 공명은 그의 말을 가로챘다.

"한나라 좌장군(左將軍) 의성정후(宜城亭侯), 예주목(豫州牧) 황숙 유비 현덕공…… 그렇지?"

"그렇습니다. 꼭 선생님을 뵙겠다면서 문 밖에서 기다리고 계십니다."

"기다릴 테면 기다리라 해라."

"예? 무슨 말씀이십니까? 유 황숙이 오셨단 말입니다."

"그러니까 기다리게 내버려 두라는 것 아니냐?"

"선생은 유 황숙을 싫어하십니까?"

공명은 그 말에는 대답하지 않고 딴청을 피웠다.

"지금부터 며칠 동안 돌아다니며 단풍이나 즐기련다. 너도 함께 가지 않겠느냐?"

원귀는 주인의 마음을 헤아릴 길이 없어 어리둥절한 표정으로 그의 얼굴을 지켜보았다.

해가 서산으로 기울 무렵에야 원귀는 초옥으로 돌아왔다.

공명은 주유묘에 있으나 만날 의사가 없더라는 말을 곧이곧대로 전할 수는 없었다.

"죄송합니다."

원귀가 말하고 꿇어 엎드리자 유비는

"수고했다. 다음에 다시 찾아오마."

한마디 말을 남기고 말 위에 올랐다. 원귀는 그냥 돌아가는 유비의 마음을 조금이라도 위로할 양으로 융중에서 가장 아름다운 경치를 구경시켜 드리겠다면서 오던 길과는 다른 길을 안내했다.

산은 그다지 높지 않으나 수려하기 짝이 없고, 길을 따라 흐르는 냇물은 그다지 깊지는 않았으나 맑고 그윽했다. 눈앞에 펼쳐진 들판은 그다지 넓지 않지만 몹시 기름져 보이고, 소나무숲도 참대밭도 그림처럼 아름다웠다.

소나무숲을 지날 때 나뭇가지에는 원숭이 떼가 있었고, 참대밭을 지날 때는 학이 유유히 날았다.

해가 서산으로 지려 할 때, 유비 일행이 가고 있는 앞쪽에서 긴 그림자를 끌면서 이쪽으로 걸어오는 사람이 있었다.

도포를 입고 머리에 소요두건(逍遙頭巾)을 쓰고 명아주 지팡이를 짚었다.

'……아아, 저 사람이!'

유비는 가슴이 뛰었다.

원귀와는 이미 헤어진 뒤였으므로 물어볼 수는 없었지만 유비는 그 사람이 틀림없이 집으로 돌아가는 공명이라고 추측했다. 노을빛을 받은 그 풍모가 당당한 것으로 보아 틀림없다고 생각했다. 유비는 말에서 뛰어내렸다.

"잠깐만……."

정중하게 부르자, 준수한 모습의 행인은 미간을 찌푸리며 유비를 바라보았다.

"와룡 선생이 아니시오?"

"사람을 잘못 보셨군요. 어느 성의 장군님 같으신데, 뉘신지요?"

"예주목 유비 현덕입니다."

"아아! 유 황숙이셨군요. 나는 공명의 벗인 박릉의 최주평(崔州平)이란 자올시다."

"음, 수경 선생 문하에서 쟁쟁하게 이름을 떨치시는 다섯 수재의 한 분이셨군요. 이렇게 만난 것도 큰 인연이니, 저 숲속에 들어가서 잠깐 가르침을 얻었으면 합니다."

유비가 청하자 최주평은 선뜻 응했다.

숲속의 바위 위에 마주앉은 최주평은 다시 인사를 나누었다.

먼저 최주평이 물었다.

"장군께서는 공명을 찾아오신 모양인데…… 무슨 까닭으로?"

"지금 천하가 어지러운데, 큰 뜻을 품고도 헛되이 살이나 찌고 있는 것이 한스럽소. 제갈량 공명 같은 희대의 천재를 군사로 모셔 국가를 태안케 할 방책을 얻고 싶어 찾은 것이오."

이 말을 듣자 최주평은 웃었다.

"난(亂)을 평정시키고자 하는 장군의 큰 뜻은 어진 마음에서 우러난 것이 틀림없으시겠지만, 과연 치란(治亂)의 이치를 깨닫고 계신지요?"

"이치라니요?"

"한 서생(書生)의 큰소리라고 웃어넘겨 버리시겠다면 말씀드리겠습니다. 치(治)와 난(亂)이란 옛날부터 비비 꼬인 새끼줄 같은 것입니다. 고조(高祖)가 뱀을 베고 의거의 깃발을 들어 마침내 포악한 진(秦)을 주멸(誅滅)시킨 것은 난을 평정하여 치(治)로 들어간 것. 그로부터 애평(哀平) 연간까지 2백 년 동안 태평이 계속되었습니다. 그후 왕망(王莽)이 제위(帝位)를 빼앗아 천하는 크게 소란해졌고 치(治)가 난(亂)으로 바뀌었습니다. 광무제(光武帝)가 중흥(中興)의 조종(祖宗)으로 나타나 기업(基業)을 이룩하자 겨우 난이 평정되고 치(治)로 들어갔습니다. 그리고 오늘에 이르기까지 200년, 백성들은 모두 평화롭게 살아왔습니다만 다시 사방에서 병화(兵禍)가 일어나…… 아시다시피 난세가 되어 버렸습니다. 이번의 난이 가라앉아 치세로 돌아가려면 과연 앞으로 얼마큼의 세월을 기다려야 할지 예측할 수가 없습니다. 황건(黃巾)의 난이 일어난 지 스무 해가 지났습니다만, 앞으로 10년이나 20년 동안에 치세가 되리라고는 생각할 수 없습니다. 가령 영명하신 유 황숙께서 고금에 드문 준재 제갈량 공명을 군사로 맞이하신다 할지라도, 천지를 주선하고 천지간의 모자람을 채워 하나로 만들기란 불가능하다고 봅니다. 하늘의 순리를 따르는 자는 뜻을 이루고, 그것을 거스르는 자는 고난을 겪는다는 말씀을 아실 겁니다."
"그야말로 고견(高見)이오! 그러나 한(漢)의 후손인 내가 한실(漢室)의 위기를 구하려는 것은 하늘이 내리신 사명이오. 앞으로 난세가 백 년을 끈다고 할지라도 사명을 버릴 수는 없소."
유비는 의연히 말했다.
최주평은 고개를 크게 끄덕였다.
"산촌에 묻혀 지내는 한낱 필부가 장군에게 천하의 쟁패(爭霸)를 논할 자격은 없습니다만, 단지 이번의 난세가 오래 갈 것 같아 망령된 말을 한 데 지나지 않습니다. 용서해 주십시오."
보아하니 공명을 찾아가는 모양인데 공명이 어디 있는지 아느냐고 유비가 물었다.
최주평은 고개를 저었다.
"공명이 외출했다면 언제 돌아올지 모릅니다. 그렇다면 나도 여기서 발길을 돌려야겠습니다."
최주평은 유비에게 인사하기 무섭게 어둠속으로 모습을 감춰 버렸다.
그를 배웅한 장비가 못마땅한 듯 외쳤다.
"썩어빠진 유생놈! 잠꼬대 같은 헛소리를 지껄이는 바람에 공연히 시간만 허비해 버렸어!"

며칠 뒤, 유비는 시신(侍臣)을 융중으로 보냈다. 돌아온 시신은 공명이 분명히 집에 있는 것 같더라고 보고했다.
"자아, 가보자."
유비는 말을 준비하라 일렀다.
그러자 장비가 아주 못마땅한 태도로 유비 앞에 서서 말했다.
"주군! 아무리 어지시다 하더라도 이름조차 없는 촌부(村夫)를 두 번씩이나 몸소 방문하시다니 그게 될 말입니까? 사자를 보내어 공명을 성으로 불러들이면 되지 않습니까. 내가 사자로 가겠습니다. 꾸물거리면 뒷덜미라도 잡아끌고 오겠습니다."

유비는 고개를 저었다.

"맹자께서 말씀하시기를 현사(賢士)를 보려고 원하면서 예의로 찾지 않는 것은 현사가 들어오기를 바라면서 문을 닫는 것과 같다 하셨다. 대현(大賢)을 만나려 할 때는 이쪽에서 찾아가는 것이 도리이다."

유비가 방문하기로 한 길일(吉日)은 벌써 첫겨울이어서 금방 눈이라도 뿌릴 것처럼 구름이 뒤덮더니 갑자기 거센 삭풍이 불어오며 상서로운 조짐처럼 눈발이 흩날리기 시작했다. 순식간에 산은 옥을 깎아세운 듯 변하고, 숲은 은으로 장식한 듯 새하얗게 덮였다.

"주군!"

관우와 함께 따라오던 장비가 불렀다.

"이렇게 큰 눈이 내리면 행군도 중지하는 법 아닙니까. 제갈량 방문은 다음날로 미루십시오."

"안 된다."

유비는 한 마디로 거절했다.

"오늘처럼 험난한 날씨에 찾아가면 공명이 나의 절실한 뜻을 알아줄 것이다. 추워서 그렇다면 여기서 혼자 돌아가도 좋다."

"무슨 말씀이십니까! 나는 주군을 따라서라면 죽음도 두려워하지 않습니다. 다만 이번 방문은 아무래도 무익할 것 같아 추위에 떠는 것이 어리석게 느껴졌기 때문입니다."

"익덕!"

전에 없이 유비의 목소리는 날카로웠다.

"따라오려거든 쓸데없는 말은 하지 마라!"

엄한 꾸중에 장비도 찔끔하여 관우를 돌아보았다. 관우는 주군의 명령에 따르라고 눈짓했다.

눈보라를 헤치며 가까스로 와룡강에 이르렀을 때, 세 사람은 눈사람처럼 하얗게 되어 있었다.

사립문 밖에서 사람을 찾았으나 아무 대꾸도 없었다.

'……원귀도 없나?'

유비는 조용히 사립문 안으로 들어섰다.

세 번 불러봐도 아무런 대답이 없다. 유비는 눈을 밟으며 안으로 들어갔다.

중문이 나왔다. 문 위에 다음과 같은 글귀가 씌어 있었다.

담백하니 뜻이 밝아지고
고요하게 멀리 생각이 미친다

그 글귀를 가만히 응시하는 유비의 귀에 초당 안에서 아름다운 노랫소리가 들려왔다.

그것은 여자의 목소리였다.

유비는 저도 모르게 중문 안으로 들어가 창가로 다가갔다.

들여다보니 화로 위에 약탕관을 올려놓고 대나무 주걱을 휘젓고 앉아 있는 20세쯤 된 젊은 여자의 모습이 보였다. 아주 못생긴 얼굴이었지만, 맑게 빛나는 눈만은 그 단점을 능히 보충하고도 남음이 있었다. 사람을 끄는 아름다움이 깃들어 있었다. 그리고 그 모습 전체에 뭐라 말할 수없는 기품이 있었다.

'……오오. 저이가 제갈량 공명의 아내인가!'

유비는 고개를 끄덕였다.

공명의 가계(家系)를 조사한 유비는 공명의 아내가 면남(沔南)의 명문 황씨 집안 딸임을 알고 있었다.

황승언은 고결한 인품으로 널리 알려졌다. 그는 제갈량에게 이렇게 말했다.
"당신이 아내를 얻고자 한다면서요? 나에게 딸이 하나 있습니다. 머리카락은 붉고, 살갗은 검은, 그야말로 못생긴 아이지만 두뇌만은 당신의 아내로서 부끄럽지 않을 것입니다."
제갈량이 승낙하자 당장 딸을 수레에 태워 보내 주었다. 세상에서는 이것을 웃음거리로 삼아 이런 속담마저 생겼다.

'공명의 장가 흉내만은 내지 마라, 승언네 추녀를 얻게 된다.'

공명은 이렇듯 못생긴 줄 번연히 알면서도 황씨를 아내로 맞이한 것은 그 뛰어난 학식과 재주를 높이 샀기 때문이었다.
추녀가 이렇듯 아름답게 보일 수도 있다는 것을 유비는 비로소 깨달았다. 공명의 아내는 약을 휘저으면서 나직이 노래를 불렀다.

봉황은 천 리를 날더라도
오동이 아니면 깃들지 않고
선비는 한구석에 묻혀 지내도
주인다운 주인 아니면 받들지 않네
밭이랑 갈기를 즐겨하면서
화롯가 거문고 소리에
하늘이 주시는 때 기다리리라

유비는 부인이 노래를 다하기를 기다려 초당으로 올라섰다.
"무례한 방문을 용서하시오."
부인은 약을 휘젓던 손길을 멈춘 뒤 자세를 바로하고 약간 고개를 숙였다.
"나는 예주목 유비 현덕이라는 사람입니다. 선생의 고명(高名)하심을 듣고 찾아뵈러 왔소이다. 선생께서 계신지요?”
“모처럼 어려운 길을 오셨는데 죄송합니다. 주인께서는 최주평과
함께 원귀를 데리고 외출하셨습니다.”
부인은 원귀에게서 전날 유비가 찾아왔었다는 말을 들은 모양이다.
“어디로 가셨을까요?”
“그때마다 행선지가 다르므로 저도 알 수 없습니다. 어떤 때는 강
호로 나가 뱃놀이를 하시고, 또 어떤 때는 마을의 벗을 찾아가십
니다. 때로는 동부(洞府)로 가셔서 거문고와 바둑을 즐기기도 하
시고요.”
“그럼 언제쯤 돌아오실지도 모르시겠군요?”
“예, 죄송합니다.”
“나는 두 번씩이나 찾아왔습니다마는, 인연이 없어 대현(大賢)을
만나뵙지 못하는가 봅니다.”
유비는 탄식했다. 부인은 그 말에 아무런 대답도 없이 약탕관을
내려놓더니 차를 끓여 내놓았다.
예법은 유비가 황홀해할 만큼 훌륭했다.
“주군!”
중문에서 추위에 질린 장비의 큰 목소리가 들려왔다.
“제갈량이 없으면 어서 돌아갑시다.”
그러나 유비는 못 들은 척했다.
“와룡 선생께선 육도 삼략에 통달하고, 매일 병서를 벗삼아 활약
할 날에 대비하고 계시다는 소문을 들었습니다만……”
“저는 초당에 계실 때 뵌 적이 없으므로 어떤 일을 하며 시간을
보내시는지 통 알 수 없습니다.”
“와룡 선생께서는 부인께 장래의 포부에 대해 말씀하신 적이 없
습니까?”
“예, 늘 말씀하시는 것은 철이 바뀌는 이야기와 나날의 즐거운 생

활에 대한 것뿐입니다."

그 때 또 장비의 목소리가 들려왔다.

"주군, 눈보라가 무섭게 몰아칩니다. 꾸물거리다가는 돌아갈 길을 잃고 맙니다!"

부인은 새삼 고개를 깊이 숙이고 말했다.

"주인께서 돌아오시면 뒷날 신야로 찾아뵙도록 말씀드리겠습니다. 길이 눈에 파묻히기 전에 돌아가시옵소서."

"선생께서 수고스럽게 찾아오시게 할 생각은 없습니다. 다시 한 번 방문하겠습니다. 종이와 붓을 좀 내다주실 수 있겠습니까."

부인은 곧 지필묵을 가지고 왔다.

유비는 얼어붙은 붓 끝을 씹어서 종이에 줄줄 내려썼다.

나는 오랫동안 고명(高名)을 경모했소이다.

두 번씩 찾아왔으나 뵙지 못하고 헛되이 돌아갑니다. 이 서운함을 뭐라 말할 수 있을는지요.

생각컨대 한조(漢朝)의 후손인 비(備)는 헛되게 명작(名爵)만 얻었습니다. 돌아보건대 조정은 어지러워져 기강이 흔들리고, 군웅은 나라를 소란케 하며 악당들이 군주를 속이고 있습니다. 비에게 바로잡으려는 성의가 있다한들 경륜(經綸)의 방책이 없으니 어찌하겠습니까. 바라건대 선생께서 여상(呂尙)의 대제(大才)를 발휘하시고 자방(子房)의 홍략(鴻略)을 베푸시면 천하의 다행이고, 또한 사직의 다행이라 생각합니다.

다시 몸과 마음을 깨끗이하여 선생을 찾아뵙고 직접 회포를 듣게 되기를 바랍니다. 뵐 수 있기를 간절히 바랍니다.

유비는 붓을 놓고 그 글월을 부인에게 건넸다.

밖에서는 윙윙거리는 바람에 눈이 무섭게 흩날려 시야를 가렸다.

부인은 중문까지 따라나와 유비에게 정중히 머리를 숙였다.
유비는 휘몰아치는 눈보라 속을 뚫고 나섰다.

유비 일행이 얼마 못갔을 때 어지럽게 쏟아지는 눈을 맞으며 나귀를 타고 이쪽으로 오는 사람이 있었다. 나귀 잔등에 앉은 이는 방한모에 가죽옷을 입은 대장부가 분명했다. 유비는 속으로 생각했다.
'저 사람이 와룡 선생이구나!'
서서히 나귀가 가까워오자 사람의 윤곽이 드러났다. 그는 와룡 선생이라 여기기에는 너무 나이가 들어 보였다. 희끗희끗 머리가 센 초로의 노인이었다. 다리를 사이에 두고 유비 일행과 거리가 가까워지자 문득 노인은 나귀 위에 앉아 낭랑한 음성으로 시를 읊는다.

밤새 북풍이 몰아치더니
아득히 구름이 덮였구나
하늘에 어지러이 눈발 흩날리니
강산의 옛모습 온통 바뀌었구나
얼굴들어 먼 하늘을 쳐다보니
옥룡이 서로 다투는가
비늘이 부서져 펄펄 날리더니
순식간 온 세상을 뒤덮고 말았네
나귀 타고 작은 다리 건너가며
홀로 매화꽃 시듦을 탄식하네

유비는 귀를 기울이다가 예사 노인이 아님을 직감하고 말에서 뛰어내렸다. 관우와 장비도 덩달아 말에서 내려 유비의 뒤를 따랐다.
나귀가 느릿느릿 다리를 다 건널 즈음, 유비는 노인에게 다가가 깍듯이 인사를 올렸다. 그러자 노인도 황망히 나귀에서 내려 답례했다.

"뉘시온지?"

유비가 대답했다.

"저는 유현덕이라 합니다. 방금 읊으신 시가 참으로 절묘하여 저도 모르게 발길을 멈추었습니다. 노장의 존함은 어찌되시는지요?"

"나는 황승언(黃承彦)이라는 사람이오. 사위 집에서 양부음(梁父吟)을 보고 그 중 한 편을 외우게 되었지요. 방금 다리를 건너오다가 문득 울타리의 매화를 보고 감흥을 읊어 본 것입니다. 귀한 분께서 들으리라고는 생각지도 못했습니다."

유비는 짐작되는 바가 있어 정중히 물었다.

"혹시 서랑을……?"

역시 유비의 추측이 맞았다.

"지금 사위를 만날까 하여 가는 길이외다."

황승언이 겸손하게 대답했다.

유비는 황승언과 작별 인사를 나눈 뒤 말에 올랐다.

후세 사람은 유비 현덕이 눈보라를 맞으며 공명을 찾았던 일을 다음과 같이 읊고 있다.

눈보라 흩날릴 때 현자를 찾아갔건만
만나지 못하고 돌아가는 마음, 그 얼마나 섭섭했으랴
골짜기와 다리는 얼어 돌길은 미끄러운데
추위는 말안장 속으로 사정없이 몰아치고 갈길은 머네

머리에 닿은 눈송이 배꽃인 양 떨어지고
얼굴을 때리고 떨어지는 눈은 버들꽃처럼 흩날리네
말채찍 멈추고 고개를 돌려 먼 곳을 바라보니
은무더기 찬란하게 쌓인 와룡강이어라

새해가 밝아 건안 13년(208) 봄.

신야의 성 안에는 기쁨이 가득했다. 감 부인이 아들을 출산했기 때문이다. 유비는 미 부인과의 사이에 딸이 하나 있었으나 어려서 병사하고 말았다. 적적하던 차에 마침 감 부인이 아들을 낳았으니 그 기쁨은 이루 형용할 길이 없었다.

휘하의 장수들 또한 주군인 유비가 대를 잇게 되어 다행이라며 모두 한마음으로 축하해 주었다. 이때 유비의 나이 47세였다.

유비는 아들 이름을 선(禪)이라 짓고 자를 공사(公嗣)라 하였다. 선(禪)은 '마음을 가다듬어 고요히 진리를 추구한다는 뜻' 외에 '천자가 행하는 제식', '천자의 자리를 양보한다.'는 등의 의미를 갖고 있다. 유비가 어떤 의미에서 아들의 이름을 '선'이라 지었는지 알 수 없지만 결과적으로 그것은 아들의 운명을 암시하는 것이 되고 말았다.

꽃망울이 막 터지기 시작할 무렵, 유현덕은 점치는 사람을 불러 좋은 날을 택했다.

사흘간 목욕 재계하고 새옷으로 갈아 입고 나서 유비는 와룡강으로 공명을 찾아갈 뜻을 관우와 장비에게 말했다.

장비는 물론 시무룩해서 대답도 하지 않았지만, 관우도 이번만은 이맛살을 찌푸렸다.

"이런 말씀 드리는 것을 용서해 주십시오. 주군께서는 이미 한 번도 아니고 두 번이나 제갈량의 초막을 찾아 가셨습니다. 그것도 최고의 예를 갖추고 말입니다. 그런데 제갈량은 그 예에 대해 아무런 응답도 없이 오늘에 이르고 있습니다. 혹시 제갈량은 헛이름뿐으로, 주군께 그 정체가 드러나는 것이 두려워 일부러 피하고 있는 것은 아닐는지요?"

숨은 현자 끝내 영웅의 뜻에 감복하지 않아

현덕은 미소지으며 대답했다.
"옛날 제(齊)나라 환공은 동곽(東郭)의 야인(野人)을 만나려고 다섯 번 찾아가서야 겨우 목적을 말했다고 한다. 하물며 천 년에 한 번 나는 군사(軍師)를 얻는 마당에 세 번 찾는 것쯤 어떻겠는가."
"주군!"
장비가 소리질렀다.
"주군께선 잘못 생각하고 계십니다! 누가 뭐라고 해도 이번만은 주군께서 잘못 생각하고 계십니다! 주군, 찾아가실 것 없이 제게 밧줄을 하나 주십시오. 공명이란 놈을 묶어 끌고 오겠습니다!"
"익덕, 말을 삼가라!"
현덕은 큰소리로 꾸짖었다.
"그대는 주(周)나라 문왕(文王)이 강태공을 찾아간 이야기를 모르는가?"
"알고 있지요. 문왕이 위수(渭水)로 가서 낚시질하고 있는 강태공의 뒤에 서서 날이 어두울 때까지 기다리고 있었다는 이야기 말씀이겠지요?"
"맞아. 문왕 같은 훌륭한 임금도 상대가 성인일 때 그토록 예를 다했다. 그래서 주나라 800년의 터전을 닦을 수 있었던 것이 아닌가. 정 못마땅하다면 운장도, 익덕도 다 남아 있도록 해라. 나 혼자 찾아가겠다."
"함께 가겠습니다."
장비는 마지못해 순종했다. 관우도 따라나섰다.

와룡강(臥龍岡)

　그 시각 와룡강 초려에서는 어젯밤 늦게 스무날 만에 집에 돌아온 공명이 아침을 먹고 난 뒤 초당으로 들어가서 아내를 불렀다.

　초당에는 봄 햇살이 가득 비쳐들고, 작은 새들이 방문 앞에서 즐거운 듯 지저귀고 있었다.

　"무슨 일이신가요?"

　아내는 조심스럽게 남편을 바라보았다.

　"음, 일러둘 말이 있소."

　공명은 화창한 봄볕 아래 청아한 모습으로 앉아 조용히 말했다.

　"와룡강에서 당신과 사는 것도 아마 오늘이 마지막일 것 같소."

　"무슨 말씀이신지요?"

　"당신과 헤어질 날이 온 거요."

　"제가 마음에 안 드시는 건가요?"

　"나는 당신의 모든 것이 다 마음에 드오."

　"그럼 어째서 그런 말씀을 하시는 건가요?"

　"오늘이 금년 들어 가장 경사스런 날이기 때문이오."

총명한 아내였지만 남편의 말을 전혀 알아 들을 수 없었다.
공명은 빙그레 웃으며 말했다.
"황숙 유현덕이 오늘 오시게 될 거요."
"네에!"
아내는 고개를 숙였다.
"그렇군요. ……그럼 집을 나가시나요?"
"그렇소. 유 황숙이 세 번이나 찾아온다면, 그 정성에 보답하기 위해 나는 몸과 목숨을 바칠 수밖에 없소. ……만일 유 황숙이 오늘 같은 좋은 날에 찾아오지 않는다면 다시는 날 찾지 않을 거요. 그렇게 되면 당신과 앞으로 몇 년은 더 같이 살게 되겠지."
"저는 오늘 황숙께서 찾아주시기를 바랍니다."
아내는 미소로써 대답했다.
"한번 유 황숙의 청을 받아들이게 되면 이 와룡강에는 다시 돌아오지 못할 거요."
"네에."
"목숨을 바친 이상 집을 돌아볼 겨를은 없소."
"알겠어요."
"몇 해 뒤에 당신을 부르게 될지 알 수가 없소."
"각오하고 있어요."
"나는 이 날이 올 것을 예상하고 당신을 아내로 맞았다고도 할 수 있소."
"짐작하고 있었어요."
"그럼 밖에 나가 황숙이 오시는 것을 기다리시오."

유현덕은 와룡강 기슭에서 말을 내렸다.
관우와 장비 두 사람도 하는 수 없이 말에서 내려 걸어야 했다.
"주군!"

완만한 비탈을 올라가다가 관운장이 문득 소리치며 언덕 위를 가리켰다.

초가 문 앞에 사람 그림자가 둘 보였다.

"오오, 선생의 부인과 원귀다!"

현덕은 들뜬 목소리로 말했다.

"저 두 사람이 문 앞에 서 있는 것은 아마 우리를 맞기 위해서일 것이다."

운장과 장비는 서로 얼굴을 마주보았다.

찾아온다는 것을 미리 전한 것도 아니다. 어떻게 아는 것일까.

'……주군은 약간 머리가 이상해지셨다!'

장비는 눈빛으로 운장에게 말했다.

운장도 그런 의심을 문득 품지 않을 수 없었다.

'……그러나 세 번까지 찾아와도 집에 없으면 주군도 마침내 단념하겠지.'

운장도 그렇게 생각했다.

사립문에 이르니, 공명의 아내는 미소를 머금고 공손히 머리를 숙였다. 원귀도 전에 없이 활짝 웃었다.

"기다리고 있었습니다. 주인께서 초당에 계십니다. 어서 들어오시지요."

제갈량의 부인은 현덕을 맞아들였다.

운장과 장비는 또 얼굴을 마주 보았다. 서로가 어리둥절한 표정이었다.

현덕은 온 얼굴에 기쁨이 넘치는 표정과 가벼운 걸음걸이로 사립문으로 들어섰다. 그러고는 복숭아꽃이 만발한 정원을 지나 중문에 이르렀다.

현덕은 그곳에 운장과 장비를 남겨 놓고 혼자 초당으로 걸어갔다.

초당 안에는 조용히 누워 있는 사람이 있었다.

‘……제갈공명인가.’

현덕은 뜰 밑에 그대로 서서 누워 자는 모습을 지켜보았다. 그가 낮잠에서 깨어날 때까지 기다리기로 한 것이다.

해그림자가 조금씩 옮겨 갔다. 자리에서 낮잠을 자고 있는 사람은 꼼짝도 않는다. 한 시간이 지났다.

중문 앞에서 기다리고 있는 관운장과 장비는 중얼거렸다.

“어떻게 된 걸까?”

“글쎄…… 어디?”

장비가 고개를 쑥 내밀고 초당 안을 들여다보더니 소리를 질렀다.

“아니, 이럴 수가!”

“왜?”

“주군은 아직 뜰 밑에 선 채로 계시오! ……제갈량 놈, 우리 황숙을 하인처럼 저리 세워두고 대관절 안에서 뭘하고 있는 거지?”

운장이 미처 말릴 사이도 없이 장비는 성큼성큼 안으로 들어갔다. 장비는 자리에 누워 낮잠을 자고 있는 모습을 보자 저도 모르게 얼굴이 시뻘겋게 변했다.

기척을 느끼고 현덕이 얼른 뒤돌아보며 목소리를 죽여 꾸짖었다.

“익덕, 무례하지 않은가! 문 밖에 나가 있거라!”

장비는 일찍이 본 적이 없는 현덕의 무서운 표정에 멈칫하더니 불만의 기색을 어깨에 나타내며 발길을 돌렸다.

이윽고 자리에 누운 공명이 천천히 몸을 움직였다. 일어나는가 싶었으나 벽을 향해 돌아 누웠다.

그때 원귀가 다가왔다.

“아니……이런!”

원귀가 고개를 내두르며 초당으로 올라가려 했다.

현덕이 황급히 말렸다.

다시 얼마간 시간이 지났다.

공명이 자리에서 일어나더니 안으로 사라졌다.

낮고 맑게 시를 읊는 소리가 들려왔다.

　　큰 꿈을 누가 먼저 깨달으랴
　　평생을 내 스스로 알고 있거늘
　　초당에 봄잠을 즐기니
　　창 밖에 해도 더디구나

읊고 나자 공명이 모습을 나타냈다. 의관을 갖추고 경쾌한 걸음걸이로 현덕 앞에 나와 청했다.

"기다리게 해서 죄송합니다. 어서 오르시지요."

유현덕은 마침내 제갈량과 마주 앉게 되었다. 새삼 공명을 유심히 살펴보았다.

머리에 윤건을 쓰고 몸에 학창의를 입은 모습은, 하늘을 나는 신선의 품격을 지니고 있었다. 나이 서른이 차지 않은 젊은 얼굴에 봄바람을 보내는 청아한 기운이 넘치고 있었다. 신비스러운 품격과, 싱싱한 대나무 같은 아름다움을 함께 갖춘 보기 드문 위장부였다.

좌장군 의성정후 예주목이란 직함을 지닌 유비 현덕은 벌써 마흔하고도 반을 넘고 있었다. 마주 앉은 공명은 조금도 그 위엄에 뒤짐이 없었다.

이 대좌에서는 현덕이 신분을 떠나 공명을 스승으로 우러러보는 태도를 취했기 때문에 한층 더 공명의 모습이 빼어나 보였다.

"한나라 황실의 후손으로 탁현의 못난 농부였던 유비가 오래도록 선생의 높으신 이름을 듣잡고, 앞서 두 차례 찾아왔었으나 뵙지 못하여 천한 이름을 책상 위에 써 두었는데 보셨는지요?"

현덕은 최대의 경의를 보였다.

공명은 미소를 지으며 마주 인사했다.

"과분한 말씀, 듣기에 송구스럽습니다. 저는 남양의 한 농부로 성질이 게으르고 우둔한지라, 여러 번 찾아오셨는데도 답례를 하지 못해 송구스럽습니다."

제갈량 부인이 들어와 차를 올리고 나갔다. 그동안 두 사람 사이에는 봄기운이 감돌았다.

차를 마시고 나서 공명이 말했다.

"지난해 섣달, 적어 두고 가신 글 뜻은 마음속에 깊이 새겨 두고 있습니다. 다만 나이 어리고 재주 또한 넉넉지 못한지라 과분하신 부탁에 응할 수가 없었습니다."

현덕은 고개를 저었다.

"수경 선생의 말씀과 서원직의 천거에 어찌 틀림이 있겠습니까. 바라옵건대 이 유비에게 천하 대세를 가르쳐 주십시오."

"장군은 어찌 옥을 버리고 한낱 돌멩이를 찾으십니까?"

"선생, 이 유비가 옥과 돌을 분간 못할 정도로 어리석기야 하겠습니까?"

"무엇을 듣고 싶어하시는지요?"

"선생은 세상을 건질 남다른 재주를 품고서도 오랫동안 세상을 피해 조용히 지내고 계셨으니, 그동안 반드시 이 어지러운 세상을 바로잡을 경략(經略)을 궁리하셨을 줄 압니다. 그것을 들려 주셨으면 합니다."

"먼저 황숙께서 품고 계신 뜻을 듣고 싶습니다."

유비는 대답했다.

"지금 한나라 조정이 기운 지 오래되었으나 간신이 칙명을 도둑질하여 제 마음대로 천하를 움직이고 있습니다. 저는 저의 역량도 헤아리지 않고 대의를 천하에 펼치고자 여러 해를 두고 고심을 거듭하고 있사오나, 워낙 지혜와 재주가 부족한 탓으로 여지껏 이렇게 이룩한 바가 없습니다. 이 어리석음에서 건져 줄 사람은 선생

외에 아무도 없는 줄 압니다."

온몸에 정성을 담아 현덕은 불타는 눈길로 공명을 바라보았다.

공명은 맑은 눈으로 현덕의 눈길을 받으며 입을 열었다.

"사사로운 생각을 말하는 것을 용서하시기 바랍니다."

"삼가 듣고 싶습니다."

현덕은 얼굴을 빛냈다.

공명은 경쾌한 목소리로 말하기 시작했다.

"동탁이 반역을 저지른 뒤 여러 나라에 영웅 호걸이 함께 일어나 그 수를 이루 다 헤아릴 수 없었습니다. 그 중에서 조조가 두각을 나타내어, 가문과 명망과 군사가 모두 원소에 못 미쳤으나 능히 원소를 없앴습니다. 이는 단지 천운을 얻은 것이 아니라, 사람의 지혜를 다했기 때문일 것입니다. 눈을 강동으로 돌리면 손견의 지능과 패기는 마침내 오나라를 이룩하여 이미 3대를 이어 오게 되었습니다. 국경은 험준하여 이를 깨뜨리기 어렵고, 백성들은 심복하여 조금도 딴 마음을 품고 있지 않은지라, 그 국력은 안정되어 있습니다. 그러므로 동맹을 맺어 그의 도움을 받을 수는 있어도, 이를 꾀하여서 앗을 수는 없을 것입니다."

"과연 그렇겠습니다."

현덕은 진심으로 동의를 표했다.

"그런데…… 여기서 다시 형주로 눈을 돌릴까 합니다. 형주는 북쪽에 한수와 면수가 요새를 이루고 있고, 남쪽은 남해로 통하여 교역의 편의가 있으며, 동쪽은 오나라와 더 나아가 회계까지 길이 열려 있습니다. 서쪽은 파촉(巴蜀)으로 통하여 참으로 무력을 휘두르기에 충분한 곳이라 할 수 있습니다. 황숙께서는 이 형주의 태수인 유표가 늙고 병들어 이미 이를 다스릴 힘을 잃은 것을 잘 알고 계실 줄 압니다. 또 그의 두 아들 유기(劉琦)와 유종(劉琮)은 다같이 태수가 될 만한 그릇이 못된다는 것은 새삼 말할 것도 없습니다. ……눈을 형주 서쪽으로 돌리면 익주(益州)가 거기 있습니다. 익주는 사방이 산으로 둘러싸여 적의 침입을 저지하고, 그 중앙은 기름진 땅이 천리나 되므로 참으로 하늘이 만든 요새라 할 수 있습니다. 익주 또한 형주와 마찬가지로 다스리는 사람을 얻지 못하고 있습니다. 유언(劉焉)의 아들 유장(劉璋)은 세상을 보는 눈이 어둡고 또한 겁이 많아, 북쪽에 장로(張魯)라는 오두미도(五斗米道)의 무리가 날뛰어도 이를 무찌르지 못합니다. 백성은 많고 나라는 부한데도 유장은 백성들로부터 거두어들이기만 할 뿐 이들에게 베풀 줄을 모릅니다. 그러므로 익주의 슬기롭고 능력 있는 인물들은 다같이 밝은 임금이 나타나 어두운 임금을 대신해 주기를 바라고 있습니다."

공명이 지금 말하고 있는 포부는 현덕이 말한 대로 공명의 가슴속에 오랫동안 간직하고 있었던 것이 틀림없었다.

유려한 목소리는 한 마디도 막힘이 없었다.

"황숙은 황실의 후예로 그 신의는 천하가 다 알고 있습니다. 영웅을 모두 내편으로 끌어들이고 어진 사람을 얻으려는 마음은, 목마른 사람이 물을 찾는 것 같다고 할 수 있습니다. 그러므로 형주와 익주를 손에 넣어 서쪽의 다른 민족들과 화친을 맺고, 오랑캐들을 어루만져 국경의 수비를 튼튼히 하며, 오나라 손권과 화친을 맺은 다음 이윽고 천하에 변이 일어나거든 상장(上將)에게 명하여 형주의 군사를 거느려 하남으로 향하게 하고, 황숙 자신은 익주의 장병들을 거느리고 진천(秦川)으로 진격하게 되면 천하의 백성들은 황숙에게 영광이 오는 날을 기다리게 될 것입니다. 이리하여 곧 패업이 이룩될 것은 불을 보듯 분명합니다."

"과연!"

현덕은 천하 정세를 내다보는 공명의 뛰어난 안목에 자기도 모르게 무릎을 쳤다.

공명은 불렀다.

"원귀. ……서재의 선반에서 두루마리를 가져오너라."

원귀는 곧 그것을 가지고 와서 벽에다 걸었다.

서촉 54군을 그린 도면이었다.

"황숙……. 만일 황숙께서 패업을 이룩하시려면, 북쪽은 하늘의 시기를 조조에게 양보하고, 남쪽은 땅의 이익을 손권에게 주고 황숙 자신은 사람의 마음을 얻어 먼저 형주를 차지하여 집을 꾸미시고, 그런 다음 이 서촉을 손에 넣어 나라의 기틀을 세워 조조·손권과 함께 삼웅의 형세를 이루는 것이 좋을 줄로 압니다."

천하를 셋으로 나누는 웅대한 계략이 그것이었다.

후세 사람들이 이 일을 찬탄하여 시를 지었다.

현덕이 당시 곤궁함을 탄식하더니
얼마나 다행인가 남양에 와룡 있었구나
뒷날 천하삼분이 된 것을 알려거든
공명선생이 웃으며 가리킨 지도를 보게나

"아아, 참으로!"

현덕은 무릎을 쳤다.

"선생의 말씀을 듣자오니 구름을 헤치고 푸른 하늘을 날아가는 느낌이 듭니다!"

그렇게 외치고 서촉 54군의 도면을 줄곧 들여다보고 있던 현덕은 문득 이맛살을 찌푸렸다.

"그러나……형주의 유표와 익주의 유장은 다같이 한실 종친인데 이들을 없애가면서까지 그 나라를 앗는다는 것은 차마 못할 일입니다."

공명은 그 말을 벌써 예상하고 있었던 것처럼 미소지었다.

"요즘 몇 해 동안 형주와 익주를 돌아다니며 자사의 저택을 들여다보고 장병들의 상태를 살피며 백성들의 소리를 들어 보았습니다. 유표는 이제 얼마 안 있어 죽게 됩니다. 유장은 병은 없으나, 벌써 어진 신하들이 그를 외면하고 있습니다. 대의(大義) 앞에 사사로운 정은 금물입니다. 눈을 크게 뜨고 천하의 너른 것을 보아 주십시오."

"잘 알았습니다."

현덕은 고개를 크게 끄덕였다. 그러고 나서 애원하듯이 말했다.

"새삼 청을 드립니다……. 유비는 이름은 작고 덕이 없어 선생의 출려(出廬)하심을 청할 만한 사람은 못되오나, 천하 만민을 위하여 이 와룡강을 나오셔서 이 유비를 도와주실 수 없겠습니까?"

"오래 농사일을 하던 몸이라 군막 안으로 들어가 빛나는 전공을 세운 여러 장군들과 더불어 의논하는 것이 결코 쉽지 않을 줄로 압니다."

공명은 젊은 나이로 군사(軍師)의 지위에 오를 경우, 지금까지 현덕과 생사를 같이해 온 관우·장비 등 호걸들이 그의 지휘 밑에 들어가는 것을 달갑게 여기지 않을 것을 훤히 알고 있었기 때문에 그 점을 듣기 좋은 말로 일렀던 것이다.

이 말을 듣자 현덕은 문득 머리를 숙였다. 아무 말이 없었다.

공명은 유비의 볼을 타고 흐르는 눈물을 보았다. 그 눈물은 천만 마디 말보다 진실을 말해 주었다.

"황숙! 그토록 원하신다면 오늘부터 목숨을 바쳐 일하기로 하겠습니다."

공명은 그렇게 말했다.

"오오! 나와주시겠습니까?"

현덕은 눈물에 젖은 얼굴을 들어 공명을 바라보았다. 너무 감격한 나머지 말을 잇지 못했다.

　이윽고 현덕은 밖으로 나와 기다리고 있는 관우와 장비에게 공명이 출려(出廬)하게 된 것을 말하고 가지고 온 금은과 비단 등 예물을 가져오라고 일렀다.
　공명은 굳이 사양하고 받지 않았다.
　현덕은 조그만 정성에서 드리는 것이니 받아달라고 사정했다.
　공명은 웃으며 대답했다.
　"그렇다면 내게 소원이 있습니다."
　"무엇이든……."
　"황숙께서 오늘밤 이 초막에서 하룻만 쉬어 주시지 않겠습니까. 아내의 가난한 대접을 받아 주시고 그 답례로 주신다면 아내의 손으로 받게 할까 합니다."
　"고마운 마음 뭐라고 감사드릴 길이 없습니다."
　유비는 기꺼이 그 청을 받아들였다.
　저녁상에 오른 음식은 겉보기에는 초라했으나, 어느 것 별미 아닌 게 없었다.
　그날 밤 현덕과 공명은 잠자리에 나란히 누워 천하 정세를 서로 이야기하며 밤이 깊는 줄을 몰랐다.
　날이 밝아 현덕이 다시 지금까지 먹어 보지 못한 조반을 다 마쳤을 무렵, 뒷집에 살고 있는 아우 제갈균(諸葛均)이 공명을 가만히 불렀다.
　공명은 유현덕에게 말하고 초당을 나가 아우를 만났다.
　아우의 얼굴은 창백했다.
　공명은 잠자코 아우의 집으로 따라 갔다.
　제갈량의 부인은 이미 싸늘한 시체가 되어, 방 한구석에 단정하게 누워 있었다. 그 얼굴은 백합처럼 매끄럽고 입 언저리에는 가느다란 웃음이 깃들어 있었다. 무서운 결의가 담긴 자결이었다.
　유표 부인 채씨의 이질녀인 황 부인은 남편이 유현덕의 막하로 들어가게 되자, 결국은 유표 일족들과 싸우게 될 것을 내다보고, 채 부인과의 인척 관계로 인해 조금이라도 남편에게 망설일까 저어하 여 스스로 목숨을 끊은 것이다.

그 죽음은 남편의 앞날을 위한 가장 큰 선물이었다.

공명은 조용히 꿇어앉아 그 차가운 볼에 손바닥을 대고 있더니, 이윽고 아우 균에게로 고개를 돌렸다.

"이 일을 유 황숙이 알게 해서는 안 되네."

엄숙한 태도로 일렀다.

"알겠습니다."

"유 황숙께서는 나를 삼고의 예로써 맞아 주셨네. 이 두터운 정에 보답하기 위해 목숨을 바쳐 힘을 다하여야 되네. 아우에게 집과 논밭을 줄 것이니 손수 농사하여 묵히는 일이 없도록 하게."

"알겠습니다."

"다행히 내가 공을 이룩하여 유 황숙이 서촉 54군의 주인이 되는 날 벼슬을 하직하고 돌아와 숨어 살 날이 있을지도 모르겠네."

"반드시 그때까지 집을 지키고 있겠습니다."

균은 형에게 맹세했다.

그러나 공명은 끝내 이 와룡강 초려로 돌아오지 못했다.

높이 오르기 전 물러갈 생각부터 하니
공을 이루면 응당 떠날 때 한 말 생각나리
그러나 오직 선주의 부탁 잊지 못해
갈바람 부는 오장원에서 별이 스러졌어라

삼고의 예를 받고 유비와 함께 와룡강을 떠나는 제갈량의 심경은 어떠했을까. 21년 후 촉한의 2대 황제가 된 유선에게 공명이 바친 출사표에 그 비장함이 그대로 반영돼 있다.

신은 본디 포의로 남양에서 밭을 갈며 살아왔습니다. 이 어지러운 세상에 이름을 보전코자 제후에게 명성이 높아지기를 원치 않았는데, 선제(유비)는 황송하게도 세 번이나 몸소 신의 초려를 찾으시어, 신의 비천함을 개의치 않고 몸을 굽혀 당세의 일을 물으셨습니다. 신은 이에 감격하여 선제를 위해서 이 한몸을 바치기로 결심한 것입니다.

포의(布衣)란 벼슬이 없는 선비를 뜻한다. 유비는 당시 좌장군의 지위에 있었다. 그러므로 유비가 한낱 선비에 불과한 제갈량을 찾아 몸을 굽혔다는 것은 당시로서는 어불성설(語不成說)이었다. 그러나 이 일화를 통해 알 수 있듯 유비는 제갈량을 군사(軍師)로서 모시는 데 최대한 진심어린 예우를 다했음을 알 수 있다. 많은 고사 가운데 '삼고초려'의 고사가 으뜸으로 꼽히는 까닭은 바로 여기에 있다.

공명은 만 권이나 되는 책들도 그대로 둔 채 원귀에게 고삐를 잡히고 말에 올라 와룡강을 떠났다.

뒤따르는 장비는 못마땅한 듯 툴툴거렸다.

"운장 형, 제갈량이 어느 정도의 인물인지는 모르지만, 아무리 우리 주군께서 권했다 하더라도 고삐를 나란히 하고 간다는 건 좀 건방지지 않소?"

장비가 내뱉었다.

"익덕, 아우는 제갈량의 밝은 표정 속에 가슴이 미어지는 슬픔이 숨어 있는 것을 눈치채지 못했는가?"

운장이 나직이 책망했다.

"뭐라구요?"

"나는 오늘 아침 뒷집의 낌새가 이상하기에 가만히 엿보았더니 제갈량의 부인이 스스로 목숨을 끊었더구나. 남편의 뒷근심을 없애기 위해 자결한 것이겠지."

"으음?"

장비는 깜짝 놀라 눈을 크게 떴다.

봄바람에 휘날리는 공명의 학창의 자락에서는 한점의 슬픈 기미조차 느껴지지 않았다. 먼 장래를 위해 서슴없이 나아가는 맑고 상쾌한 빛만 가득할 뿐이었다.

이 일에 대해 고풍스런 시 한 수가 전해진다.

한고조 황제께서 손에 삼척검 뽑아들고
망탕산의 백사를 한밤에 피 흘려 죽였네
진나라 초나라 멸하고 함양으로 들었으나
이백 년 전 하마터면 대가 끊길 뻔하였네

위대한 광무제가 낙양서 대업을 이루나
환제 영제에 이르자 또다시 허물어졌네
헌제가 도읍 옮겨 허창으로 행차하자
사방에서 호걸들 분연히 일어나네

조조는 천시 얻어 나라 권력 휘두르고
강동 땅의 손씨마저 큰 사업 펼쳤다네
곤궁한 현덕만이 외로이 천하를 떠돌다가
홀로 신야에 머물며 백성들 근심하네

남양 땅 와룡선생 큰 뜻 품었으니
뱃속에는 웅병 육도삼략 다 들었네
서서가 떠나며 남긴 한마디 따라
초려 세 번이나 찾아 마음을 통하였네

그때 선생의 나이 불과 스물일곱이라
거문고와 서책 들어 융중 땅 이별하네
먼저 형주를 손에 넣고 뒤따라 서천 취하니
무너진 하늘 깊은 탁월한 공훈 세우네

거침없는 누빔에 우렛소리 진동하고
담소하는 가슴속엔 하늘 땅 뒤바뀌었지
빼어난 위풍 떨쳐 천하를 안정시키니
천년만년 흘러가도 그 이름 영원하리라

신야로 돌아온 유비는 성 안의 주요 인물들을 모아 제갈량을 소개하는 잔치를 베풀었다. 그것은 유례없는 매우 이례적 환영이었다. 관우와 장비, 휘하의 모든 무장들은 잔치에 전원 참석했다. 평소 검약한 유비가 성대한 잔치를 베풀어 환영할 정도라면 그 인물 됨됨이가 보통은 아닐 거라는 기대감을 갖고 모인 것이다. 무장들은 제갈량의 풍모를 보자 모두 고개를 끄덕였다. 역시 주군인 유비가 손수 택하여 모실 만한 군사(軍師)의 외모를 지니고 있었다.

그러나 단 한 사람, 장비의 표정만은 달랐다. 삼고초려의 배경을 잘 알고 있는 장비는 제갈량의 거만함이 마음에 들지 않았다. 또한 유비가 아우인 관우와 자신을 제쳐놓고 유독 신참인 제갈량에게 더 살가운 정을 쏟는 듯 보이자 장비의 불만은 더욱 커졌다.

"운장 형, 부하가 하나 늘었다고 언제 이렇게 잔치를 베풀었던가? 제갈량을 너무 대접해주는 거 아냐?"

들으라는 듯이 장비는 관우를 향해 예의 큰 소리로 말했다. 그러나 제갈량은 전혀 신경쓰는 기색 없이 옆자리의 간옹, 미축과 담소를 나누었다. 장비는 공명의 그 태연자약한 태도에 더욱 비위가 상했다.

"신참 군사에게 묻고 싶소!"
크게 소리쳤다.
제갈량은 돌아서서 물었다.
"무엇을 묻고 싶으신지?"
"검과 창을 다룰 줄 아시오?"
갑작스런 장비의 질문에 제갈량은 대수롭지 않다는 듯 담담한 어조로 대답했다.
"다룰 줄은 아오만 대단치 않은 실력이오. 검과 창보다는 호미와 쟁기를 더 잘 다루지요."
그러자 짐작했다는 듯 장비는 잔뜩 어깨에 힘을 주며 말했다.
"밭을 갈고 작물을 키우던 사람이 피비린내 나는 전장에서 살아남을 수 있겠소? 하물며 군사라니 지나가는 개도 웃을 일이오."
장비는 그렇게 말하며 지붕이 날아갈 듯 호방한 웃음 소리를 냈다. 일순 좌중의 흥은 깨지고 말았다.
유비는 자리에서 벌떡 일어섰다. 자신이 진심을 다해 어렵게 영입한 제갈량에게 장비가 참지 못할 모욕을 준 것이다. 당장 칼을 빼서라도 불호령을 내리고 싶었으나 유비는 그럴 수 없었다. 자신은 제갈량 한 사람의 주군이 아닌 모두의 주군이기 때문이다. 의제인 관우는 그렇다치고 서주 시절부터 자신과 뜻을 같이 한 미축·미방 형제, 손건, 간옹 등을 실망시키고 싶지 않았다.
유비는 낮은 목소리로 타일렀다.
"나에게 공명이 필요한 것은 물고기가 물을 필요로 하는 것과 같은 것이다. 그것을 이해해주기 바란다."
그 말을 마치자 유비는 다시 제자리로 돌아가 앉았다. 제갈량은 유비를 향해 엄숙히 고개를 숙였다. 자신이 평생의 주군으로 모실 위인은 역시 천하에 유비 단 한사람뿐이라는 듯.

큰 그릇

　장강(長江) 가에 새로운 부도사(浮屠祠)가 세워졌다는 말을 듣고 오두미도의 교모 소용은 진잠을 데리고 남쪽으로 내려왔다.

　그것은 사선(沙羨)이란 곳이었다.

　한수가 장강으로 흘러드는 지점의 남쪽 기슭, 지금의 무창(武昌)이다.

　"꽤 늘어났군요."

　진잠이 한숨섞인 소리로 말했다. 탄식이라기보다 감탄에 가까웠다. 다른 나라에서 들어온 불교 사원이 요즘 들어 급속히 늘고 있다.

　소용이 말했다.

　"생각해야 할 일입니다."

　"생각이야 20년 남짓 해 왔지요."

　진잠도 벌써 40대 중반이다. 그리고 젊게 보인다 해도 소용 역시 60세가 넘었다. 머리는 새하얬으나 얼굴엔 아직도 이상할 만큼 윤기가 돌았다.

　"아직…… 20년으로썬 모자랍니다."

소용은 부도사(불교 사원)를 우러르며 말했다. 이 무렵의 절은 탑이 중심이었다.

진잠이 이윽고 물었다.

"의사(義舍)는 어디에 세울까요?"

의사는 무료 숙박소를 일컫는 말이다. 난민이나 빈민을 수용하고 의식(衣食)을 제공하는 복지 시설이다.

소용이 대답했다.

"장강 건너가 좋겠지요."

소용이 이곳에 온 것은 불교가 강 남쪽 기슭에 절을 세웠으니까 자기네들 도교도 강 북쪽 기슭에 비슷한 것을 세우기 위해서였다.

무창 맞은편 기슭은 하구(夏口 : 지금의 漢口)였다. 섬서(陝西)의 면(沔)에서 시작된 한수(漢水)가 그곳으로 흘러든다. 한수와 양자강 쪽 부분을 그때 하수(夏水)라 불렀기 때문에 그 입구라는 의미로 하구라 불렀던 것이다.

이 언저리는 손권과 유표의 두 세력권의 경계였다. 쉴새없이 국경 분쟁이 일어나는 곳이라 난민 수용 시설이 특히 필요했다.

하구에는 유표의 부하 황조(黃祖)가 주둔하고 있었다. 황조는 이미 노장이다. 17년 전 유표의 명령으로 손권의 아버지 손견과 싸운 적이 있는데, 그때 손견을 죽였다. 그 때문에 손권은 손책과 마찬가지로 황조를 아버지의 원수라고 하여 이를 갈았다.

강동의 소패왕이라 불리던 손책이 뜻하지 않은 재난을 만나 26세 젊은 나이로 세상을 떠났을 때, 그 뒤를 이은 아우 손권은 겨우 19세였다.

그러나 태어날 때부터 지혜와 용기를 갖춘 큰 그릇인 손권은, 죽은 형의 유언에 따라 내정은 장소에게 묻고 바깥 일에 관해서는 주유에게 물었다. 동시에 널리 어진 선비와 용맹스런 장수들을 맞아 그 기업을 튼튼히 했다.

먼저 주유의 추천에 의해 임회(臨淮) 동산(東山) 사람 노숙(魯肅)을 불렀다. 이어 낭야(瑯琊) 양도(陽都) 사람 제갈근(諸葛瑾 : 공명의형)을 불러들였다. 계속해서 장굉(長紘)·고옹(顧雍) 등 숨은 인재들을 휘하에 넣었다.

그 뒤로도 손권이 초야에 있는 인물들을 요직에 앉힌다는 소문을 듣고, 호걸과 재사로 자부하는 사람들이 다투어 모여들었다.

회계의 감택(闞澤), 팽성의 엄준(嚴畯), 패현의 설종(薛綜), 여남의 정병(程秉), 오군(吳郡)의 주환(朱桓)과 육적(陸績), 회계의 낙통(駱統), 오군의 오찬(吾粲), 여남의 여몽(呂蒙), 오군의 육손(陸遜), 낭야의 서성(徐盛), 동군의 반장(潘璋), 여강의 정봉(丁奉) 등 참으로 천하의 인물들이 구름처럼 모였다.

바로 그 무렵, 조조는 원소를 무찌르고 그 위세가 하늘을 찌를 것 같았다. 그리하여 조조는 손권에게 편지를 보냈다.

귀하의 아들 하나를 낙양으로 올려보내어 천자를 모시도록 하라.

젊은 손권에게도 벌써 뒤를 이을 아들이 있었다. 이제 겨우 두 살이었다. 그 어린아이를 인질로 보낼 것이냐 아니냐를 두고 문무 중진들과 상의한 끝에 손권은 이를 거부키로 했다.

이로 인하여 조조는 손권을 언젠가는 무찔러 없앨 결심을 굳히게 되었다.

손권은 조조가 구름처럼 군대를 이끌고 오나라로 쳐들어올 것을 각오하지 않으면 안 되었다. 그 싸움을 승리로 이끌기 위해서는 주위에 적이 없도록 하고, 다시 영토를 넓혀 군사력을 증강해야 한다.

손권은 먼저 강하(江夏)태수 황조를 쳐서 형주를 앗을 발판을 만들기로 했다.

그러나 황조는 만만치 않았다. 그 밑에 해적 출신의 소비(蘇飛)

나 진취(陳就)와 같은 맹장이 있어 손권의 군세를 곧잘 막아냈다.

지난 해에도 손권은 황조를 쳤는데 도중에 갑자기 물러날 수밖에 없었다. 손권의 어머니 오씨가 죽었기 때문이다.

"그때는 애송이 어머니가 죽어 한숨을 돌렸지만 이제 또 쳐들어올 거야. 정말 귀찮다니까."

황조는 말하며 껄껄 웃었다.

소용과 진잠이 의사(義舍) 건립의 허가를 받기 위해 면회했을 때도 황조는 이가 빠진 입을 크게 벌리고 목을 두드려가며 웃었다.

"이 목을 그 애송이한테 주려면 아직도 멀었지!"

황조의 호탕한 웃음 소리에 어딘지 모르게 공허한 울림이 있는 것 같아 소용과 진잠은 서로 얼굴을 마주 보았다.

"어떤가, 천하 형세는?"

이윽고 황조는 두 사람에게 물었다.

불교나 도교의 전도자는 여러 곳을 다니기 때문에 여러 가지 일들을 두루 알고 있다. 사람들은 그들로부터 온갖 정보를 얻으려 하였다. 특히 천하를 꿈꾸는 영웅들은 그들의 이야기를 듣는 데 열심이었다.

"조조는 요서에서 개선한 뒤 업의 현무원에 큰 연못을 만들고 군사들에게 수군 훈련을 시키고 있습니다."

소용은 가장 중요한 정보를 알렸다.

"조조 놈이 수군 훈련을?"

황조는 미간을 찌푸리더니 별안간 배를 잡고 웃었다. 그 웃음은 좀처럼 멎지를 않았다.

진잠의 눈에는 황조의 목구멍 속까지 들여다보였다.

'역시 이류(二流) 인간밖에 못되는구나.'

진잠은 그렇게 생각했다. 이것이 만일 조조나 유비라면 꼬치꼬치 캐물어가면서 진지한 표정을 지었을 것이다.

“우습다, 정말 우습다! 그밖에 좀더 웃기는 이야기는 없나?”

겨우 웃음을 그친 황조가 물었다.

“그밖에는 별로 없습니다.”

소용이 대답하고 자리에서 일어섰다. 그밖에도 중요한 정보는 있지만 상대는 그것을 알려 줄 가치가 없는 인간이었다. 빨리 물러나와 의사 건설에 착수하는 편이 훨씬 낫다.

돌아오는 길에 진잠은 말했다.

“황장군의 목도 그리 오래 붙어 있지는 못하겠더군요.”

“그 사람은 천하 형세와는 인연이 없는 사람이에요. 천하의 일은 커녕 자기 진영의 일도 모르고 있어요.”

소용은 그렇게 말하면서 둘레에 눈길을 보냈다. 의사를 어느 곳에 세우면 좋을지 그 장소를 물색하고 있었다.

난세의 서민은 마음의 안식처로 다른 나라에서 들어온 불교까지 받아들였다. 그렇다면 중국에서 태어나고 이 땅의 풍토에 뿌리를 둔 도교가 빛을 보지 못하는 것은 대체 무엇 때문일까?

이때의 도교는 크게 나누어 태평도와 오두미도 두 가지였다. 태평도는 매우 정치적이고 공격적이라 황건난을 일으켰으나 곧 진압되었다.

반면, 파촉 땅을 바탕삼은 오두미도는 정치 중심에서 멀리 떨어져 있었던 까닭인지 지금껏 살아남을 수 있었다. 소용은 그 오두미도의 교모로써 불교의 자세를 배우고 주로 복지에 힘써 왔던 것이다.

“전쟁이 머지않은 것 같습니다.”

진잠이 어두운 표정으로 다시 말했다. 여러 곳을 다녔던 그로서는 천하 정세를 잘 알 수 있었다.

관도(官渡)의 싸움에 견줄 대결전이 눈앞에 임박해 있다는 것, 그리고 그 무대는 이 일대가 될 것임을 어렴풋하게나마 짐작했다.

소용은 중얼거렸다.

"빨리 의사를 건립해야 할 텐데……."

의사라고 해서 건물만 짓는 것은 아니다. 식량을 모으고 옷가지를 사들이고 그것을 저장하지 않으면 안 된다. 그런 물자를 빼앗기지 않도록 방비 조치도 미리 강구해야 한다.

두 사람은 저마다 이런 생각을 하면서 하구 거리를 터벅터벅 걸었다.

건안 13년(208) 정월——. 장강을 건너오는 바람은 아직 쌀쌀했다.

'자기 진영의 일도 모른다.'

소용은 황조를 이렇게 평했지만, 그가 속해 있는 유표의 진영에서는 커다란 변화가 일어나고 있었다.

첫째는 유비가 제갈공명을 군사(軍師)로 맞이한 일, 둘째는 유표의 병세가 악화된 일이다.

"47세가 된 지금까지도 객장이라니 신세가 따분하다."

이것은 유비의 한탄이었다. 그가 이제껏 한 진영의 총수가 되지 못한 까닭은 분명했다. 모신(謀臣)이 없었기 때문이다.

조조 진영으로 말한다면 순욱, 가후, 곽가와 같은 지모있는 가신들이 즐비했다. 손권 진영에도 주유, 노숙과 같은 쟁쟁한 지장(智將)이 있었다.

그러나 유비는 이제까지 참모도 없이 야전군사령관 정도로 싸워 온 것이나 다름없다. 관우나 장비도 현덕의 명령을 기다릴 뿐이었다. 명령을 내리기만 하면 그들은 용감히 싸웠다. 하지만 작전에 대해 그들이 계책을 내놓은 일은 거의 없었다.

유비는 혼자서 작전을 짜야 되었다. 손건과 미축(麋竺)이 있었지만 이들은 유능한 행정관에 지나지 않았다.

미축은 본디 서주 동해군(東海郡) 구현(朐縣) 사람으로 수십만 금의 부호로 불리었다. 부리는 종만 해도 1만이 넘는다고 일컬어졌다.

미축은 서주목 도겸의 부관으로 등용되었고 도겸이 세상을 떠났을 때 그의 유언으로 유비를 서주목으로 맞이하는 사자가 되었다. 그와 유비와의 만남은 이때부터였다.

건안 원년, 유비가 원술과 대치하고 있는 사이에 여포에게 본거지인 하비성을 빼앗기고 광릉군을 헤매며 한때는 먹을 것조차 없을 때 그를 구해준 것이 미축이었다. 미축은 유비에게 자기 누이동생을 부인으로 바쳤고 노비 2천 명에 거액의 군자금까지 대주었던 것이다. 그도 또한 중산의 호상 장세평(張世平), 소쌍(蘇雙) 등과 마찬가지로 유비의 장래에 모든 것을 건 사람이었다.

좀 다른 얘기지만 중국에는 큰 부자를 하늘이 낸다는 전설이 있다. 미축에게도 그런 이야기가 있었다.

미축이 낙양에 갔을 때의 일이다. 그곳에서 돌아오는 길에 길가에 서 있는 한 여인을 만났다. 수레에 태워달라고 부탁하므로 여인을 수레에 태워 주었다. 몇 리를 가자

"다 왔습니다. 내려 주세요."

여인은 수레에서 내려 가려다가 한 마디 덧붙였다.

"정말로 고마웠습니다. 사례를 하고 싶어도 가진 것이 아무것도 없어 특별히 천상계(天上界)의 비밀을 가르쳐 드리겠어요. 실인 즉 저는 옥황상제의 사자로 지금부터 동해군의 미자중 집에 불을 지르러 가는 길이에요."

미축은 깜짝 놀랐다.

"그 미축이란 바로 저입니다. 자비로써 집을 태우는 일만은 용서해 주실 수 없겠습니까?"

"그것은 이미 정해진 일이어서 이제 와서 바꿀 수는 없어요. 다만 당신이 미자중이라는 걸 안 이상 사례 대신 이렇게 하기로 하지요. 당신은 이제부터 급히 집으로 돌아가도록 하십시오. 나는 뒤따라 천천히 가기로 하겠습니다."

그러고는 여인의 모습이 사라졌다. 미축은 곧 마차를 달려 집으로

돌아오자마자 식구들을 불러 가재 도구를 모두 밖으로 내놓았다. 정오가 되자 과연 큰불이 일어나 집은 불타 버렸다고 한다.

이 전설로서도 알 수 있듯 미축은 덕망이 있는 인물이긴 했으나 전쟁에는 서툴렀다.

아무튼 유비는 형주의 식객으로 7년 동안 있으면서

"모신만 있다면……."

얼마나 간절히 바랐는지 모른다. 그러한 유비가 이제 제갈공명을 얻었으므로 풍운이 소용돌이칠 것은 틀림없었다.

"목 통을 두 개 준비하라!"

손권은 느닷없이 외쳤다.

'전쟁이로구나.'

부하들은 그 말에서 대뜸 느껴지는 것이 있었다. 막료가 물었다.

"누구의 목을 넣는 것이옵니까?"

"황조와 소비의 목이다."

"알았습니다."

"선봉은 여몽에게 명한다. 동습과 능통이 돕도록 하라. 이번 황조 토벌의 군감은 감녕(甘寧)이다."

손권은 잇따라 명령을 내렸다.

감녕의 등용은 뜻밖이었다.

그는 사천 출신으로 성도에서 유언(劉焉)을 섬겼지만 유언이 죽은 뒤 아들 유장의 그릇이 작은 데 실망하여 형주로 망명했다.

하지만 형주의 유표도 그가 기대했던 만큼의 인물이 아님을 깨닫고 손권한테로 가려 했다. 그런데 이 두 번째 망명길 도중 하구에서 황조의 부하 장수 소비에게 억류되어 3년 동안 그곳에 머무른 적이 있었다.

따라서 하구에 대해서 감녕 이상으로 자세히 알고 있는 자는 없었다. 황조군에서 3년이나 있었던 인물을 황조 토벌의 군감으로 기용하는 것은 손권에게는 너무도 당연한 일이었다.

건안 13년(208) 봄, 손권의 함대는 장강을 거슬러 올라갔다.

황조는 급보를 받자 곧 몽충(蒙衝)을 한수 입구에 띄우고 막았다. 몽충은 몽동(蒙艟)이라고도 하는 싸움배이다.

선체에 쇠가죽을 씌워 화살이나 돌을 막을 수 있게 되어 있는데, 그 모양은 좁고도 길다. 뱃머리가 날카롭게 나와 있어 그것으로 적선을 들이받을 수 있다.

한수 입구에 늘어세운 몽충은 뱃머리와 고물에서 각각 굵은 밧줄에 바위를 매달아 물 속으로 내려 닻으로써 사용하였다. 뿌리를 강물 속에 내린 수상 요새인 것이다.

몽충에는 1천 명의 병사가 노궁이나 활을 가지고 손권군에게 돌과 화살을 비오듯이 퍼부었다.

강하(江夏)군의 주도인 하구성을 공격하자면 아무래도 그 수상 요새를 깨뜨리지 않으면 안 되었다. 그러나 그 근처까지 다가갈 수조차 없었다.

결사대 100명이 갑옷을 껴입고서 대가(大舸)에 올라타서는 곧장 몽충 곁으로 다가갈 수 있었다. 장강 지방에서는 큰배를 가(舸), 작은 배를 차(艖)라 부른다. 몽충에서 쏘아대는 화살과 돌이 결사대가 탄 대가에 소나기처럼 쏟아졌다.

"밧줄을 끊어라! 밧줄을 끊는 것 이외의 다른 일은 거들떠보지도 말라!"

결사대장 동습은 외쳤다.

몽충들이 움직이지 않는 이상 손권의 함대가 나아갈 수는 없다. 어떻게 해서든 몽충으로 구축된 수상 요새를 무너뜨려야 한다. 그러자면 몽충을 고정하고 있는 닻줄을 끊어야만 한다. 닻줄을 끊기만 한다면 아무리 큰 배라도 물살에 떠내려갈 것이다.

결사대원의 거의 반수가 희생되었지만 마침내 몽충에 이르러 그 닻줄을 모조리 끊는 데 성공했다.

꿈쩍 않던 몽충들도 닻을 잃자 강물에 떠내려가기 시작했다. 수상 요새는 마침내 무너졌다.

비단 돛 달던 도적 쓰지 않았기에
이제 와서 큰 배들이 흩어졌어라

"돌진하라! 힘껏 저어라!"
손권 함대는 한수로 들어섰다.

황조는 부하 장수 진취에게 명하여 병선을 거느리고 막게 했다. 그러나 수전에 있어서는 손권군이 압도적으로 강했다. 장강에서 잔뼈가 굵은 강 사나이들로 이뤄진 정예군이 손권군이다.

황조의 수군은 금세 격파되고 수장인 진취의 목은 날아가 버렸다.

손권군은 패주하는 황조군을 쫓아 물과 뭍 두 길로 하구성으로 밀려갔다. 황조는 성을 버리고 달아나려 했지만 따라잡은 손권군의 풍칙(馮則)이 단칼에 그 목을 베었다.

하구와 그 언저리에는 시체가 즐비했다. 손권군은 아군의 전사자만 재빨리 거두고 나머지는 그대로 버려 두었다.

승리한 손권군은 전사자가 적었다. 여기저기 뒹굴고 있는 것은 모두 패한 황조군의 시체였다.

이윽고 흰옷 입은 사람들이 나타나 묵묵히 시체를 거두기 시작했다. 오두미도 사람들이다.

그러는 사이 검은 옷차림의 사람들도 섞여 들어 묵묵히 시체를 날랐다. 그들은 부도 신자들이었다.

오두미도의 의사는 난민들로 북적거렸다. 그 한구석에서 진잠은 중얼거렸다.

"죽음이군요."

"그래요. 죽음과 맞서지 않는다면……."

소용도 고개를 크게 끄덕였다.

도교는 이승의 이익을 중시하고 저승의 일에 대해서는 거의 아무런 설명도 하지 않는다. 그것이 부도의 가르침과 크게 다른 점이다.

"그렇지만 죽음을 해탈(解脫)이라 가르치는 부도의 교의(敎義)는 아무리 해도 이해가 되지 않습니다. 너무나도 화려하게 장식하고 있는 것만 같아…… 죽음이란 것은 오히려 추한 것이 아닐까요?"

진잠은 역겨운 송장 냄새에 이맛살을 찌푸리며 말했다.

황조가 죽었다는 보고가 전해졌을 때 공명은 현덕에게 예언했다.

"며칠 안으로 유경승으로부터 중대한 일을 의논하고 싶다는 초청이 올 것입니다."

과연 며칠이 안 되어 유표로부터 사신이 달려왔다.

현덕은 응할 것인가 말 것인가를 공명에게 상의했다.

공명의 대답은 명쾌했다.

"객장(客將)의 몸으로 초청에 응하지 않을 수 없습니다. 저도 함께 가겠습니다."

"유경승은 황조의 원수를 갚고 싶다고 상의해 올 것으로 생각되는데……."

"유표는 주군께 그 공격군의 선봉을 맡아달라고 부탁할 것입니다. 주군께서는 승낙하는 것도 아니고 거절하는 것도 아닌 애매모호한 태도를 취하십시오. 기회를 엿보아 제가 좋은 계책을 쓰겠습니다."

현덕으로서는 공명과 함께 있는 것이 백만 군대를 거느린 것보다 더 마음 든든했다.

신야성은 관운장에게 맡기고, 장비에게 군사 500명을 거느리게 하여 현덕은 공명과 함께 양양으로 떠났다.

양양성 밖에 이르자 공명은 장비에게 군사와 함께 여기서 기다리라고 했다. 장비는 화난 듯이 공명을 노려보았다.

"우리 주군은 누가 보호하오?"

"내가 보호하겠소."

"귀공이?"

장비는 굵은 눈썹을 꿈틀했다.

"단 한 번도 싸움터를 달린 적이 없고, 단 한 명의 적도 죽인 적이 없는 당신이, 주군이 뜻밖의 습격을 당했을 때 어떻게 그 방패가 되어 줄 수 있겠소?"

"주군의 수호는 칼이나 창만으로 안 될 경우가 많다는 것을 아셔야 하오."

공명은 조용히 타일렀다.

성으로 들어가 뜰 밑에 이르자, 유표가 몸소 지팡이에 의지하고 나타나 안으로 안내했다. 그의 얼굴은 벌써 흙빛으로 변해 송장이 다 된 것 같았다.

인사를 마치고 나서 유표는 새삼스럽게 사과했다.

"전번 연회에서는 본의 아니게 공을 곤경에 빠트려 참으로 면목없소. 주모자인 채모(蔡瑁)를 당장 잡아 처형하려 하였으나 여러 관원들의 간곡한 만류에 부득이 집에서 근신하도록 조치하였소. 부디 너무 노여워 마시기 바라오."

"아닙니다. 그 소동은 채 장군과는 아무 상관도 없는 줄로 압니다. 밑에 있는 사람들이 꾸며낸 계략으로 생각되니 마음 놓으시기 바랍니다."

"그렇게 말씀하시니 더욱 송구스럽소. 그런데 이미 들으셨을 줄로 생각하오만, 이제 하구는 오나라 군사들에 의해 짓밟히고 황조는 싸움에 패하여 죽었소. 그래서 공을 청해 보복할 방법을 상의하고자 하는데……."

"황조는 성질이 거칠고 사나워서 부하들의 신망을 잃었으므로 모르긴 하지만 부하 장병들로부터 배신을 당한 것이 아닐는지요?"
"나는 공과 보복할 일을 상의하려는 것이오."
"만일에 지금 군사를 동원하여 남쪽으로 오나라를 치게 되면 조조가 북쪽에서 치고 들어와 형주를 앗으려 할 것이 틀림없습니다."
"아아!"
유표는 탄식했다.
"나는 늙었소. 삼군을 거느리고 남쪽을 치고 북쪽을 막을 힘도 기력도 없소……. 죽을 때가 이미 임박했소. 현덕 공, 어떠시오? 공이 형주를 맡아 나를 대신해서 통치해 주지 않겠소? 내가 죽은 뒤에는 형주의 주인이 되셔도 좋소."
유표는 거의 자포자기에 가까운 말을 했다. 참으로 좋은 기회였다. 당장 그 제안을 받아들여야 한다. 뒤에 서 있는 공명은 그것을 기대했다.
그러나 현덕은 고개를 저었다.
"그런 무거운 책임은 도저히 받아들일 수 없습니다. 병은 마음으로부터 이겨낼 수 있는 것입니다. 부디 용기를 잃지 마시기 바랍니다."
"내 수명은 내가 잘 알고 있소. 내 명은 다 되었소!"
"결코 그런 일은 없을 겁니다. 천수를 다하는 것은 아직 20년 뒤의 일일 것입니다."
현덕은 유표가 아무리 사정해도 그 청을 받아들이려 하지 않았다.
성 밖의 숙사로 돌아왔을 때 공명은 이상하다는 얼굴로 물었다.
"저쪽에서 주겠다는 것을 왜 받지 않으셨습니까?"
"나를 후히 대접하여 신야성까지 준 은인이 안팎의 걱정으로 짓눌려 있는 모습을 보고 어부지리를 취하는 따위 행동은 도저히 할 수가 없었소."

"주군은 참으로 인의의 어른이십니다."

공명은 감탄했다.

현덕이 어진 길을 고집한 나머지 차지해야 할 나라도 차지하지 못하고, 이겨야 할 싸움도 버려둔 채 생명의 위협을 겪는 고난을 당하게 되리라는 것을 공명은 이때 이미 예감했다.

"하는 수 없습니다. 잠시 이대로 성 안의 형편을 보기로 하지요."

공명이 이렇게 말했을 때 공자 유기(劉琦)가 찾아왔다는 전갈이 들어왔다.

유기는 들어오자마자 무릎을 꿇고 엎드려 절했다.

"부탁이 있습니다. 저는 계모의 미움을 받아 언제 목숨을 빼앗길지 모르니 부디 구해 주십시오."

"그건 딱한 일이긴 하나 남의 집안 일에 내가 이러니저러니 말할 수는 없는 일. 그러니 자신이 해결하는 수밖에 없겠지요."

현덕은 부드러운 어조로 대답했다.

그러나 유기는 참다 못해 찾아온 것이다.

"여기 계신 분은 제갈공명이신 줄 압니다. 선생은 우리 계모의 이 질녀를 아내로 맞으셨다고 들었습니다. 그런 인척의 정리를 가지고 저를 구해 주실 수 없겠습니까?"

공명은 차갑게 대답했다.

"남의 집 싸움에 내가 참견할 수 없는 일이니 도움을 청하는 것이 잘못이라고 봅니다."

유기는 풀이 탁 죽어 돌아가려 했다.

보다못해 현덕이 밖에까지 배웅하며 넌지시 작은 목소리로 약속했다.

"내일 공명을 은밀히 공자 있는 곳으로 보내겠소."

이튿날 현덕은 유표에게 배가 아프다는 말만 전하고 숙사에서 나가지 않았다. 그리고 공명을 몰래 유기의 집으로 보냈다.

유기는 공명을 후당으로 안내하여 차를 대접했다. 이런 저런 이야기 뒤에 공명은 하직 인사를 했다. 그러자 유기는 좀더 집안 구경을 시켜드리겠다면서 공명을 밀실로 안내한 뒤 무릎꿇고 애원했다.

"부디 계모의 암살 계획을 피할 방법을 가르쳐 주십시오."

"그 대답은 어제 이미……."

공명은 매정하게 밀실을 나오려 했다.

유기는 자기가 가지고 있는 옛날 책들을 보여드리고 싶다면서 공명을 안내하여 어느 조그만 누각으로 올라갔다.

그리고 다락으로 오르는 사다리를 치우게 했다.

"선생님, 여기라면 사방이 다 내다보이기 때문에 사람이 엿들을 염려는 없습니다. 부디 제 목숨을 건질 신묘한 계책을 가르쳐 주십시오."

공명은 아무 말도 없이 누각에서 내려가려 했으나 어느 사이에 사다리를 치워 버려 내려갈 수가 없었다.

"선생님, 유기의 목숨이 걸린 일입니다! 부디……."

젊은 후계자는 바닥에 엎드려 세 번 머리를 조아렸다.

"생소한 남이 부자(父子)나 형제(兄弟) 사이를 벌여 놓아서는 안 된다고 옛사람의 가르침에도 있습니다. 공자에게 계책을 드릴 수는 없습니다."

공명은 뿌리쳤다.

그러자 유기는 느닷없이 차고 있던 칼을 뽑아들고 소리쳤다.

"계모에게 죽을 바엔 차라리 내 스스로 목숨을 끊겠소!"

그 태도를 물끄러미 지켜보고 있던 공명은 유기의 손에서 칼을 앗아 들고 물었다.

"공자는 신생(申生)과 중이(重耳)의 이야기를 알고 계시는지요?"

춘추시대 진(晉)나라 헌공(獻公)에게 두 아들이 있었다. 형은 신생, 아우는 중이라 했다. 헌공이 늦게 맞은 여희(驪姬)는 자신이 아들을 낳자 자기 아들을 세자로 삼으려 했다.

신생과 중이가 다 훌륭한 아들이었으므로, 여희가 모함하는 소리에 헌공은 귀를 기울이지 않았다.

여희는 한 가지 꾀를 생각해 냈다. 어느 봄날 헌공을 누각 위에 세워 두고 자신은 신생을 불러내어 정원 꽃밭으로 나갔다. 그때 여희는 머리에 몰래 꿀을 발라 두었다. 벌들이 여희의 머리로 달려들었다. 신생은 멋도 모르고 벌을 쫓았다. 여희는 벌을 피해 달아나려고 하고 신생은 애써 따라가며 벌을 쫓았다. 그 광경이, 멀리서 굽어보는 헌공에게는 신생이 나이 젊은 여희를 희롱하는 것으로 보였다. 그 뒤로 헌공은 신생을 미워하게 되었다.

그 뒤 신생은 죽은 어머니의 제사를 지내고 음식을 아버지께 올렸다. 여희는 그 음식에 독약을 몰래 넣고, 헌공이 먹으려 하자 밖에서 들어온 음식은 시험하기 전에 자셔서는 안 된다고 만류했다. 그러고는 옆에 있던 개에게 고기 한 점을 던져 주었다. 개는 고기를 삼키자마자 빙글빙글 돌다가는 피를 토하고 죽었다. 헌공은 이를 보고 오해하여 대로했다.

"네 이놈! 아비를 독살하려 들다니!"

헌공은 그동안 멀리해 온 것을 원망하여 신생이 자기를 해치려 한 것으로 알고 신생에게 한 마디 해명을 들을 것도 없이 죽였다.

이 사실을 안 중이는 다음은 자기 차례일 것으로 짐작하고 다른 나라로 달아나 몸을 숨겼다. 그로부터 19년 뒤, 중이는 돌아와 진공이 되었으니 이가 진문공(晉文公)이다.

"어떻습니까. 이 이야기는…… ?"

공명은 미소지으며 유기를 바라보았다.

"내 몸을 안전한 곳에 두기 위해서는 이 형주를 벗어나는 길밖에 없을 겁니다. 지금 강하는 태수 황조가 죽고 난 후 지키는 사람이 없습니다. 공자는 군사를 이끌고 하구를 지키는 것이 좋을 줄 압니다.”

“알겠습니다! 이 은혜 평생 잊지 않겠습니다.”

유기는 감사했다.

다음날 유기는 아버지 유표에게 하구로 가고 싶다고 청했다.

그 때 현덕이 나타났으므로 유표는 그 일을 현덕과 상의했다. 현덕은 유기의 용기를 칭찬했다. 이리하여 유기는 다행히 죽음의 위험에서 벗어날 수 있었다.

현덕이 공명과 장비를 데리고 신야로 돌아가는 날, 유기는 군사 3천 명을 이끌고 하구로 떠났다.

“조조군의 발소리가 차츰 가까이 들리는 것 같습니다.”

공명은 신야로 돌아와서 유비와 단둘이 앉게 되자 말했다.

중원에 조조, 강동에 손권. 중국은 이제 남과 북에 각각 큰 세력이 하나씩 둘로 갈라져 있다.

두 영웅은 함께 살 수 없다.

따라서 조조와 손권의 다툼은 이 나라를 처참하게 황폐시키리라.

“다리가 두 개뿐인 의자는 어느 한 쪽으로 쓰러지고 맙니다. 다리가 셋이라면 얼마쯤 안정됩니다. 천하 만민을 위해 세 번째의 다리가 되어 주십시오.”

공명은 언제나 유비에게 이렇게 권하고 있었다.

유표는 패기가 없어 끝내 세 번째 다리가 되지 못했다. 섬서의 한수(韓遂)나 마등·마초(馬超) 부자, 혹은 익주의 유장과 같은 지방 군벌은 너무나도 작은 존재에 지나지 않는다. 한중에서 오두미도를 배경으로 작은 정권을 가진 소용의 아들 장로만 하더라도 아직 힘이 모자랐다.

다만 형주만으로 세 번째의 다리가 되기에는 얼마쯤 짧다. 익주를 합쳐 파촉의 재력(財力)을 가지게 되면 길이는 충분해지리라.

'그러니 유표의 형주를 앗고 유장의 익주도 합치셔야 합니다.'

이것이 공명의 주장이었다.

그러나 유비는 달리 생각하고 있었다.

유비는 유표를 부추겨 손권과 싸우게 하고 양쪽이 지쳤을 때 자기가 나서서 그들을 쓰러뜨리리라 생각하고 있었다. 그러면 유비는 조조와 양자 대결이 된다고 보았다.

다시 말해서 제갈공명은 '천하 3분의 계'를 생각하고 있었고, 유비는 '천하 2분의 계'를 그리고 있었던 것이다.

천하 통일이라는 마지막 목표로 본다면 3분보다는 2분이 지름길이었다.

유비와 제갈량 두 사람의 생각에는 근본적인 차이가 있었다. 유비는 천하의 통치자가 되기를 바랐고, 제갈공명은 백성들의 생명과 생활을 안정시키는 것을 바라고 있었다.

'공명은 명참모이지만 나의 깊은 속마음까지는 모른다. 굳이 그것을 알릴 필요는 없다. 일찍이 허도에서 조조와 어떤 비밀 묵계가 있었다는 것도 말하지 않기로 하자.'

유비는 이렇게 마음먹었다. 그리고 공명의 말을 이렇게 받았다.

"호오, 조조가 군을 움직인단 말이오?"

"기구를 바꾸었습니다."

"아, 삼공을 폐했다는 것 말입니까?"

조조는 이 무렵 내정 개혁에 힘을 쏟고 있었다.

독재 체제를 강화하기 위해 삼공(三公)의 직책을 없애고 승상이 삼공의 일을 겸하는 동시에, 무능한 사람은 용서없이 물리치고 유능한 사람은 과감히 등용하였다.

그 전까지는 문관과 무관의 비율이 4대 6이었으나, 정치에 좀더 힘을 기울이기 위해 과감히 그 비율을 바꾸어 놓았다.

한 예로서 동조연(東曹掾)에 모개(毛玠)를 임명하고 서조연(西曹掾)에 최염(崔琰)을 임명했다. 그리고 문학연(文學掾)에는 사마의(司馬懿)를 썼다.

사마의 즉, 사마중달(司馬仲達)은 하내(河內) 온현(溫縣) 사람으로 영천(潁川) 태수 사마준(司馬雋)의 손자요 주부 사마랑(司馬朗)의 아우였다. 어려서부터 수재로 이름이 높았으며, 박식과 기억력은 허도에서 견줄 사람이 없었다.

본디 사마의는 조조를 섬기는 것을 달가워하지 않아서 이때도 병을 구실로 사양했다. 그러나 더 이상 우물거리며 핑계를 댄다면 가만히 두지 않겠다는 조조의 협박을 받고 어쩔 수 없이 벼슬길에 나가 공문서 기초 담당의 보좌관이 되었다.

사마의는 이때 비로소 역사에 얼굴을 내밀었다.

어쨌든 조조는 삼공 제도를 없앰으로써 권력을 승상인 자기의 손아귀에 완전히 틀어쥐었다. 독재 체제로 강력한 지도력을 발휘할 수 있게 된 것이다. 즉결이 요청되는 전시에는 이 체제가 유리했다.

공명은 조조가 삼공제를 없앤 것을 보고 전쟁을 결의했다고 판단했다.

"조조는 임전 태세를 갖추었습니다."

"그럴까?"

유비는 아직도 반신반의였다.

형주가 자기 등 뒤를 찌르는 것을 억누르고 되도록이면 손권과 진수렁에서 싸우도록 만든다, 조조가 유비에게 기대하는 것이 있다면 바로 이러한 역할이다. 유비는 조조와의 밀약이 여남에서 형주로 쫓겨왔을 때 이미 끝난 것으로 생각하고 있었지만, 손권과 유표의 사투는 그의 의도에도 어긋나지 않는다고 생각했다.

적이긴 하지만 이해 관계가 일치된다면 얼마든지 손잡을 수 있다.

이것은 난세의 관례이고 하나의 상식이다.

'그런데 조조가 임전 태세를 갖추고 있다니 무슨 뜻인가?'

조조는 이미 유표와 손권의 사투를 바라지 않는다는 것일까? 하구에서의 황조 패전으로 형주와 강동이 겨우 그 싸움을 시작하려 하는 이때 조조는 무엇 때문에 군을 일으키려는 것일까?

조조라면 아니 유비 자신이라도 이런 때는 유표와 손권의 사투를 유유히 바라보면서 기다리는 것이 상식이 아닐까……?

공명은 차분한 목소리로 말했다.

"현무원에 연못을 만들고 수군 조련에 여념이 없다고 합니다."

조조는 건안 13년(208) 정월, 업으로 돌아오자 곧 현무 연못에서 수군 조련에 들어갔다. 조비가 장수(漳水)의 물을 끌어들여 만든 거대한 인공 호수가 현무못이다. 남선북마(南船北馬)라 일컬어지듯 북방인은 배를 다루는 솜씨가 서툴렀다. 오나라 토벌을 목표하는 조조로서 수군 양성은 무엇보다도 급한 일이었다.

조조가 본거지를 업으로 옮긴(건안 9년) 뒤에도 도읍은 여전히 허도였다. 헌제가 그곳에서 이름뿐이나마 황제 자리를 지키고 있었기 때문이다.

"조련은 병가로서 게을리해서는 안될 일. 당장 다급한 전쟁이라도 있어 대비하려는 것일까?"

유비는 말하며 천장을 우러러보았다.

형주의 유표와 강동의 손권을 견줘 보면 아무래도 유표가 약하다. 양 진영이 사투를 벌여 둘 다 지쳐 쓰러지게 하려면 손권이 유표와의 전쟁에 모든 힘을 쏟아붓지 못하도록 견제해야 한다.

조조의 수군 조련은 이런 의도에서 손권의 배후를 노리는 견제책이 아닐까? 유비는 생각했다.

공명은 예리하게 말했다.

"주군께서는 너무 안일하게 판단하십니다."

"무엇이?"

"조조는 이미 주군의 힘을 필요로 하지 않습니다. 쓸모없는 것은 주저없이 버리는 것이 이제까지의 조조 방식이었습니다."

"으음!"

유비는 말문이 막혀 버렸다.

지금의 제갈공명 어조로 보아 조조와의 비밀 묵계 같은 것도 알고 있다는 눈치였다.

공명은 미소지었다.

"주군, 숨기실 건 없습니다. 이 공명의 눈은 헛되이 달려 있는 것이 아닙니다."

"헛되이 달려 있다니…… ?"

"유표 진영은 소리내며 무너지고 있습니다. 형주의 유표와 강동의 손권을 싸우게 하여 어부지리를 얻겠다는 생각은 이제 꿈이 되었습니다."

"음…… 형주의 상태가 어느새 그 지경에까지……."

그러자 공명이 말한다.

"장자 유기는 강하로 떠나 가문이 분열되었습니다. 따라서 조조에게는 형주 따위는 이미 없는 것이나 다름없습니다. 한시 빨리 짓밟고 그 여세를 몰아 손권을 무찔러 버리려고 하겠지요. 주군, 이렇게 되면 아마도 우리는 설 땅을 잃게 될 것입니다. 왜냐하면 손권이 싸우지 않고 조조에게 항복할 것이기 때문입니다."

공명의 목소리는 차츰 열기를 띠어갔다.

"그렇다면 어떻게 해야 좋소?"

"손권에게 싸우도록 해야 합니다. 항복하게 해서는 안 됩니다. 형주와 강동이 동맹하여 조조에게 맞서 싸우도록 제의해 보는 것입니다. 손권 혼자 힘으로는 조조군을 당하지 못하지만 형주의 도움이 있다면 싸울 의욕이 솟아날 것입니다."

"벽안아(碧眼兒)가 받아들일까?"

"손권은 조조만한 안력(眼力)이 없습니다. 형주의 힘이 이렇듯 약하다고는 생각지 않겠지요."

"병석의 경승이 이 벽안아와의 동맹에 찬성할지 그것도 문제요. 아니, 경승뿐만 아니라 실권을 쥐고 있는 채모 일족이…… ?"

유비는 고개를 갸웃했다.

형주와 오나라는 국경을 이웃하며 분쟁을 거듭해 왔다. 금년 정월에는 하구에서 충돌하여 형주는 대패했으며 노장 황조를 잃었다. 그 전쟁의 상처가 아직도 생생한데 동맹이 쉽사리 이루어질 수 있을까?

공명은 자신있게 말했다.

"저에게 맡겨 주십시오. 손권 진영의 상황은 손바닥을 들여다보듯 환히 알고 있으니까요."

"참, 그랬었지."

유비는 고개를 끄덕였다.

강동에는 공명의 친형 제갈근이 있었다. 틀림없이 선이 닿고 있었던 것이다.

공명은 다시 말했다.

"그리고 머지않아 조조가 주군의 실력을 시험하기 위해 싸움을 걸어올 것입니다. 이것은 제가 주군을 섬기게 됨으로써 발생하는 전쟁이지만 너무 걱정하지 마십시오. 오히려 이 전투로 형주의 태도 역시 분명해지리라고 봅니다."

"형주의 태도가 분명해진다?"

"그렇습니다. 조조에게 항복할 것이냐, 오나라와 동맹할 것이냐 하는 태도 말입니다. 그러나 그것도 작은 인간들이 하는 일. 시대의 대세는 인간의 힘으로써 어길 수 없습니다."

공명은 알 듯 모를 듯한 말을 하면서 조용히 미소지었다.

작전

한편 조조는 모든 무장들을 모아 놓고 남쪽을 어떻게 공략할 것인가에 대해 저마다의 의견을 물었다.

먼저 하후돈이 입을 열었다.

"지금 신야에서는 유비가 군사를 훈련하며 다시 일어날 것을 꾀하고 있다 합니다. 먼저 이것을 급히 쳐 후환을 없애야 할 줄로 압니다."

뒤이어 다른 장수들도 입을 모아, 형주 유표는 병이 들어 두려울 것이 없으니 먼저 유비를 치는 것이 옳다고 주장했다.

"좋아……. 그럼 하후돈을 도독으로 하고 우금·이전·하후란(夏侯蘭)·한호(韓浩)를 부장으로 하여 10만 군사를 동원하라."

조조의 명령이 떨어졌다.

그러자 순욱이 간했다.

"잠깐 기다리십시오. 들은 바에 따르면 유비는 제갈량을 얻었다 합니다. 제갈량이란 사람은 아직 누구도 섬긴 일이 없으므로 그 실력을 알 수 없지만, 주나라 강태공과 한나라 장자방에 비교할 수 있는 인물로 알려져 있습니다. 경솔하게 공격할 일이 아니니 다시 한 번 생각하시기 바랍니다.”

이 말을 듣자 하후돈은 껄껄대고 웃었다.

“제갈량이 다 뭣하는 녀석인가! 아직 서른도 안 된 책상물림에 불과할 거요. 겁날 것이 무엇 있습니까?”

그러나 문득 조조는 10년 전, 대군을 동원하여 장수를 치러 가던 도중 보리밭에서 만났던 젊은 사람을 생각해 냈다. 조조는 그때까지 한 번도 그토록 뛰어난 인물을 만난 적이 없었다.

그때 조조는 공명에게 자기를 따르라고 청했었다. 그러나 공명은 매정하게 거절했다.

“사람이란 신분의 높낮음을 막론하고 그 첫대면에서 눈이 한 번 마주치는 순간 뜻이 맞고 안 맞는 것을 압니다. 밝은 사람끼리 서로 보고, 같은 소리끼리 서로 듣고, 같은 뜻끼리 서로 좇는 것은 그 한순간에 결정됩니다. 죄송합니다만, 제 마음은 움직이지 않습니다.”

한낱 이름없는 소년 서생이 당당히 한나라 승상에게 이런 말을 했던 것이다. 지금도 조조의 귀에는 그 경쾌한 목소리가 남아 있다.

“남원에 살고 있는 서원직을 불러라.”

조조는 명령했다.

서서는 자기를 맞으러 온 사자가 집에 와 닿아도 일어날 생각을 하지 않았다.

“군사가 되어 달라고 해서 부르는 것이 아닙니다, 승상의 두세 가지 물음에 대답하시고 나서 곧 돌아오셔도 상관없습니다.”

두 번째 온 사자로부터 이런 말을 듣고서야 말에 올랐다.

조조는 서서가 들어오자 곧 물었다.

“제갈량은 어떤 사람인가?”

서서는 조금 생각하더니 입을 열었.

"제갈량은 하늘과 땅을 주름잡을 인재로 그의 가슴 속에는 신출귀몰하는 계책을 간직하고 있습니다. 참으로 당세의 뛰어난 선비요, 천 년에 하나 나올까 말까 한 군사(軍師)라 할 수 있을 것입니다."

"그대와 비교해서 어떤가?"

"비교할 수도 없습니다만, 나의 작은 재주를 반딧불이라고 한다면 공명의 큰 재주는 둥근 달과 같다고 할 수 있을 것입니다."

이 말을 여러 장수들 틈에서 듣고 있던 하후돈은 외눈을 크게 부릅떴다.

"서원직의 말은 너무 과장되오! 제갈량은 아직 한 번도 군사를 움직인 일이 없는 책상물림인데, 무엇을 가지고 그 재주를 알 수 있겠습니까? 고작 말재간뿐인 작은 재주꾼 따위, 이 하후돈이 볼 때 지푸라기와 다를 것이 없습니다. 승상, 이번 싸움에서 소장이 만일 유비와 제갈량을 사로잡지 못한다면 이 목을 승상께 바치겠습니다!"

하후돈이 10만 군사를 거느리고 쳐내려온다는 급보가 들어왔을 때, 신야성에는 공명을 군사로 맞이한 데 대한 불만스런 공기로 가득차 있었다.

주군 유현덕이 공명에게 스승의 예를 다하는 것이 관우·장비를 비롯한 모든 장수들은 못마땅했다. 운장과 장비가 그 불만을 현덕에게 솔직히 말하자, 현덕은 웃으며 대답했다.

"내가 공명을 얻은 것은 고기가 물을 얻은 것과 같다. 그대들의 불평 불만은 잘못된 것이다."

"그러나 주군, 제갈량은 큰소리치고 있지만 아직은 군략에 관해 재주를 발휘하지 못하고 있습니다. 참으로 그가 남다른 재주로 승리를 거두게 된다면, 저희들은 그의 재주를 인정하는 데 인색하지 않을 것입니다."

운장은 그렇게 주장했고, 장비도 큰 소리로 이에 동조했다.

"머지않아 그때가 오겠지."

현덕은 두 심복을 달래어 물러가게 했다.

이때 공명 자신은 신야의 민가에서 15세부터 20세까지의 소년 3천 명을 모아 아침저녁으로 힘든 훈련을 시키기에 다른 생각할 틈이 없었다.

이럴 즈음에 하후돈이 10만 대군을 이끌고 쳐내려온다는 급보가 도착한 것이다.

"됐다! 마침내 공명의 실력을 볼 수 있게 되었다!"

장비는 운장에게 말했다.

"우리 주군의 실망이 눈에 보인다!"

운장도 상당히 비웃는 빛을 보이고 있었다.

이윽고 현덕에게 불려 들어간 두 사람은 주군의 침통한 얼굴을 볼 수 있었다.

"10만 적군에 대해 신야에는 새로 모은 군사까지 합쳐야 모두 5천 명밖에 되지 않는다. 적은 군사로 많은 군사를 막는 데는 어떤 대책이 필요하겠는가? 우선 그대들의 의견을 듣고 싶다."

운장이 미처 대답하기 전에 성급한 장비가 소리쳤다.

"불은 물로 끄는 것이 옳겠지요?"

현덕이 공명을 가리켜 고기가 물을 얻은 것 같다고 한 말을 장비는 잊지 않고 있었던 것이다. 그러나 현덕은 장비의 그런 폭언에 대해 기색이 달라지는 기미도 없이 말했다.

"지혜는 공명을 믿고, 용기는 그대들 둘을 믿고 있다. 부디 힘을 합쳐 적과 싸워 주기 바란다."

관우와 장비가 진용을 가다듬기 위해 물러간 뒤 공명이 모습을 나타냈다.

현덕은 공명에게도 같은 물음을 던졌다.

공명은 잠시 생각하더니 말했다.

"하후돈은 조조 휘하에서 으뜸가는 맹장이긴 하지만 성급한 데가 있어서 이를 깨뜨리기는 어렵지 않습니다. 다만 여러 장수들 가운데 특히 운장과 익덕, 두 장군은 저에게 불만이 있는 것으로 보입니다. 두 장군이 제 호령에 복종하지 않게 되면 신야는 당장 적에게 짓밟히고 말 것입니다."

"어떻게 하면 좋겠소?"

유비는 진정으로 그렇게 물었다.

"죄송하오나 차고 계신 보검을 빌려 주시기 바랍니다."

그것은 그 옛날 유현덕이 고향 누상촌을 나올 때, 운장과 익덕을 비롯해 모여든 의사들 앞에서 뽑아들고

"이 칼은 조상 중산정왕으로부터 전해 받은 보검이다. 이 칼 아래 우리들의 의로운 맹세는 이루어진 것이다!"

외치며 높이 휘두른 그 보검이다.

현덕은 선뜻 허리에서 칼을 풀어 공명에게 주었다.

공명은 곧 모든 장수들을 한 곳에 불러모았다.

공명은 단 위에 올라서자 군졸들에게 큰 도면을 내걸게 했다.

"모두들 잘 보시오. 적은 이곳 박망성(博望城)을 기점으로 삼을 것이 틀림없소. 이 험한 고개 왼쪽에 있는 산을 예산(豫山)이라 하고, 오른쪽 숲을 안림(安林)이라 하오."

이렇게 일러 두고 공명은 관우와 장비를 불렀다.

"관 장군은 군사 1천 명을 거느리고 예산에 매복하시오. 그러나 적군을 지나가게 버려둘 뿐 싸워서는 안 되오. 적의 후속 보급부대가 올 때 봉화를 올릴 터이니 단숨에 습격하여 병기와 식량을 모조리 불태워 없애야 하오. 장 장군은 역시 군사 1천 명을 거느리고 안림의 뒤쪽 산골짜기에 숨어 있다가 봉화불 신호와 함께 단숨에 박망성 안에 비축해 둔 양식을 불태워 없애시오. 관평과 유

봉 두 장군은 500명 군사를 거느리고 미리 불씨를 준비해서 박망성 뒤쪽으로 돌아가 두 패로 나누어 숨어 있다가 초저녁에 불을 놓도록 하오."
이렇게 명령을 하고 나서 공명은 조운을 불러 일렀다.
"장군은 선봉이 되어 진군하오."
"알았습니다."
"그런데……."
공명은 맑은 두 눈을 조용히 들어 단호하게 선언했다.
"적은 군사로 구름같이 몰려드는 많은 적을 짓밟아 버리는 눈부신 전과를 기대할 수는 없소. 적군과 정면으로 마주치게 되면, 수가 적은 것처럼 보여, 거짓으로 물러나 적으로 하여금 모르는 사이에 깊숙이 뒤쫓아 오게 만드는 것이 장군의 임무이니, 절대로 혼자 공을 세울 생각을 해서는 안 되오! 그리고 주군께서는 조 장군의 뒤를 이어 구원군을 이끌고 출전하시게 될 거요. 이 계략은 공격과 방어에 있어 누구 하나 어기는 사람 없이 질서정연한 통솔에 의해 움직여야 하오. 그러면 10만의 적병을 손바닥에 든 것처럼 감쪽같이 해치울 수 있소."
공명의 지시와 명령이 끝났을 때 관운장이 한 걸음 앞으로 썩 나섰다.
"우리가 저마다 군사를 이끌고 나가 적과 싸우고 있을 동안 군사께서는 어디서 무엇을 하고 계실 겁니까?"
"나는 여기 앉아 성을 지킬 뿐이오."
공명의 이 대답에 장비가 웃음을 터뜨렸다.
"하하하……. 제갈공명의 지혜가 얼마나 얕은가 하는 것이 이제 드러났구나! 목숨이 아까워 혼자 편안히 앉아 있겠다니, 그 얼마나 비겁한 일인가!"
"닥쳐라!"

공명의 무서운 호령이 떨어졌다.

밝고 부드러운 분위기를 자아내고 있던 훤칠한 몸이 갑자기 소름 끼치는 무서운 모습으로 일변했다. 그 날카로운 눈빛에 장비 같은 맹장도 부르르 몸을 떨었다.

"유 황숙께서 큰뜻을 세우고 고향을 떠나실 때부터 허리에 차고 있던 조상 대대로 내려온 보검이 여기 있다. 군사의 명령에 거역하는 사람은 군법으로 다스리겠다!"

한 마디 한 마디에서 서릿발 같은 위엄이 내풍겼다. 당 안은 물을 끼얹은 듯 숙연해졌다.

현덕이 입을 열었다.

"그대들은 듣지 못했는가? 장막 안에서 산가지를 놀리며 천 리 밖의 승리를 부른다는 말을."

익덕은 나이 어린 군사에게 호통당한 것이 참을 수가 없어 뭐라고 한 마디 외치려 했다.

그것을 운장이 말렸다.

"익덕! 이 계략이 제대로 들어맞는지 안 맞는지를 보고 나서 따져도 늦지는 않다."

그 말에 장비도 하는 수 없이 입을 다물고 말았다.

다른 장수들도 공명의 재주가 어느 정도인지 알 수 없어 모두 고개를 갸우뚱했다.

'……과연 뜻대로 될까?'

그들이 다 물러가자 공명은 현덕에게 말했다.

"주군께서는 오늘 밤 안으로 주력 부대를 이끌고 박망산 기슭에 진을 치셔야 합니다. 내일 해질 무렵에는 적군이 반드시 그곳에 이르게 될 것입니다. 그때는 일부러 다급한 시늉을 하면서 진을 버리고 도망치는 것처럼 보이다가, 봉화가 오르면 별안간 군사를 돌려 적병을 짓밟으십시오. 저는 미축·미방과 함께 500명 군사를

거느리고 성을 지키며, 손건과 간옹에게는 승리 축하연을 준비케
하겠습니다.”
싸우기도 전에 벌써 승리를 확신하고 있는 태도였다.
현덕은 공명의 너무 자신에 넘치는 태도에 문득 의심이 났다.
‘……내가 공명을 너무 믿고 있는 것은 아닐까? 관우와 장비가
의심하는 것이 옳은 것은 아닐까?’
갑자기 불안해지기 시작했다.

‘……공명이 다 뭣하는 놈이냐!’
단칼에 유비를 무찌를 생각에 불타고 있는 하후돈은 우금과 이전
을 부장으로 삼아 박망파(博望坡)를 향해 진군했다.
겨우 수천 명의 적은 군사밖에 없는 신야에서 선제 공격해 올 것
으로는 도저히 생각할 수 없었다. 그래서 하후돈은 1만 명 정병을
선봉으로 하고, 나머지 군사는 모조리 군량을 운반하는 수레를 호위
하며 뒤따라오게 했다.
이윽고 앞쪽은 박망파, 뒤쪽은 나구천(羅口川)인 지점에 이르렀
다. 하후돈은 직접 선두에 서서 말을 몰았다.
바라보니 박망파 들판에 신야의 군대가 진을 치고 있었다. 참으로
보잘것없는 깃발이 듬성듬성 나부끼고 있었다.
하후돈은 웃었다.
“저것이 우리 10만 정예 부대를 대항하는 적이란 말인가. 참으로
가소롭다! 서원직은 승상에게 제갈공명은 하늘과 땅을 주름잡는
천재라고 했는데, 지금 이 진을 보니 양떼가 호랑이에 맞서고 있
는 것 같다! 됐다, 승상에게 약속한 대로 보기좋게 유비와 제갈
량을 사로잡고 말 테다. 나를 따르라!”
“왔구나!”
기다리고 있던 신야의 군대는 긴장된 빛을 띠었다. 진 앞에 우뚝

선 조자룡은 빙그레 웃었다.

"하후돈이란 놈 잘 왔다!"

달려온 하후돈은 그것이 조운이란 것을 알자, 적수의 머리는 내 것이란 듯이 긴 창에 회오리바람을 일으키며 달려들었다.

격돌하기 10여 합, 적당한 시기를 노려 조자룡은 얼른 말머리를 돌렸다.

"어디로 달아나느냐?"

하후돈은 호통치며 뒤쫓았다.

"도독(都督)님! 너무 깊이 쫓으면 적의 계략에 빠지기 쉽습니다!"

등 뒤에서 조엄이 외쳤다.

그러나 승세를 탄 하후돈은 조금도 멈출 생각이 없었다. 약 10리쯤 추격하자, 박망파 뒤쪽에서 현덕이 이끄는 한 부대가 갑자기 나타났다.

"게다가 복병이야? 어림도 없다!"

숫자가 너무 적은 것을 본 하후돈은 곧바로 뛰어들었다. 성난 파도처럼 달려오는 기세를 감당할 길이 없다는 듯, 유현덕은 급히 외쳤다.

"퇴각!"

"이제 보았지?"

하후돈은 몸을 부르르 떨며 긴 창을 휘둘러 휘하에 명령했다.

"지금부터 단숨에 신야성을 점령한다!"

신야 군대가 참담하게 도망치는 모습을 바라보니 과연 단숨에 신야성을 점령할 수 있을 것처럼 보였다.

우금과 이전도 급히 달려 거기에 이르렀다.

하후돈은 벌써 몇 마장 앞을 달리고 있었다.

뒤따르던 우금과 이전은 갑자기 길이 좁아지며 좌우에 갈대가 우거진 지점에 와 닿았다. 문득 불길한 예감이 들었다.

갈대밭 뒤쪽은 가파른 경사로 높은 산이 다가붙어 있고 숲이 무성했다. 조엄이 말했다.

"안 되겠다! 이곳에서 화공을 당하면 꼼짝달싹 못한다. 적을 업신여기는 사람은 반드시 패하게 된다!"

이전도 동감이었다.

"도독을 불러 못가게 해야 한다!"

"내가 뒤쫓아가서 붙들겠소. 장군은 뒤를 지키시오!"

우금이 말을 마치기가 무섭게 달려갔다.

"도독, 도독! 잠깐만 기다리십시오!"

이 때 벌써 해는 서쪽으로 지고 어둠이 둘레를 에워싸고 있었다.

우금은 급히 달려와서 충고했다.

"도독! 이 지형을 눈여겨 보십시오. 산과 강이 양쪽으로 다가붙어 있고 숲도 무성합니다. 불공격을 받으면 어쩌시렵니까?"

하후돈은 그제야 정신이 퍼뜩 들었다.

"그래, 너무 깊이 들어왔구나!"

퇴각 명령과 함께 말머리를 돌리려는 순간,

"우와!"

천지를 뒤흔드는 함성이 좌우와 뒤쪽에서 터져 나왔다. 그와 동시에 한 줄기 불빛이 허공을 꿰뚫고 밤하늘을 물들였다.

"큰일이다!"

하후돈도 우금도 얼굴에서 핏기가 싹 가셨다. 다음 순간 별안간 양쪽 갈대밭에 불이 붙었다.

갈대밭에는 온통 화약이 숨겨져 있었던지 불길은 삽시간에 사방팔방으로 번져 갔다.

불은 바람을 부르고 바람은 다시 불길을 부채질했다.

"달아나라!"

사람은 사람끼리 말은 말끼리 마주 부딪쳐 미친 듯이 날뛰며 불과 연기의 소용돌이 속으로 휘말려들고 말았다. 순식간에 아비규환의 지옥으로 변했다.

"이제 반격이다!"

조자룡은 부하들을 격려했다.

"하후돈은 어디에 있느냐? 조자룡이 여기 있다! 어서 나와 맞서라!"

그러나 기습을 당해 참담한 패배를 눈 앞에 둔 하후돈에게 조운과 단기승부를 겨룰 용기는 없었다. 연기 속에 파묻혀 끝내 모습을 나타내지 않았다. 뒤쪽에 남아 있던 이전은 자기편이 타죽는 모습을 바라보며,

"이젠 물러갈 수밖에 없다……."

혼자 중얼거리고 급히 박망성으로 도망치려 했다.

그러나 그 돌아가는 길을 갑자기 가로막는 부대가 있었다.

사나운 바람을 타고 날아 흩어지는 불똥 속에, 그 선두에 서 있는 말 위의 대장이 긴 수염을 휘날리는 것을 보자 이전은 온몸에 소름이 오싹 끼쳤다.

"이전, 자기 군사를 버리고 도망가는가? 관운장이 그대의 머리를 맡겠다."

"할 수 없다. 비겁하다고 할 테면 하라!"

이전은 상대가 관우라 맞붙어 싸울 용기를 잃고 정신없이 살길을 찾아 어둠 속을 달렸다.

이전에게 버림받은 수만의 군사는 운장이 지휘하는 정예 부대에게 패배하고 수백 대의 군량차는 빼앗기고 말았다.

하후란과 한호 두 장수는 자기들이 호송하던 군량차를 이끌고 성 안으로 도망치려 했으나 거기에 장비의 부대가 쳐들어왔다.

오래간만의 싸움에 장비는 사모를 휘두르며

“야앗! 야앗!”

번개같이 설치고 돌아다녔다.

장비를 맞이한 하후란은 단 한 합도 제대로 싸워보지 못하고 번쩍하는 순간 목이 달아나고 말았다. 한호는 말을 버리고 밀림 속으로 기어들어가 겨우 목숨을 건졌다.

부옇게 새벽이 밝아올 무렵.

박망파 수십 리 사이에 무더기로 쌓여 있는 시체는 모두 하후돈이 이끌고 온 허도의 군사들이었다. 타다 남은 불은 아직도 산과 들 여기저기에 연기를 피어올리고 있었다.

후세 사람이 시를 지어 이 일을 읊었다.

　　박망전투 대치하다 화공으로 공격하니
　　공명이 지휘한 전략 담소 속에 이뤄졌다네
　　뜻밖의 패배 조조 간이 떨려 터질 지경이니
　　초가를 나온 뒤 첫 공을 세웠어라

그 속으로 군사를 이끌고 돌아가던 장비가 관우를 만났다.

“와아, 운장 형! 어떻소, 이번의 대승리는?”

적병이 내뿜은 피로 온몸이 시뻘겋게 된 장비가 빙그레 웃었다.

“익덕, 우리 눈은 아무래도 올바로 박히지 못한 것 같다!”

“맞아. 제갈공명은 과연 귀신 같은 군사야!”

장비는 솔직했다.

“우리 함께 제갈 군사 앞에 사과를 해야겠다.”

“잘못을 뉘우치는 데 망설일 거야 없지.”

두 장수는 신야를 향해 의기양양하게 말을 몰았다.

그때 작은 수레 하나를 둘러싼 행렬이 이쪽으로 오고 있었다. 선두에는 미축과 미방이 말머리를 나란히 하고 있었다. 가까이 가서 보니, 수레에 단정히 앉아 있는 것은 공명이었다.

"오오, 우리들은 마침내 위대한 군사를 모시게 되었다!"

관우도 장비도 대뜸 말에서 뛰어내렸다. 그러고는 이 젊은 군사를 향해 충심으로 깊이 머리숙여 절을 하였다.

"두 분 장군, 참으로 훌륭하게 싸워 주셨소."

공명은 밝은 미소를 보내며 그 공을 칭찬했다.

거기에 현덕이 조자룡·유봉·관평 등을 데리고 돌아왔다. 노획한 식량과 군수품을 실은 차량이 끝없는 행렬을 지어 뒤따랐다.

현덕은 곧 공명이 타고 있는 작은 수레로 옮겨 공명 옆에 단정히 앉았다.

"군사의 신묘한 계략은 참으로 귀신처럼 들어맞았습니다. 이 기쁨 말로 다할 수 없습니다."

현덕은 머리를 숙였다. 그러나 공명은 단 한 마디로 대답했을 뿐이다.

"다같이 마음을 합쳐 싸웠기 때문입니다."

신야로 돌아오자 곧 성대히 잔치가 벌어졌다.

그러나 무엇 때문인지 공명은 그 자리에 나타나지 않았다.

사람들이 공명을 찾아 돌아다녔다. 공명은 혼자 망루 위에 서 있었다.

부르기에는 너무도 엄숙한 모습이었으므로, 시종은 그대로 돌아와 현덕에게 보고했다.

현덕은 곧 자리에서 일어나 망루로 올라갔다.

공명은 현덕이 뒤에 와 서는 데도 돌아볼 생각을 않았다. 그는 멀리 지평선 저쪽을 바라보고 서 있더니 중얼거렸다.

"머지않아 이 들판을 덮으며, 조조가 직접 군사를 몰고 올 것입니다."

현덕은 공명의 뒷모습을 바라보며 물었다.
"그를 맞아 싸우려면?"
"지금 여기 서서 한 꾀를 생각해 냈습니다. 그러나 여기에는 주군의 결심이 필요합니다."
공명은 그제야 현덕에게로 몸을 돌렸다.

적을 깨뜨리고 미처 전마가 쉴 새도 없이
적을 피하려면 또 좋은 계책 내어야 하리

"그 한 가지 꾀란…… ?"
"신야는 작은 고을이므로 오래 머무를 곳이 못됩니다. 들리는 말로는 유경승은 병이 더욱 위독하다 합니다. 이 기회에 주군께서 형주를 거점으로 새로 군사를 모아 훈련하면, 조조가 백만 대병을 거느리고 몰려오더라도 두려울 것은 없습니다."
"군사! 아무리 그것이 좋은 방책일지라도 이 유비는 은인을 배신하는, 대의에 어긋나는 일은 할 수 없습니다."
"그렇게 말씀하실 줄 알고 있었습니다. 그러나 조조가 대군을 이끌고 쳐내려올 것이 뻔한 지금, 이를 막을 방법을 세우지 않으면 앉아서 죽기를 기다리는 수밖에 없습니다."
"설사 앉아 죽는 한이 있더라도 대의에 벗어나는 일은 할 수 없습니다."
현덕의 말을 들은 공명은 한숨을 쉴 뿐이었다.

큰 선물

허도로 도망쳐 돌아온 하후돈은 스스로 손을 뒤로 묶고 조조 앞에
나아가 목을 쳐달라면서 사죄했다. 그러자 조조는 차가운 태도로 말
했다.

"그대가 패하지 않을까 하는 불길한 예감이 있었다."

그러고는 공명의 전술에 대해 자세히 설명하라고 말했다.

하후돈이 불로 공격당한 것을 설명하자 조조는 자세히 평했다.

"이건 공명의 지략이기보다는 원양, 그대의 생각이 얕은 때문이
라고 해야 할 것이다."

그러나 이때 조조의 가슴속에는 말하기 어려운 두려움이 움트고
있었다.

'지금 당장 유현덕을 없애고 공명을 꺾지 않으면 앞으로 큰 걱정
거리가 될 것이 틀림없다.'

조조는 이렇게 앞날을 예측했다.

곧이어 조조는 대명령을 내렸다. 대군 50만을 동원하여 강남을
친다는 것이었다.

제1군은 조인과 조홍

제2군은 장료와 장합

제3군은 하후연과 하후돈

제4군은 우금과 이전

그리고 조조 자신은 제5군을 이끌고 출전한다.

건안 13년(208) 8월의 좋은 날을 가려 허도를 떠난다는 명령을 내렸다.

이를 들은 태중태부(太中太夫) 공융(孔融)이 조조를 만나 결사적으로 말렸다.

"유비와 유표는 다같이 한나라 종친이므로 이를 치게 되면 천하의 비난을 받게 됩니다. 또 오나라 손권은 여섯 고을을 근거로 도사리고 앉아 장강의 천험에 의지해 지키고 있으므로 쉽게 평정할 수가 없습니다. 상대를 지켜보면서 잠시 내정에 힘을 기울이는 것이 승상께서 하실 일인 줄 압니다."

"듣기 싫다! 내가 패권을 잡는 일은 강남과 강동을 평정한 뒤에야 끝난다. 내가 계획하는 일을 무너뜨리려는 자는 가차없이 처형하겠다!"

조조의 꾸중을 들으면서도 공융은 굽히지 않았다.

"어질지 못한 사람으로 어진 사람을 치면 어찌 패하지 않으랴!"

조조는 그 말을 용서하지 않았다.

공융은 자를 문거(文擧)라 했는데 공자는 그의 20대조였다. 고조인 공상(孔尙)은 거록(鉅鹿)의 태수를 지냈고 아버지 공주(孔宙)는 태산(太山)의 경비대장이었다.

공융은 일곱 형제의 여섯 번째로 어려서부터 사물의 분별을 잘 알고 있었다.

그가 네 살 때의 일이다. 형제들이 모여 곧잘 배를 먹곤 했는데 그런 때 그는 으레 작은 배를 골라 먹었다. 어른이 이상하게 여기고 물었다.

"너는 어째서 작은 것만 차지하니?"

"저는 이 가운데서 가장 어립니다. 작은 것을 고르는 것이 당연하 잖아요?"

이 대답을 듣고 집안 어른들은 예사 아이가 아니다 하여 그 장래를 촉망했다.

이 무렵 도읍에서 명성이 높았던 수도권 장관인 이응(李膺)은 좀처럼 손님을 만나주지 않았다.

"상대가 명사나 대대로 친교가 있는 집안의 자제가 아니면 들여 보내지 말라."

그는 문지기에게 이렇게 단단히 일러 두었다.

공융은 그때 열 살 안팎의 아이였지만 이 이야기를 전해 듣고 이응이 어떤 인물일까 호기심을 가졌다. 그래서 이응의 집을 찾아가 문지기에게 말했다.

"아저씨, 나는 이 댁과 대대로 친교가 있는 사람의 아들이에요. 아버지의 심부름으로 왔어요."

문지기는 의심 않고 공융을 들여보내 주었다.

이응은 공융을 보더니 고개를 갸우뚱했다.

"이상하다. 너의 조상과 우리 집안이 친교 있다는 말은 듣지 못했는데…… ?"

"있습니다. 우리 조상인 공자와 당신의 조상인 이로군(李老君)과는 어느 쪽이 못하다 할 수 없는 덕의(德義)의 인물로서 서로 사제간이었습니다. 그러고 보면 저와 당신과는 대대로 친교가 있는 집안인 셈입니다."

이로군은 노자(老子) 이담(李耼)의 존칭이다. 노자의 성이 이씨이므로 공융은 이응의 조상을 노자로 추켜 세워 그의 자존심을 긁어 주었던 것이다.

그 자리에 있던 손님들이 모두 감탄하여 입을 모아 칭찬했다.

"예사 아이가 아니다."

마침 그곳에 궁중 고문관인 진위(陳偉)가 늦게 나타나 이 이야기를 듣게 되었다.

"아냐, 어릴 적엔 영특해도 어른이 되면 모두 예사 사람이 되고 마오."

진위가 말하자 공융은 재빨리 반박했다.

"말씀대로라면 공께서는 어린 시절 꽤나 멍청하셨겠네요?"

"아하하하."

"아하하하."

이응을 비롯해 그 자리에 있던 사람들이 모두 크게 웃었다.

또 이런 일이 있었다.

산양(山陽)의 순찰관 장검(張儉)은 강직 방정하기로 이름났었는데 중상시 후람(侯覽)의 미움을 사 쫓기는 몸이 되었다.

마침 장검과 공융의 형 공포(孔褒)는 서로 아는 사이여서, 장검은 관헌의 눈을 피하여 공포의 집을 찾았다. 그런데 공포는 때마침 외출 중이라 대신 나가서 응대한 것이 그때 16세이던 공융이었다.

장검은 공융을 어린이라 보고서 아무것도 털어놓지 않았다.

'이분은 훌륭한 인물 같은데 누군가에게 쫓기고 있구나.'

공융은 대뜸 그 사람됨을 알아보았다.

"여기에 그대로 머물러 있도록 하십시오."

공융은 그냥 가려는 장검을 만류하여 집에 숨겨 주었다.

하지만 이윽고 이것이 세상에 알려져 현령이 몸소 관헌을 데리고 체포하러 왔다. 장검은 재빨리 담을 넘어 도망쳤지만 공포와 공융은 이 때문에 하옥되었다.

"장검을 숨겨준 것은 바로 저입니다. 죄는 저에게 있습니다."

"아닙니다. 장검은 나를 의지하여 찾아온 것입니다. 따라서 사건의 원인은 저에게 있고 아우의 죄가 아닙니다. 저를 처벌해 주십시오."

형제는 서로 감싸주며 자기가 희생되겠다고 우겼다. 현령으로서도 결정을 내릴 수가 없어 조정에 상신하여 결정을 내려 달라고 했다.

그 결과 조서가 내려와 형 공포가 유죄로 결정되었다. 공융의 이름은 이 사건을 계기로 온 세상에 알려졌다.

공융이 사도(司徒) 양사(楊賜) 및 대장군 하진의 초빙을 받아 여러 벼슬을 하고 북해태수가 된 것은 38세 때였다.

북해태수가 된 공융은 황건난으로 파괴된 도시들을 다시 세우기에 힘쓰는 한편 특히 교육에 힘을 기울였다. 또한 유능한 인재를 조정에 추천했고 유학 선비들을 후원했다.

공융이 조정에 추천한 인물 중에는 방정한 인사로 팽류(彭璆), 도(道)를 엄히 지키는 인사로 병원(邴原), 효렴의 인사로 왕수(王脩)가 있었다. 또한 그때의 대학자 정현(鄭玄)이 북해 고밀(高密) 출신인 것을 알자 현 당국에 명하여 특별히 하나의 고을을 만들게 하고 정공향(鄭公鄕)이라 명명했다.

그리고 공융은 전란의 희생자에게도 구원의 손길을 뻗쳐 후사 없이 죽은 주민이나 객사자를 위해 관을 준비하여 그들을 가매장해 주었다.

효자로 유명한 견자연(甄子然)도 북해 사람으로 일찍 죽은 사람이었다. 공융은 생전에 만나지 못했음을 몹시 아쉽게 여기고 그를 기리기 위해 사당을 마련하고 아침저녁 제물을 바치게 하였다.

공융은 이처럼 예로써 뛰어난 인물을 공경하였다. 건안 원년 허도로 도읍을 옮긴 후 조정은 그를 불러들여 소부(少府)라는 벼슬을 주었다. 이때부터 그는 조의(朝議)를 주도하면서 언제나 적극적으로 발언했다.

그렇지만 공융에게도 결점이 있었다. 그는 이미 북해태수로 있을

때부터 자기는 어떤 호웅준걸(豪雄俊傑)도 미치지 못할 만큼 재주
가 있고, 지혜로써도 누구에게든 지지 않는다는 자부심을 가지고 있
었다.

더욱이 그는 괴팍스러운 인물을 즐기고 경박한 인재만을 등용하
는 버릇이 있었다. 학문이 있는 인물을 공손히 맞이하기는 했지만,
이것은 겉보기만을 장식하려는 것으로 진실로 그들과 나라 일을 논
하려고는 하지 않았다.

또 고매한 이론이나 훈시가 관가에 넘쳤다. 말은 점잖고 기품이
있는 듯 꾸몄으며, 글은 낭독하면 듣는 사람이 황홀해질 만큼 명문
이었다. 그러나 그것들은 미사여구만 골라 놓은 것일 뿐 현실적으로
는 도저히 불가능한 꿈같은 얘기들이었다.

요컨대 그는 자신감이 너무 많은 사람이었고 현실적으로는 용납
되지 않는 인물이었다. 이를테면 북해태수로 있다가 청주자사로 옮
겼으나 그는 홀로 고고한 듯한 자세를 지킬 뿐 다른 호웅들은 결코
상대하지 않았다. 그때 조조, 원소, 공손찬은 서로 연락이 있었건만
공융만은 홀로 떨어져 그들과 상대하려 하지 않았다.

그러면서 전비(戰備)도 없었다. 군졸이 수백에 지나지 않았고 군
량도 1만 곡이 넘지 않았다.

인재만 하더라도 심복이라 믿었던 왕자법(王子法)과 유공자(劉公
慈)는 작은 재치가 있는 허풍선이에 지나지 않았다. 또 좌승조(左
承祖), 유의손(劉義遜)과 같은 강직한 선비도 장식물에 지나지 않
았고, 인망이 있으니까 놓아줄 수 없다는 이유로 고용하고 있을 뿐
이었다.

언젠가 좌승조가 강국에 원조를 구하라고 말하자 공융은 무슨 소
리냐 하면서 그를 죽여 버렸다. 유의손은 주군의 이런 태도에 정이
떨어져 다른 나라로 가 버렸다.

이윽고 공융은 원소의 아들 원담의 공격을 받게 되었다. 전투는

봄부터 여름까지 계속되었다. 작은 성을 대군이 겹겹으로 에워싸고 화살을 비 퍼붓듯 쏘아댔다. 그러나 과연 공융은 의자에 느긋하게 앉아 얼굴빛 하나 달라지지 않고 독서와 학문에 열을 올렸다. 그리하여 성벽이 무너지고 군졸이 모두 도망치고 나서야 자기 혼자 산동(山東)으로 달아났다. 뒤에 남겨진 가족은 원담에게 고스란히 붙잡혔다.

이런 공융이 허도로 불려 올라갔던 것이다.

거기에서는 조조측과 조정이 허허실실의 공방전을 벌이고 있었다.

공융의 진면목이 발휘된 것은 바로 이때부터라 하겠다.

태위 양표(楊彪)와 원술(袁術)은 서로 인척이었다. 원술이 황제를 참칭했을 때, 전부터 양표를 못마땅하게 여겼던 조조는 마침 잘되었다 하고 그를 잡아 죽이려 했다.

이것을 안 공융은 관복을 입을 겨를도 없이 조조에게 달려가 항의했다.

"양표는 대대로 청빈으로써 알려지고 4대에 걸쳐 명성을 떨친 가문입니다. 《주서(周書)》를 보면 '부자 형제는 죄를 서로 미치게 하지 않는다.'고 했습니다. 하물며 원씨에게 연좌시켜 죽이려 하시다니 그런 짓을 하면 《역경》의 '착한 일을 자꾸 하게 되면 경사가 뒤따른다.'는 말이 거짓된 진리가 됩니다."

"무슨 말이냐? 이것은 천자의 뜻이기도 하다."

"그럼 묻겠습니다. 주나라 성왕(成王)이 만일 소공(召公)을 죽이려고 했을 때, 주공(周公)으로서 난 모른다고 하실 수 있겠습니까? 오늘날 천하의 모든 사람이 장군을 우러르는 까닭은 무엇입니까? 오로지 장군께서 총명하고 인지(仁智)를 갖추신 분이며, 한실을 보좌하고 신하의 강기 숙정을 힘써 하여 세상을 태평으로 이끌 수 있다고 기대하기 때문이 아닙니까? 그렇건만 지금 멋대로 무고한 자를 죽인다면 세상이 어떻게 생각하겠습니까? 천하 사람들도 눈과 귀를 가지고 있으니만큼 등을 돌리지 않는 자가 없 겠지요. 그리고 주제넘은 소리 같지만 이 공융은 노(魯)나라 사 람입니다. 제 말을 들어주시지 않는다면 내일 당장 이곳을 떠나 다시는 돌아오지 않겠습니다."

그 서릿발 같은 기세에 조조도 두손 들고 말았다. 고개를 끄덕이 고 양표를 불문에 붙였던 것이다. 사실 공융은 사사건건 조조에게 반항하고 그를 비웃었다.

그 뒤 조조가 원소의 본거지인 업을 공략했을 때 원씨의 부녀자는 짐승이 된 군졸의 희롱감이 되었다. 조조의 아들 조비도 재빨리 원 희의 아내 견씨를 손에 넣고 마음껏 그 몸을 즐겼다.

이것을 알고 공융이 곧 편지를 써서 조조에게 보냈다.

옛날 주나라 무왕이 주(紂)를 쳤을 때 달기(妲己)를 주공에게 주 었습니다.

달기는 주(紂)의 총비였는데 주 무왕이 주를 쳤을 때 함께 살해 되었다. 따라서 공융은 역사적 사실과 다른 말을 들어 조조를 비꼰 것이다. 그런데 조조는 이 비꼼을 눈치채지 못하고 나중에 공융을 만났을 때 물었다.

"그 얘기의 출전(出典)은 어떤 책인가?"

공융은 대답했다.

"오늘날의 일로 미루어 아마 그랬으리라 생각했던 것입니다."

또 조조가 그 뒤 오환 정벌에 나섰을 때에도 공융은 이런 편지를 써보내어 그를 비웃었다.

대장군께서는 원정을 떠나 만지(蠻地)에서 얼마나 쓸쓸하십니

까? 옛날 숙신씨(肅愼氏)는 조공을 게을리하여 호목(楛木)의 화
살을 보내오지 않았고 또 정령족(丁零族)은 소무(蘇武) 장군의
소나 양을 훔쳤던 일이 있습니다. 이왕 가셨으니 이 자들의 죄도
규명하시는 것이 어떻겠습니까?

숙신씨나 정령족의 일은 아득한 옛날의 일이다. 공융은 조조의 오
환 정벌을 쓸데없는 전쟁이라 비난하기 위해 옛날 일을 끄집어냈던
것이다.
또 그때 기근과 전쟁이 계속되었기 때문에 조조는 술 만드는 것을
엄금했다. 공융은 또 다음과 같은 말로 조조를 비웃었다.
"하늘에는 주기(酒旗)의 별, 땅에는 주천(酒泉)의 고을, 사람에
게는 미주의 덕이 있습니다. 요 임금도 천 잔의 술을 마시지 않았
다면 그 성덕을 완성시키지 못했을 것입니다. 첫째 걸과 주는 여
색으로 나라를 멸망케 했던 것입니다. 지금 술은 금하고 혼인을
금하지 않는 것은 형평(衡平)을 잃은 처사가 아니옵니까."
조조는 공융의 말이 아니꼽고 기분이 나빴다. 그러나 그를 죽이지
않았던 것은 공융의 재주를 사랑했기 때문이다.
이런 조조의 심중을 알아차리고 그에게 아첨한 자가 있었다. 어사
대부로 있던 치려(郗慮)였다.
조조가 공융의 남정 반대를 용서치 않는다는 표정을 짓자, 치려는
재빨리 이렇게 말했다.
"태중태부인 공융은 일찍이 북해태수로 있을 때 한실의 허약함을
보고서 무리를 불러모아 엉뚱한 야망을 달성하려 한 일이 있습니
다. 그는 그때 다음 같은 말을 함부로 지껄였다고 합니다. '애당
초 나는 은나라 탕왕의 후예다. 다만 송(宋)나라 사람 손에 멸망
된 데 지나지 않는다. 그러고 보니 유씨 대신 천자가 된들 무슨
잘못이 있으랴.' 하고 말입니다."

"으음."

"손권의 사자가 왔을 때에도 조정을 헐뜯는 말을 서슴지 않고 내뱉었습니다. 게다가 구경(九卿)의 신분인데도 조정의 복장 규정을 따르지 않고 머리 풀고 외출한다든가 안내도 청하지 않고 대궐에 들어가는 등 불손한 짓을 서슴지 않았습니다. 또 연전에는 예형(禰衡)과 더불어 방자하기 이를 데 없는 짓을 하지 않았습니까? 그때 공융은 예형에게 이런 어처구니 없는 말을 했다고 합니다. '자식에 대한 아버지의 애정 따위 있을 턱이 없다. 본디 자식은 성욕의 소산(所産)에 지나지 않는다. 자식과 어머니의 관계도 뭐 별것이 아니다. 항아리 속에 물건을 넣었던 것이나 마찬가지로, 물건을 꺼내고 나면 그뿐 인연이 끊어지고 만다.'고 주장했다 합니다. 그뿐만 아닙니다. 그때 예형과 공융은 서로 '당신은 공자가 다시 태어난 것이다.', '자네는 안회(顔回)가 다시 태어난 것이다.' 하면서 추켜세웠다니 입이 더러워 더 말 못하겠습니다. 그런 사람은 극형에 처해야 마땅할 줄 아옵니다."

조조는 마침내 외쳤다.

"당장 공융을 잡아들여 목을 베라!"

조조의 명령을 받고 옥졸들이 곧장 공융의 집으로 몰려갔다.

이때 공융에게는 아홉 살, 일곱 살 된 두 아들이 있었다. 옥졸들이 공융과 아내를 체포했을 때 이들 어린 형제는 장기를 두고 있었지만 옆에서 그런 일이 벌어졌는데도 장기판을 들여다보고 있을 뿐 꼼짝도 하지 않았다.

"부모가 잡혀가는 데 거들떠보지 않다니, 참으로 이상한 아이들이로구나."

그러자 형제가 대답했다.

"둥지가 망가졌는데 알인들 무사하리오!"

점심때라 형은 종이 바친 고기 국물을 받아 맛있게 먹었다. 그러자 동생이 형을 나무랐다.

"형, 이번 재난으로 우리들도 오래 살지는 못해요. 그런데도 고기 맛이 나요?"

큰아들은 그제서야 먹기를 그치고 울음을 터뜨렸다.

조조는 옥졸로부터 이 보고를 듣자 공융의 가족을 모두 죽이라고 명령했다.

형리가 다시 왔을 때 동생은 형에게 말했다.

"죽으면 아버지 어머니와 만날 수 있으니까 이렇게 기쁜 일이 어디 있어요!"

공융은 처형되었다. 나이 56세. 그의 일족도 모두 연좌되어 죽임을 당했다.

그 시체는 저자에 그대로 버려졌다.

경조(京兆) 사람 지습(脂習)이 이 시체 앞에 엎드려 통곡했다.

이 보고를 들은 조조는 명령했다.

"그 놈도 목을 베어라."

순욱이 이를 말렸다.

"지습은 늘 공융을 타일러, 그대는 너무 강직하기 때문에 반드시 말로 화를 부를 것이니 주의하라고 충고했다 합니다. 그의 충고를 듣지 않고 공융이 끝내 죽임을 당하게 되었기 때문에 지습은 그것을 한탄한 것입니다."

조조는 그 말을 듣자, 지습이 공융 일족의 장사를 지내주는 것을 허락했다.

뒷날 사람들은 시를 지어 공융을 칭송했다.

　　공융은 북해 태수를 지내면서
　　호방한 기개가 무지개에 닿았더라
　　자리에는 늘 손님이 가득하고

술통에는 술이 비지 않았네

빼어난 문장은 세상 사람 놀라게 하고
웃으며 던진 한마디로 왕공을 경멸했네
사관의 붓은 그를 충직하다 찬양하여
태중대부라 하였네

신의 계략

조조가 하남을 토벌하라는 명령을 내릴 그 무렵 형주태수 유표의
병은 위독했다.

그날 강하를 지키고 있던 큰아들 유기는 아버지의 병이 위독하다
는 말을 듣고 급히 군사를 이끌고 돌아왔다. 그러나 성문 밖에 이르
러 아무리 불러도 문이 열리지 않았다.

"어찌 된 일이냐? 어째서 맏아들인 내가 아버지의 병문안을 드리
러 왔는데도, 문을 열고 맞아들이지 않는 거냐!"

유기는 눈을 부릅뜨고 외쳤다.

그러자 성 위에 모습을 나타낸 것은 채모였다.

"공자, 왜 그렇게 핏대를 올리시오! 아버님의 명령을 받아 강하
를 지키고 있는 공자께서 사사로운 정리에 이끌려 자기 직책을 떠
나서야 되겠소? 만일 공자가 없는 틈을 노려 오나라 군사가 쳐들
어온다면 어떻게 하시겠소? 어서 돌아가도록 하시오!"

"채 장군, 아버지 임종도 보지 못하게 할 것인가! 너무 비정하고
냉혹하지 않은가!"

유기가 아무리 외치고 애원해도 성문은 굳게 닫힌 채 열리지 않았다. 유표는 그때 벌써 혼수상태에 빠져 있었다.

그의 머리맡에서는 채 부인을 중심으로 하여 채모·장윤(張允) 등 중진이 자사가 죽고 난 뒤의 일을 상의하고 있었다. 유표의 상을 잠시 숨겨 두고 그 사이에 채 부인이 낳은 둘째아들 유종(劉琮)을 형주자사에 앉힌다는 의논이었다.

유표의 유언은 이러했다.

"기로 하여금 뒤를 잇게 하고, 유현덕이 그를 돕도록 하라."

유기가 성문 밖에서 하릴없이 말머리를 돌렸을 때 유표는 이미 숨을 거두었다.

후세 사람이 유표를 탄식하는 시를 지었다.

지난날 원소는 황하 이북을 차지하고
유표 또한 넓은 형주땅을 손에 넣었다네
그러나 모두들 암탉이 울어 집안이 흔들리니
가엾다 오래지 않아 깡그리 멸망하리니!

둘째아들 유종이 상주의 자리에 앉게 되었다. 이때 유종은 14세였다.

"공자는 오늘부터 형주의 주군이 되셨습니다."

이튿날 채모로부터 이 말을 듣자, 유종은 어린 나이임에도 불구하고 문무관원들을 둘러보며 물었다.

"경들에게 묻겠소. 우리 형은 하구에 있고 숙부 현덕은 신야에 있소. 경들은 나를 주군으로 세우려고 하지만, 만일 이에 불복하여 형과 숙부가 힘을 합치고 군사를 일으켜 내 죄를 묻게 된다면 어떻게 하겠소?"

문무관원들은 모두 고개를 숙이고 말았다.

물을 뿌린 듯한 정적을 깨고 무관인 이규(李珪)가 앞으로 썩 나섰다.

"공자의 말씀은 참으로 이치에 맞는 말씀입니다. 공자께서는 곧 강하로 사자를 보내어 큰 공자를 오게 하여 주군으로 모셔야 할 것입니다. 그러면 유 황숙의 도움을 받아 북쪽의 조조에 대항하고 남쪽의 손권을 막을 수 있을 것입니다."

이를 들은 채모가 가만 있을 리 없었다.

"이규! 이건 돌아가신 주군의 유명(遺命)이다. 그대는 무슨 속셈으로 어지러운 말로 집안을 흔들어 놓는가?"

"잠자코 있으시오! 당신이야말로 부인과의 인척 관계를 악용하여 안팎으로 붕당을 만들고 유명을 빙자하여 형을 폐하고 아우를 세워 형양 아홉 고을을 당신네 채씨 일문의 손아귀에 넣으려는 속셈 아니오?"

"너 이놈! 옛 주군께서 너의 이 폭언을 들으시면 반드시 이렇게 하실 것이다."

말과 동시에 채모는 칼을 뽑아 이규를 향해 내리쳤다. 이규는 피를 흘리면서도 끝내 채모를 꾸짖는 입을 다물지 않았다.

충신은 이규 한 사람뿐이었다.

형주자사 자리에 유종이 앉았다.

유표의 관은 비밀리에 양양성 동쪽 한양벌에 묻히었다. 유표의 죽음은 끝내 신야에 전해지지 않았다.

유종이 양양성에서 상주 노릇을 하려 했을 때, 조조가 50만 대군을 이끌고 쳐내려온다는 급보가 전해졌다.

유종은 신하들을 모아 놓고 상의했다.

"어떻게 할 것인가?"

동조연(東曹掾) 부손(傅巽)이 나와서 말한다.

"조조가 이끄는 50만 대군을 어떻게 맞아 싸우느냐 하는 계획을 세우기에 앞서 먼저 걱정해야 할 일이 있습니다. 그것은 하구에 있는 큰 공자가 신야에 있는 유현덕을 설득해 군사를 일으켜 쳐들어오는 일입니다. 만일 그렇게 되면 도저히 막을 길이 없습니다. ……이 기회에 형양 아홉 고을을 조조에게 바치게 되면 조조는 반드시 주군을 중하게 여겨 다시 형주자사에 임명할 것이 틀림없습니다.”

“도대체 무슨 말을 하는 거요!”

소년 자사는 해맑은 얼굴을 붉게 물들였다.

“나는 선군의 기업을 이어받아 아직 자리도 더워지지 않았는데, 어떻게 이를 남에게 내어줄 수 있겠는가?”

“주군. 부손의 말이 반드시 폭언만은 아닙니다.”

이렇게 말을 꺼낸 것은 괴월(蒯越)이었다.

“지금 조조가 남정 북벌을 하는 데 있어서는 반드시 칙명을 내세웁니다. 그러므로 이와 맞서 싸우게 되면 반역이란 누명을 씌울 것이 틀림없습니다. 주군께서 새로 자리에 오른 바로 뒤여서, 형주 백성들은 조조가 온다는 말을 들으면 미리 겁을 먹고 도저히 싸울 용기가 나지 않을 것입니다. 깊이 생각하시기 바랍니다.”

유종은 그런 말을 듣고도 금방 받아들일 생각이 나지 않았다.

“나는 선군의 기업을 받기가 무섭게 이를 버리어 천하에 웃음을 사고 싶지는 않다.”

유종은 얼굴이 창백해지며 말했다.

잠시 웅성거리자 한층 높은 소리가 울려 나왔다.

“주군께 말씀드리겠습니다.”

앞으로 나온 것은 산양(山陽) 고평(高平) 사람 왕찬(王粲)이었다. 자를 중선(仲宣)이라 했다. 그의 용모는 몹시 여위고 초라한 상이었다. 키도 5척이 채 못되었다. 아무리 보아도 이 인물이 세상에 보기 드문 재주와 지혜를 가지고 있으리라고는 생각되지 않았다.

왕찬은 한번 보고 들은 것은 절대로 잊지 않는 비상한 머리를 가지고 있었다. 일곱 살 때 길가에 있는 비문을 보고 잠시 그 앞에 서 있었을 뿐인데 집에 돌아오자 그것을 한 자도 틀리지 않고 외었다. 또 사람들이 바둑을 두는 것을 바라보고 있었는데, 개가 뛰어드는 바람에 바둑판을 뒤엎어 버리자 돌 하나 틀리지 않게 그대로 늘어놓았다고 한다.

나이 17세 때 출사하여 황문시랑이 되었으나 한 달 만에 그만두고 형주로 왔다. 유표는 그의 재주와 지혜를 높이 평가하여 상객으로 대우하고 있었다.

왕찬은 가만히 유종을 바라보며 물었다.

"작은 장군께 묻겠습니다. 장군께서는 자신의 힘을 조조에 비해 어떻다고 생각하십니까?"

"어린 내가 도저히 조조에게 미치지 못할 것은 뻔한 일이 아니오?"

"조조는 지혜가 뛰어나고 권모술수에 능하며 그 군사는 백만을 넘고 휘하의 용장은 구름 같습니다. 혹은 여포를 하비(下邳)에서 포로로 하고, 혹은 원소를 관도(官渡)에서 무찔렀으며, 또 유비를 농우(隴右)로 내몰았습니다. 그 조조가 일찍이 없었던 큰 군사를 이끌고 형주로 내려오고 있습니다. 그 세력은 도저히 감당할 수 없습니다. 부손과 괴월 두 사람의 의견이 장구한 계책인 줄 압니다."

세상에 보기드문 인재 왕찬이 그렇게 말하자, 유종도 하는 수 없이 눈물을 머금고 항복을 결심하지 않을 수 없었다.

더욱이 형주의 가신들이 항복을 결심한 것은 조조의 교묘한 유언비어가 있었기 때문이다.

이 무렵 화용(華容)에서 이상한 사건이 있었다. 어느날 한 여자가 별안간 큰 목소리로 울기 시작하더니 헛소리를 했다.

“양양에서 유 자사님이 돌아가셨다!”

이렇게 외치면서 맨발로 성 안을 이리저리 뛰어다녔다. 이때만 하여도 유표의 죽음은 절대 비밀이어서 비록 높은 관리라도 모르는 사람이 많았다.

따라서 일이 일이니만큼 현령은 미치광이 여자를 잡아 감옥에 가두었다. 그리고 양양에 조회했더니 유표가 정말로 죽고 유종이 그 뒤를 이었다는 회답이었다. 현령도 이상하게 여겼지만 틀림없는 사실이라, 그 여자를 풀어주었다.

그런데 석방된 여자가 이번에는 큰 목소리로 노래하듯이 외쳤다.

“놀랐어, 놀랐어! 이번의 자사님은 이립(李立)이라네.”

이 미치광이 여자의 예언은 조조가 형주를 평정한 뒤 실현되었지만, 이때는 아무도 모르는 사실이었다.

현령도 이번에는 그저 미친 여자의 헛소리쯤으로 생각하고 양양에 보고하면서 그래도 마음속으로는 반쯤 믿었다.

형주의 중진들도 심리적으로 흔들리어 항복하자고 주장하기에 이르렀다. 이리하여 곧 항복 편지가 작성됐다.

송충(宋忠)이 사자가 되어, 그 항복 편지를 가지고 조조에게로 달려갔다.

조조는 완성(宛城)에 이르러 있었다. 송충이 바치는 항복 편지를 보자 크게 만족해했다.

“유종의 마음씀이 가상하다. 유종을 길이 형주자사로 인정해 주리라.”

송충은 기쁜 마음으로 돌아가는 길에 올랐다.

그가 강을 건너려는데, 우연히도 강가에서 관운장과 마주치게 되었다. 병마의 훈련에 여념이 없던 운장은 말을 몰아 가까이 다가와 송충에게 물었다.

“어디서 돌아오는 길이오?”

송충은 운장의 번쩍이는 두 눈을 보는 순간, 자기도 모르게 머리가 숙여졌다.

자기 편을 배신한 자책감을 감출 수 없었다.

'수상하다!'

관우는 곧 눈치를 채고 무조건 송충을 체포하여 신야로 끌고 돌아왔다. 이리하여 형주성 안에서 꾸며진 음모는 남김없이 송충의 입을 통해 토설되었다.

"너 이놈!"

먼저 열화 같은 분노를 터뜨린 것은 장비였다.

"일이 이렇게 된 이상 더 지체할 수 없다! 송충의 목을 베고 전 군사를 동원하여 강을 건너 양양으로 쳐들어가 유종을 비롯해 채씨 일족을 모조리 죽여야 한다!"

길길이 날뛰는 장비를 현덕이 말렸다. 현덕은 침통한 표정으로 송충에게 말했다.

"심부름꾼에 지나지 않는 그대를 죽인들 무슨 소용이 있겠는가. 곧 돌아가도록 하라."

그리고 묶은 것을 풀어주게 했다.

같은 날 큰공자 유기의 사자 이적(伊籍)이 이르렀다.

가지고 온 유기의 편지를 읽어 보고 현덕은 잠시 침통한 표정을 지었다.

'아버지 유표는 이미 죽었는데도 채 부인은 채모와 공모하여 발상을 알리지도 않고 벌써 유종을 자사의 자리에 앉혔으니 이 죄는 용서할 수 없는지라, 휘하의 정병을 이끌고 양양으로 쳐들어갈 생각이니 부디 도움을 주시기 바랍니다.' 하는 내용의 편지였다.

현덕은 이적을 보고 말했다.

"그대는 유종이 이미 형주 아홉 고을을 조조에게 바치고 항복한 사실을 모르리라."

이적은 깜짝 놀라 말을 못했다.

이적을 돌려보낸 다음 현덕은 공명을 찾아갔다.

공명은 꼭 필요한 경우가 아닌 한, 현덕이 여러 장수들과 함께 있는 자리에 모습을 나타내지 않았다. 언제나 조용히 있기를 좋아하여 온종일 홀로 보내고 있었다.

그러나 송충의 자백과 이적이 찾아온 일은 장막 밖에 웅크리고 앉아 있는 원귀한테서 전해 들어 알고 있었다.

공명은 현덕을 맞이하자 조용한 표정으로 말했다.

"주군께서는 양양의 배신에 분노하면서도 유종을 칠 생각은 없으시겠지요?"

"그렇소. 은인의 아들을 잡아 그 땅을 앗으면 뒷날 저세상에서 무슨 면목으로 유경승을 만날 수 있겠소."

"그러나……."

공명은 말했다.

"조조는 벌써 완성에 들어와 있다는데, 무엇으로 이를 막을 수 있겠습니까? 귀신도 5천의 군사를 가지고 50만 대군을 막을 수는 없습니다."

현덕은 고개를 떨어뜨렸다.

모처럼 삼고의 예로써 천 년에 한 사람 나올까 말까 한 이 군사를 맞이하였으면서도, 스스로 의리를 지키기 위해 그의 귀신 같은 책략을 쓸 수 없게 된 것이다.

공명은 잠자코 현덕의 말을 기다렸다.

마침내 얼굴을 든 현덕은 비통한 목소리로 말했다.

"신야를 버리고 번성(樊城)으로 가는 것이 어떻는지요?"

"틀림없이 그렇게 말씀하실 줄 알았습니다."

공명은 끄덕여 보였다.

현덕은 안도의 숨을 내쉬었다.

그때 황급히 말발굽 소리가 다가왔다.
"조조의 군사가 벌써 박망파로 달려오고 있습니다."
급히 알리는 목소리가 들렸다.
"군사, 신야를 버리고 번성으로 갈 겨를마저 없어진 게 아닙니
까?"
현덕은 절망에 찬 얼굴이 되었다.
"제가 여기 있는 한 안심하십시오."
공명은 일어나 현덕과 함께 방을 나왔다.
먼저 공명이 내린 지령은 성의 4대문에 방을 붙이는 일이었다.

조조가 대군을 이끌고 쳐내려오는지라 이 난을 피하기 위해 번
성으로 옮기려 한다. 모든 군사들은 남녀노소를 불문하고 이에 따
르는 사람을 보호하여 구해 주도록 하라.

다음에 손건에게는 서하(西河) 가에 배를 준비시켜 백성들을 건
네주도록 했다. 미축에게는 그들 백성을 보호하여 번성으로 급히 서
둘러 가게 하는 임무를 주었다.
그 준비와 지시가 끝나자, 공명은 모든 장수들을 한방에 모이게
했다.
"관 장군은 군사 1천 명을 거느리고 백하(白河) 상류에 숨어서
저마다 흙주머니를 만들게 한 다음, 그것으로 백하 강물을 막도록
하오. 내일밤 한밤중이 지나 아래쪽에서 사람이 외치고 말이 우는
소리가 들리면, 곧 막아둔 둑을 끊어 물을 흘려 보내고 그 물과
함께 공격을 개시하도록 하시오."
"알았습니다."
"장 장군은 역시 군사 1천 명을 거느리고 박릉(博陵) 나루터에
숨으시오. 그 근처는 물살이 느리기 때문에 조조의 군사는 수공을

당하면 반드시 그 나루터로 도망치려 할 것이니 그때 치도록 하시
오.”

“알았습니다.”

장비는 호랑이 얼굴을 힘차게 끄덕였다.

“조 장군, 장군에겐 군사 3천을 줄 터이니 네 부대로 나누어 네
성문에 매복하시오. 성 안 인가에는 유황, 염초 등 인화물을 쌓아
두고, 조조의 군사가 밀려들어오면 그대로 놔 두었다가 내일 황혼
무렵 반드시 바람이 일어날 테니 그때를 놓치지 말고 네 문의 숨
은 군사들에게 일제히 성 안으로 불화살을 쏘게 하시오. 그리고
동문만은 일부러 비워두었다가 그곳으로 달아나는 적병을 마음껏
무찌르시오.”

“알았습니다!”

조자룡은 큰 소리로 씩씩하게 대답했다.

다시 공명은 미방과 유봉에게 각각 1천 명의 군사를 주면서 지시
를 내렸다.

“미 장군 부대는 붉은 기를 들고, 유 장군 부대는 푸른 기를 든
다음 신야성 밖 30리 지점인 작미파(鵲尾坡)에 진을 치시오. 조
조의 군사가 밀려오거든 붉은 기 부대는 왼쪽으로 달아나고 푸른
기 부대는 오른쪽으로 달아나시오. 적군은 이를 보고 무슨 이상한
계책이 있는 줄 알고 쫓아오지 않을 거요. 거기서 사방에 흩어져
숨어 있다가 성 안에서 불길이 오르는 것을 보게 되거든 패해 달
아나는 군사를 짓밟은 다음 백하 상류로 오시오.”

이리하여 물러나는 계책은 이루어졌다.

공명 자신은 현덕과 함께 작미파 근처의 우뚝 솟아 있는 산으로
올라갔다.

“여기에서 아래에서 벌어지는 광경을 구경하시지요.”

50만 대군이 달려오는데도 참으로 여유만만한 태도였다. 이 기이

한 전략의 매복진을 향해 조조의 군사는 밀물처럼 진격해 왔다.

제1군은 조인·조홍이 이끄는 10만이었는데, 그 앞에서 허저가 3천 명 철갑대를 이끌고 당당히 길을 트고 있었다.

그날 한낮 작미파에 이르러 신야를 바라보니, 언덕 앞에 한 떼의 군대가 진을 치고 있었다.

붉은 기와 푸른 기를 세워 두고 있었다.

"좋아, 한꺼번에 쳐들어가라!"

허저는 명령을 내림과 동시에 먼저 선두에 서서 쳐들어갔다.

그러자 미방이 이끄는 붉은 기 부대는 왼쪽으로, 유봉이 이끄는 푸른 기 부대는 오른쪽으로 갑자기 흩어졌다.

"기다려!"

허저는 고삐를 당겨 말을 세우고 철갑대를 제지시켰다.

"수상하다! 반드시 앞에 복병이 있을 것이다."

이렇게 의심을 하고 급히 제1군으로 되돌아가 조인에게 사실을 보고했다.

조인은 말했다.

"속임수임에 틀림없다. 우리 10만 대군 앞에 몇천 명 군사를 매복시킨들 아무 소용이 없다는 것을 공명은 알고 있을 것이다. 즉시 전진하도록 하라."

그래서 허저는 언덕 앞으로 되돌아와 호령을 내렸다.

"앞으로!"

3천 명 철갑대는 단숨에 쳐들어갔다. 그러나 들에도 숲에도 적병의 그림자는 보이지 않았다.

마침내 해는 서쪽으로 지고 붉은 놀이 하늘을 물들였다.

그때 문득 허저는 오른쪽 산에서 피리소리와 북소리가 울려오는 것을 들었다.

"뭐야?"

눈을 찌푸리고 바라보는데, 어찌된 일일까?

산꼭대기가 갑자기 밝아졌다. 횃불이 벌겋게 타오르기 시작한 것이다. 깃발이 바람에 나부끼며 떠오르는가 싶더니, 그 아래 큰 일산이 펴져 있고 일산 밑에는 두 사람이 마주보고 앉아 있었다. 사람의 그림자는 그 둘뿐이었다.

급히 수색병을 보낸 허저는, 그것이 유현덕과 제갈량 두 사람이란 것을 알게 되었다.

두 사람은 유유히 앉아서 술잔을 서로 주고받고 있다는 것이다. 뭔가 이상한 계책을 숨겨둔 것이 틀림없으리라고 짐작하면서도, 허저는 그런 우롱을 잠자코 당하고 있을 수만은 없었다.

"산을 통째로 짓밟아 버린다!"

허저는 3천 명 부하에게 부르짖었다.

그 산은 기슭에서 중턱까지 병풍 같은 절벽으로 되어 있었다.

그 절벽에 철갑대가 개미떼처럼 달라붙었다. 그 순간 꽝하는 소리와 함께 굵은 나무와 큰 돌이 굴러 떨어지기 시작한다.

골이 깨지는 사람, 손발이 달아나는 사람, 종잇장처럼 납작해지는 사람…… 너무도 무참한 광경이 순식간에 벌어졌다.

"빌어먹을! 무슨 일이 있어도 짓밟아 버릴 테다!"

허저는 기를 쓰고 올라가는 길을 찾아냈다. 마침내 그 길로 단숨에 올라가려 발버둥쳤다.

그러자 또 산 뒤쪽에서 무서운 함성이 터져나왔다.

그와 동시에 산꼭대기에 있던 횃불이 갑자기 사라졌다.

이제 쳐올라가 보아야 거기에는 횃불이 타고 남은 자리밖에 없을 것 같았다.

허저는 이를 갈며 단념할 수밖에 없었다.

모닥불

그 사이에 조인·조홍의 제1군은 성난 파도 같은 기세로 신야에 밀어닥쳤다. 그런데 성문은 열려 있고 일대는 인기척도 없이 쥐죽은 듯 조용했다.

"소문을 듣고 도망간 건가."

10만 군사는 일제히 성 안으로 밀고들어갔다.

이를 막는 적은 하나도 없었다. 그야말로 완전히 빈 성이었다.

"으음, 50만 대군이 온다니까 생각다 못해 백성들을 모조리 데리고 도망친 모양이다."

조인은 이렇게 비웃고, 오늘밤은 성 안에서 하룻밤을 묵으며 예기(銳氣)를 기른 다음 동이 트자마자 다시 진격하기로 결정했다.

군사들은 쉴 사이도 없이 박망파에서 곧장 진격해 왔기 때문에 모두 지칠 대로 지쳤고 배도 고팠다.

"밥을 지어 먹도록 하라."

명령이 떨어지자 군사들은 앞을 다투어 민가로 들어가 밥을 지은 다음 정신없이 먹기 시작했다.

황혼이 지나 어둠이 깔리기 시작하자, 날씨가 갑자기 음산해지며 바람이 일기 시작했다.

조인과 조홍 이하 모든 장수들은 유비의 관사로 보이는 집에 들어가 술잔치를 벌이고 있었다.

그런데 그때 갑자기 밖에서 외치는 소리가 들렸다.

"불이야!"

그러나 군사들이 밥을 짓다가 실수한 거겠지, 간단히 생각하고 내버려 두었다.

그런데

"불이야!"

"불이야!"

외치는 소리가 사방에서 일어났다.

조인 등 장수들이 나와 보니 성 안은 온통 불바다로 변해 있었다.

"아니, 어떻게 된 일이냐?"

어물어물하고 있는 사이 보고가 잇따라 들어왔다. 서·남·북, 세 문이 다 불 속에 휩싸여 빠져 나갈 수가 없다고 했다.

사나운 바람이 불길을 부채질하고 있어서 이제 길에 버티고 서 있을 수도 없었다.

후세 사람이 시를 지어 이 일을 탄식했다.

간웅 조조는 중원이나 지킬 일이지
9월에 남으로 내려와 한수 유역을 침범하네
바람신 풍백이 노하여 신야현에 불어닥치고
불의 신 축융도 날아와 하늘을 태우네

그야말로 처절한 불지옥을 그려내고 있었다.

"달아나라!"

"꾸물대지 마라!"

"빨리!"

10만 군사가 한 사람 빼지 않고 모조리 미친 사람이 되어 이리 뛰고 저리 뛰었다.

"동문에는 불이 없다!"

이 소리와 함께 군사들은 '와아' 하고 동문을 향해 눈사태처럼 몰려갔다.

10만 군사가 앞을 다투어 내달았다. 서로 들이받고 밀치고 하여 넘어진 사람에 걸려 넘어지면 그 위를 또 짓밟고 넘어졌다. 이리하여 팔 다리가 부러지고 목과 허리가 꺾어지고, 짓밟히고 눌리고 해서 죽는 사람이 그 수를 헤아릴 수 없었다.

뿐만이 아니다. 바람은 동문을 향해 붉은 혓바닥을 날름거리고 있었다.

타서 죽고 연기에 숨막혀 죽는 사람도 헤아릴 수 없었다. 겨우 동문을 빠져나와 어두운 들판으로 나오려 하자 벽력같은 호령소리가 앞을 가로막는다.

"조자룡이 여기서 기다렸다!"

그 호통소리에 놀라 넘어져 일어나지 못하는 사람이 수백 명이나 되었다.

미칠 듯 몸부림치며 그 추격을 벗어나 한숨 돌리려는 순간, 이번에는 미방이 이끄는 붉은 기 군대가 덮치고 들어왔다. 이를 뿌리치고 달아나자, 이번에는 또 유봉이 이끄는 푸른 기 군대가 쳐들어왔다.

조자룡·미방·유봉 세 장수의 부대는 마치 성난 사자가 양떼를 덮치듯 마음대로 칼을 휘두르며 설치고 다녔다.

먼동이 틀 무렵 패잔병 4만 명은 머리나 손발이 데어 진무른 채 겨우 백하 가에 와 닿았다. 강물은 그리 깊지 않았다. 저도 모르게 텀벙텀벙 물로 뛰어들어 서로 다투어 물을 마시며 머리를 식혔다.

그때 상류에서 강물을 흙주머니로 막아 놓고 이제나 저제나 하고 기다리던 관운장이 하류 쪽에서 인마가 소란 피우는 소리를 들었다.

"왔다!"

운장은 부하들에게 쌓아둔 흙주머니를 일시에 터뜨리게 했다.

홍수로 변한 강물은 단숨에 물 속에 있는 군사들을 삼키고 말았다.

성 안에서 붉은 화염 솟구치더니
물가에서 또 검은 바람 마주치네

불길에 타죽고 물 속에 빠져 죽고, 10만 대군은 하루 사이에 2만으로 줄었다. 그리고 그 2만마저 하류에서 기다리고 있던 장비의 무서운 습격을 받아 거의 다 죽고 말았다.

조인과 조홍, 두 대장이 간신히 목숨을 건진 것은 차라리 기적이었다.

그 때 현덕은 공명과 함께 상류에 이르러, 미방과 유봉의 두 부대와 합류해서 일제히 강을 건넜다. 공명은 건너편 기슭에 이르자, 배도 뗏목도 모조리 불태워 버리게 했다.

성을 비워 주고 퇴각하면서도 이토록 여유를 보이며 10만의 적을 섬멸한 예는 고금의 역사를 통해 없는 일이었다.

이 보고를 받은 조조는 탄식을 했다.

"작은 성 하나를 얻고 10만 대군을 잃다니! 도대체 이럴 수가 있단 말인가!"

조조는 잠시 멍하니 넋을 잃은 듯했다. 다음 순간 공명에 대한 분노로 온몸이 불처럼 타올랐다.

"이 시골뜨기 놈!"

조조의 머리털이 거꾸로 섰다.

"그놈을 발 아래 꿇리고 낯짝에 침을 뱉어 주기 전에는 절대로 허도로 돌아가지 않는다!”

조조는 스스로 맹세했다.

삼군으로 산과 들을 뒤덮게 하고 신야성에 본영을 정한 조조는, 단숨에 형주를 짓밟아 버릴 작전을 짰다.

그 때 허도에서 유엽(劉曄)이 이르렀다.

“승상께 드릴 말씀이 있습니다.”

“뭔가?”

“승상께선 지금부터 양양으로 들어가 먼저 민심을 달래시는 것이 중요한 일인 줄 압니다. 지금 유비는 신야의 백성을 한 사람도 남기지 않고 번성으로 옮겼기 때문에 단숨에 이를 쳐서 무찌르게 되면 온 고을 백성이 다 죽게 됩니다. 그런 내용을 유비에게 알리고 항복을 권하게 되면 백성들을 죽이지 않으려고 유비는 멀리 떠나게 될 것입니다. 혹은 또 유비가 항복을 하면 형주 땅은 싸우지 않고 승상의 손으로 들어오게 될 것입니다.”

“그래. 그도 좋은 생각이다. 항복을 권고하는 사신으로는 누가 좋을까?”

“서서가 이 싸움을 구경하려고 가까이 와 있으니, 그를 설득시켜 보십시오.”

“서서를 보내면 다시는 돌아오지 않을 텐데.”

“결코 그런 일은 없을 것입니다. 서서는 부끄러움을 아는 사람입니다. 가서 돌아오지 않으면 세상 사람의 비웃음을 받게 된다는 것을 그는 누구보다 잘 알고 있습니다.”

“그럼 서서를 불러라.”

유엽을 따라 서서가 나타나자 조조는 말했다.

“내 부탁을 하나 들어달라.”

뜻밖에 사신이 되어 옛주인에게 다녀오라는 부탁을 받은 서서는 잠시 생각한 끝에 대답했다.

"알았습니다."

서서는 수행원을 거절하고 혼자 말을 타고 번성으로 향했다.

이 때 유비와 공명은 번성에 들어와 있었다. 그들은 첫싸움에 승리를 거두었지만 곧 앞으로의 대책에 부심했다.

유비가 말했다.

"조조는 지금쯤 신야에 들어와 있을 겁니다. 그 예봉을 피해 우선 강릉(江陵)까지 철수합시다."

공명이 대답했다.

"강릉을 목표로 하시는 것도 좋겠지요. 허나 조조는 주군께서 그리로 가리라는 것을 미리 알고 있을 것입니다."

장강 가에 있는 강릉에는 형주에서 가장 큰 식량 창고와 무기고가 있다. 형주에 일단 위급한 일이 있으면, 양양에서 급히 강릉으로 전략적 후퇴를 하고 장강의 지리적 조건을 이용하여 항전하기 위한 대비인 것이다.

이것을 조조가 모를 리 없다. 강릉으로 달아나기 전에 유비를 급히 추격하여 섬멸하려고 들 것이 뻔했다. 유비가 강릉에 들어가면 그만큼 골머리 아픈 존재가 된다.

유비는 또 말했다.

"이 번성은 신야로부터 150리나 남쪽에 있소. 그러니까 더 남쪽인 강릉에는 우리가 먼저 도착할 것이오."

공명은 고개를 옆으로 저었다.

"조조군 중에는 경장(輕裝) 부대가 있습니다. 이른바 쾌속부대입니다."

"이쪽도 경장으로 가면 될 게 아닌가?"

"안 됩니다."

공명은 여전히 고개를 저었다.

“어째서요?”

“우리가 설령 강릉에 들어간다 해도 조조의 대군을 막아낼 수가 있겠습니까?”

“그러니까 벽안아 손권과의 제휴를 꾀하는 게 아니오? 그 일에 대해선 군사에게 일임하지 않았소?”

“손권은 아직 우리들과의 연합을 결정하고 있지 않습니다. 연합할 것인가 그만둘 것인가 아직 저울질하고 있습니다. 손권 진영 안에는 장소(張昭)의 화평론이 있는가 하면 노숙의 주전론이 있어 손권도 아직 결정하지 못하는 것 같습니다. 그러므로 지금 우리들이 곧장 강릉으로 도망쳐 들어간다면 손권이 어떻게 생각하겠습니까? 조조가 그렇게도 강한가! 역시 형주와의 제휴는 그만두고 조조에게 항복하자 하는 생각으로 기울지도 모릅니다.”

“으음!”

“그리고 형주의 새로운 주인 유종이 조조에게 항복했다는 정보는 머지않아 손권의 귀에도 들어가겠지요. 그러나 항복한 것은 유종을 비롯한 그 측근 몇몇뿐으로 형주가 모두 조조에게 항복한 것은 아님을 손권에게 보여주어야 합니다.”

“그렇지만 양양에서의 정보는 별 반대 없이 가신 모두가 항복했다던데…… ?”

“사실이 그럴지는 모르지만 손권에게는 그렇게 믿도록 해서는 안 됩니다.”

“손권도 첩자를 양양에 잠복시키고 있을 거요. 그자들이 무혈 항복을 보았을 것이고 그것을 사실대로 보고할 거요.”

“그자들에게 순순히 항복했다는 보고를 하게 해서는 안 됩니다.”

“보이지 말라곤 하지만 그들도 눈에 핏발을 세우고 있는 이상, 이미 보았을 게 아니오?”

“모르시겠습니까?”

공명은 싱긋 웃고 말을 이었다.

"주군! 이제부터 양양으로 가시어 한바탕 설쳐 보는 것입니다. 달아나는 시간이 늦어지더라도 긴 눈으로 보아 그 편이 유리합니다."

"음, 그렇군. 알았소, 첩자들에게 유종 일당의 항복을 둘러싸고 형주가 시끄럽다는 걸 보여주자는 거로군."

유비는 이해가 빨랐다. 제갈량을 맞기 전까지는 그 자신이 군사를 겸임하고 있었기 때문에 모략을 잘 알았다.

그때 조조의 사자로 서서가 찾아왔다는 보고가 들어왔다. 이윽고 옛 주인과 옛 친구를 만난 서서의 마음은 감개무량한 바 있었다.

정답게 맞아주는 현덕과 공명에게 서서는 말했다.

"승상께서는 번성에 들어온 백성들의 목숨을 불쌍히 여겨 항복을 권하며, 만일 황숙이 이를 받아들이면 그 죄를 용서하고 벼슬을 내리겠다는 말을 전하도록 부탁했습니다. 그러나, 이것은 승상이 민심을 얻기 위한 방법인 것으로 보입니다. 만일 항복을 거절하면 승상은 군사를 여덟 길로 나누어 백하를 덮고 쳐들어올 것입니다. 번성을 지키기는 어려울 것으로 생각되니 곧 계획을 세워 실행해야 할 것입니다."

이렇게만 말하고 곧 하직을 고했다.

현덕은 지성껏 붙들었지만 서서는 고개를 저으며 발길을 돌렸다.

"이미 주군을 떠난 못난 사람을 붙들지 마십시오. 주군의 옆에는 와룡이 있습니다. 와룡이 있는 이상 큰 일을 이룩하지 못할 리 없습니다."

서서를 떠나보낸 뒤 현덕은 공명을 보고 말했다.

"서서는 역시 의리있는 사람이야."

그러나 감상에 젖어 있을 때가 아니다. 공명은 유비의 귀에 대고 속삭였다.

"곧 번성을 떠나 양양으로 가십시오. 그리고 그때에는……."

"음."

유비도 굳은 결의의 빛을 나타냈다.

'여기서는 비상 수단을 쓰지 않으면 우리가 살아 남을 수 없다. 아무리 유 황숙이 의리를 지키려 해도 현실이 그것을 용서치 않는다!'

그런데 번성을 버릴 때 공명은 또 한 번 현덕의 착한 마음씨에 당황해야 했다.

"신야에서 번성까지 나를 따라온 백성들을 그대로 버려두고 갈 수는 없다."

공명은 소년 시절부터 떠돌이 생활을 하는 동안, 가난한 백성들이 사는 모습을 두루 보아서 잘 알고 있다.

맨 밑바닥에서 우글거리고 사는 사람은 잡초처럼 살아가는 방법을 알고 있다. 위에 선 사람이 이를 딱하게 여기는 것은 인자하다고 볼 수 있을지라도, 밑에 있는 사람이 반드시 그 인자한 주인에게 정성을 바치지는 않는다. 그들은 그날 그날 바람부는 대로 권력자에게 아부하며, 보이지 않는 데서 혀를 날름거리는 교활함을 지니고 있다.

자기를 좋아한다고 해서 그들 백성을 위해 자신을 희생할 필요는 없다.

조조가 와서 유비와 똑같이 관대한 정치를 베풀게 되면 백성들은 유비를 까맣게 잊을 것이 틀림없다. 이런 교활함을 꾸짖을 수는 없다. 약한 자가 자신을 지키기 위한 본능이다.

'……주군은 지나치게 인자한 분이다!'

그러나 공명은 백성들의 교활한 점에 대해서는 현덕에게 아무 말도 하지 않았다.

공명은 현덕이 원하는 대로 관운장을 강가로 보내 작은 배를 많이 준비하게 했다. 그리고 손건과 간옹에게 명하여 큰 소리로 백성들에게 알리게 했다.

"조조가 이끄는 대군이 쳐들어온다. 외딴 성을 오래 지키기 어렵기 때문에 다시 버리기로 했다. 따라가기를 원하는 사람은 황숙과 함께 강을 건너도록 하라."

이 말을 듣자 신야에서 따라온 사람은 물론, 번성에 살고 있던 사람들도 모두 뒤를 따르겠다고 법석을 떨었다.

그것은 유현덕의 덕을 따라서라기보다도 새로 오는 통치자의 가혹함을 두려워했기 때문이다.

확실히 유현덕은 지금까지의 수령과는 비교도 안될 만큼 관대한 세금과 정치로 백성들을 대했었다.

'유 황숙을 따라가면 반드시 잘살게 해 줄 것이다.'

그런 희망을 가졌다.

강가로 구름처럼 몰려온 군중들을 도저히 준비된 배에 다 태울 수 없었다.

"하는 수 없다. 번성에 집이 있는 사람은 남도록 해야겠다."

운장이 그렇게 말했으나 사람들은 말을 듣지 않았다. 한번 따라가겠다고 결심한 이상 무슨 일이 있어도 배에 오르려고 앞을 다투었다. 이것이 군중심리이다. 들이받고 밀치고 하며 넘어가는 사람, 강가에 주저앉아 엉엉 우는 사람, 배와 강가에 각각 떨어져 슬피 울부짖는 모자(母子), 기도하는 노인, 넘어진 채 발에 짓밟혀 꼼짝도 않는 사람.

현덕은 이 무참한 광경을 목격하고, 침통한 얼굴로 고개를 떨어뜨렸다.

"아아! 이 몸이 운이 없고 못난 탓으로 무고한 백성들이 이런 고통을 당하게 되는구나."

후세 사람들이 현덕의 마음을 시로써 칭송했다.

　　난리 통에도 어진 마음 백성 사랑하느라

　　배에 올라 눈물 뿌리니 삼군이 감동하네
　　오늘도 양강 어귀 위령제를 지내며
　　노인들은 여전히 유사군을 그리워해라

　그러나 공명은 그런 소란에는 아랑곳하지 않고 차고 맑은 눈길을 먼 곳으로 돌리고 있었다.

　운장과 장비 등이 애쓴 보람으로 대부분의 군중이 겨우 강을 건널 수 있었다.

　행군은 개미떼가 열을 지어 이동하는 것처럼 끝이 없었다. 이동 속도 또한 한없이 느렸다.

　조조군에는 일찍이 원소와의 관도전 이래 잘 훈련된 경기병이 있었다. 과거 여포의 부대장이었던 장료가 지휘하는 쾌속 기마대로 놀라운 속력을 자랑하는 특수부대였다.

　유비는 장료가 이끄는 부대가 곧 뒤따를 것을 불안해하고 있었다. 그러나 지금으로서는 별다른 대책이 없다.

　유비는 말없이 행군을 계속했다. 젖먹이를 안고 있는 감 부인과 미 부인, 부인들에게 딸린 시녀 20명도 뒤를 따랐다. 장비는 선두의 유비 바로 뒤에 있었다.

　묘한 행군이었다. 이동하는 수만 군중을 극소수의 기마대가 엄호하고 있다.

　행군 둘째 날부터는 비가 와서 길 곳곳이 진창으로 변했다. 수렁 같은 진창길에서 가장 곤란을 겪는 것은 가마나 수레였다. 툭하면 바퀴가 진흙 속에 처박혀 몇 사람이 밀거나 말을 이용해 앞으로 끌어당겨야 했다. 그때마다 행군은 한없이 지체되었다.

　공명은 선두인 유비 곁에 있을 때가 많았다. 그는 이미 상당수의 척후를 내보낸 듯 자주 대열을 이탈해 병사들의 보고를 받았다. 공명은 추격군이 임박했다는 예감이 들자 따로 장비를 불러 말했다.

“장군, 무슨 일이 생기면 주군을 잘 부탁하오. 혹 두 분만 고립되는 상황이 발생하더라도 어떻게든 주군을 구해내야 하오.”

장비는 크게 고개를 끄덕이며 대답했다.

“걱정 마시우. 내 목숨 걸고 주군을 위해 혈로를 뚫을 테니.”

백성들은 점점 지쳐가기 시작했다. 감 부인이나 미 부인의 얼굴도 피로해 보였다.

장비는 400기의 부하들을 100기씩 교대로 맨 후미를 달리게 했다. 종일 반복되는 명령에 병사들 또한 지친 기색이 역력했다. 그러나 백성들은 주위를 달리는 기마대로 인해 자신들이 보호받고 있다는 기분이 들어 안심했다.

길을 서두르던 도중, 공명은 말을 달려 선두에 있는 현덕 옆으로 가서 전했다.

“주군, 백성들을 이 근처에 머무르게 하는 것이 좋겠습니다.”

“어째서지요?”

“이렇게 많은 군중들을 이끌고 가면 양양에서는 이를 바라보고 군대가 몰려오는 줄로 착각할 염려가 있습니다.”

“하지만 가까이 가면 백성들인 줄 알겠지요.”

“군사를 백성으로 가장한 것으로 의심할 것입니다. 유종의 옆에 채모라는 간사한 인간이 붙어 있다는 것을 생각지 못하십니까?”

그러나 현덕은 고개를 흔들었다.

“백성들을 여기 머물게 하면, 버리고 가는 줄 알고 다시 강가에서처럼 소동을 일으키게 될 거요. 차마 그 꼴을 어찌 보겠소.”

현덕은 결국 수만 명 군중을 데리고 양양에 이르렀다. 몸소 동문 옆으로 말을 몰아붙인 현덕은 큰 소리로 외쳤다.

“현덕이오. 신야와 번성의 백성들을 양양으로 피난시키기 위해 왔소. 다른 생각은 없으니 어서 문을 열어 주오.”

그러나 그에 대답한 것은 망루로부터 날아온 화살 소나기였다.

현덕이 깜짝 놀라 눈을 의심하고 있는데 날아온 화살들은 따라온 백성들을 순식간에 쓰러뜨렸다. 수습할 수 없는 혼란이 벌어졌다.

현덕 이하 여러 장수들이 소리소리 지르며 활을 쏘지 못하게 했으나 화살은 그칠 줄을 몰랐다.

현덕은 한 단 높은 망루에 서 있는 채모를 바라보며 탄식했다.

"아아, 공명의 예언이 맞았구나!"

그때 성문이 소리를 내며 열리더니 키가 7척이 넘는 무장이 뛰쳐나왔다.

"채모와 장윤(張允) 등 매국적(賣國賊)이 하는 짓은 하늘과 사람이 다함께 용서할 수 없다! 유 황숙, 잠깐만 기다리십시오!"

소리치는 무장은 의양(義陽) 사람 위연(魏延)으로 자를 문장(文長)이라 했다.

"자아, 유 황숙, 성 안으로 들어오십시오."

위연은 기를 쓰고 불러들이려 했다.

"좋아! 내가 먼저 채모란 놈을 두 도막 내고 말겠다."

장비가 불쑥 앞으로 나섰다.

"익덕, 잠깐만!"

현덕은 말렸다.

"지금 들어가면 성 안은 싸움터가 될 뿐이다. 서두르면 안 된다."

과연 그대로였다.

"위연, 배반할 셈이냐!"

성 안에서 대장 한 사람이 군사 한 부대를 이끌고 뛰어나오더니 호통을 치며 창을 내질렀다. 대장 문빙(文聘)이었다.

위연은 재빠르게 문빙의 창을 장검으로 받아 넘겼다.

곧이어 같은 편 장수와 군사가 뒤섞여 싸우는 수라장이 펼쳐졌다.

성 안에서도 함성이 들렸다.

유현덕을 맞아들이려는 무리와 이를 저지하려는 무리가 두 패로

갈려 싸움이 벌어진 것이다.

"주군!"

공명이 말을 달려와 말했다.

"어제 우리가 목표로 한 모략은 성공했습니다. 다음 머무를 곳인 강릉(江陵)으로 급히 가도록 하십시오."

"오, 갑시다. 강릉으로……."

현덕은 말머리를 돌렸다.

그러자 현덕을 따라 양양성 안에서 뛰쳐나온 장수와 군사들이 줄을 이었다. 그 수는 점점 몇 배로 늘어났다.

채모가 군사를 거느리고 이를 습격하지 못하는 것은, 오로지 동문에서 설치는 위연과 그 부하 1천 명 때문이었다.

위연은 부하를 거의 잃고 자신도 피투성이가 되어 말을 몰아 성 밖으로 도망쳐 나왔다.

그러나 유현덕이 멀리 떠나버려 간 곳마저 알 수 없는지라, 하는 수 없이 장사(長沙)로 달아나 태수 한현(韓玄)의 객장이 되었다.

현덕이 생각하기에도 아무리 서두른다 할지라도 노유(老幼)와 부녀자들을 합친 수만의 백성들을 데리고 가기에는 강릉은 너무 먼 곳이었다. 공명은 계속 백성들을 버려 두도록 권했으나 현덕은 끝내 받아들이지 않았다.

공명이 보낸 수색병은 조조의 대군이 벌써 번성에 들어와 큰 배를 준비하여 이리로 올 기미를 보인다고 보고했다. 그러나 현덕이 끝내 백성들을 버릴 수 없다고 하기 때문에 공명은 결국 생각을 바꾸어 말했다.

"그렇다면 관우를 강하로 달려 보내 큰공자 유기에게 구원을 청한 다음, 배로 강릉으로 향하십시다."

현덕은 이를 승낙했다. 곧 편지를 적어 운장에게 주었다.

운장은 손건과 함께 곧장 강하로 달려갔다.

강자 약자

한편, 번성으로 들어온 조조는 사신을 양양으로 보내 유종에게 청했다.

"번성으로 와 주오. 새 자사가 된 귀공을 위해 하룻저녁 술자리를 열겠소."

'……가면 반드시 죽게 되겠지.'

유종은 더럭 겁이 나서 응하지 않았다.

하는 수 없이 채모와 장윤이 대신 번성으로 가게 되었다.

그 때 왕위(王威)라는 늙은 장수가 유종을 보고 속삭였다.

"조조는 지금 형주 아홉 고을을 받고, 유현덕은 어디론가 달아나고 없기 때문에 마음이 풀어져 방비를 소홀히 하고 있을 것입니다. 이 때 기병(騎兵)을 거느리고 험한 곳에 의지하여 단숨에 치게 되면 조조를 무찌를 수 있을 것입니다. 비록 죽이는 데 실패하더라도 이를 패주시킨 뒤 격문을 띄우게 되면, 아무리 중원이 넓다 해도 천하가 크게 흔들려 반드시 우리에게 승리가 돌아올 것이니 이 기회를 놓치지 마십시오."

　그러나 유종은 이 권고에 대해 홀로 판단하기가 어려웠다. 그래서 길을 떠나려는 채모에게 털어놓았다. 채모는 성을 내며 왕위를 불러 호통쳤다.

"너는 천명을 모르느냐? 무엇 때문에 공연한 말로써 어린 주군을 현혹시키느냐?"

왕위는 꺾이지 않고 맞섰다.

"그대야말로 형주를 조조에게 판 배은망덕한 무리다. 조조 앞에 무릎을 꿇고 엎드리는 자신의 비열한 모습을 부끄러운 줄이나 알아라!"

채모는 그 자리에서 칼을 뽑아 목을 치려 했다. 그러나 괴월의 만류로 감옥에 가두는 데 그쳤다.

이윽고 번성에 이른 채모와 장윤은 조조를 만나게 되었다. 그들의 태도는 아첨으로 일관해 있었다.

조조는 차갑게 두 사람을 굽어보며 말했다.

"형주의 군마와 전량은 얼마나 되는가?"

"마병 5만, 보병 15만, 수군 8만, 모두 28만입니다. 또 전량은 강릉에 5년치가 있고, 그 밖의 각 성에 1년치씩 저장되어 있습니다."

"전선 수는?"

"크고 작은 전선이 7천여 척이온데, 우리 두 사람이 이를 관장하고 있습니다."

"그런가? 과연 유경승은 엄청나게 축적해 두었었군."

조조는 만족한 듯이 끄덕이고, 채모를 진남후(鎭南侯) 수군대도에 임명하고, 장윤을 조순후(助順侯) 수군부도독에 임명했다.

그리고 말했다.

"유경승이 죽었고 그 아들 유종이 귀순했으니 나는 이를 천자께 아뢰어 유종을 형주자사로 임명할 것을 약속한다."

두 사람이 기뻐하며 물러가자 순유가 다가와서 간했다.

"승상께서는 저들이 아첨하는 소인이란 걸 알고 계시면서 무슨 까닭으로 높은 벼슬을 주시고 게다가 수군도독으로 임명하셨습니까?"

조조는 웃었다.

"내가 이끌고 온 북쪽 군사들은 물에서 싸운 경험이 없다. 그래서 두 사람을 이용하여 수전을 익힐 생각이다. 장차 오나라와 싸우려면 아무래도 수전이 불가피하기 때문이다. ……군사가 훈련을 쌓고 난 다음에 그들 둘이 어떻게 될 것인지는 뻔한 일이다."

그런 줄도 모르는 채모와 장윤은 서둘러 돌아와 유종에게 이렇게 아뢰었다.

"이제 마음놓으십시오. 조 승상은 주군에게 길이 형주를 지키게 하겠다고 약속해 주셨습니다."

그제야 겨우 마음을 놓은 유종은 어머니 채 부인과 함께 인수와 병부를 받쳐들고 강가로 나가 건너오는 조조를 맞았다.

조조는 마치 자기 조카라도 만나는 것 같은 부드러운 태도로 유종을 대하고, 정다운 말을 건네며 함께 양양성 안으로 들어왔다.

자리에 앉은 조조는 형주의 모든 장수들을 불러 만나보고 벼슬을 주었다.

괴월에게는 강릉태수 번성후(樊城侯)의 지위를 주고, 부손과 왕찬에게는 관내후(關內侯)의 신분을 주었다.

그러고 나서 유종을 바라보며 느닷없는 말을 꺼냈다.

"그대를 청주자사로 임명할 테니, 곧 준비를 마치고 허도로 올라가 천자를 배알토록 하오."

유종은 깜짝 놀라 애원했다.

"벼슬은 조금도 원치 않습니다. 다만 바라건대 조상의 옛땅을 지키게 해 주십시오."

조조는 빙그레 웃으며 타일렀다.

"그대는 아직 나이가 젊소. 조정에서 벼슬아치로서의 수업을 마친 뒤에 고향으로 내려와도 늦지는 않을 거요. 청주는 황성 옆에 있기 때문에 그곳 자사와 친분을 가지고 조정에서 잠시 일하도록 하오."

유종은 몇 번이고 부탁했으나 조조는 듣지 않았다. 하는 수 없었다.

유종은 어머니와 함께 양양을 떠났다. 이들을 따른 사람은 왕위와 약간의 장병들이었다.

조조는 그들 일행을 보낸 다음 우금을 불러 명령했다.

"후환을 없애라!"

우금은 군사를 이끌고 모자의 뒤를 쫓았다.

풀밭 사이로 난 큰길을 달리고 있던 유종 모자의 행렬은 이윽고 뒤쫓는 군사에 포위되어, 살려 달라고 애원할 틈도 없이 창에 찔리고 말았다.

유현덕과 그 휘하, 그리고 수만의 피난민들은 조조가 유종 모자를 암살했을 때 겨우 200여 리밖에 가지 못했다.

현덕은 공명에게 강릉까지 앞으로 며칠이나 더 걸리겠느냐고 물었다.

"이런 느린 걸음으로는 열흘 넘게 걸리겠지요."

"그렇다면 반드시 추격군의 습격을 당하게 될 텐데."

"그러나 주군께선 피난민을 버릴 생각은 없으시겠지요. 아아, 운장은 구변이 약해서 유기를 달래어 일어나게 할 수 없을지도 모릅니다. 제가 가야겠습니다."

"그래 줄 수 있다면……."

"알았습니다."

공명은 유봉과 함께 군사 500을 거느리고 강하를 향해 길을 떠났다.

양양의 숙장(宿將) 문빙이 조조의 명령을 받아 5천의 철기병을

이끌고 현덕이 이끄는 피난민 행렬을 습격한 것은 그로부터 이틀 뒤 한밤중이었다.

그곳은 당양현(當陽縣)으로 접어드는 근처의 경산(景山)이라는 산기슭이었다.

벌써 때는 가을을 지나 겨울을 맞이하고 있었다. 해가 지자 찬바람이 살을 에는 것 같았다. 겨울 옷을 입지 못한 피난민들은 서로 몸을 한데 붙이고 앉아, 얼마 안 되는 모닥불로 몸을 녹이고 있었다. 내일이 어떻게 될지 모르는 불안감 때문에 흐느껴 우는 사람도 많았다.

새벽 2시 무렵이었다.

느닷없이 산기슭을 향해 무섭게 함성을 지르며 5천 명 철기가 돌격해 왔다.

현덕이 거느린 군사는 겨우 2천 명 남짓했다.

물론 추격대가 올 것은 짐작하고 있었지만, 밤이어서 군사들은 모두 갑옷을 벗고 있었다. 벌떡 일어나 무기를 들었을 때 적은 벌써 눈앞에 와 있었다.

현덕은 피난민을 버리고 달아날 생각은 조금도 없었다. 몸소 칼을 빼들고 뛰어들어오는 적병을 차례로 넘어뜨렸다.

그러나 횃불빛에 현덕을 보고 목을 잘라 공을 세우겠다고 몰려드는 적병을 도저히 막아 낼 수 없었다. 몸에 10여 곳의 상처를 입고 현덕은 죽을 각오를 했다.

그때 적의 진지 한쪽이 크게 무너지기 시작했다.

신장(神將) 같은 기세로 마구 짓밟고 뛰어들어온 것은 장비였다.

"주군, 목숨을 버릴 때가 아닙니다! 길을 열 테니, 어서요!"

장비의 사모가 한 번 번쩍하자 머리가 셋씩 허공으로 날아올랐다. 현덕은 그제야 제정신이 들어 말에 뛰어오르며 외쳤다.

"오오, 부탁한다!"

장비가 앞을 달리고 현덕이 뒤를 따랐다.

가는 쪽에 적들이 없다고 짐작한 장비는 유비에게 말했다.

"먼저 달려가십시오."

그리고 얼른 말머리를 돌려, 뒤를 바싹 쫓는 적병 속으로 뛰어들며 부르짖었다.

"어서 덤벼라! 열을 세는 사이에 백 개의 머리를 허공으로 날려 보낼 테다!"

현덕은 동쪽을 향해 말을 달렸다. 그때 뒤에서 외치는 소리가 들렸다.

"황숙, 게 섰거라! 문빙이 여기 왔다!"

현덕은 고삐를 당겨 말을 세웠다.

"문빙, 어린 주군은 어찌되었는가? 조조의 간사한 꾀로 벌써 저 세상 사람이 되지 않았는가?"

"음!"

문빙은 현덕의 말에 깜짝 놀랐다.

"너는 그것도 확인하지 않고, 조조의 부추김을 받아 내 목숨을 앗으러 오다니!"

문빙은 말을 잃고 그 자리에 멍하니 서 있었다.

"양양으로 돌아가라! 돌아가서 어린 주군의 안부를 알아보라!"

현덕은 한 마디 내던지고 말을 내몰았다.

얼마나 달린 것일까.

마침내 날이 밝으려 할 무렵, 현덕은 어느 숲가에서 말을 내려 시냇물을 마셨다.

뒤를 따라온 기병은 겨우 1백여 명에 지나지 않았다.

조자룡을 비롯해 미축·미방·간옹의 모습은 보이지 않았다.

장비도 보이지 않았다.

물론 수만의 피난민은 그 산기슭에 버리고 말았다.

"이 무슨 꼴인가! 내 목숨만을 지키고자 하다니, 천벌이 두렵다! 흙이나 나무로 만든 사람이라도 눈물 없이는 이 광경을 보지 못하리라!"

현덕은 몸에 입은 상처의 아픔도 잊은 채 처량하게 주저앉았다.

그때 얼굴과 가슴과 말에 화살을 맞은 미방이 말을 달려오다가 쾅 하고 나가 떨어졌다.

"자방, 정신차려!"

현덕이 안아 일으키자 미방은 숨을 헐떡이며 말했다.

"조운이란 놈이 변절한 모양입니다. …… 적에게로 말머리를 돌려 …… 자취를 감추고 말았습니다."

"속단하지 마라. 자룡은 내 심복이다. 결코 배반하지 않는다."

그러나 미방은 조운이 서북쪽을 향해 달아나는 것을 보았다면서 굽히려 들지 않았다.

장비가 곧이어 수백 명의 목을 벤 사모를 어깨에 둘러메고 도착했다. 장비는 미방의 말을 듣자 피투성이가 된 얼굴이 마귀처럼 변했다.

"자룡이란 놈! 주군의 운수가 다한 줄로 알고 조조에게 항복했단 말인가! 용서 못한다! 절대로 못한다!"

그러나 현덕은 자룡의 충심을 조금도 의심치 않았다.

"자룡은 그대들과 한 달을 함께 해온 무장이다. 그의 마음은 철석보다 더 굳다. ……절개를 굽혀 부귀를 구할 사람이 아니다. 속단은 말라!"

엄하게 타일렀으나 장비는 듣지 않았다.

"자룡이 서북쪽을 향해 달아났다면 앞에 있는 장판교(長坂橋)를 지날 것이 틀림없다. 내가 기다리고 있다가 그놈을 당장 두 도막 낼 테다!"

장비는 말을 마치자 20여 기를 이끌고 쏜살같이 달려갔다.

장판교 동쪽은 온통 나무 숲이었다.

"해치우기 아주 좋은 곳이다."

장비는 조자룡이 문빙과 함께 나타나면 뎅겅 도막내어 다리에서 강물로 처넣으리라 단단히 벼르고 있었다.

"우선 적을 유인하여야 된다."

이 숲 저쪽에 유현덕 일행이 달아나는 것처럼 보이기 위해, 장비는 20여 기를 시켜 나뭇가지를 말 꽁무니에 붙들어매게 한 다음 명령했다.

"숲속을 돌아다니며 흙먼지를 일으켜라."

장비 자신은 장판교 위에 혼자 사모를 비껴들고 기다렸다.

"어서 오너라!"

그때 조자룡은 어디에 있었던가!

물론 주군을 배신할 비겁한 사람은 아니었다. 자룡은 자신의 힘과 용맹을 너무 믿은 나머지, 격전에 몰두하여 자신도 모르게 후퇴할 시기를 놓치는 경우가 있었다.

이날 밤도 종횡무진 적을 무찌르고 짓밟는 가운데 자룡은 자신에게 주어진 임무를 잊고 있었다. 자룡의 임무는 감 부인과 미 부인, 그리고 어린 공자 아두(阿斗)를 지키고 보호하는 일이었다.

날이 밝기 시작할 무렵, 자룡은 문득 제정신으로 돌아와 자기 임무를 생각해 냈다.

"큰일 났다! 부인과 어린 공자가 간 곳은?"

두 눈을 부릅뜨고 바라보니 거기에는 다만 적과 자기편 시체가 겹겹이 가로놓여 있을 뿐이었다.

그리고 저쪽에는 피난민 떼가 미친 듯이 울부짖고 비명을 지르며 생지옥을 그려내고 있었다.

"어쩌면 저 속에?"

자룡은 말을 몰아 그쪽으로 달려갔다.

그러자 풀덤불 속에서 비틀거리며 일어나는 사람이 있었다.

"오오, 헌화!"

자룡은 말에서 뛰어내려 간옹을 일으켜 세웠다.

"헌화, 두 부인과 어린 공자는 어디 있소?"

"자룡……, 내가 두 분과 공자를 지키며 달아나려 했는데…… 원통하게도 도중에 적장의 창을 맞고 걸음을 제대로 걸을 수 없게 되었는지라, 하는 수 없이 미 부인께 공자를 안겼는데……그 뒤 어찌 되었는지…… ?"

헌화는 벌써 많은 피를 흘려서 더이상 목숨을 보존하기가 어려울 것 같았다.

"헌화, 용서하오! 내가 기어코 부인과 작은 주군을 찾아내겠소. 하늘을 날고 땅을 뒤지는 한이 있더라도! 기다리고 계시오!"

자룡은 가까이 있는 군사를 불러 간옹의 치료를 부탁했다.

그러고는 미친 듯이 말에 뛰어올랐다.

피난민들이 떼지어 있는 곳에 이른 자룡은 큰소리로 물었다.

"누구라도 두 부인과 어린 공자의 모습을 보지 못했소?"

그러자 가까이 넘어져 있던 사람이 피투성이가 된 몸을 일으켰다. 한쪽 팔이 달아나고 없었다.

그것은 수레를 미는 군사였다.

"감 부인께서…… 아까…… 머리를 풀어 흐트러뜨리고 맨발로 피난민 틈에 섞여 가는 모습을……."

"어느 쪽이냐?"

"저기…… 남쪽으로…….."

그렇게 말하고는 털썩 넘어졌다.

자룡은 남쪽을 향해 말을 달렸다.

바라보니 한 떼의 백성들이 걸어가고 있었다.

바짝 뒤쫓아온 자룡이 불러보았다.

"감 부인, 여기 계시지 않습니까?"

그러자 그 속에서 감 부인이 비틀비틀 나서면서 설움이 복받쳐 목 놓아 울기 시작했다.

자룡은 말에서 내려 땅에 엎드려 사죄했다.

"용서하옵소서! 적병을 무찌르는 데 정신이 팔려 그만 수호 임무를 잊고……. 이 죄 만 번 죽어 마땅합니다…… 미 부인과 아두 공자는 어디 계십니까?"

그러나 감 부인은 어둠 속에서 미 부인과 서로 떨어지고 말았다면서 다시 통곡했다.

"빨리 찾아 주시오. 나는 염려 마세요……."

감 부인은 꿋꿋이 자룡을 독촉했다.

그때 피난민 떼가 비명을 지르며 흩어지기 시작했다.

"적인가!"

자룡은 창을 들고 그곳을 노려보았다. 보니 한 떼의 적이 포로 한 사람을 끌고 달려왔다.

포로는 미축이 틀림없었다.

"음!"

자룡은 수백 명 적을 향해 말을 달렸다.

"야아, 조자룡이다!"

"이놈도 포로로 하자!"

와아, 적병은 고함을 지르며 몰려들었다.

"귀찮다, 내 힘을 모르느냐!"

조운은 장창을 휘두르며 적병 몇 사람을 단번에 넘어뜨렸다.

지휘하던 적장이 외쳤다.

"조운, 나는 조인 장군의 부장 순우도(淳于導)다!"

그러나 그 소리가 채 끝나기도 전에 순우도의 머리가 허공으로 튀어올랐다. 대장이 죽자, 적병은 겁을 먹고 사방으로 흩어졌다.

자룡은 미축의 결박을 풀고 순우도의 말 두 마리를 그에게 주며 외쳤다.

"부탁하오! 감 부인을 주군께로……."

"알았소."

미축은 말 한 마리에 감 부인을 태우고 내닫기 시작했다.

"으앗!"

자룡은 잠깐 자신을 노리는 적군을 둘러보고 야수가 울부짖는 것 같은 소리와 함께 장창을 휘두르며 서북쪽을 향해 내달았다.

그곳으로 다시 적군이 몰려들었다.

조자룡이 지나가는 곳에 피보라가 피어오르고 머리와 손이 수없이 날아올랐다. 단 혼자서의 싸움이었다.

구름처럼 모여들었다가는 흩어지고 흩어졌다가는 다시 모여드는 적의 소용돌이 속에서 자룡은 점점 방향을 잃고 말았다.

그리고 해가 동쪽에 떠오를 무렵 적을 뿌리치고 자룡의 용맹스런 모습이 장판교에 나타났다.

다리 위에 말을 세우고 사모를 비껴든 채 우뚝 서 있던 장비는 자룡을 보자 소리 질렀다.

"조운! 주군을 배반하고 어디로 갔었느냐?"

"무슨 소리를 하오? 나는 두 부인과 공자를 찾고 있었던 거요."

"듣기 싫다! 그 따위 핑계에 누가 속을 줄 아느냐? 깨끗이 여기서 1대 1로 싸우자!"

장비는 사모를 휘둘렀다.

아! 장판교

만일 그때 감 부인을 부축하며 미축이 도착하지 않았다면, 장비와 조운, 두 맹장은 처절한 싸움을 벌였을 것이다.

장비는 미축의 설명을 듣고 나서야 모든 것을 알았다.

"자룡, 주군은 저쪽 20리 앞 숲속에 계시다. 가서 안심을 시켜 드려라."

"아니……지금은 그럴 수 없소."

자룡은 고개를 내저었다.

"아직 미 부인과 공자를 모셔오지 못했는데 무슨 면목으로 주군 앞에 나아갈 수 있겠소?"

자룡은 다시 오던 길로 바람처럼 달려갔다.

등에 한 자루 칼을 메고 들을 걸어오는 그럴 듯하게 보이는 대장 한 사람과 마주쳤다. 자룡은 곧바로 달려가서 불문곡직 단창에 목을 찔렀다.

"조자룡이 나타났다!"

그의 뒤를 따르던 병사들은 겁을 먹고 뿔뿔이 흩어졌다.

자룡은 풀밭에 쓰러진 적장의 죽은 얼굴을 다시 들여다보았다.

"이놈이 하후은(夏侯恩)인가?"

자룡은 얼른 말에서 내려 쓰러진 자가 메고 있는 칼을 벗겼다.

조조는 의천(倚天), 청강(靑釭)이란 보검 두 자루를 가지고 있었다. 싸움터에 나갈 때는 언제나 그 두 자루를 가지고 나갔다. 의천은 항상 자기가 차고 있고, 청강은 하후은에게 메고 다니게 했다.

청강은 쇠를 진흙처럼 끊는다. 칼날의 강하고 날카로움에서는 이와 견줄 것이 없었다.

"음, 이것이 청강인가?"

자룡은 날 밑 위에 금으로 박힌 '청강'이란 두 글자를 보고 중얼거렸다.

"됐다, 이것이 있으면 1천 명의 적도 단숨에 베어 버릴 수 있다!"

해가 서쪽으로 기울 무렵까지 자룡은 세 차례나 적의 두터운 포위 속에 갇혔다. 그러나 세 번 다 홀몸으로 보검 청강을 휘둘러 이를 벗어났다. 귀신도 피한다는 말은 바로 자룡의 이같은 용맹을 두고 하는 말이리라.

동으로 달려갔다 다시 서쪽으로 달리고, 남쪽으로 향해 갔다가 다시 북쪽으로 향하는 필사적인 수색이 계속되었다.

이윽고 어느 민가 앞에 이르렀다. 그 집 주인으로 보이는 사내에게 물었다. 사내는 떨리는 손으로 담 너머를 가리켰다.

자룡은 마침내 찾아냈다.

한 걸음에 달려들어갔다. 미 부인은 타다 남은 집의 흙담 뒤 마른 우물 가에 어린 공자 아두를 안은 채 쪼그리고 있었다.

"부인!"

자룡은 땅에 엎드려 눈물을 비오듯 흘렸다.

미 부인도 기뻐 눈물을 흘리며 미처 말을 잇지 못했다.

"용서하십시오! 이 조운의 불찰로 이토록 고난을 당하시게 하였으니 그 죄 만 번 죽어 마땅합니다."
"조 장군!"
미 부인은 아두를 자룡에게 내밀며 부탁했다.
"이 아이는 이 세상에 하나밖에 없는 황숙의 혈육입니다. 부디 보호하여 아버님 손에 다시 안겨 주십시오."
"부인께서도 함께……."
자룡이 재촉하자 미 부인은 고개를 저었다.
"나는 함께 갈 수 없습니다. 가슴에 화살을 맞아 걸음을 옮길 수가 없으니, 말을 타면 곧 피를 토하게 될 것입니다."
"부인, 이대로 여기 계시게 할 수는 없습니다. 제 말은 환자를 태우는 방법을 알고 있으니…… 자아, 어서요."
자룡은 미 부인을 억지로 말에 태우려 했다.
그 사이에도 적의 고함소리는 점점 가까워지고 있었다.
미 부인은 단호하게 머리를 흔들었다.
"내게 말을 주면 아두를 업은 장군이 어떻게 제대로 활동할 수 있겠어요. 적이 들이닥치기 전에 어서 가도록 하세요."
도리어 조자룡을 독촉했다.
"부인을 남겨둘 수는 없습니다."
자룡은 외쳤다. 미 부인은 자룡을 똑바로 보더니 차갑게 말했다.
"아들을 구해달라는 부탁을 알아듣지 못하시나요!"
"그, 그렇지만……."
자룡은 주저했다.
그때 담장 밖에서 일제히 함성이 터져나왔다.
"아두를 부탁해요!"
순간 미 부인은 마른 우물 속으로 몸을 던졌다.
후세 사람이 시를 지어 이 일을 읊었다.

장수는 말의 힘에 의지하거늘
걸어서야 어찌 어린 주인 구하랴
미부인 한몸 던져 유씨의 후사 남겼으니
용감한 결단은 참으로 여장부일세

"아아!"

분을 못 참고 이를 갈았으나 더이상 주저할 수는 없었다. 자룡은 미 부인의 시체를 적에게 넘겨 주지 않기 위해 순식간에 흙담을 무너뜨려 마른 우물을 메웠다.

그리고 갑옷 끈을 풀어 가슴막이를 벗고 아두를 품속에 감춘 다음 타일렀다.

"공자, 아시겠지요! 대장부라면 무슨 일이 있어도 울음소리를 내서는 안 됩니다."

적의 한 부대는 그곳에 조운이 있다는 것을 알고 멀리서 차츰 포위를 좁혀 왔다. 지휘를 하는 자는 조홍 휘하의 안명(晏明)이란 장수였다. 그는 삼첨양인도(三尖兩刃刀)를 머리 위로 휘두르며 다가왔다.

"야앗!"

조자룡은 오른손에 청강검을 들고 왼손에 장창을 잡아 안명의 가슴을 꿰뚫었다. 그리고는 유유히 말에 오르며 적병을 향해 외쳤다.

"잘 보아라! 이 칼은 조조가 아끼며 간직하던 보검 청강이다. 가까이 와서 목이 달아나지 않도록 할지어다!"

그러자 자진해서 뛰어드는 적병은 없었다.

자룡은 창자루를 채찍삼아 말을 달리기 시작했다.

그런데 그 혈로 앞쪽에서 마주 오는 한 대장이 있었다. 그 깃발에는 하간 장합(河間張郃)이라고 크게 씌어 있었다.

"조운인가? 장합이 여기 있다!"

크게 외친 뒤 칼을 휘두르며 달려왔다.

"알았다!"

창으로 받아치며 청강검을 내리치기 10여 합.

품속에 공자만 없다면 장합 정도는 상대도 되지 않겠지만 만의 하나 적의 칼끝이 어린 공자에게 닿기라도 하면 어쩌나 하는 생각에서 조자룡은 틈을 보아 달아나려 했다.

그 순간 말이 흙구덩이 속으로 헛발을 디뎌 무릎을 꿇어 버렸다.

"됐다!"

장합은 무섭게 칼을 내리치려 했다.

그 찰나, 흙구덩이 속에서 한 줄기 푸른 빛이 번쩍 하며 빛났다. 조자룡이 던진 청강검이 번개처럼 날아 장합의 어깨에 꽂혔다.

아차 하는 사이에 장합은 말에서 떨어졌다.

그 틈에 자룡은 땅으로 뛰어올라 청강검을 뽑아든 뒤 장합의 말을 앗아 타고 정신없이 내닫기 시작했다.

후세 사람이 이 광경을 두고 시를 지어 읊었다.

붉은 빛 몸을 감싸 곤한 용이 날아올라
군마는 장판파 포위 뚫고 내닫누나
마흔두 해 나라 이을 천명 받은 군주라
조 장군은 그 까닭에 신의 위력 떨치네

그러나 5리를 채 못 갔을 때 이름 있는 장수로 보이는 무사들이 양쪽에서 둘씩 한꺼번에 들이닥쳤다.

오른쪽은 마연(馬延)과 장의(張顗), 왼쪽은 초촉(焦觸)과 장남(張南)이었다. 다같이 원소 휘하에서 이름을 날린 장수들이다. 조자룡을 무찔러 상을 받아 보겠다는 욕심에서 그들은 용기백배하여 공격해 왔다.

자룡은 사방에서 목을 노리고 들어오는 칼과 창을 거의 본능에 의해 받아치고 피하다 틈을 노려 공격했다.

"받아라!"

처절한 호령 소리와 함께 한 사람씩 피보라를 날렸다.

참으로 형용할 수 없는 그 용맹스런 모습에 적군들도 숙연해졌다.

바로 그때 조조는 경산 중턱에서 자룡이 싸우는 모습을 내려다보고 있었다. 적장 한 사람이 자기 군사 속을 맹호처럼 설치고 돌아다니는 모습을 보자 조조가 물었다.

"저건 누구냐?"

곧 조홍이 말을 타고 비탈길을 달려내려갔다.

"이봐! 거기 창을 마구 휘두르는 적장은 누구인가?"

조홍이 외치자 조자룡은 마지막 남은 마연을 피보라 속에 넘어뜨려 놓고 대답했다.

"나는 상산 조자룡이다!"

조홍은 곧 되돌아와 조조에게 보고했다.

조조는 감탄하며 명령을 내렸다.

"구름 같은 적진 속을 무인지경 달리듯 혼자 빠져나가려 하다니, 참으로 훌륭한 장수다! 활을 쏘지 말라! 사로잡아야 한다! 사로잡을 수 없으면 그대로 가도록 놓아 두어라!"

이것도 품속에 있는 어린 공자 아두의 행운이라 할 수 있었다.

자룡은 대장기 2개를 베어 넘어뜨리고 창을 3개 앗은 다음 조조 진영의 용장 수십 명을 청강 보검의 이슬로 삼고 신장(神將)처럼 달려갔다.

훗날 사람들은 그 모습을 이렇게 노래했다.

전포를 물들인 피 갑옷까지 붉게 파고드노니
당양 싸움에서 뉘 감히 조운에게 맞서랴!

　　예로부터 전장에서 위기에 처한 주인 구한 이는
　　오로지 상산 땅의 조자룡 한 사람뿐이라네

달아나는 자룡의 뒤를 끈질기게 뒤쫓아오는 두 장수가 있었다.
하후돈의 부장 종진(鍾縉)과 종신(鍾紳) 형제였다.
하나는 큰 도끼를 들고 하나는 창을 들고 있었다.

　　겨우 호랑이 굴 벗어나 목숨 건지니
　　다시 용의 늪에서 파도가 몰아치네

"조운, 이젠 더 달아나지 못한다. 말에서 내려와 오라를 받아
라!"
소리를 지르며 10여 보 뒤까지 바짝 따라왔다.
"에잇, 귀찮다!"
자룡은 말을 곤추세웠다.
"으음!"
종진과 종신은 이 틈에 자룡을 땅바닥으로 거꾸러뜨리려고 말에
서 몸을 솟구쳤다.
그 찰나 자룡은 동시에 두 손을 휘둘렀다. 두 형제는 악 소리마저
지를 겨를이 없었다. 형은 창에 목이 꿰뚫리고 아우는 보검에 어깨
와 가슴을 비스듬히 맞고 넘어졌다.
자룡은 그대로 뒤도 돌아보지 않고 장판교를 향해 쏜살같이 내달
렸다. 함성만이 뒤쫓아왔을 뿐, 이제 누구하나 달려나와 조자룡을
뒤쫓지는 못했다.
"익덕!"
조자룡은 장판교 위에 우뚝 서 있는 장비의 믿음직한 모습을 보고
외쳤다.

"오오, 자룡! 돌아왔구나!"

순식간에 달려온 조자룡은 숨가쁘게 말했다.

"공자는 품 속에 있소. 뒷일을 부탁하오!"

"무사히 임무를 완수했군! 걱정 말고 주군께서 계신 곳으로 가서 푹 좀 쉬라고."

조운이 계속 말을 달려 얼마쯤 가자 나무 그늘에서 현덕이 쉬고 있었다. 조운은 말에서 뛰어내려 숨을 헐떡이면서 지금까지의 일을 보고했다.

"공자께서 조금 전까지 울고 계셨는데 지금은 조용하시군요. 무사한지 걱정되옵니다."

자룡은 갑옷 끈을 풀었다.

아두는 쌕쌕 고른 숨소리를 내며 깊이 잠들어 있는 게 아닌가.

조운은 기뻐하며 공자를 두 손으로 받들어 현덕에게 건네주었다.

그러자 현덕은 아두를 땅에 내던지며 말했다.

"너 때문에 하마터면 장수 하나를 잃을 뻔했다!"

조운은 너무나 감격하여 울면서 얼른 아두를 안아올리고 말했다.

"조운 자룡, 오장육부가 땅에 흩어지는 한이 있더라도 주군의 은혜는 잊지 않겠습니다!"

후세 사람들이 시를 지어 이때의 모습을 읊었다.

　　비호처럼 달려 조조군 포위를 벗어나는데
　　조운의 품엔 작은 용이 곤히 잠들었네
　　충신의 붉은 마음 위로할 길 달리 없어
　　짐짓 친아들을 말 앞에 내던지네

싸우기 위해 태어난 장비는 피 한 방울이 남을 때까지 이 다리 위를 지키고 말겠다는 투지에 불타 머리를 쳐들고 가슴을 폈다.

거기에 먼저 문빙이 5천 기를 거느리고 달려왔다.

"아니, 저건!"

호랑이 수염을 곤두세우며 고리눈을 까뒤집고, 장팔사모를 곧추세운 채 다리 위에 말을 타고 서 있는 것은 장비가 틀림없었다. 그 무서운 모습을 한 번 바라보는 순간 문빙의 말은 한 발짝도 앞으로 나가려 하지 않았다. 그 뒤로 조인·이전·하후돈·하후연·악진·장료·허저 등이 잇따라 달려왔다.

바라보니 장비가 서 있는 뒤 숲속에는 흙먼지가 자욱이 피어 오르고 있다.

"이건 반드시 제갈량의 계략임이 틀림없다."

모든 장수들은 똑같이 말을 세우고 숨을 삼켰다.

얼마 뒤 조조가 도착했다. 푸른 비단 일산을 중심으로 승상의 깃발들이 햇빛에 번쩍였다.

'……조조가 왔구나!'

장비는 빙긋 웃고 우레 같은 큰소리를 질러댔다.

"다들 듣거라! 여기 있는 것은 장비 익덕이다! 자신 있는 사람은 어서 나와 자웅을 결정짓자!"

조자룡을 보내고 난 장비는 혼자 다리 위에 버티고 서 있었다.

"자아, 올 테면 오너라! 장익덕이 여기 있다! 으하하하…… 어디 한 번 실컷 싸워 보자!"

조조의 군사들은 그 외치는 소리에 간담이 서늘해지고 오금이 딱 붙고 말았다.

젖내 풍기는 어린아이 어찌 벽력을 들으랴
병에 걸린 나무꾼 호랑이 울부짖음 못 당해

"으음, 저게 장비인가?"

조조는 일산 밑에서 다리 위의 장비를 바라보며 말했다.

"일찍이 관운장이 한 말이 있다. 내 아우 장익덕은 백만 적군 속에서 대장의 머리 베는 것을 마치 주머니 속에서 물건 꺼내듯 한다고. 함부로 심복 장수들을 내보내 상하게 해서는 안 된다."

장비는 아무도 나오는 사람이 없자

"겁이 나느냐? 이 못난놈들! 어서 나와서 싸우자!"

호통치며 말을 내몰아 다리목까지 나갔다.

그러자 수십만 적군이 썰물처럼 뒤로 물러났다.

　　장판교 위에 무서운 살기가 돈다
　　창을 비끼고 말을 세워 눈 크게 부릅떴네
　　한바탕 고함 천둥이 지축을 뒤흔드는 듯
　　홀로 조조 백만 대병 가볍게 물리치네

시인이 읊었듯이 장비의 독무대였다.

《삼국지연의(三國志演義)》에 따르면 장비가 크게 한 번 소리를 지르자 조조 곁에 있던 하후걸(夏侯傑)은 너무 놀란 나머지 정신을 잃고 말에서 떨어져 죽었고, 조조가 말머리를 돌려 모든 군대와 장수들에게 퇴각을 명령하자 일제히 눈사태처럼 무너져 도망치는 모습은 마치 어린아이가 벼락치는 소리에 놀라고, 병약한 나무꾼이 호랑이의 울부짖는 소리를 듣고 놀란 것처럼 창을 버리고 투구를 떨어뜨린 사람이 이루 헤아릴 수 없었다고 한다.

매우 과장되어 있지만, 그 장판교에서 조조가 단 한 명뿐인 장비를 이겨내지 못하고 멀리 물러난 것만은 사실이었다.

이것은 다만 조조가 장비의 용맹을 무서워한 때문만은 아니었을 것이다. 그보다는 장비 혼자 장판교를 지키고 있는 것은 공명이 뭔가 깊이 생각하고 꾸며놓은 계략일 거라고 보았기 때문이다.

장판교를 억지로 밀고 건너가게 되면 뜻밖의 함정이 거기 기다리고 있어서 군사의 태반을 잃게 될지도 모른다는 두려움 때문이었다. 조조는 공명을 그토록 무서워하고 있었던 것이다.

장비는 조조가 물러가는 것을 보자, 자기가 무서워서 그러는 줄 알고 빙그레 웃었다. 곧 숲속에 숨겨둔 군사를 불러 다리에 불을 지르게 했다. 다리는 금방 타 무너져 내렸다. 그 길로 장비는 군사들을 이끌고 현덕이 있는 곳으로 달려갔다.

현덕은 조자룡의 눈물겨운 활약으로 하나뿐인 공자가 무사히 돌아온 것에 마음을 놓는 한편, 미 부인을 비롯해 간옹 등 많은 충신들이 죽은 것은 자기 때문이라 생각하고, 몹시 침울해 있었다.

거기에 돌아온 장비가 백만의 적을 혼자서 물리쳤다고 보고했다. 그러나 현덕은 장비가 다리를 태웠다는 말을 듣자 상을 찌푸렸다.

"익덕은 여전히 계책을 모르는군."

"무슨 말씀이신지?"

"다리를 태워 없앤 것은 이쪽에 귀신 같은 묘한 계획이 있지도 않고 남은 군사도 얼마 없다는 것을 적에게 알려준 꼴이 된다. 조조는 반드시 무섭게 추격해 올 것이다."

"아아 실수했다!"

장비는 혀를 찼다. 그러나 곧

"하지만 주군, 조조는 내 호통 소리에 십 리나 물러갔습니다. 겁이 그렇게 많은 것으로 보아 뒤쫓지는 않을 줄 압니다만……."

"그대가 다리를 불태우지만 않았으면 조조가 뒤쫓지 않을지도 모른다. 그러나 조조가 이쪽에 제갈 군사가 없는 것을 눈치채게 되면 어찌 가만히 있겠는가? 조조는 다만 공명의 기략이 있을까 무서워서 잠깐 물러난 것뿐이다."

그러니 더 지체할 수는 없었다. 서둘러 도망칠 도리밖에 없었다.

한편 조조는 다리가 불타오르는 것을 바라보더니 즉각 명령했다.

"다리를 불태우는 것으로 보아 공명이 저 속에 없다는 것을 알 수 있다. 빨리 다리를 놓아라!"

"저것 또한 공명의 속임수가 아닐는지요?"

이전이 걱정하자 조조는 고개를 내저으며 말했다.

"저건 장비 개인의 얕은 지혜에서 나온 행동임이 틀림없다. 다리를 없앤 것은 한때 우리의 추격을 막을 요량으로 취한 행동이다. 그것은 가엾게도 자신의 처지가 다급함을 말해 주는 것일 뿐이다. 부교(浮橋)를 놓고 단숨에 건너가 유비를 추격해라. 이제 가마솥에 든 물고기요, 함정에 든 호랑이다. 만일 지금 유비를 섬멸하지 못하면, 물고기를 바다에 놓아 주는 격이요, 호랑이를 산에 돌려 보내는 격이다. 어서 서둘러라!"

강남

와아!

와아!

갑자기 뒤에서 함성이 터졌다. 그 함성은 땅과 하늘을 흔들었다.

돌아다보니 백만 군대가 일으키는 흙먼지가 하늘을 온통 가리고 있었다.

면양(沔陽)으로 향하는 도중이었다. 현덕은 한진(漢津)으로 갈 생각이었다.

"익덕, 자룡! 내 운은 여기서 끝이다!"

현덕은 창자가 끊어지는 것같이 외쳤다. 모든 신하들도 마침내 그런 각오를 하지 않으면 안 되었다.

"주군, 우선 저 산기슭으로!"

조자룡이 권하며 장비에게 웃어보였다.

"마지막 꽃을 피웁시다!"

장비는 호랑이 수염을 치켜세우고 구름처럼 몰려오는 적군에게 횃불같은 두 눈빛을 쏘아보냈다.

"역사에 남을 시체의 산, 피의 강을 만들어 줄 테다!"

"자아!"

"간다!"

죽음의 땅을 향해 무섭게 달려가려 했을 때였다.

왼쪽 산 뒤에서 천지를 진동하는 함성이 터져나왔다. 바라보니 검은 옷차림의 군사가 한무리 땅에서 솟아오른 듯 성난 물결처럼 조조의 군대를 향해 돌격하기 시작했다.

"자룡!"

장비가 함성을 질렀다.

"운장이다! 운장이 원병을 이끌고 돌아왔다!"

"아아, 꿈이라면 깨어나지 말기를!"

흑기대 선두를 달리는 장군은 불타오르는 것 같은 갈기머리를 바람에 휘날리는 적토마에 올라앉아 청룡도를 비껴든 운장이 틀림없었다.

강하에서 1만 명 군사를 빌려 밤낮으로 달려온 것이다.

"운장형!"

장비가 사모를 높이 쳐들고 부르자 운장도 외쳤다.

"늦었다!"

조조는 천마(天馬)가 땅으로 하강한 것처럼 밀어닥치는 관우와 1만 명 흑기대를 보자 급히 명했다.

"공명의 꾀에 말려들어선 안 된다! 물러나라!"

운장은 적군이 물러나는 것을 보자 얼른 말머리를 돌렸다.

한진 나루터에는 벌써 운장이 배를 준비해 두고 있었다.

글자 그대로 구사일생으로 배에 오르자, 현덕은 잠시 눈을 감고 중얼거렸다.

"이 요행도 나를 대신해서 들판에 시체로 남은 충성된 신하들의 영혼이 지켜준 것이리라."

강 중간 지점에 이르렀을 때, 갑자기 남쪽 기슭에서 무섭게 북소리가 울리며 순풍을 맞은 전선들이 마치 무수한 고기떼처럼 이쪽을 향해 다가오는 것이 보였다.

"아니! 적의 수군인가?"

사람들은 순간 얼굴빛이 변했다.

그러나 현덕만은

"오오!"

감격에 찬 탄성을 내질렀다.

점점 다가오고 있는 맨 앞의 배에는 흰 전포에 은갑옷을 두른 대장 한 사람이 서 있었다. 유기였다.

"오오, 공자!"

뱃전과 뱃전이 서로 스치자 현덕은 두 손을 내밀었다.

유기는 소리쳤다.

"황숙! 구원이 늦었습니다."

현덕은 감격에 겨워 말도 못하고 고개만 끄덕였다.

유기는 손을 뻗쳐 현덕을 자기 배로 옮겨 태웠다.

"이제 아무 걱정 없습니다. 이 유기는 강하에서 병마를 훈련시키며 스스로를 단련해 왔습니다. 조조의 백만 대군이 밀려온다 해도 겁날 것은 없습니다."

그는 젊고 씩씩한 무사의 기백을 보였다.

"고맙네, 이 은혜는 자손대대까지 전해 주겠네."

현덕은 깊이 머리를 숙였다.

다시 십 리쯤 가자 서남쪽 강 위에 갑자기 한 떼의 전선이 쏜살같이 이쪽으로 다가왔다.

"조조의 전선이라면 어서 오라 하라!"

조자룡이 외쳤다.

"아니! 저건 제갈 군사가 아닌가?"

관운장이 소리쳤다.

과연 한 줄로 늘어선 선단의 가운데에서 빠져나오는 한 척의 뱃머리에는 윤건 쓰고 도복 입은 공명이 학처럼 단정한 모습으로 서 있었다.

마치 현덕이 오는 것을 기다리고 있었던 것처럼 공명이 나타나자 모두들 신기한 생각이 들 뿐이었다.

공명은 현덕을 보고 말했다.

"강하에 이르자, 먼저 운장을 물길로 한진 나루에 보냈습니다. 주군께서 조조에게 쫓기게 되면 반드시 강릉으로 들어가지 못하고 비스듬히 사잇길을 달려 한진으로 오실 것으로 짐작했습니다."

공명은 현덕이 달아나게 될 길마저 손바닥 들여다보듯 내다보고 있었던 것이다.

현덕은 앞으로의 계획을 공명에게 물었다.

공명은 생각할 것도 없이 대답했다.

"하구(夏口)의 성은 요새지로 견고하니 주군께서는 잠시 이 성에 들어가 계시도록 하십시오. 공자는 강하로 돌아가서서 전진을 준비하고 군기를 정비하여 기각(掎角) 형세로서 조조를 막는 것입니다."

유기는 응낙한 다음 의견을 말했다.

"하구에는 아직 군사가 부족해서 든든치가 못하니, 황숙을 우선 강하로 모신 다음 군마를 달려 하구로 가시게 해도 늦지는 않을 줄 압니다만……."

"물론 군사를 나눠 주신다면 감사히 받겠습니다."

공명은 받아들였다.

하구의 수비는 운장이 5천 명 군사를 거느리고 담당하기로 했다.

현덕은 유기의 인도로 강하성으로 들어갔다.

조조는 현덕이 군사를 정비하고 유기와 합세하여 물길로 강릉

을 앗을 위험이 있다고 생각하여 밤낮으로 군사를 이끌고 단숨에 강
릉으로 들어갔다.

거기서 일단 군사를 쉬게 한 다음 모든 장수들과 상의했다.

유비가 강하로 들어간 이상, 반드시 손권과 손을 잡을 것이 틀림
없다. 그렇게 되면 보통 일이 아니다. 무슨 수로 이를 깨뜨릴 것인
가?

순유가 말했다.

"우리 군사는 한창 위세를 떨치고 있으므로 이 기회에 사신을 시
켜 강동에 격문을 보내고 손권을 달래어 양쪽에서 강하를 습격한
다음 형주를 나눠 갖고 화친을 맺자고 권하는 것이 어떻습니까?"

"그래. 그렇게 하는 것이 좋겠다."

조조는 이를 승낙하고, 손수 붓을 들어 격문을 쓴 뒤 사자를 강동
으로 보냈다.

동시에 자신의 실력이 어느 정도인가를 손권에게 과시하기 위해
기병, 보병, 수군 83만을 백만대군이라 거짓으로 소문을 퍼뜨렸다.
그리고 군대를 물 위와 뭍으로 나란히 행진시켜 형주와 협중(峽中)
에서 기황(蘄黃)에 걸치는 300리 사이에 진지를 구축했다.

오나라를 단숨에 삼킬 듯한 기세로 경고한 것이다.

이제 손권은 흥망을 걸고 결심을 하지 않으면 안 되었다.

조조의 대군이 양양을 앗고 강릉을 차지했다는 소식을 듣자, 손권
은 모든 장수와 모사들을 모아놓고 어떻게 이를 막을 것인가를 상의
했다.

노숙이 앞으로 나와 말했다.

"형주는 우리나라와 이웃해 있고 강과 산이 험하며 군사가 많고
물자가 풍부하기 때문에 그곳을 누가 손아귀에 넣느냐에 따라 천
하 대세가 결정된다고 말할 수 있습니다. 유표는 이미 죽고, 유비
역시 패한 지금, 제가 명을 받들어 강하로 가서 문상을 핑계로 유

비를 만나 이를 달래는 한편, 유표의 옛 장수들을 어루만져 우리 편에 붙게 하여, 한마음 한뜻으로 조조를 무찌를 것을 맹세케 하겠습니다. 만일 유비가 이를 승낙하게 되면 반드시 이번 기회에 조조를 꺾고 대업을 이룰 수 있을 것입니다."

"그럼 부탁하겠소."

손권은 노숙의 말에 반대하지 않았다.

노숙은 예물을 준비하여 형주로 떠났다.

강하성 안에서는 공명이 앞으로의 대책을 설명하고 있었다.

"조조의 세력은 지금 너무도 왕성하기 때문에 이를 대적하기 어렵습니다. 그러므로 강동의 손권과 손을 잡고 그의 도움을 얻어, 조조와 손권을 맞싸우게 한 다음 우리는 그 중간에서 이익을 취하도록 하는 수밖에 없습니다."

"그러나 강동에는 인재들이 많아 반드시 깊은 생각과 큰 슬기가 있을 것이니, 과연 우리의 의도대로 움직이게 될는지?"

현덕은 불안한 표정을 지었다.

공명은 얼굴에 밝은 웃음을 가득 담고 말을 이었다.

"조조는 지금 300여 리 사이에 80만 대군의 진을 치고 오나라 국경을 위협하고 있습니다. 그러므로 오나라도 잠자코 이를 관망하고 있지는 않을 겁니다. 반드시 사람을 우리에게 보내 우리 태도를 살피려 할 것입니다. 그때 제가 배를 타고 강동으로 내려가 세 치 혀로 손권을 설득해 남북 양군이 서로 싸우게 만들어 보이겠습니다. 만일 손권이 조조를 이기면 손권을 무찔러 형주 땅을 차지하고, 만일 조조가 이기게 되면 틈을 엿보다가 강동을 앗는 것도 결코 불가능한 일은 아닙니다."

서슴없이 말하는 공명을, 현덕과 유기는 그저 기가 찬 듯 바라보았다.

유기가 마침내 물었다.

"군사의 말씀은 참으로 훌륭하십니다. 그러나 과연 강동에서 사신이 오게 될는지요?"
"오늘 내일 사이에……."
공명은 잘라 말했다.
공명의 예언은 귀신처럼 들어맞았다.
이틀 뒤 오나라의 손권을 대신해서 노숙이 찾아온 것이다. 사자는 말했다.
"강동의 손권을 대신해서 노숙이 문상을 올립니다."
노숙의 방문을 받고 공명은 쾌재를 불렀다.
유기는 아직도 의심스러운 듯이 물었다.
"노숙은 우리의 태도를 살피러 온 것일까요? 아니면 그의 말대로 그저 아버님 문상을 온 것일까요?"
공명은 맑은 눈을 들어 유기를 바라보며 물었다.
"일찍이 손책이 죽었을 때 양양에서 사신을 보내어 문상을 한 적이 있었던가요?"
"없습니다. 강동은 우리와 대대로 원수지간이기 때문에 서로 축하나 문상 사신이 오간 일은 한 번도 없습니다."
"그렇다면 이번에 갑자기 문상을 핑계로 노숙이 찾아왔다는 것은 묻지 않고도 그 속을 알 수 있지 않겠습니까?"
공명은 이렇게 말하고 나서 현덕을 향해 말을 이었다.
"노숙이 조조의 동정에 대해 묻거든 주군께선 아무것도 모른다고 대답하십시오. 노숙은 그대로 물러서지 않고 두 번 세 번 거듭 물을 것입니다. 그 때 주공은 제갈량에게 물어보라고 대답하시기 바랍니다."
"알았소."
현덕은 승낙했다.

노숙, 그는 과연 어떤 사람인가?

노숙의 자는 자경(子敬)이며 임회(臨淮) 동성(東城) 사람이다.

태어난 뒤 곧 아버지를 여의어 할머니 손에 자랐다. 그러나 집이 부자여서 노숙은 천성적으로 장자(長者)의 풍이 있었다.

노숙은 재산 관리 따위는 안중에 없었다. 가난한 지사(志士)를 도왔고 널리 친구를 사귀었으며, 교제를 넓히는 데 돈을 아낌없이 썼다. 마침내 논밭까지 팔았다. 그리하여 가까운 마을이나 고을에 노숙의 이름이 널리 알려졌다.

그는 또 미리부터 천하 동란을 예측하여 이웃 젊은이들을 모아 의식(衣食)을 지급해 주고 무예 단련을 독려했다. 이것을 보고 마을 노인들은 탄식했다.

"노씨 집안도 드디어 끝장이다. 어쩌다가 저런 미친 녀석이 태어났을까?"

그러나 노숙은 결코 마을 노인들이 걱정하듯 그런 젊은이는 아니었다.

때마침 주유가 거소(居巢)의 현령으로 부임해 왔다. 그때 주유는 수백 명의 일족과 하인을 이끌고 노숙의 집에 들러 식량을 달라고 했다.

노숙의 집에는 쌀 곳간이 두 개 있었는데 저마다 3천 곡씩 들어 있었다. 노숙은 그 광 하나를 몽땅 주유에게 주었다.

"듣던 그대로의 인물이다."

이에 감동한 주유는 이때부터 노숙과 친교를 맺고 친형제처럼 사귀었다.

원술이 그 명성을 듣고 동성현령을 시켰다. 그러나 노숙은 원술의 행동이 문란하여 도저히 함께 일을 논할 사람이 못된다고 보고 동성을 떠났다. 일행은 노인과 어린이 외에 협기 있는 소년 100명 남짓이었고, 이들은 남쪽으로 향하여 거소의 주유한테로 갔다. 이어 주

유가 오나라로 돌아갈 때 함께 따라가 곡아(曲阿)에 집을 마련하고
살았다.

노숙은 할머니가 죽어 장례를 치르기 위해 동성에 돌아가 머물러
있을 동안 친구 유자양(劉子揚)이 편지를 보내왔다.

천하의 호걸이 구름같이 나타나고 있는 지금, 당신의 재능이야
말로 시대의 요구에 맞으리라고 믿습니다. 그런데 언제까지 동성
에 머물러 계실 작정입니까? 급히 곡아로 돌아오셔서 자당님을
모셔 놓고 뜻을 세워야 할 때라고 생각합니다. 요즘 정보(鄭寶)
라는 인물이 소호(巢湖)에서 1만 군세를 거느리고 기름진 땅을
차지하고 있어 여강(廬江) 일대의 인재가 잇따라 모여들고 있습
니다. 물론 우리도 이에 참여할 작정입니다. 때를 놓쳐서는 안 됩
니다. 곧 결단해 주십시오.

노숙은 뜻을 함께할 수 있다는 답장을 써보냈다. 그는 장례를 끝
내고 곧 곡아로 돌아왔다.

그런데 하루는 들판에 나가 머슴들과 야채를 가꾸고 있는데 주유
가 찾아왔다. 주유는 오나라 손권 휘하에 있었다.

이때는 손책이 막 죽은 뒤여서 손권이 형의 대권을 물려받고 있었다.
주유는 노숙에게 말했다.

"마원(馬援)이 광무제(光武帝)에게 대답하기를 '지금은 군주가
신하를 선택할 뿐 아니라 신하 쪽에서도 군주를 선택한다.'고 했었
네. 우리 주군 손권은 현인과 지사를 소중히 여기며 색다른 인재
를 잘 받아들이는 분일세. 또한 나는 선인의 비론(祕論)으로써
한실을 대신하여 천운(天運)을 받는 자는 반드시 동남에서 일어
난다는 말을 들은 적이 있네. 시대의 동향으로 미루어 살피건대
지금이 그 운명의 때일세. 제업(帝業)의 기초를 다져 하늘의 뜻

을 이룩하기 위해 선비된 자는 용이나 봉황과 더불어 천지를 달려야 한다고 믿네. 자양의 말 따위에 끌리고 있을 때가 아니라고 생각하네."

노숙은 크게 끄덕였다.

주유는 곧 손권과 만났다. 그 자리에서 주유는 손권에게 노숙이야말로 시대를 구할 재능의 소유자로, 이런 인재를 널리 등용하여 대업을 달성해야 한다고 설득했고, 이 인물을 놓쳐선 안 된다며 강력히 노숙을 추천했다.

그 뒤 손권은 노숙을 다른 손님과 만나는 자리에 함께 불렀다. 이것저것 이야기해 보니 꽤나 재미있는 인물이었다.

이윽고 시간이 되어 손님들이 물러갔다. 노숙도 함께 방을 나갔지만, 손권은 다시 노숙을 불러들였다.

의자를 끌어당겨 마주 앉자 술을 권하면서 재삼 마음속을 털어놓았다.

"이제 한실은 기울어져 천하가 크게 어지럽소. 나는 아버지와 형이 이룩하지 못한 뜻을 이어받아 제나라 환공(桓公)이나 진(晉)나라 문공(文公)과 같은 패업을 이루고 싶소. 이제 그대와 이렇게 인연이 닿았으니 이왕이면 좋은 방책을 가르쳐 주기 바라오."

"옛날 한고조께서는 어떻게든지 의제(義帝)를 받들고자 하였으나, 항우(項羽)의 방해로 이루지 못했습니다. 오늘로 비유한다면 조조야말로 항우와 같은 존재로 장군이 아무리 환공이나 문공이 되고자 하셔도 좀처럼 어려울 것입니다. 제가 곰곰이 생각하건대 이미 한실의 부흥은 바랄 수 없고 또 조조를 빠른 시일에 제거한다는 것도 불가능합니다. 그래서 장군이 취할 길은 단 한 가지, 이곳 강동 땅에 근거를 쌓고 천하에 웅비(雄飛)할 기회를 엿볼 수밖에 없습니다. 이 기본 방침만 확립된다면 실로 앞이 열려옵니다. 왜냐하면 북방 여러 세력은 자기 방위에 바빠 남을 거들떠볼 겨를이 없기 때문입니다. 이 틈을 노려 황조를 멸망시키고 유표를 쳐서 장강 전역을 장악한 뒤, 제위에 올라 천하를 장악하는 것, 이것이야말로 고조 황제의 대업과 견줄 수 있는 것입니다.”

손권은 말했다.

“내가 여기서 버티고 있는 것은 한실을 대신하겠다는 생각에서가 아니오. 거기까지는 생각한 적이 없소.”

손권은 자기의 목표를 패자(霸者)에 두고 있었다. 이것이 그때 영웅들이 내건 대의명분이었다.

누구하나 ‘황실을 타도한다’고는 말하지 않는다. 그러나 원술만은 예외였다.

노숙은 그런 것을 알면서도 거짓없이 진언했다. 손권은 거기까지는……하고 말했지만 아마도 공감은 하고 있었으리라. 따라서 노숙의 말은 설득법의 이치에 맞는 것이었다.

그런데 전부터 세력 있는 신하 가운데 장소(張昭)가 노숙을 싫어했다. 그의 말을 빌린다면 ‘노숙은 뻔뻔스럽다’는 것이었다. 손권에게 입에 침이 마르도록 진언했다.

“노숙은 설익은 자라 의논 상대로 삼기는 아직 이릅니다.”

그러나 손권은 버들가지에 스치는 바람처럼 한 귀로 흘려 버리고 더욱더 노숙을 높이 써서 그 어머니에게 의복, 휘장, 일용품 따위를 내려 주어 전과 다름없이 살 수 있게 해 주었다.

유표가 죽었다는 소식을 듣고 노숙은 곧 진언했다.

“유표가 없는 형주를 생각해보면, 유자(遺子) 두 사람은 전부터 사이가 나빴고 여러 장수들도 분열돼 있습니다. 게다가 저 효웅(梟雄 : 사납고 용맹스러운 인물) 유비까지 식객으로 얹혀 지내고 있습니다. 애당초 유비는 조조와 대립하다가 유표를 의지하여 찾아왔던 것인데 유표는 그가 덕망이 있는 것을 두려워하여 후히 대접하지 않은 사실도 있습니다. 과연 이 복잡한 관계가 어떻게 움직일 것인지? 만일 유비가 형주의 정권과 협력하여 단결한다면, 우리쪽은 우호적인 자세를 취하여 동맹관계를 맺어야 할 것입니다. 한편 양자관계가 결렬되었을 때에는 대업 달성을 위해 그런 대로의 대책을 강구해야만 할 것입니다. 그러니 부디 저를 조문 사자로 임명해 주십시오. 유아(劉兒)에게 인사하고 군의 지도자를 위문하는 김에 유비와도 만나 보겠습니다. 그때 유비에게는 유표의 군세를 어루만져 우리편과 마음을 함께하고 조조 토벌에 나서도록 얘기해 보겠습니다. 그는 기뻐하며 이 제안을 받아들일 것이 틀림없습니다. 이 공동 전선이 이루어지면 천하 형세는 결정된 것이나 다름없습니다."

노숙은 하구에서 조조가 이미 형주로 떠났다는 정보를 듣고서 밤낮을 가리지 않고 길을 서둘렀다.

하지만 그가 남군(南郡)에 이르렀을 무렵, 유표의 아들 유종은 벌써 조조의 군문에 항복했다.

그러나 노숙은 단념하지 않고 길을 돌려 유비를 찾아왔던 것이다.

세 치 혀

노숙을 맞을 계획은 다 되어 있었다.

이윽고 오나라 사절은 산더미 같은 예물을 가지고 빈각(賓閣)으로 들어섰다.

예를 마치고 후당에서 성대한 주연이 베풀어졌다.

현덕은 일부러 노숙에게서 멀찌감치 떨어져 앉았다.

노숙은 적당한 틈을 타서 현덕 앞으로 나아갔다.

"일찍부터 유 황숙의 높으신 이름을 들어 오다가, 오늘 비로소 뵙게 되니 다시없는 행운인 줄 압니다. 그런데 황숙께서는 요즘 조조와 계속 싸움을 벌이고 계시는데, 과연 조조란 사람은 어떤 야망을 품고 있는 것일까요? 고견을 듣고 싶습니다."

"글쎄, 그가 가슴속에 품고 있는 것을 우리로서는 도저히 알 수가 없소."

"그럼 조조는 과연 어느 정도의 군사를 거느리고 있는 것일까요? 그 점을 말씀해 주시지요."

"나는 군사가 적기 때문에 한번 조조가 쳐내려온다는 말을 듣고 곧 결전을 피하여 남하했기 때문에 그 군사 수가 얼마나 되는지 잘 알 수 없소."

"조조는 싸움에 있어서 허실(虛實) 계략을 많이 쓴다고 들었는데, 어느 정도 허실 계략을 구사하던가요?"

"글쎄……언뜻 생각이 나지 않소."

유현덕의 내용 없는 대답에 노숙은 낯빛을 바꾸었다.

"들리는 말로는 황숙께서는 제갈공명을 군사로 삼고, 그의 귀신 같은 꾀에 의해 조조의 군사를 두 번이나 불로 무찔러, 콧대 높은 조조를 무색케 했다고 합니다. 그런데 황숙께선 제가 묻는 말에 대해 어째서 모른다고만 하십니까?"

현덕은 웃으며 대답했다.

"공명을 군사로 앉힌 뒤 싸움에 관한 모든 걸 그에게 일임하고 있소. 자세한 것은 공명에게 묻는 게 좋을 거요."

"그럼 공명을 만나게 해 주셨으면 합니다."

"어렵지 않은 일이오."

현덕은 시신에게 공명을 부르게 했다.

일은 계획대로 돼나갔다.

노숙은 공명과 마주 앉자 정중히 인사를 마친 다음 물었다.

"성급한 물음 같지만, 선생께선 유 황숙의 장래에 대해 어떤 생각을 가지고 계시는지요?"

공명은 천연스러운 태도로 대답했다.

"나는 조조의 권모술수를 손바닥 보듯 합니다. 다만 우리 쪽의 힘이 미치지 못해 잠깐 싸움을 피하는 수밖에 없을 것 같습니다."

"그럼 황숙께서는 앞으로 오래 이 성 안에 계실 것입니까?"

"아니지요. 우리 주군께선 창오태수 오거(吳巨)와 옛 친분이 있기 때문에 곧 오거를 의지하게 될 것입니다."

"그건 좀 이해하기 어려운 말씀이로군요. 오거는 병력이 적고 군량도 넉넉지 못하기 때문에 조조와 맞붙게 되면 싸움도 하기 전에 항복하고 말 것입니다. 그런 그가 어떻게 황숙을 맞아들일 생각을 하겠습니까?"

"물론 오거도 오래 의지할 사람으로는 생각지 않습니다. 다만 지금으로서는 의지할 사람이라고는 오거밖에 없기 때문에 하는 수 없이 찾아가 잠깐 쉬고 있으면서 달리 좋은 꾀를 생각해 볼 작정입니다."

노숙은 가만히 공명을 바라보고 있더니 말했다.

"공명 선생, 황숙이 의지할 사람은 따로 있습니다."

"누구입니까?"

"바로 우리 주군입니다. 우리 주군께선 여섯 고을을 울타리 안에 넣고 정병 30만을 거느리고 있으며, 어진 이를 공경하고 선비들을 예로써 대접하여, 강동의 뛰어난 인재들은 모두 그 휘하에 모여 있습니다. ……만일 선생께서 황숙을 위하신다면 마땅히 사신을 보내 우리 주군과 손을 잡아야 할 것입니다."

노숙은 교묘히 공명을 끌어들일 생각이었다.

그러나 사실은 공명 쪽에서 노숙을 교묘히 조종하여 손권을 조조와의 싸움에 끌어들이려고 획책하고 있는 것이다.

당연히 공명은 노숙의 말에 당장 끌리는 것처럼 보이지는 않았다.

"주군께서는 본디 손 장군과는 아는 바 없으므로, 설사 사신을 보낸다 해도 공연히 힘들여 말만 허비하게 될 줄 압니다. 그리고 또 이런 큰 일을 맡을 만한 사신도 없을 것 같습니다."

"공명 선생! 선생의 형님께서는 지금 강동의 참모로 계십니다. 날마다 선생을 만나보고 싶어합니다. 선생께서 직접 사신으로 가시면 어떻겠습니까? 내가 재주는 없지만 선생과 함께 우리 주군께 권해 보겠습니다."

이 말을 듣고 있던 유현덕은 일부러 못마땅한 기색을 보였다.

“군사의 몸으로 주장 곁을 떠나 다른 나라로 가는 것이 과연 바
람직한 일인지?”

노숙은 이렇게 되자 기어코 공명을 자기 나라로 데리고 가겠다는
각오를 하고, 자기가 절대적인 책임을 지겠다고 맹세했다.

공명은 잠시 생각하는 태도를 보이더니, 이윽고 현덕을 바라보고
청했다.

“일이 이미 급하게 되었으니 신이 직접 오나라로 가는 것을 허락
해 주십시오.”

사흘 뒤 공명은 노숙과 함께 배에 올랐다. 공명은 혼자 강동으로
들어가 조조와 손권을 마주 싸우게 하려는 것이다.

어떤 꾀를 써서 이를 실현시킬 것인지에 대해서는 현덕에게도 말
하지 않았다.

　　제갈량 조각배 타고 동오로 가니
　　조조 군사 하루아침에 무너지더라

배는 순풍에 돛을 부풀리며 장강의 물줄기를 타고 내려갔다. 목적
지는 오나라 북쪽 끝에 있는 시상성(柴桑城)이었다.

노숙은 배 안에서 공명에게 말했다.

“선생, 한 가지 부탁이 있습니다. 우리 주군을 만났을 때, 조조가
많은 모사와 용장들을 거느리고 백만 정병을 이끌고 있다는 사실
은 말하지 않도록 하시오.”

공명은 웃으며 대답했다.

“자경(子敬)의 충고를 받지 않더라도 스스로 해야 할 말을 알고
있습니다.”

이 때 노숙은 짐작했다.

‘……공명은 일이 잘 안 되면 살아서 돌아가지 않을 결심이로구

나.'

심양강(尋陽江) 어귀에서 배를 내린 노숙과 공명은 말을 타고 뭍 길을 급히 서둘렀다.

시상성이 거의 바라보일 때, 노숙은 공명을 옆눈으로 몰래 훔쳐보았다. 공명의 옆얼굴에는 불어오는 시원한 바람에 걸맞는 맑은 빛이 떠 있을 뿐이었다.

노숙은 공명을 역관에 쉬도록 해 두고 말을 달려 성 안으로 들어갔다. 공명은 역관 남쪽 창문에 다가앉아 조용히 차를 마시고 있었다. 그때 무심코 바라보니 정원 꽃밭에서 꽃을 꺾는 열대여섯 살 된 하녀가 눈에 띄었다. 얼굴이 몹시 검었다.

공명은 소리쳐 불렀다. 조심조심 창 밑 가까이 온 하녀에게 공명이 물었다.

"너 어부의 딸이냐?"

하녀는 고개를 끄덕였다.

"한 가지 물어 보고 싶은 것이 있다."

"무엇인지요?"

"이 지방에는 겨울이 되어도 철 아니게 따뜻한 남풍이 부는 날이 하루인가 이틀인가 꼭 있다던데?"

"네에, 그렇습니다."

"그게 언제쯤인지 아니?"

"동짓달 초순입니다."

"불지 않는 해도 있는가?"

"아뇨. 불지 않는 해는 없습니다. 열흘이나 스무 날쯤 늦어지는 해는 있지만 해마다 붑니다."

"그래? ……고맙다."

별 뜻 없이 주고받는 말 같았다.

그러나 이 대화는 아주 중대한 뜻을 가지고 있었다.

공명의 마음속에 한 가지 계략이 떠올랐다. 그것이 그의 태도를 확고하게 결정하게 만들었다.

시상성 안에서는 그때 마침 문무백관이 모여 회의를 열고 있었다.
거기에 노숙이 돌아왔다.
손권은 몹시 궁금한 얼굴로 물었다.
"강하에 가서 알아온 이야기를 듣고 싶소."
노숙은 태연스럽게 대답했다.
"그 일은 뒤에 조용히 말씀드릴까 합니다."
"음."
손권은 노숙이 신중을 기하기 위해 여러 사람 앞에서 보고하지 않는 것이라고 짐작했다.
"조조에게서 이런 편지가 왔소. 읽어보도록 하오."
손권은 한 통의 격문을 노숙에게 내밀어 주었다.

나는 칙명을 받들어 군사를 끌고 이남으로 내려왔노라. 형주 아홉 고을의 백성들은 한번 우리의 위엄을 보고 귀순했노라. 지금 정병 100만에 용장 1천 명이라, 장군과 함께 강하를 치고 유비를 무찔러 그 땅을 나눠 가진 다음 길이 동맹을 맺기를 바라노라. 공연히 관망하는 일 없이 곧 회답하기를 바라노라.

반 협박에 가까운 내용이었다.
다 읽고 난 노숙이 말했다.
"이 격문의 요구에 대한 우리의 방침을 결정하기 위한 회의로군요. 그래 어느 쪽으로 결정되었습니까?"
"벌써 5시간이 지났는데도 아직 결정을 내리지 못했소. 그러나 대부분 화친을 바라는 것 같소."

손권의 말이 다 끝나기 전에 장소가 앞으로 나섰다.

"조조는 백만 대군을 이끌고 천자의 이름을 받들어 사방을 정복하고 있습니다. 이와 맞서 싸우는 것은 온당치 못한 일인 줄 압니다. 또 조조의 대군을 우리가 막기로 한다면 장강을 의지하는 것뿐입니다. 그러나 조조는 벌써 형주를 손에 넣었으므로 수군의 힘도 증강되어 있습니다. 장강을 타고 쳐내려오기는 쉬울 것이라 생각됩니다. 그 기세, 참으로 대적하기 어려울 것으로 생각되니, 이번만은 잠시 조조가 말한 조건을 받아들여 화친을 꾀하는 것이 옳을 줄 압니다."

이 주장에 많은 신하들이 동의했다.

사실 장소가 말한 대로, 조조의 백만 대군을 막아줄 수 있는 것은 장강의 넓은 물줄기뿐이다.

그런데 유표가 남겨둔 수천 척의 형주 수군을 조조가 고스란히 손에 넣었다고 한다면 오나라로서는 장강을 믿을 수 없다. 조조가 수륙 양면에서 글자 그대로 질풍노도처럼 쳐들어온다면 이를 막아내기란 아주 어렵기 때문이다.

그렇다고 조조의 협박에 못이겨 머리를 숙인다는 것은 젊은 영웅 손권으로서는 자존심이 허락지 않았다. 손권은 장소의 주장과 여러 신하들의 찬성에도 불구하고 아무 말이 없었다.

장소는 말을 계속했다.

"만일 조조와의 화의가 이뤄지면 동오의 백성들은 편안히 강남 여섯 고을을 보존할 수 있을 것입니다. 설사 조조에게 막대한 재물을 바치는 한이 있더라도, 그 편이 싸움에 짐으로써 받는 비참한 꼴을 백성들에게 당하게 하는 것보다는 나라를 덜 피폐하게 하는 방도일 것입니다."

그러나 손권은 여전히 입을 다문 채였다.

회의는 그로부터 다시 두 시간 이상 계속되었다. 주군의 속을 짐작하고, 싸워야 한다고 주장하는 사람도 많았다.

그러나 시간이 흐를수록 싸우지 말자는 쪽이 전체의 분위기를 압도해 갔다.

갑자기 손권이 일어났다.

"좀 피로하오. 옷을 갈아 입고 다시 생각해 봅시다."

손권은 안으로 들어갔다. 노숙이 혼자 그 뒤를 따랐다. 손권은 노숙과 마주앉자 진지한 태도로 노숙을 바라보았다.

"경의 생각을 듣고 싶소."

노숙은 엄숙한 태도로 말했다.

"설사 문무백관이 다 조조에게 항복한다 해도 주공께선 결코 그러실 수 없습니다."

"어째서요?"

"생각해 보십시오. 만일 조조에게 항복하게 되면 문무백관들은 저마다 자기 고향으로 돌아갈 수 있을 것입니다. 그리고 벼슬자리를 얻어 고을 원이 될 수 있는 길도 열리게 될 것입니다. 그들은 모두 자신의 안전을 생각하고 보신책으로 싸우지 말자는 주장을 하고 있는 것입니다. 그러나 주공께서는 어찌 되겠습니까? 조조가 겉으로는 아무리 좋게 대한다 해도 이미 호랑이 어금니가 빠지고 독수리가 그 날개를 잃은 것과 같습니다. 장차 무엇으로 오나라를 지키고 다스릴 수 있겠습니까? 문무 백관들이 자신의 안전을 위해 주장하는 비전론 같은 것에 현혹되어서는 안 됩니다."

"그러나 조조와 싸워 과연 승산이 있겠소?"

"있습니다."

노숙의 대답에는 힘이 있었다.

"어떤 계책으로?"

손권은 눈동자를 빛냈다.

"그 계책은 제가 세우는 것이 아닙니다."

손권은 의아했다.

“그럼 누가 세운단 말이오?”

“유현덕의 군사 제갈량입니다.”

“제갈량이 여기에 와 있단 말이오?”

손권은 눈을 크게 뜨고 노숙을 바라보았다.

“주군께 공명이 말하는 전략을 들려 드릴까 하여 제가 데리고 왔습니다.”

“어디 들어봅시다.”

그러나 그날은 벌써 날이 저물었기 때문에, 이튿날 장막 아래 문관과 무장들을 다 모이게 하여, 먼저 강동에는 이런 영걸들이 있다는 것을 공명에게 보여준 다음, 그의 군략을 들어보기로 했다.

노숙은 날이 새기를 기다렸다가 역관으로 말을 달렸다. 노숙은 공명에게 부탁했다.

“오늘 선생이 우리 주군을 만나면 조조의 군대가 강하다는 말씀은 하지 마시기 바라오.”

공명은 웃음을 띠어 보일 뿐, 좋다 싫다 대답이 없었다. 노숙은 공명이 어떤 말을 하려는지 알 수 없어 몹시 불안했다.

두 사람이 시상성의 장막 아래 이르자 거기에는 벌써 장소·고옹 등 문무관 30여 명이 예복 차림으로 위엄을 갖추고 주욱 자리에 앉아 있었다.

공명은 그들과 첫대면인데도 자리에 앉기 전에 한 사람 한 사람 인사를 나누며, 그들 이름을 한 사람도 틀리지 않게 부르고 있었다.

장소는 객석에 앉은 공명의 신선 같은 모습을 가만히 바라보다가 자기도 모르게 속으로 중얼거렸다.

‘이건 너무도 신선같은 풍모가 아닌가!’

공명은 혼자 친분도 없는 나라에 들어와서 마치 귀빈처럼 태연자약한 태도를 보이고 있는 것이다.

'이 사람의 가슴속에는 반드시 우리 오나라로 하여금 조조와 싸우게 만들려는 필사적인 각오가 서 있을 것이다.'

이렇게 짐작한 장소는 먼저 말로써 공명을 떠보기로 했다.

"들은 바에 의하면 선생께서는 오래 동안 산속에 묻혀 살면서 자신의 재주를 관중(管仲)과 악의(樂毅)에 비교하고 있었다는데, 그것이 사실인지요?"

"달리 비교할 마땅한 사람이 없기 때문에……."

이 대답은 듣기에 따라서는 무척 거만스럽게 느껴졌다.

장소는 차갑게 웃으며 말했다.

"유현덕은 선생의 그런 말을 믿고 삼고의 예를 다하여 마침내는 선생을 군사로 모셨다 하더군요. 선생을 군사로 앉히기만 하면 형주의 아홉 고을을 모조리 삼키리라 생각하였겠지만, 우리가 멀리서 바라보기에는 형주를 수중에 넣기는커녕 조조에게 참패하여 숨어 살고 있는 형편으로 아는데……."

뼈아픈 빈정거림이었다.

공명은 눈하나 깜빡거리지 않고 이 말을 듣고 나서 마음속으로 다짐했다.

'장소는 오나라 으뜸가는 모사다. 먼저 이 사람을 설복시키지 않으면 손권으로 하여금 싸울 결심을 갖도록 하기 어렵다.'

공명은 입을 열었다.

"물으시니 대답하겠소. 우리 유 황숙이 형주를 앗는 것은 손바닥을 뒤집기보다 쉬운 일이었습니다. 그러나 형주태수 유표는 같은 종친인지라, 인의를 갖추신 우리 주군께서는 같은 종친의 땅을 차마 앗을 수 없다면서 굳이 사양하고 받지 않았습니다. 그런데 그의 둘째아들 유종은 나이 너무 어려 간사한 사람의 말을 듣고 우리도 모르는 사이 조조에게 항복했기 때문에 삽시간에 형주가 조조의 군사에게 짓밟히고 말았습니다. 주군 유 황숙은 강하에 군사를 준비해 두고 큰아들 유기를 도와 깊이 품은 바가 있습니다.”
“그건 선생답지 못한 말씀 같소이다.”
장소가 소리를 높였다.
“선생은 자신의 재주를 관중과 악의에 비교했었소. 이 두 호걸이
행한 바와 선생이 한 일과는 거리가 너무나 큽니다. 관중은 환공
(桓公)을 도와 제후들을 그 발 아래 무릎 꿇게 하여 천하를 바로
잡았었고, 또 악의는 약한 연나라를 일으켜 제나라 여러 성을 항
복시켰습니다. 이 두 호걸이야말로 세상을 건진 영웅이라 할 수
있습니다. 선생께서 스스로를 관중과 악의에 비견할 만하다고 자
부하며 산속 초가집에 있을 때에 무릎을 안고 달과 구름을 향해
천하를 건질 꾀를 다듬었다면, 유 황숙의 군사된 이상 당장 도적
들을 소탕시켰어야 했을 것입니다. 그렇지 못하면 자신을 관중과
악의에 비교하던 자랑이 진흙투성이가 되어 아무런 가치도 갖지
못하게 되기 때문이지요. 우리 오나라 사람들도 유 황숙이 제갈공
명을 군사로 삼았다고 들었을 때는 그야말로 호랑이에 날개가 돋
은 것처럼 머지않아 한나라 황실이 다시 일어나게 되고, 조조는
당장 망할 것으로 기대하였습니다. 조정의 옛 신하들과 산림의 숨
은 선비들도 다같이 눈을 닦고 기다리지 않는 사람이 없었고, 유
황숙이 가난한 백성들을 물과 불에서 건져내고 천하를 반석 위에
올려놓는 것도 시간 문제일 거라는 기대들이 자자했었습니다. 그
런데 어찌 되었습니까? 선생은 군사의 자리에 앉아 조조의 군대
가 한번 밀어닥치자 갑옷을 버리고 창을 던진 다음 바람에 밀려
도망쳐 다닐 뿐, 유표에게 보답하여 백성들을 편안케 하지도 못하
고 그의 어린 아들을 도와 땅을 지키게도 못하고, 신야를 버리고
번성으로 도망치고, 양양에서 패하여 하구로 도망왔을 뿐 몸 담을
한 치의 땅마저 잃고 말았습니다. 유 황숙은 공명이란 군사를 얻
고 나서 도리어 신야성에 있을 때만도 못한 비참한 처지가 되었으

니 이래가지고서야 조롱을 당해도 할 말이 없을 것입니다. 선생, 이런 형편인데 아직도 스스로를 관중과 악의에 비교할 수 있겠습니까?"

장소는 혀끝을 칼날처럼 해 가지고 공명을 몰아세웠다.

그러나 공명은 예상하고 있었다는 듯이 빙그레 웃으며 받았다.

"대붕이 만 리를 날아오르려는 것을 제비나 참새가 어떻게 알 수 있겠소? 묻겠소. 여기에 곧 죽게 된 중환자가 있다 합시다. 처음에 미음을 먹이고 약을 묽게 해서 먹인 다음 서서히 창자가 제 기능을 갖게 되기를 기다렸다가 고기를 먹여 기운을 되찾게 하고, 그런 다음 비로소 명약을 써야 만병의 근원을 완전히 뿌리 뽑을 수가 있는 것입니다. 만일 환자의 기운이 회복되기를 기다리지 않고 성급하게 병을 고치는 약부터 먹이게 되면 약이 거꾸로 독이 되어 환자의 목숨을 앗게 될 것입니다. 우리 유 황숙께서는 앞서 여남에서 패했을 때 군사는 1천 명이 못되었고 장수는 관우·장비·조운뿐이었습니다. 이는 곧 의원도 돌보지 않는 위독한 환자에 지나지 않았습니다. 신야는 산 속의 자그만 고을로 백성도 얼마 안 되고 양식도 부족합니다. 우리 주군은 잠시 그곳을 빌려 몸을 담고 있었을 뿐 오래 있을 생각은 아니었습니다. 병기도 군사도 부족하고, 성은 굳건하지 못하며, 군대 훈련도 되어 있지 않고 양식도 부족한 상태였는데도 박망파에서는 적군의 진지를 불사르고, 백하에서는 물을 터뜨려 하후돈·조인의 무리가 뿔뿔이 흩어져 도망치게 만들었습니다. 내가 생각하기에 관공과 악의로써도 이 정도의 전략을 쓰기는 어려웠을 것이라 생각합니다. 유종이 조조에게 항복한 것은 우리 주군이 알지 못한 사이에 벌어진 일입니다. 또 어지러운 틈을 타서 같은 종친의 기업을 앗는 것은 어질고 의로운 사람으로서는 취할 바 길이 아닙니다. ……양양을 버리고 떠날 때는 수만 명 백성들이 황숙의 덕을 사모하여 늙은이와 어린 것들을 데리고 따라나섰습니다. 우리 주군께선 이를 차마 버리지 못했으며, 그로 인해 하루 겨우 10리밖에 걷지 못했습니다. 이로 말미암아 강릉으로 가기를 단념하고 추격하는 적군의 공격을 달게 받았던 것입니다. 적은 수로 많은 수를 대적하지 못하며, 지고 이기는 것은 싸움에 늘 있는 일입니다. 옛날 고조는 싸울 때마다 항우에게 패했습니다. 고조 밑에 한신(韓信)이란 명장이 있었으나 늘 패하기만 했습니다. 그러나 마지막 싸움인 해하(垓下)의 결전에서 한신의 좋은 꾀는 드디어 결실을 맺어 마침내는 항우를 무찔렀습니다. 무릇 나라의 큰 계획과 사직의 안위(安危)는 바로 눈앞의 결과만 보고 논할 수는 없는 것입니다. 참다운 사람의 먼 생각과 깊은 꾀는 변론을 일삼는 무리나, 허명으로 남을 속이는 사람들이 알 수 있는 일이 아닙니다. 말재주를 가지고 남을 헐뜯는 것처럼 쉬운 일은 없습니다. 임기응변으로 그 능력을 발휘해야만 참다운 인재라 할 수 있습니다. 선생이 만일 수만의 피난민을 이끌고 가다가 수십만 적군의 추격을 당하게 되었다면 어떤 비책을 쓸 수 있었겠습니까?”

맑은 눈으로 바라보는 공명 앞에 장소는 할 말이 막혀버렸다.

한동안 침묵이 계속되었다.

이윽고 줄지어 앉은 자리 끝 쪽에서 높은 소리를 지르는 사람이 있었다. 우번(虞翻)이었다.

“선생께 묻겠소. 지금 조조의 군대는 백만이고, 장수는 1천 명을 헤아리고 있어, 그야말로 용과 범 같은 기세로써 강하를 삼키려 한다고 들었습니다. 선생은 이에 대해 어떤 계책이 있는지 알고 싶습니다.”

공명은 대답했다.

“조조는 백만대군이라 부르고 있지만 실제로는 기껏 60만에 지나지 않습니다. 뿐만 아니라 그 속에는 원소의 개미떼같은 군사를 넣었고, 유표의 오합지졸을 더했으므로 조조를 위해 제대로 싸울 수 있는 군사는 20만에 지나지 않습니다. 이런 군사는 설사 수백만이 된다 해도 두려울 것이 없습니다."

공명의 이 말을 듣자 우번은 큰 소리로 비웃었다.

"앞서 양양에서 패하고 하구로 쫓겨 들어와 꼼짝달싹 못하고 있는 선생이 백만 적군을 무서울 것이 없다고 말하는 것은 좀 지나친 장담인 것 같소. 사람을 속이는 것도 정도껏 속이시오!"

공명은 호쾌하게 웃었다.

"내가 무서워할 것이 못된다고 한 말을 속이는 것으로 들으신 모양이군요. 내 대답하겠소. 우리 주군 유 황숙이 지금 거느리고 있는 군사는 5천밖에 안 됩니다. 어떻게 백만의 큰 적을 막아낼 수 있겠습니까? 하는 수 없이 강하로 물러나 때를 기다리고 있는 것입니다. 그러나 조조 앞에 무릎을 꿇을 생각은 조금도 갖고 있지 않습니다. 이에 비해 강동은 군사도 많고 양식도 풍족하며 장강이라는 천연요새가 있습니다. 그런데도 주군으로 하여금 역적 조조 앞에 머리를 숙이게 만들려 하고 있습니다. 양자를 비교해 볼 때, 우리 유 황숙은 아무리 적이 백만이라도 두려워하지 않는다고 단언할 수 있습니다."

우번은 이 명쾌한 변론에 입을 다물었다.

또 한 명의 무장이 앞으로 몸을 내밀고 소리쳤다.

"제갈공명!"

공명이 바라보니 임회(臨淮) 회음(淮陰) 사람 보즐(步騭)이었다.

"그대는 소진(蘇秦)·장의(張儀)와 같이 세 치 혀로써 우리 오나라를 속이러 왔소!"

공명은 태연스럽게 받아 넘겼다.

"보자산(步子山)은 학문을 하지 않은 사람으로 보이는구려. 당신은 소진·장의를 단순한 변사인 줄로 생각하고 있는 모양인데, 전혀 그렇지 않소. 소진은 6국의 재상을 겸했었고, 장의는 두 번이나 진나라 재상으로 있으면서 나라를 바로잡을 계획을 세웠습니다. 강한 사람을 무서워하고 약한 사람에게 거만을 부리며, 칼을 겁내고 창을 피하는 그런 무리와는 비교도 할 수 없습니다. 당신들은 조조의 거짓된 격문 한 장에 무서워 떨며 항복하려 하고 있소. 도저히 소진·장의를 비웃을 자격이 없소이다.”

보즐은 물러서지 않을 수 없었다.

그러자 또 앞으로 나온 사람이 있었다. 설종(薛綜)이었다.

“제갈 선생은 조조를 어떤 위인으로 보시는지요?”

“한나라 역적이오.”

단칼에 자르듯 명쾌하게 공명이 대답했다.

“틀린 생각입니다. 한나라 역사는 이제 끝나고, 하늘의 운수도 다 되어가고 있습니다. 지금 조조는 벌써 천하의 3분의 2를 차지하고 있고, 민심도 다 그에게로 돌아가 있습니다. 유 황숙은 이런 사실을 거역하고 하늘의 때를 모른 채 감히 대항해 싸우려 하고 있습니다. 그것은 마치 달걀을 가지고 바위를 치는 것과 같은 무모한 짓입니다. 패할 수밖에 없습니다.”

“말조심하시오!”

공명은 두 눈을 번쩍이며 설종을 노려보았다.

“그대는 아비와 임금을 모르는 들쥐 같은 사람이나 하는 말을 함부로 하셨소! 사람은 태어나면 충효로써 세상 살아가는 근본을 삼아야 하지 않소. 유현덕은 한나라 황실의 종친이자 신하로서, 나라를 배반한 역적 무리를 맹세코 무찌르려 하는 것이오. 지금 조조는 그 조상이 한나라 녹을 먹었는데도 그 은혜에 보답하려 하지 않고 도리어 역적의 마음을 품고 있소. 온 천하의 뜻있는 선비들이 다 분개하고 있는 것은 그 때문이오. 그대도 본디는 한나라 신하가 아니었소? 그런데 한나라의 운수가 다 됐다고 큰소리치는

것은 조조만도 못한 비열한 생각이 아니고 무엇이겠소? 함께 말
할 사람이 못되니 다시는 입을 열지 않는 것이 좋을 거요!"
호통을 맞고 설종은 얼굴이 붉어져 눈을 내리감고 말았다.
다시 뒤를 잇는 소리가 들렸다.
"공명 선생, 들으시오!"
소리를 버럭 지르며 나온 것은 육적(陸績)이었다.
"조조는 천자를 밀어제치고 제후를 호령한다고는 하지만 본디는
상국 조참(曹參)의 후손이오. 그런데 유현덕은 중산정왕의 후손
이라고는 하나 확실한 증거도 없으며, 세상이 알고 있는 것은 돗
자리를 짜고 짚신을 삼아 파는 한낱 농부였다는 사실뿐이오. 어떻
게 조조와 대항할 수 있겠소. 우스운 일이오!"
"그대는 그 옛날 원술 앞에서 귤을 품 속에 넣은 육랑(陸郎)이군
요. 우선 그 으쓱해진 어깨를 내리고 편안히 앉아 내 말을 들으시
오. 조조는 분명 조 상국의 후손으로 대대로 한나라의 녹을 먹은
신하요. 그런데 지금 혼자 권력을 휘두르며 천자를 억누르고 있는
것은 한나라 조정을 더럽힐 뿐 아니라 자기 조상에게도 먹칠을 하
는 일이오. 한나라의 역적일 뿐 아니라 또 조씨 일문을 놓고 보더
라도 적자(賊子)라 말할 수 있소. 우리 주군 유 황숙은 황제를 배
알했을 때 자신의 계보를 말씀올렸던바, 다시 궁중의 족보를 조사
한 다음에 벼슬을 내리셨소. 어떻게 증거가 없다고 말할 수 있겠
소. 고조는 한 마을의 우두머리일 뿐인 정장(亭長)에서 몸을 일
으켜 천자가 되셨소. 종친이 몸을 민간에 두고 가난하게 살며 세
상에 나올 기회를 기다렸다고 해서 무슨 욕될 것이 있겠소? 그대
같은 어린아이만도 못한 식견을 가지고 어떻게 천하를 논할 수 있
겠소. 물러가오!"
집이 쩌렁쩌렁 울리는 날카로운 소리에 육적은 얼굴이 하얘졌다.
공명은 곧 본디의 밝은 표정으로 되돌아가 다음의 질문자가 나오

기를 기다리고 있었다.

"한 마디 묻겠소!"

여섯 번째로 공명을 향해 일어선 사람은 팽성(彭城)의 엄준(嚴畯)이었다.

"선생의 변설은 이치에 그럴듯하여 여러분들을 잘 설복시키고는 있으나, 내가 보기에 그것이 정당한 이론 같지는 않소. 대관절 선생은 어떤 경전을 공부하셨소?"

공명은 웃으며 대답했다.

"옛글을 보거나 글귀를 짓거나 하며 천하의 일을 논하는 것은 세상의 썩은 선비들이 하는 짓이오. 경전에 능통하다고 반드시 나라를 일으키고 일을 성공시킨다고는 말할 수 없는 거요. 신야(新野)에서 밭을 갈던 이윤(伊尹)과, 위수(渭水)에서 낚시질을 하던 태공과, 한나라를 세운 장량(張良)·진평(陳平) 등과, 또 등우(鄧禹)·경감(耿弇) 등 영걸들은 저마다 천하를 다스릴 큰 재주를 가진 분들이었지만, 평생에 무슨 경전을 공부했다는 말은 듣지 못했소. 저는 흔해 빠진 서생들이 벼루와 붓 사이에서 구구이 검고 누른 것을 논하며 글을 짓고 글씨를 쓰는 그런 흉내는 내지 않습니다."

엄준은 입을 딱 벌린 채 더 말을 잇지 못했다.

그러자 여러 사람 속에서 욕하는 사람이 있었다.

"제갈공명의 큰소리는 실상 배운 것이 없기 때문에 속임수로 선비들을 비웃는 것이 아닌가!"

여남 사람 정덕추(程德樞)였다.

공명은 그런 말을 기다리고 있었다는 듯이 대답했다.

"너무 속단하지 마시오. 내가 무시하는 것은 썩은 선비요. 선비에도 군자와 소인의 구별이 있소. 군자는 임금에 충성하고 나라를 사랑하며, 바른 것을 지키고 간사함을 미워하여, 살고 있는 세상에 크게 영향을 미치고 뒷 세상에 이름을 남기게 되오. 이와는 달리 소인은 공연히 잔재주를 부리며, 오로지 글씨를 가지고 놀고 천한 사랑의 글귀를 지어, 비록 붓으로 천만 마디를 쓴다 해도 가슴 속에는 이렇다 할 꾀 하나를 가지고 있지 못하오. 예를 들어 양웅(楊雄)과 같은 사람은 문장으로 세상에 이름을 날렸으나 몸을 굽혀 역적 왕망을 섬기면서 아무 한 일 없이 몸을 던져 자살할 수밖에 없었으니, 이것이 바로 소인이라고 할 수 있소. 이런 썩은 선비가 하루 만 마디 글을 지은들 취할 것이 무엇 있겠소?”

전후좌우에서 혀끝에 불을 토하며 갖은 야유와 욕설과 반박을 더해왔지만, 그 하나하나를 이치에 맞게 딱딱 잘라나가는 공명의 태연자약한 모습은 모든 사람의 눈에 인간이 아닌 것처럼 비쳤다.

다시 장온(張溫)과 낙통(駱統) 두 사람이 나서서 질문을 하려 했다. 그때 안으로 성큼성큼 들어오는 사람이 있었다.

“여러분, 제갈공명 같은 천하 기재(奇才)에게 공연한 말로 헛수고하며 시간만 낭비하고 있으니 이게 무슨 일들이오! 조조의 대군은 벌써 국경으로 밀어닥치고 있소. 이 강적을 물리칠 대책은 세우지 않고, 공명을 말로써 이기려고 열을 올리고 있으니 어찌된 영문이오!”

영릉(零陵) 사람 황개(黃蓋)였다. 그의 벼슬은 오나라의 곡식을 다루는 양관(糧官)이었다.

“말을 많이 해서 이득을 보는 것은 잠자코 말없는 것만 못하다고 들었습니다. 선생께선 무엇 때문에 귀중한 말씀으로 우리 주군을 도우시지 않고, 공연히 여러 사람들과 다투고 계십니까?”

공명은 조용히 대답했다.

“묻는 말에 대답했을 뿐입니다.”

“이렇게 시간 낭비를 하고 있을 겨를이 없습니다. 안으로 들어가십시다.”

황개는 노숙에게 눈짓을 보내고 앞서서 공명을 안내하였다.

문무백관들은 잠자코 바라볼 뿐이었다. 중문을 지나자, 거기 서 있는 사람은 오랫동안 만나지 못했던 형 제갈근(諸葛瑾)이었다.

"아, 형님! 참 오랜만에 뵙겠습니다. 그동안……."

공명은 정답게 인사했다.

제갈근은 조용히 아우를 바라보며 물었다.

"이곳에 와 있으면서 어떻게 나를 만나려 하지 않았느냐?"

"저는 유 황숙의 신하입니다. 우선 공(公)을 먼저 하고 사(私)를 뒤로 미루는 것이 당연한 일 아닙니까? 공사(公事)를 다 마친 뒤에 형님과 하룻밤을 이야기로 밝힐까 합니다."

"그 공사가 언제쯤 끝날 것 같으냐?"

"저도 모르겠습니다."

형과 아우는 눈길이 마주쳤다.

형은 아우의 마음속을 읽을 수 있었다.

"그럼 아무 때고……."

제갈근은 몸을 돌려 그대로 나갔다.

결단

골짜기 아래로부터 물보라가 솟아올랐다. 그것은 물안개였다. 훗날 이태백이──

　물은 날아 3천 자 아래로 곧장 떨어지다.

이렇게 읊었던 여산(廬山) 폭포이다.

폭포수가 그야말로 무서운 소리를 내고 있었지만 소용의 목소리는 이상하게도 잘 들렸다. 소용의 목소리는 마치 폭포 소리와는 다른 곳에 소리의 샘을 가지고 있는 것 같았다.

소용의 목소리를 들으면서 손권은 생각했다.

'정말 이상하다.'

손권은 그가 택할 길을 찾지 못하여 결국 소용에게 물었다. 다만 소용의 의견을 묻는 것이 아니라 '옥황상제의 뜻을 읽어주기 바란다'고 부탁했던 것이다.

그 부탁에 소용은 웃으면서 대답했다.

"저는 풍희(風姬)와 같은 무당이 아닙니다. 옥황상제의 탁선(託宣 : 신이 내리거나 꿈에 신의 뜻을 알리는 일)은 저에게 내리지 않습니다."

"그 풍희가 그대에게 물으라고 하는 거요."

"그건 또 이상한 일이군요. 저에게 상제의 뜻을 전할 능력이 없다는 것은 풍희가 잘 알고 있을 텐데……."

소용은 고개를 갸웃했다.

손견 때부터 손씨 가문의 전속 무녀(巫女)인 풍희는 지금 병석에 누워 있다. 상제의 뜻을 전하는 일을 견뎌낼 만큼 건강치가 못했다. 그래서 풍희는 자기의 대행자로써 소용을 지명했던 것이다. 어째서 대행자로 자신을 지명했는지 소용으로서도 모른다. 몇 번 이야기를 나눈 적은 있지만 각별히 친하다 할 정도의 사이도 아니었다.

손권은 번거롭다는 듯이 말했다.

"풍희는 옥황상제로부터 일을 소용에게 대신하게 하라는 명을 받은 거야."

소용을 지명한 것이 풍희가 아니고 상제라는 것이다.

"정말 알다가도 모를 일이네요. 저에게는 상제로부터 아무런 말씀도 계시지 않았습니다."

"어떤 말이라도 좋다. 그대의 의견을 말하라."

손권은 큰일을 앞두고 신께 의지하려는 장군은 아니다. 하지만 이번만은 쉽사리 결단을 내릴 수 없었다.

화평이냐, 전쟁이냐?

화평은 조조에의 항복을 뜻한다. 27세 피 끓는 손권으로서는 절대로 하기 싫은 일이다.

그러나 싸운다면 이길 수 있을지 자신이 없다.

가신들도 장소가 대표하는 화의파와 주전파의 두 패로 갈라져 있었다.

손권에게는 상제의 탁선이든 막료의 의견이든 무조건 따를 생각은 없었다. 자기가 내리는 결정에 참고로 삼을 뿐이다. 이제까지 그렇게 해 왔다. 이를테면 참고 자료를 얻고 싶은 것이다. 손권이 소용에게 기대하는 것은 그러한 것에 지나지 않는다. 어쨌든 손권은 소용의 대답을 재촉했다.

이윽고 소용이 말했다.

"천하 사람들은 평화를 바라고 있습니다."

"역시 화평인가……."

손권은 폭포를 우러르며 중얼거렸다.

"그렇지만 이번에 장군께서 조 승상에게 항복하셔도 참된 평화는 아득하다고 할 수밖에 없습니다."

"그런가……."

손권은 팔짱을 꼈다.

소용에게 자기 뱃속까지 드러내보인 느낌이 든다. 지금 손권이 조조에게 항복한다 하더라도 그가 이끄는 군벌 전체가 자기를 따를 것이라고는 생각되지 않는다. 노숙만 하더라도

"당신을 잘못 보았어!"

이렇게 내뱉고 직속 군대를 이끌고 떠나 버리리라. 주유도 그의 부대를 모으고 등을 돌려 어딘가로 가버릴 것이 틀림없다.

'토역장군(討逆將軍) 손책의 죽음이 새삼 아깝기만 하구나. 토역장군이 살아 있었다면 이런 굴욕은 맛보지 않을 텐데…….'

차분한 목소리로 차갑게 말하는 주유의 목소리가 폭포의 못 속에서 들려오는 것만 같았다.

손권 군벌의 실상은 동오의 토호(土豪) 연합군이었다. 이 난세에 2천이나 5천 가량의 병력으로 자립하기란 불가능했다.

특히 장강 유역은 그물눈처럼 그 지류가 흐르고 있어 작은 세력이 할거하기 알맞았다. 난세이니까 몸을 서로 기대고 가장 세어 보이는 인물을 두령으로 받든다, 그것이 손권의 아버지 손견이었다. 손책·

손권 형제는 아버지의 강함을 이어받아 그 지위를 차지했다.

손권이 약하다는 것을 알면 동오(東吳)의 정권은 무너지거나, 아니면 주유나 노숙과 같은 인물에게 넘어가고 말리라.

그리하여 그들은 싸움을 계속한다. 참된 평화는 찾아오지 않는다.

'내가 조조에게 화평을 청할 때 과연 얼마만큼의 군세가 따라올까? 2분의 1, 아냐 더 적을지도 모른다.'

손권은 마음속으로 자문자답했다. 3분의 1이라는 것도 과대평가가 아닐까?

소용이 말했다.

"이 여산은 경치가 아름다운 곳입니다. 이 산 속에 암자라도 엮고 사시겠습니까?"

"가혹한 말을 하는군, 교모는!"

손권은 쓴웃음을 지었다.

대군을 거느리고 화평을 청해야만 그 뒤에도 큰 소리 칠 수 있고 귀하게 대우받는다. 고작 3분의 1밖에 안 되는 군세라면 오히려

'뭐야, 이 사나이의 통솔력은 고작 이뿐인가! 별것 아니로군!'

이렇게 가볍게 여겨지리라.

그렇다면 손권의 앞날에 희망은 없다.

'어차피 뜻을 천하에 걸 수 없다면 은퇴하여 이 여산과 같은 경치 좋은 곳에서 사시는 게 어떻습니까?'

소용의 말 속에 든 이러한 뜻을 모를 만큼 손권도 어리석지는 않았다. 소용이 물었다.

"무례한 말씀이었나요?"

"아냐, 상제의 탁선보다 들을 가치가 있었네. 하하하……."

실은 손권도 이미 내심 결심을 굳혀 가고 있었다.

'싸울 수밖에 없다!'

하지만 아직도 얼마쯤 망설임이 있었다. 풍희에게 상제의 탁선을 들으려 한 것이라든지 여산에 오르려 했던 것은 아직 남아 있는 그 망설임을 씻어 버리기 위해서였다.

'누군가 말끔히 씻어 버려 주지는 않을까?'

이렇게 생각하고 있었던 것이다.

소용이 그것을 그런 대로 지워 주었다.

"그럼 돌아가자!"

손견은 뒤돌아보고 오른손을 높이 들었다.

그는 친위대를 거느리리고 왔었는데 소용과 얘기를 나누는 동안 그들을 멀리 물러나 있게 했던 것이다.

손을 든 것은 성으로 돌아가겠다는 신호였다. 뒤쪽 숲에서 병사들이 무기 따위를 잡으며 일어나는 소리가 들렸다.

"전쟁 뒤의 계책을 묻는 것은 너무 빠를까?"

손을 내리며 손권은 빠른 말투로 물었다.

"결코 빠르지 않습니다."

"오두미도의 탁선은?"

"저 자신의 생각을 말하라고 하신다면……."

"그것을 말하라."

"자경(노숙)님의 주장이 좋을 것입니다."

"음……."

손권은 표정없이 고개를 끄덕였다.

손권 진영은 화평파와 주전파로 나뉘어 있지만, 주전파 안에 다시 두 가지 흐름이 있었다.

'형주와 손을 잡고 조조와 싸우자!'

동오의 손권 군벌이라도 지금은 혼자 힘으로 조조와 싸우지는 못한다. 동맹군이 필요하며, 그것은 형주의 세력 말고는 없다. 형주의

후계자인 유종이 조조에게 항복한 지금 여기서 말하는 형주 세력이
란 유비였다. 즉 유비와 손을 잡는다는 점에서 주전파의 의견은 서
로 맞아 있었다.

문제는 그 뒤의 일이었다.

"유비는 효웅입니다. 이제까지 공손찬, 도겸, 여포, 조조, 원소,
유표의 순서로 여러 곳 영수들 사이를 돌아다니며 동맹을 맺고서
는 배반하거나 혹은 저버리고 떠나거나 하는 일들뿐이었습니다.
동맹자로서 이만큼 위험한 인물도 없지요. 그와 동맹을 맺어 조조
를 친 뒤 숨돌릴 사이 없이 유비를 쳐 없애야 합니다."

이렇게 주장하는 것이 주유였다.

그러나 노숙은 여기에 반대했다.

"장강 유역에서 조조를 격파하더라도 북방은 여전히 조조의 세력
아래 남을 겁니다. 우리들 동오의 강적은 일격만으로 쓰러지지 않
습니다. 따라서 강적이 있는 동안은 동맹자를 잃어선 안 됩니다.
유비는 늘 결맹을 배반했습니다. 하지만 배반당한 쪽, 저버림을
받은 쪽에도 문제가 있었다는 것이 세상 견해가 아닙니까? 유비
와의 동맹은 꽤나 장기간에 걸쳐 계속되어야만 합니다."

즉 주전파 안에서는 벌써 전쟁이 끝난 뒤의 처리를 둘러싸고 유비
문제가 거론되고 있었다.

소용은 전쟁 뒤 방책에 대한 손권의 물음에 자기의 의견이라면서
노숙의 동맹연장론에 찬성했던 것이다.

손권은 끄덕이긴 했지만 아직 마음을 결정하지 못했다.

'그것은 천천히 결정해도 된다.'

손권 일행은 여산의 동쪽 기슭으로 내려갔다. 소용은 가마를 탔고
병사들이 그것을 메었다. 기슭에 이르자 전령이 기다리고 있었다.

손권이 물었다.

"무슨 일이냐?"

"노숙님께서 빨리 돌아오시라는 전갈이옵니다."

전령은 무릎을 꿇고 아뢰었다. 동오의 전령은 투구에 세모꼴의 빨간 헝겊을 붙들어매어 멀리서도 쉽게 알 수 있게 하였다. 전령이 말을 달리고 있을 때는 누구라 할지라도 그를 가로막지 못한다. 손권은 쓴웃음을 지었다.

"호오, 오늘은 이것으로 벌써 세 번째 독촉이로군."

그리고 소용을 돌아보며 덧붙였다.

"형주에서 온 제갈공명을 빨리 만나게 하려는 거요."

공명이 도착하자, 자기 성으로 돌아와 있던 손권은 몸소 뜰 아래까지 내려와 극진한 예로 맞았다.

문무백관들도 논쟁하던 방에서 자리를 옮겨와 좌우에 늘어섰다.

노숙은 공명 옆에 섰다.

공명은 처음으로 젊은 영걸 손권을 직접 보는 자리였다. 이때 공명은 28세, 손권보다 한 살 위였다.

갈색 머리에 파란 눈, 쭉 빠진 늠름한 골격, 이런 골상은 강동이 아니면 볼 수 없었다.

'예사롭지 않은 인물이다. 아마 성격도 격하기 쉽고 외곬일 것이다. 이런 사람을 설득시키려면 그 과격한 성격을 충돌질할 필요가 있을 것이다.'

공명은 속으로 가만히 헤아렸다.

손권 또한 공명을 뚫어지게 바라보았다. 자신과 비슷한 또래이지만 앞에 선 공명에게선 왠지 모를 위엄과 기품이 느껴졌다. 눈에선 강렬한 광채를 내뿜고 있다. 손권은 생각했다.

'내 휘하에도 뛰어난 장수들이 여럿 있지만 그들 중에는 이렇게 뚜렷하고 맑은 안광을 지닌 자는 없다. 주유의 눈빛도 평범하지

않지만 공명의 강한 기운에 비하면 그것은 죽은 눈이다.'

손권은 자신도 모르게 찻잔을 잡는 손이 떨려오는 것을 느꼈다. 공명이 그것을 놓칠 리 없었다. 자신에 대한 긴장감과 경계심을 풀지 않겠다는 증거였다.

차를 대접한 뒤 손권은 공명을 향해 입을 열었다.

"자경은 일찍부터 선생의 재주를 높이 평가하고 있었소. 다행히 만나보게 되었으니 당면한 문제에 대해 직접 선생의 고견을 듣고자 하오."

"재주도, 배운 것도 없는 제가 과연 물음에 대답할 수 있을지 모르겠습니다."

"선생은 유 황숙을 섬기며 조조와 여러 차례 싸운 일이 있으니, 조조가 군사를 움직이는 내용에 대해서는 잘 알고 있겠지요?"

"우리 주군께서는 군사도 적고 장수도 많지 못하며, 게다가 신야는 성도 작고 군량도 부족하므로 도저히 조조와 맞서 싸울 수가 없었습니다. 싸움다운 싸움은 한번도 해 보지 못했습니다."

그것은 누구보다 손권이 잘 알고 있는 사실이다. 유비는 지금 형주병을 포함해 채 3만도 되지 않는 병력을 갖고 있다. 또한 전 병력이 현재 조조가 있는 서쪽을 향해 포진해 있다는 사실도 들어 알고 있다. 손권은 많은 수의 척후를 잠입시켜 놓고 그들로부터 지속적인 보고를 받고 있으므로 이미 여러 진영의 상황을 속속들이 꿰뚫고 있었다.

"조조의 병력은?"

"마병과 보병, 수군을 합쳐 백만입니다."

'……저런, 그토록 일러두었는데도……'

공명의 대답을 들은 노숙은 속으로 화를 냈다.

손권은 물었다.

"백만이란 과장이 아닐는지요?"

"결코 과장이 아닙니다. 조조는 연주에 있을 무렵 벌써 청주 군사 30만을 거느리고 있었습니다. 원소를 무찌르고 그 군사 50만을 얻었고, 중원에서 새로 모집한 3, 40에다 형주 군사 2, 30만을 손에 넣게 되었으므로 총병은 150만을 넘을 것입니다. 제가 100만이라고 말한 것은 강동 사람들을 놀라게 할까 염려한 때문입니다."

'……아이쿠!'

노숙은 맥이 탁 풀렸다.

자기가 부탁한 것과는 정반대로 공명은 말하고 있지 않은가?

'도대체 무슨 생각에서일까?'

노숙은 손권의 눈썹이 약간 꿈틀거리는 것을 보고 등골이 오싹해졌다.

"그럼 묻겠는데, 조조 휘하에 있는 무장들은 어느 정도요?"

"지혜와 꾀가 많은 참모와 싸움에 익숙한 용장 등 약 2천 명은 됩니다."

"조조는 지금 형주를 평정했는데, 이어서 이 강동을 삼킬 뜻을 과연 품고 있는지?"

"틀림없습니다. 조조는 지금 장강을 따라 기다랗게 진을 치고 전선 수천 척을 준비해 두고 있습니다. 강동을 삼키려는 것이 아니고 무엇이겠습니까?"

"조조에게 오나라를 삼킬 뜻이 있다면…… 이와 싸워야 할 것인가, 아니면 화친을 꾀해야 될 것인지?"

그 물음에 공명은 무엇 때문인지 당장 대답하려 하지 않았다.

뜸을 들인 다음 천천히 입을 열었다.

"외람되지만 드리고 싶은 말씀이 있습니다. 아마 말씀드려도 장군께서 받아들이지 않으실 것입니다."

"어디 들어봅시다."

손권은 크게 눈을 뜨고 공명을 삼킬 듯이 바라보았다.

"그럼 말씀드리겠습니다. 앞서 천하가 크게 어지러웠을 때, 돌아가신 토역 장군께서는 강동의 한귀퉁이에서 일어났고, 우리 유 황숙도 또 군사를 하남에서 모아 조조와 천하를 다투었습니다. 그런데 천운은 조조에게 있은지라 조조는 이제 천하의 3분의 2를 차지하고 그 위세는 천하를 흔들고 있습니다. 이에 대항할 수 있는 것은 장군 한 분밖에 없습니다. 만일 우리 유 황숙께서 조조를 피해 이리로 오게 되면 바라건대 힘을 합쳐 오나라 월나라 군사로써 조조와 대항해 싸워 주셨으면 합니다. 그러나 그만한 용기와 결단력이 없으면 여기 있는 많은 모사들의 중론에 좇아 군사를 해산하고 갑옷을 벗어던진 다음 머리를 숙여 조조를 섬기는 것이 상책인 줄로 압니다."

손권은 입을 꽉 다물고 대답이 없었다.

공명은 다시 말을 이었다.

"지금 장군께서는 항복하는 굴욕을 바라지 않으시면서도, 정작 결전에 임할 결심을 내리지 못하고 계십니다. 공연히 여러 모사들을 믿지 못하고 논의만 거듭하게 되면 화는 내일로 박두하게 될 것입니다."

"선생의 말이 옳다면 유 황숙은 어째서 조조에게 항복하지 않고 있소?"

"그야…… 옛날 전횡(田橫)은 제나라의 장사(壯士)에 지나지 않는 사람이었지만, 의를 지키고 욕된 일을 물리쳤습니다. 하물며 우리 유 황숙은 황실의 후손으로 그 재주는 당세에 두드러지고, 백성들은 그 덕을 사모해 마지않습니다. 일이 뜻대로 되지 않는 것은 천운이 아직 돌아오지 않았기 때문입니다. 어떻게 고개 숙여 적에게 무릎을 꿇을 수 있겠습니까?"

이 말을 듣자 손권은 얼굴에서 붉은 기가 가시고 금세 하얘졌다.

치솟는 격정을 가슴속에 누르고 있던 손권은 갑자기 벌떡 일어나 후당으로 모습을 감추고 말았다.

자리에 있던 모든 신하들의 눈길이 비웃는 빛을 노골적으로 드러내며 공명에게로 쏠렸다.

'……공명은 오나라와 조조를 맞붙어 싸우게 하기 위해 온 것일 터인데, 자신의 말재주를 자랑한 나머지 반대 결과를 가져오고 말았다.'

사람들은 부랴부랴 흩어져 버렸다.

노숙만이 옆에 남았다.

주전파의 중심은 노숙이다. 노숙이 유표의 조문을 핑계로 형주에 가 있는 사이에 손권 진영의 중론은 이미 강화로 기울어져 있었다. 그러나 노숙은 공명의 출중함이 손권의 마음을 움직여 전쟁 쪽으로 완전히 돌아서게 할 수 있으리라 기대했다. 그래서 공명을 데려왔던 것이다. 노숙은 공명의 말 한마디를 빌려 오나라의 운명을 결정하려 했던 것이다.

노숙이 말한다.

"선생은 왜 그런 말을 하셨소? 다행히 우리 주군께서는 관용을 스스로의 계율로 삼는 분이라 대놓고 꾸중은 하지 않으셨지만, 속으로는 불같은 분노를 느끼셨을 것이 틀림없습니다. ……선생은 우리 주군을 모욕하셨소!"

공명은 노숙의 안타까워하는 모습을 바라보며 말했다.

"오나라 주군이 반드시 너그러운 분이라고는 생각이 들지 않습니다."

"무슨 당치 않은 말씀이오!"

"내게는 조조를 깨뜨릴 꾀가 있습니다. 그런데 손권 장군은 그것을 묻지 않았습니다. 그래서 나는 말하지 않은 것입니다."

노숙은 이렇게 말하는 공명을 의심스러운 눈으로 바라보았다.

"과연 좋은 계책이 있다면 제가 주군을 달래어 다시 한차례 가르침을 청하게 하겠소."

"내가 보기에 조조가 백만 대군을 거느리고 있지만 그것은 개미가 우글거리는 것과 같습니다. 내가 한번 손을 쓰면 흩어지고 말 것입니다. 이는 맹세코 장담할 수 있습니다."

"잠깐만 기다리십시오. 잠깐만……."

노숙은 급히 후당으로 뛰어들어갔다.

손권은 관을 벗고 경상 위에 앉아 있었으나 아직 노여움이 가시지 않았다.

노숙이 들어가자 손권은 눈썹을 치켜떴다.

"공명이 무슨 생각으로 사람을 무시하오?"

"신도 분을 참을 수 없어 그를 꾸짖었습니다."

"그래 뭐라고 하던가?"

"글쎄…… 웃으면서 주군께서 어찌 그다지도 도량이 좁으시냐고 하지 않겠습니까?"

"뭐라구!"

"주군, 고정하십시오. 공명은 조조를 깨뜨릴 계책을 물으시지 않기 때문에 자진해서 말할 수 없었다고 합니다. 아마도 그의 가슴속에는 귀신같은 계책이 들어 있는 모양이니, 노여움을 거두시고 그 계책을 물어 보시도록……."

"으음!"

손권은 역시 호걸이었다.

"공명의 속셈을 알겠소. 그는 가슴속에 계책을 숨기고 일부러 폭언을 함으로써 나를 격하게 만들었소. 내가 생각이 얕았소. 하마터면 천 년에 한 사람 나올까 말까 한 인물을 눈앞에 두고도 큰일을 망칠 뻔했소."

손권은 곧 노숙을 앞세우고 다시 회당에 나타났다. 이미 다른 사람들의 모습은 보이지 않았다.

"선생, 내 얕은 생각을 나무라 주시오."

손권은 사과했다.

"아닙니다. 장군의 위엄을 범하게 된 죄 깊이 느끼고 있습니다."

"어서 후당으로 드셔서 내 잔을 받아 주시오."

곧 술자리가 베풀어지고 손권은 손수 술병을 잡아 공명에게 잔을 권했다.

얼마 후 손권은 천천히 말을 꺼냈다.

"조조가 적으로 상대해 온 사람은 여포·유표·원소·원술…… 그리고 유 예주였소. 그리고 지금 이 손권을 없애려 하고 있소. 말하자면 조조의 적으로서 남아 있는 것은 유 예주와 나뿐이오. 선생, 내 결심은 이미 섰소. 이 강동 땅을 절대로 조조에게 넘겨 주지 않겠소! 있는 병력을 총동원해서 조조와 끝까지 싸울 거요! 유 황숙과 힘을 합쳐 조조와 맞설 결심이오. 다만 유 황숙은 패한 뒤여서 내 병력만으로 싸우지 않으면 안 되겠지. ……가르쳐 주시오. 어떻게 하면 이 난국을 헤치고 나갈 수 있을 것인지. 부디 가르쳐 주시오."

손권은 깊숙이 머리를 숙였다.

"말씀드리겠습니다."

공명은 윤건과 학창의의 청아한 모습에 위의를 가다듬고 오주(吳主) 손권을 똑바로 바라보면서 말하기 시작했다.

맑은 목소리는 아름답고 힘차게 방 안에 울렸다.

"주군 유 황숙은 싸움에 패했다고 하지만 관운장은 아직 만여 명의 정예 부대를 거느리고 있습니다. 또 유기가 거느리고 있는 강하의 군사도 1만은 넘습니다. 조조의 대군이 쫓아온다 해도 험한 먼길을 달려온 끝이어서 하루 밤낮 300리를 제대로 내려오지 못하고 있습니다. 이것은 강한 화살도 끝에 가서는 엷은 비단을 뚫지 못한다는 이치와 같은 것입니다. 또 북쪽 군사들은 수전이 어떤것인지를 모르고 있습니다. 형주의 장병들이 조조에 항복한 것은 마음에 없이 그 세력 앞에 잠시 무릎을 꿇은 데 지나지 않으므로 경우에 따라서는 우리 편으로 돌아설 수도 있습니다. 지금 장군께서 유 황숙과 힘을 합치기만 한다면 조조를 깨뜨리는 것은 결코 어려운 일이 아닙니다. 조조는 패하면 반드시 북으로 돌아가다시는 형주와 오나라 군사에 도전해 오지 않을 겁니다. 그렇게 되면 여기에 삼발이 모양의 형세가 이룩되어 천하는 균형을 유지하게 됩니다. 성패의 기회는 바로 오늘에 있으며, 장군께서 어떻게 결단을 내리시느냐에 달려 있습니다."
"으음!"
손권은 크게 고개를 끄덕였다.
"선생! 선생의 말씀은 내 가슴속의 막힌 것을 활짝 열어 주었소. 결심은 섰소! 자경⋯⋯."
"네에⋯⋯."
"당장 군사를 일으켜 조조를 쳐 무찌를 계획을 세우겠소. 곧 문무백관에게 이를 알리도록 하오!"
"알았습니다."
노숙은 밖으로 달려나갔다.

계책

손권은 결심을 굳혔다. 공명의 말에 크게 고무된 것이다.

공명은 한 가지 일을 논해도 반드시 몇 가지 정확한 근거를 제시했다. 그의 말은 설득력이 있었다.

그런데 공명은 손권의 결전 선언을 듣고도 별로 기뻐하지 않았다.

"부탁이 있습니다."

공명은 다시 입을 열었다.

"무엇이오?"

"장군은 이미 마음을 정하셨겠지만 잠시 동안 여러 장수들 앞에서는 망설이는 빛을 보이시도록……."

"망설이는 빛을 보이라……."

"그렇습니다. 아무쪼록……."

"어째서?"

"싸움에는 기세(氣勢)가 중요합니다. 출전할 때에는 전원이 술취한 것처럼 전의로 흥분돼 있는 상태가 바람직합니다. 장군의 결의가 미리부터 알려진다면 명령을 내릴 때 장병의 마음이 그다지 끓어오르지 않을 것입니다."
"그러나 이미 자경이 그것을 알리러 나갔소."
"아니, 아직도 늦지 않습니다. 곧이어 자포 등이 결사적인 표정으로 물어오겠지요. 그때 주저하는 빛을 보이셔도 괜찮습니다."
"음……, 결의를 너무 빨리 표명해선 안 된다는 것이오?"
"그렇습니다. 유현덕군과 동맹하여 출병한다는 결정은 되도록 극적인 분위기에서 내리도록 하십시오."
"알았소. 의견을 하나로 모은다는 것이군."
손권은 흰 이를 드러내며 웃었다. 공명도 싱긋 웃었다.
"예, 장병의 힘이 갑절은 더해질 것입니다."
"그것을 모르는 건 아니지만, 어떤 식으로 해야 끓어오르게 만들 수 있겠소?"
"연극을 하십시오, 연극을."
"연극이라고? 난 연극 따위 한 적이 없는데……."
"그렇다면 이 공명이 연출을 해드리겠습니다. 괜찮으신지요?"
"오, 가르쳐 주기 바라오. 군사의 사기에 관한 일이라면 연극이든 노래든 나는 사양하지 않겠소."
손권은 자기보다 겨우 한 살 위인 젊은 군사에게 점점 이끌렸다.
공명은 말했다.
"조조로부터 머지않아 도전장이 또 올 것입니다."
"어떻게 그것을 알 수 있소?"
"강릉의 첩자로부터 급보가 있었습니다. 그 전문(全文)도 알고 있습니다."
짧은 문장이라 공명은 그것을 외고 있었다.

천자의 명을 받들어 죄있는 무리를 치노라. 정기(旌旗)는 남을 가리키고 유종은 땅에 손을 짚었노라. 이제 수군 백만의 무리를 거느리고 곧 장군과 오나라에서 회렵(會獵)하리라.

"음, 회렵이라고!"
손권은 입술을 깨물었다.
여럿이 모여 사냥을 하자는 뜻이다. 즉 전쟁 제의를 빗대어 말한
것이었다. 그 비유 속에 상대를 무시하는 느낌이 뚜렷했다.
젊은 손권은 이 '회렵'이란 말에 비위가 상했다. 공명은 싱글싱글
웃으면서 말했다.
"뒷세상에서 '회렵의 글'이라고 하면 도전장의 뜻으로 쓰이겠지
요."
손권은 관자놀이를 꿈틀거려가며 물었다.
"어떻게 하면 좋겠소?"
"지금 장군은 흥분하고 계십니다. 장병도 그처럼 흥분시키는 것
입니다. 조조의 글을 우리에게 적절하게 사용하는 것입니다."
공명은 그렇게 말하고 물러갔다.

한편 손권의 명령을 전달받은 문무 관원들은 깜짝 놀랐다. 그토록
공명에 대해 격노한 손권이 금방 생각을 돌려 개전을 결심하리라고
는 꿈에도 생각지 못했던 것이다.
"공명의 간사스러운 변설에 주군이 속으셨군!"
장소는 얼굴이 흙빛이 되어 급히 후당으로 가 손권을 만났다.
"황공하오나 여쭙겠습니다."
"뭐요?"
"주군께서는 하북에서 덧없이 망하고 만 원소와 비교해서 어떻다
고 생각하십니까?"
"나를 원소에 비교하는 이유는?"
"조조가 원소와 싸울 무렵은 아직 군사가 백만이 되지 못했고, 참

모와 장수들도 턱없이 모자라는 형편이었습니다. 그런데도 원소를 무찔러 버리고 말았습니다. 하물며, 오늘날 백만 대군과 1천 명이 넘는 참모와 장수들을 이끌고 남하하는 조조를 어떻게 막을 수가 있겠습니까? 주군! 지금 제갈량이란 모사의 헛된 말을 받아들여 함부로 군사를 일으키는 것은 섶을 지고 불로 뛰어드는 것과 같은 무모한 일입니다. 바라옵건대 다시 한번 깊이 생각하시어 선군으로부터 물려받은 이 나라를 잃지 않도록 하십시오!"
손권은 침묵을 지켰다.
뒤이어 고옹(顧雍)이 들어오자 필사적인 태도로 똑같이 간했다.
"유비는 조조에게 패해 지금 바람 앞의 등불처럼 위태롭습니다. 우리 오나라 힘을 빌려 이를 막기 위해 공명을 보낸 것입니다. 그의 간사한 말에 넘어가시지 말고, 자포의 간언을 받아들이십시오."
손권은 충신들이 간하는 말에 몹시 망설이는 기색을 보였다.
자포와 고옹이 물러가자 이번에는 노숙이 들어왔다.
"자포의 무리가 주군께 항복을 권하는 것은 오로지 자신의 몸을 보존하고 처자를 편안히 거느리며, 오늘의 부귀를 유지하겠다는 사사로운 생각 때문입니다. 저들의 비겁한 말에 결코 끌려들지 마시기를 바랍니다."
손권은 노숙을 바라보며 말했다.
"나는 어떻게 해야 좋을지 알 수 없게 됐소."
공명이 가르쳐 준 연극이었다.
"망설이는 것처럼 큰일을 그르치는 것은 없습니다."
노숙이 말했으나 손권은 자리에서 일어섰다.
"혼자서 조용히 생각할 시간을 갖고 싶소."
이렇게 말하고 후당으로 들어가 버렸다.
이러는 사이에도 회당에 모인 문무백관들은 걷잡을 수 없이 시끄럽게 각자의 주장을 되풀이하고 있었다.

"주상께서 결정을 내린 이상 싸워야 한다!"

무장들 대부분은 결심을 굳히고 있었다.

하지만 대부분의 문관들은

"결코 싸울 수는 없다. 화친하는 것만이……."

그들의 주장을 굽히지 않았다.

싸워야 한다면서 눈을 부릅뜨고 있는 것은 대개 젊은 층이었고, 이에 반대하는 사람들은 40살이 훨씬 넘은 노년층이 대부분이었다.

내당에 틀어박힌 손권은 들어온 저녁상도 물리쳤다. 온 밤을 혼자 앉아 고민을 거듭하는 척했다.

아침을 맞았으나 손권은 아침상도 맞지 않았다.

이 소식을 들은 형수 교 부인이 걱정이 되어 만나기를 청했다.

형수의 물음에, 손권은 닥쳐온 국난에 대해 자세히 말했다. 조용히 다 듣고 난 형수 교씨는 말했다.

"그렇게 혼자 속썩이는 것보다는 선군의 유언을 생각해 보는 것이 어떨지요."

"예에?"

"형님 유서에는 장군이 아직 나이 어리기 때문에 정치에 관한 문제는 자포와 상의하고 군사에 관한 문제는 공근에게 물으라고 적혀 있었던 것으로 알고 있습니다."

"아아, 그렇군요. 공근이 있었군요!"

손권은 그제야 제정신으로 돌아온 것처럼 소리쳤다.

강동의 소패왕이라고 불리던 형 손책이, 백전백승할 수 있었던 것은 의형제를 맺은 주유의 도움 때문이었다.

그런데 주유는 손권에게 숨은 인재들을 많이 천거하여 휘하에 들게 해 주고, 자신은 짐짓 권세의 자리에서 한 발 물러나 파양호(鄱陽湖)에서 수군을 훈련하고 있었다. 따라서 이번 군사회의에는 참석하지 않았다.

주유는 조조의 백만 대군이 쳐내려온다는 소식을 듣자, 이를 맞아 싸울 군대는 수군뿐이라는 생각으로 평소에도 열심이었던 훈련에 더욱 박차를 가하고 있었다. 공연한 회의 따위는 시간을 낭비하는 것이라고 생각하고 있었던 것이다. 눈코뜰 새 없는 훈련에 하루가 백 시간이라도 모자라는 상황이었다.

그러나 손권의 친필 편지를 받아들자 주유는 곧 훈련을 부장에게 맡겨 두고 부랴부랴 말을 달려 시상성으로 돌아왔다.

손권에 앞서 노숙이 먼저 주유를 맞았다.

노숙은 주유의 청을 받아 오나라 신하가 된 사람이다. 가장 가까운 사이였다.

"듣자하니 형은 강하에서 유현덕의 참모 제갈량을 데리고 왔다던데……."

이때 주유는 34세였고 노숙은 37세였다.

"그 제갈량을 곧 좀 만나 주시오."

"알았소. 제갈량이 왔기 때문에 의견이 둘로 갈라졌다는 말을 들었는데, 주군의 생각은 어떠신지?"

"글쎄……. 침식을 잊다시피 하며 고민하고 계시는 중이오."

"역시!"

주유는 고개를 끄덕였다.

손권을 뵙기 위해 주유가 중문 안으로 들어서자, 그곳에 장소·고옹·장굉·보즐 등 네 사람이 기다리고 있었다. 장소는 인사도 하는 둥 마는 둥 하고, 주군을 만나기 전에 먼저 자기들 네 사람과 자리를 함께 해 달라고 청했다.

주유는 손책과 의형제를 맺고 손책 부인의 동생을 아내로 삼고 있었다. 즉 손책과는 동서 사이이기도 했으므로 여러 면에서 장소보다 손권과 가까운 위치에 있는 셈이다.

주유는 장소의 청을 받아들여 안으로 들어갔다.

"여러분의 의견을 들어봅시다."

주유는 장소를 바라보았다.

"도독께서는 지금 우리 나라가 당면하고 있는 위기를 이미 알고 계시겠지요?"

"조조가 백만 대군을 한수 위에 주둔시킨 것 말이오?"

"조조가 보낸 격문을 들려 드리겠습니다."

장소는 그것을 읽어준 다음 말을 이었다.

"지금 이 격문을 거절하게 되면, 오나라는 조조 군사의 흙발에 짓밟히게 됩니다. 그리하여 한때의 눈물을 삼키고 조조의 요구를 받아들이려던 차에 자경(子敬 : 魯肅)이 강하에서 유비의 참모 제갈량을 데리고 왔습니다. 제갈량은 거듭된 패배를 설욕할 속셈으로 교묘한 말로 우리 주군을 충동질했습니다. 자경 역시 제갈량에게 속아 그에 가담하고 있는지라, 지금 전쟁이냐 화친이냐 하는 양자택일을 놓고 의견이 맞서고 있습니다. 도독께서 올바른 결단을 내리시기 바랍니다."

주유는 대답하기 전에 다른 세 사람에게로 시선을 보내며 물었다.

"공들의 의견도 역시 마찬가지요?"

고옹이 대답했다.

"우리 의견은 모두 같습니다."

"그렇겠지요. 실은 나도 조조가 과연 전병력을 동원해서 쳐들어온다면 이와 맞서 싸워서는 안 된다고 생각하고 있었는데……."

주유가 말하자 이 사람들은 이제 됐다고 마음을 놓았다.

"그러나 아직 좀더 생각하고 내일 아침 주군을 뵙도록 하겠소."

그 대답에 네 사람은 그런 줄로 알고 물러갔다.

그 직후 정보·황개·한당 등 오군의 주축인 대장들이 주유 앞에 나타났다.

정보가 입을 열었다.

"도독께선 이 강동 땅이 오래지 않아 남의 손에 들어간다는 것을
알고 계시는지요?"
"그런 일은 조금도."
주유는 태연한 얼굴로 대답했다.
정보가 말했다.
"우리 무인들은 돌아가신 파로 장군과 토역 장군을 모시고 수백
차례 크고 작은 싸움을 치르고 겨우 여섯 고을의 성을 얻게 되었
습니다. 그런데 지금 젊은 주군께선, 자포 등 모신과 문관들이 자
신의 안전만을 꾀하여 하는 말을 들으시고 조조에게 항복을 하려
하고 계십니다. 이런 굴욕은 온 몸에 칼과 창에 찔린 상처 자국을
가지고 있는 저희들로서는 도저히 견딜 수 없는 일입니다. 우리는
죽어도 굴욕을 당할 수는 없습니다. 도독! 부디 주군께 말씀드려
군사를 일으켜 싸우도록 해 주시오! 우리는 마지막 한 방울의 피
까지 적을 무찌르기 위해 쓰겠습니다."
주욱 늘어앉은 만부부당의 무장들을 바라보며 주유는 물었다.
"장군들의 의견은 다 같습니까?"
황개가 대표로 말했다.
"이 목이 부러지는 한이 있어도 조조에게 머리를 숙일 수는 없습
니다."
다른 사람들도 똑같이 결전을 맹세했다.
주유는 고개를 크게 끄덕였다.
"나 역시도 조조가 쳐내려오면 크게 혼내 주려고 진작부터 결심
을 하고 있었소. 항복이란 생각조차 할 수 없는 일이오. ……장
군들은 우선 물러가 계시오. 내가 주군을 뵙고 그렇게 결정을 내
리시도록 하겠소."
정보 등은 기뻐하며 돌아갔다. 주유는 혼자 남은 채 잠깐 그대로
앉아 있었다.

거기에 또 새로운 사람들이 나타났다. 제갈근과 여범 등 문관들이었다.

인사를 끝낸 다음 제갈근이 말했다.

"내 아우 양이 강하에서 와서 유현덕과 손을 잡고 조조를 무찌를 것을 권하고 있으나, 문관과 무관의 의견이 아직 일치되지 않고 있습니다. 나는 아우의 일이어서 감히 여러 말을 할 수 없습니다. 도독께서 잘 꾀하시기 바랍니다."

"한 가지 물어보겠습니다. 만일 공정한 입장에서 말한다면 어느 쪽이 옳다고 생각하는지?"

"굽히고 들어가면 우선은 무사하겠지요. 만일 싸우게 되면 이길 수 있을지 어떨지 불안하게 생각됩니다."

주유는 웃었다.

"문관으로서는 당연한 생각이지요. 나는 나대로의 생각이 있습니다. 내일 주군 앞에서 가부를 결정한 생각입니다."

다시 계속해서 여몽과 감녕 등 여러 장수들이 분주히 들어왔다.

싸우자는 사람과 항복할 수밖에 없다는 사람들이 서로 의견을 주고받는 것을, 주유는 남의 일처럼 바라보고 있다가 다음과 같은 말로 돌려보였다.

"모든 것은 내일 일이오."

이윽고 주유는 시신을 불러 내일 아침 배알하겠다는 말을 손권에게 전하게 하고 밖으로 나왔다.

자기 집으로 돌아왔을 때는 이미 날이 어두웠다. 주유는 가신을 불러 명령했다.

"술과 안주를 준비해라."

"누구를 초대하십니까?"

"아니, 초대하지는 않았다. 그러나 청하지 않은 손님이 곧 오게 될 것이다."

주유가 예언한 대로 한 시간도 채 안 되어 노숙이 공명을 데리고 찾아왔다는 전갈이 왔다. 주유는 몸소 정문까지 나가 맞았다.

몇 발짝쯤 떨어져서 주유와 공명은 어둠 속의 상대를 서로 빤히 바라보았다. 양쪽이 다같이 한동안 꼼짝도 않고 서 있었다. 가슴속에 어떤 생각들이 오고갔는지 곁에 서 있는 노숙도 알 수 없었다.

손님과 주인이 마주 앉았다.

조용하고 부드러운 이야기가 잠시 계속되었다.

공명·노숙·주유 다같이 술이 세다. 게다가 저마다 술마시는 태도가 독특한지라 참으로 흥겹고 재미있는 분위기가 온 방 안에 넘치고 있었다.

이윽고 노숙이 자연스럽게 주유에게 말을 건넸다.

"벌써 들으셨을 줄 압니다만, 조조가 백만의 정예를 몰고 남침해 오고 있는데, 시상성 안은 싸우느냐, 화친하느냐를 놓고 의견이 갈라져 있습니다. 그래서 주군께서도 어느 쪽을 택해야 할지 망설이고 계신 형편입니다. ……장군께서는 어느 쪽을 택해야 할 것인지를 이미 결정하셨습니까?"

주유 역시 조용한 목소리로 대답했다.

"조조가 칙명을 빙자하고 있는 이상 그에 대항하는 것은 반역이 되오. 게다가 그 세력마저 크고 보면 경솔하게 맞서 싸우는 것은 무모한 일이겠지요."

"그러면 장군은 화의를 주장하고 계십니까?"

"싸우면 반드시 패하게 된다는 것을 안 이상 항복하여 무사하기를 바라는 것이 사람의 심정 아니겠소?"

주유는 웃어보였다.

"장군의 입에서 그런 말씀이 나오다니!"

노숙은 얼굴에 노기를 띠기 시작했다.

"우리 오나라는 창업한 지 이미 3대에 이르렀고 그 강대함을 천하에 자랑할 만큼 되었습니다. 시조 파로 장군과 진군 백부(伯符)가 피를 짜고 뼈를 깎아내어 만들어 낸 기반을, 장군은 한번 싸워 보지도 않고 조조에게 고스란히 넘겨 주겠다는 말씀이오? 선군의 유언에 바깥 일은 장군에게 맡기라고 했기 때문에 주군께선 지금 장군을 믿고 나라를 반석 위에 올려놓으리라 기대하고 계십니다. 그에 보답하는 것이 고작 겁많은 선비들의 못난 의견에 따르려는 것이어서야 되겠습니까?”

“내가 바라는 것은 강동 여섯 고을 백성들의 안전이오. 만일 병화에 시달리게 되면 백성들의 원망은 이 주유 한 사람에게 떨어질 것이 아니오?”

“싸우지도 않고 패배를 인정한다는 것은 너무도 장군답지 못한 비겁한 짓이 아니겠습니까? 오나라 상하가 한덩어리가 되어 장강의 천연 요새를 지키게 되면, 아무리 조조의 군사가 성난 물결처럼 밀려온다 해도 이 땅을 짓밟지는 못할 것입니다.”

“싸울 결심을 하게 되면 적을 과소평가하기 쉬운 법이오.”

“어찌 그런 말씀을!”

노숙은 자기도 모르게 말소리를 높였다.

“하하하하…… 하하하하…….”

그때 험악해진 방 안 공기를 내몰기라도 하듯이 공명이 소리내어 웃었다.

“뭐가 그렇게 우습소?”

주유가 공명을 똑바로 바라보았다.

“장군 때문에 웃은 것은 아닙니다. 노자경이 너무 세상 일에 어두운 것이 문득 우스워지는군요.”

“내가 세상 일에 어둡다? 그게 무슨 소리요?”

노숙은 정색하고 공명을 지켜보았다.

공명은 맑은 눈으로 노숙의 눈길을 받으며 차근히 말했다.

"주공근(周公瑾)의 생각은 과연 이치에 맞습니다. 분하지만 조조란 사람이 군사를 쓰는 법은 고금에 뛰어나 있고, 또 그 세력을 당해낼 수 없다는 것을 인정하지 않을 수 없습니다. 여포·원소·원술·유표 등 모두가 그만한 병력과 영토와 부를 자랑하면서도 결국은 조조와 맞서 싸운 끝에 패망했습니다. 이제 천하에 조조와 겨룰 사람은 없습니다. 오직 한 사람 우리 유 황숙만이 강하에 의지하여 반항하고 있지만, 실은 이 또한 시세의 추이와 존망의 이치를 헤아리지 못한 처지라 말할 수 있습니다. 지금 장군이 조조에게 항복할 결심을 한 것은 처자를 보호하고 부귀를 누리기 위해서는 참으로 현명한 처사라 할 수 있을 것입니다. 나라의 운명을 하늘에 맡겨 둔다고 해서 과히 나무랄 일은 아니겠지요."

노숙은 변덕이 죽끓듯 하는 공명의 태도에 그만 자기도 모르게 화가 버럭 치밀어 소리를 질렀다.

"공명 선생! 선생은 어제는 우리 주군을 격동시켜 싸울 결심을 하게 하고 오늘은 주 도독에게 권고하여 조조에게 무릎을 꿇게 만들려 하고 있습니다. 대관절 무슨 속셈이오? 너무나 태도가 괴이해서 도무지 이해가 가지 않소!"

"내게 한 계책이 떠올랐기 때문에 태도를 바꾼 것뿐입니다."

공명은 아무렇지도 않은 듯이 대답했다.

"그 계책이 대체 어떤 것인지 어디 한번 들어 봅시다!"

노숙이 노려보았다.

공명은 말했다.

"내 계책을 받아들이기만 하면, 오나라 주인은 조조에게 무릎을 꿇고 인수(印綬)를 바치지 않아도 됩니다. 단지 배 한 척에 사람 둘만 태워 조조에게 내보내면, 조조는 백만 대군을 곧 물리게 될 것입니다."

주유가 물었다.

"그 두 사람이란?"

"여자입니다."

"여자라면?"

"강동엔 수십만의 여자가 있습니다. 그 중에서 단 두 사람을 골라 조조에게 보낸다는 것은 마치 큰 나무에서 잎 하나 떼는 것과 같고, 창고 속에서 좁쌀 한 알 집어내는 것과 다를 것이 없습니다. 그로 인해 조조의 백만 대군을 허도로 되돌아가게 한다면 오나라로서는 이보다 더 다행한 일은 없을 것입니다."

"그 두 여자가 대체 누구란 말이오? 이름을 말씀하시오."

그러나 공명은 얼른 그 이름을 대지 않았다.

"내가 산속에 혼자 지내고 있을 때 이런 소문을 들은 일이 있습니다. 조조는 원소를 없앤 뒤 업성의 장하(漳河)에 누각을 세우고 이를 동작대(銅雀臺)라 이름한 다음, 여기에 하북의 미녀들을 모아 놓고 주지육림을 마음껏 즐겼다 합니다. 조조가 넓고 화려한 누각을 지은 것은, 그곳에서 구리로 된 참새를 한 마리 파내었는 바 이것을 좋은 조짐으로 믿었기 때문이라 합니다. 이것은 조조가 이제 신하로서 승상의 자리에까지 오르게 되자, 교만한 생각에 인간의 약점을 드러낸 것으로 보입니다. 한편 이 동작대 좌우에 옥룡(玉龍)과 금봉(金鳳)이란 두 누각을 세웠는데, 조조는 강북 1백만의 미녀를 두루 뒤져 보았지만 아직 옥룡과 금봉 두 누각에 살게 할 경국지색을 찾아내지 못했다 합니다. 조조는 하루빨리 절세 미인 두 사람을 얻어 두 누각에 살게 하기를 바라고 있습니다. 들리는 바로는 이곳 강동의 교공(喬公)이란 분에게는 두 딸이 있는데 이들 자매의 아름다운 모습은 그야말로 천하에 비교할 여자가 없다 합니다. 이들 두 자매를 조조에게 보내어 비어 있는 두 누각을 채우라고 하면, 조조는 곧 백만 군사를 이끌고 돌아가게 될 것으로 압니다. 어쩌면 조조는 교공의 두 딸이 아름답다는 소문을 듣고 강동으로 쳐내려 온 것인지도 모를 일입니다. 곧 교공을 찾아가 천금을 주고 두 딸을 사는 것이 어떻겠습니까? 이것이 나의 뇌리에 솟아오른 한 꾀입니다."

"……."

너무나도 뜻하지 않은 말에 주유와 노숙은 다같이 어이가 없어 멍해졌다. 공명은 말을 계속했다.

"그 옛날 오왕 부차를 멸망시키려고 절치부심하던 월왕 구천은 절세의 미인 서시(西施)를 바침으로써 마침내 그 목적을 이룬 예가 있습니다. 옛 시인도, 만일 오나라를 망하게 한 첫째 공로를 논하기로 하면 황금으로 서시의 상을 만들어 세워야 할 것이라고 노래하고 있습니다. 오왕 부차는 부왕의 복수를 위해 충신 오자서(伍子胥)에게 나라를 맡기고 자신은 몸소 섶에 누워 자는 고초를 맛보면서 끝내는 월나라를 깨뜨려 월왕으로 하여금 회계산(會稽山)에서 항복하게 만들었으니 호걸임에 틀림없습니다. 그런데도 경국 미인의 부드러운 살결에는 지고 말았던 것입니다. 간하는 오자서를 죽일 정도로 서시에게 빠져, 나라의 재물을 탕진해 가며 고소대(姑蘇臺)를 짓고 사치와 음탕으로 나라와 몸을 망치고 말았던 것입니다. 조조로 하여금 같은 길을 걷게 만드는 것도 한 꾀가 아니겠습니까?"

"조조가 여색에 마음을 앗기거나 할 사람으로는 생각할 수 없습니다. 조조가 교씨의 두 딸을 탐내어 백만 대군을 이끌고 왔다고 생각하는 것은, 선생께서 조조를 너무도 모르는 데서 나온 망상이 아닐까요?"

주유가 격분을 간신히 진정시키고 눈을 찌푸리면서 말했다.

그러자 공명은 고개를 저으면서 말했다.

"결코 망상은 아닙니다. 조조와 그의 아들 조식이 시와 글을 잘하는 것은 이미 알고 계시겠지요? 조조는 동작대를 짓자 조식에게 명하여 그 부(賦)를 짓게 했습니다. 그 부를 읽어 보시면, 그가 곧 천자의 자리에 오르는 날, 반드시 두 교씨를 얻어 동작대 양쪽 누각에 두려고 한다는 것을 알 수 있을 것입니다.”
“그 부를 선생께서 외고 계십니까?”
“그 문장을 외고 있습니다.”
“어디 한 번 들려 주실 수 있을까요?”
“그러지요.”
공명은 곧 ‘동작대부(銅雀臺賦)’를 읊었다.

　　현명한 군주 따라 노니니
　　누대 올라 마냥 즐기노라
　　웅장하고 넓게 트인 대궐의 모습이여
　　성덕으로 경영하심을 감탄하네
　　높은 문루 우뚝우뚝 세웠음이여
　　쌍대궐은 하늘에 둥둥 떠 있구료
　　하늘을 찌르는 화려한 영봉관이여
　　비각은 서쪽 성루로 이었네
　　하염없이 흐르는 장수 물결 동작대 뚫고 흐르고
　　싱그럽게 자란 화원의 과수를 바라보네
　　한 쌍의 누대 좌우에 세웠음이여
　　옥룡과 금봉이로세
　　대교와 소교를 강남에서 데려옴이여
　　아침저녁으로 그들과 함께 즐기리
　　넓고도 화려한 황도를 굽어봄이여
　　구름과 노을 서리어 꿈틀거리네
　　천하의 인재 모여들어 기뻐함이여
　　그중에 어진 신하 없으리오

화창한 봄바람 불기를 기다림이여
뭇새들 슬피우는 소리 들리네
하늘이 내린 왕업 이미 크게 세움이여
나라 운세 크게 트이리라
천하에 어진 정치를 펼치심이여
만백성 도읍 향해 엄숙히 공경하리라
제 환공 진 문공의 패업이여
어찌 우리의 성덕에 견주리오?
훌륭하여라!
아름다워라!
은택이 멀리까지 드날리누나
우리 황실을 보좌함이여
저 천하를 평안케 하리라
우주의 운행과 같은 공덕이시여
일월의 광휘와 더불어 빛나리
영원히 존귀하여 끝없음이여
봄의 신과 같이 영원하리라
용 깃발 앞세워 어가 타고 유유히 노님이여
봉황 수레 타고 천하를 두루 살피도다
은택이 널리 사해에 미침이여
좋은 물화 넉넉하고 만백성 편함 기뻐하네
이 동작대 길이길이 견고할지며
그 즐거움 무궁하여 다함 없으라

　여기까지 듣고 있던 주유가 갑자기 자리에서 벌떡 일어났다. 그의
얼굴은 창백해지고 머리털은 곤두섰다.
　"조조, 늙은 도적놈이 너무도 방자하구나!"

대장군

공명은 주유의 모습을 가만히 보고 있더니 중얼거리듯 말했다.

"좀 취하신 모양입니다."

"아니, 취하진 않았소. 다만 조조 그놈이 너무도 안하무인으로 우쭐거리는 것이 그 글에 노골적으로 나타나 있어 나도 모르게 화가 치민 것뿐이오."

"장군, 지난 한나라 때 흉노 선우 호한야(呼韓邪)가 후궁의 미녀 하나를 원하자, 원제(元帝)는 왕소군(王昭君)을 보낸 일이 있습니다. 꽃 피고 새 우는 한나라 궁중에서 얼음에 갇힌 오랑캐 땅으로 옮겨간 미인의 운명은 가엾지만, 그 희생으로 한나라 궁중이 무사할 수 있었고, 해마다 침략해 오던 흉노가 화친할 생각으로 무기를 거두게 되었다면 그 공로 또한 장하다 해야 할 것입니다. ……장군께서는 무엇 때문에 들판에 피어 있는 두 꽃을 그다지도 아까워하십니까?"

"선생!"

주유는 무시무시한 눈빛을 공명에게 못박았다.

"교씨의 두 딸은 이미 남의 아내가 된 것을 모르시오?"

"아니…… 전혀……."

공명은 시치미를 뚝 뗐다.

"큰 딸은 돌아가신 손백부 장군의 부인이 되고, 작은 딸은 바로 나의 아내요!"

주유가 소리치자, 공명은 비로소 알게 된 듯 놀라는 시늉을 했다.

"이럴 수가! 나는 그런 줄도 모르고 입을 함부로 놀려 장군의 노여움을 사게 되다니! 이 죄, 죽어 마땅합니다. 뭐라고 용서를 빌어야 좋을지!"

황공해서 자리에 앉아 있을 수 없다는 듯이 사과했다.

"선생에게야 무슨 죄가 있겠소. 용서할 수 없는 건 조조의 오만불손한 생각이오. 선군의 부인과 내 아내를 제 호색의 희생물로 삼겠다니, 천하에 이런 몹쓸 놈이 또 어디 있겠소! 역적 조조와 나는 함께 하늘을 이고 살 수 없는 원수요!"

주유는 울부짖듯 퍼부었다.

공명은 주유를 격분케 만든 것을 내심 기뻐하면서도 여전히 말리는 척했다.

"일을 결정하는 데는 깊이 생각을 하셔야……."

"이 주유가 무엇 때문에 조조에게 항복을 하겠소? 자경께서 묻는 말에 내가 대적하기 어렵다고 대답한 것은, 그쪽에서 어떻게 나오는지 떠보려고 한 것뿐이오. 내 가슴 속에는 조조가 쳐내려온다는 보고를 들은 순간 이미 싸울 결심이 되어 있었소. 자경, 이제 의심할 것 없소. 선군의 유언에 따라 바깥 일을 결정할 권리는 이 주유에게 있소. 지금껏 파양호에서 수군을 훈련시킨 것은 무엇 때문이겠소? 오로지 조조란 놈을 물리치기 위해서요. 선생, 부디 나를 도와 주시오. 기어코 조조란 놈을 짓밟아 버리고 말겠소!"

"그 결심, 흔들리지 않을 것으로 생각됩니다. 있는 힘과 정성을 다해 기대에 어긋나지 않도록 하겠습니다."

그야말로 공명의 슬기주머니는 귀신처럼 과녁을 꿰뚫었다.

이튿날, 날이 밝았을 때는 벌써 시상성 회당 안은 문무백관들로 꽉 차 있었다.

주유가 들어왔을 때, 왼쪽에는 장소·고옹 등 문관 30여 명이 줄지어 있고, 오른쪽에는 정보·황개 등 무장 30여 명이 줄지어 있었다. 모두 몹시 긴장된 얼굴로 주유가 나타나기를 기다리고 있었던 것이다.

손권이 나와 앉은 뒤, 한동안 무거운 정적이 방 안을 짓눌렀다.

모든 사람의 눈길은 주유에게로 쏠렸다. 주유는 좀처럼 입을 열지 않았다.

손권이 기다리다 못해 재촉했다.

"도독, 모두 도독의 의견을 기다리고 있소."

주유는 불처럼 타오르는 격정을 억누르고 차분한 말투로 입을 열었다.

"신의 의견을 말씀드리기 전에 먼저 주군께 묻고 싶습니다. 화해하든 싸우든 어느 쪽이든 주군께선 이미 결심을 하셨는지요?"

"글쎄…… 매일같이 회의를 거듭했으나 아직 뜻을 정하지 못했소. 그래서 도독의 결단을 요구하고 있는 거요."

"화친을 권한 사람들은 누구누구입니까?"

"장자포(張子布) 등 문관들 거의 모두요."

"역시 그렇군요."

주유는 장소에게로 눈을 돌렸다.

"자포가 항복을 주장하는 이유를 다시 한 번 듣고 싶소."

장소는 대답했다.

조조가 칙명을 빙자하여 사방을 정복한 오늘의 기세는 도저히 당해낼 수 없을 정도로 강하며, 우리 오나라가 믿는 단 하나의 방어책은 장강의 천연 요새를 이용하는 것뿐이겠는데, 조조가 이미 형주를 손아귀에 넣어 우리보다 많은 전선을 가지고 있으므로 도저히 상대해 싸울 수가 없다. 그러므로 우선은 그의 요구를 들어 화친을 성립시킨 다음, 뒷일을 꾀하는 것이 상책인 줄로 안다는 것이었다.

주유는 설명을 다 듣고 나자 소리내어 웃었다.

"참으로 그 주장은 문신다운 선비의 생각이오."

단칼에 두 도막 내는 것같이 명쾌하게 내쏘았다.

주유는 후한의 으뜸 가는 미남이라고 불릴 만큼 단정하고 아름다운 얼굴을 지닌 사람이었다. 술자리에서 주유의 모습은 정말 흥겹고 부드러운 분위기를 자아냈다.

그러나 일단 국가의 중대사를 결정짓는 회의 장소에서 그 주도권을 잡게 되면 주유의 아름다운 용모에는 도리어 싸늘하다 못해 으스스한 감마저 풍긴다.

화의를 주장해 온 문관과 여러 장수들은 주유의 맑은 눈동자와 마주치자 가벼운 전율을 느끼고 자기도 모르게 고개를 숙였다.

손권이 물었다.

"도독, 그럼 경은 결전함이 옳다고 생각하오?"

"주군께 아룁니다. 조조는 한나라 승상이라는 이름을 쓰고 있으나, 기실은 머지않아 한나라 황제를 폐하고 스스로 제위에 오를 야망을 품고 있는 역적입니다. 이런 역적에게 결정적인 타격을 줄 수 있는 분은 이 넓은 천하에 우리 주군 이외에는 아무도 없습니다. 우리 주군께서는 나면서부터 무용과 재지를 겸비하시고 아버님과 형님, 두 장군의 뒤를 이어 이미 평정된 사방 수천 리 땅을 그 통치하에 넣으셨습니다. 거느리는 군사는 싸워 한번도 패한 적이 없는 정예부대입니다. 한편으로는 한나라 황실을 위해, 한편으로는 우리 오나라를 위해, 단호히 일어나 조조를 무찔러야 할 때가 바로 지금입니다. 신이 조조의 형편을 생각해 볼 때, 그는 병가가 기피하는 일을 범하고 있습니다. 북방이 완전히 평정되고 허도에 집안 걱정이 없다면, 감히 백만을 자랑하는 군사를 동원해서 강동으로 내려올 수도 있는 일입니다. 그러나 북쪽 땅은 아직 완전히 평정되지 못해 마등(馬騰)과 한수(韓遂)의 무리들이 멋대로 날뛰고 있습니다. 이처럼 배후가 불안한데도 대군을 일으켜 남진해 왔는바, 우선 이것이 조조가 범한 첫번째 실책입니다. 다음에 조조가 거느린 북군은 수전을 알지 못합니다. 형주의 수군을 가담시켰다고 하지만 이들은 유표의 군사들로 반드시 조조의 심복이라 볼 수 없습니다. 그런 군사들을 이끌고 타던 말 대신 배와 노에 의지해 우리의 훈련된 수군과 싸우려 하고 있습니다. 이것 또한 병가에서 기피하는 일입니다. 그리고 세 번째는 바로 우리가 바라고 있는 바입니다. 중원의 군사들은 멀리 강과 호수를 건너와 풍토에 익지 못하기 때문에 아마 전염병을 앓고 있을 것이 틀림없습니다. 조조가 이 세 가지 금기를 범하며 굳이 강동을 덮치려 하는 것은 스스로 교만과 망상에 사로잡힌 까닭이니 제 꾀에 제가 넘어가고 있는 일이라고 단언할 수 있습니다. 그야말로 조조를 쳐서 사로잡을 수 있는 좋은 기회입니다. 바라옵건대 신에게 정병 3만을 주시면 나가 하구에 진을 치고 조조를 무찔러 보이겠습니다."

손권은 주유의 말이 끝나자 자리에서 벌떡 일어났다.

"도독, 장하오! 역적 조조가 한나라 황실을 없애느냐, 없애지 못하느냐 하는 것은 결국 우리 강동 군사가 어떻게 활약하느냐에 달려 있소. 조조와 대항한 원소·원술·여포·유표는 이미 망했소. 정예를 이끌고 맞서 싸울 사람은 오직 나밖에 없소. 결코 역적 조조를 두려워할 이 손권이 아니오!"

손권은 크게 소리치며 차고 있던 칼을 뽑아들었다.

“조조의 목을 치기 전에 먼저 잠시 두려움에 사로잡혀 우유부단 했던 내 잘못을 다스린다!”

손권은 앞에 있는 책상을 번쩍하는 순간에 두 도막을 냈다.

늘어앉은 모든 사람들은 흥분의 소용돌이 속에 휩쓸렸다. 청년 주군 손권의 비장한 결의 표명은 더 이상 바랄 수 없을 만큼 극적인 효과를 자아냈다.

“참으로 훌륭하십니다.”

주유가 칭송하자 손권은 근엄하기 짝이 없는 얼굴로 웃고 나서 칼을 내밀었다.

“자아, 이 칼을 주겠소. 꼭 조조의 목을 베어 가지고 오시오!”

“기어코 공을 세우겠습니다.”

주유는 그 자리에서 대도독에 임명되었다.

정보를 부도독, 노숙을 참군교위(參軍校尉)로 삼아, 조조군을 맞아 싸우는 데 필요한 모든 권한을 위임했다. 손권은 그 명령과 함께 앞으로 호령에 복종하지 않는 자는 당장 그 칼로 목을 베라고 선언했다.

주유는 절하고 모든 대장들을 향해 명령했다.

“명을 받들어 전군을 이끌고 조조를 무찌르는 것이오! 내일 강가 행영(行營)에 집합하여 내 지시를 받도록 하오. 만일 어기는 자가 있으면 누구라도 용서없이 군법에 의하여 목을 베겠소!”

결전의 단안은 내려진 것이다.

주유가 집에 돌아오자 공명이 찾아와 기다리고 있었다.

“회의는 결전으로 결정이 내려졌습니다.”

주유는 말하고 나서 공명에게 청했다.

“선생의 좋은 계책을 들려 주십시오.”

그러나 공명은 조용히 고개를 저었다.

“내가 가슴 속에 간직하고 있는 필승의 계책을 말씀드리기 전에,

주군의 마음 속에 남아 있는 한 조각 불안을 말끔히 씻어내야 합니다."
"우리 주군께서는 스스로 주저하는 마음을 잘라 버린 이 칼을 내게 주셨습니다. 선생께서는 전혀 염려하실 필요가 없습니다."
"아닙니다. 주군의 마음속에는 조조의 군사가 많은 것을 두려워하여, 적은 군사로는 많은 군사를 이기기 어렵다는 고민이 남아 있을 것입니다. 대도독께서는 오늘 밤 안으로 다시 한 번 주군을 뵙고 양쪽의 병력을 설명하여 의심을 깨끗이 씻어 주셨으면 합니다."
"그러지요. 오늘 밤 다시 한 번 주군을 배알하리다."
주유는 곧 말을 끌어내어 곧장 성을 향해 달렸다.
손권은 밤중에 뜻하지 않은 주유의 방문을 받고 놀랐다.
"도독, 무슨 변이라도 생겼소?"
"아닙니다. 내일 아침 군마의 수배를 하기에 앞서, 혹시 주군께서 다시 마음의 동요라도 일으키시지 않을까 해서……."
"내 결심에는 변함이 없소. 다만 조조의 백만 대군에 비해 우리쪽 군사가 너무 적은 것이 좀 마음에 걸릴 뿐이오."
"바로 그 점입니다."
'역시 공명의 말대로 그런 걱정 때문에 고민하고 있었구나.'
주유는 공명의 귀신 같은 짐작에 속으로 혀를 내두르면서 말했다.
"신이 주군의 그 걱정을 덜어 드리고자 왔습니다. 조조가 격문에 수륙 100만의 대군을 거느리고 온다고 했기 때문에 그것을 그대로 믿고 계시는 모양이오나, 그것은 조조의 한낱 허세에 지나지 않습니다. 신이 밀정을 시켜 탐색한 결과 조조에게 충성을 맹세한 장병은 겨우 십 5, 6만에 지나지 않습니다. 원소를 무찔렀을 때 덧붙인 군사가 7만인데, 그들은 기회만 있으면 반란을 일으킬 조짐마저 보이고 있습니다. 원정에 지친 군사와 딴마음을 먹고 있는

10만을 거느리고 있느니만큼 조금도 두려울 것이 없습니다. 5만
의 정예만 있으면 이를 어렵지 않게 깨뜨릴 수 있습니다.”

“아, 그렇소? 경의 말을 듣고 보니 내 의심은 완전히 가시는 듯
하오. 나는 자포(子布 : 張昭) 같은 사람들이 국난을 당하자 아무런
좋은 꾀도 내지 못하고 안일한 생각에만 집착하고 있는 데 실망했
소. 경과 자경(子敬 : 魯肅)이야말로 참다운 내 심복이오. 정보와 셋
이 힘을 합쳐 필승의 군대를 편성해 주오.”

주유는 강가에 집결해 있는 5만 군사가 하나같이 일기당천의 정
예임을 자세히 설명했다. 이리하여 손권에게 태산 같은 자신감을 갖
게 해 두고 물러나왔다.

성문을 나와 집으로 돌아오는 동안, 주유는 하늘을 우러러보며 착
잡한 심정에 사로잡혔다. 그것은 공명 때문이었다. 그는 속으로 이
렇게 중얼거렸다.

‘제갈량! 그는 틀림없는 괴물이다. 우리 주군의 마음속을 손금
보듯 환히 들여다보고 있다. 혼자 강동으로 들어와 먼저 노숙을
자기편으로 끌어들이고, 다음에는 화의를 주장하는 모든 사람들을
설복시켰다. 우리 주군을 충동하여 결전할 결심을 갖게 만들었을
뿐만 아니라 끝내 나 주유마저 교묘한 수단에 휘말려들게 했다.
우리 편이 되었을 때는 백만 군사보다 힘이 되지만, 만일 적이 되
었을 때는 이보다 더 무서운 존재는 없다. 물론 공명은 오나라로
하여금 조조와 싸우게 만들기 위해 온 사람이다. 결전을 하게 된
이상 그의 목적은 달성된 셈이다. 이제 살려둘 필요는 없다. 살려
두면 반드시 오나라의 화근이 될 것이다. 공명의 가슴속에는 유현
덕을 오나라 주인으로 앉힐 계략이 숨어 있는지도 모른다.’

이렇듯 긴 생각 끝에 주유는 결심을 굳혔다.

‘그렇다! 없애는 수밖에 없다!’

집에 돌아온 주유는 곧 사람을 보내 노숙을 불렀다.

"거국일치, 조조가 이끄는 대군과 싸우기로 결심한 마당이니 이 싸움은 꼭 이겨야만 하오. 아니 꼭 이길 것이오. 만일 패하는 날이면 우리 강동은 중원에 병합되어 3대에 걸쳐 이룬 대업은 물거품으로 돌아가 흔적마저 없게 될 거요. 우리로 하여금 이 흥망의 일전을 하게 만든 것은 제갈량이오."

"그렇습니다."

그러자 주유는 단호히 말했다.

"그러니까 지금 공명을 없애지 않으면 안 되오!"

"아니, 그게 무슨 말씀?"

노숙은 깜짝 놀랐다.

"공명은 천 년에 한 사람 있을까 말까 한 인재요. 그 날카로운 눈과 앞을 내다보는 통찰력은 범인으로서는 짐작도 할 수가 없소. 우리 오나라가 조조를 무찌르게 되는 날, 제갈량을 그대로 남겨두게 되면 어떤 간계를 쓰게 될지 상상조차 할 수 없소. 그러니 지금 없애 버리는 수밖에 없소. 용과 범이 마주 싸우게 되면 들개가 그 죽은 고기를 먹게 되는 법이오."

주유는 얼음장 같은 차가운 목소리로 말했다.

노숙은 힘차게 고개를 저었다.

"도독, 공명에게서 적군을 깨뜨릴 비책을 들으셨습니까."

"비책이라니?"

"공명은 벌써 도독의 그 같은 마음을 내다보고 일부러 비책만은 밝히지 않은 것이 아닐까요?"

"그럴까? 과연 공명이 거기까지 내다보았을까?"

"공명은 조조의 대군을 여지없이 패퇴시킬 뜻밖의 계책을 간직하고 있을 것이 틀림없습니다. 그의 꾀를 빌려 조조를 참패시키는 것이 우선은 상책이 아닐까요?"

듣고 보니, 주유 또한 자기의 군략만으로 구름같은 적군을 맞아 싸운다는 것이 어딘가 벅차다는 느낌이 들었다. 확실히 공명의 지혜를 빌릴 필요가 있었다.

"도독, 내게 한 가지 생각이 있습니다. 공명의 형 제갈근을 보내, 유현덕과 인연을 끊고 오나라에 벼슬하도록 권해 보는 것이 어떨까요?"

"음, 그거 묘안이군."

주유는 공명을 죽이려는 계획을 잠시 미루었다.

공명에게 어떤 귀신같은 계책이 있는지 알아내야만 했다.

먼동이 틀 무렵, 주유는 강가를 향해 말을 달렸다.

이날 아침 주유에게 복종하지 않은 사람이 꼭 한 사람 있었다. 부도독에 임명된 정보였다. 정보는 주유보다 나이가 위였다. 주유의 밑자리에 있는 것이 못마땅한 그는 병을 핑계대고 맏아들 정자(程咨)를 대신 보냈다.

주유가 강가에 이르렀을 때는 벌써 깃발이 숲처럼 들어서고 5만 군사가 숙연히 서 있었다.

주유는 대도독의 깃발이 나부끼는 장대(將臺)에 오르자 목소리를 서릿발처럼 높여 영을 내렸다.

"모든 장병에게 말한다! 왕법(王法)에는 친하고 친하지 않고가 없다. 모든 장수들은 저마다 맡은 바 직분을 다해야 한다. 지금 조조의 간악함은 동탁보다도 더하다. 천자를 허도에 가두어 두고 포악한 군사로써 우리 땅을 침범하려 하고 있다. 나는 명에 의해 대도독이 되어 이를 치려 한다. 그 임무는 막중하다. 승리를 얻지 못하면 죽음이 있을 뿐이다. 적군이 국경을 침범해 오더라도 절대로 백성들이 동요하게 해서는 안 된다. 장수들은 군사의 노고는 표창하고 잘못은 벌을 주되, 거기에 조금이라도 차별을 두어서는 안 된다."

5만 장병은 다같이 그 영에 응하여 소리쳤다. 오군의 사기는 하늘을 찌를 듯했다.

주유는 이어 모든 장수에게 저마다 그 임무를 맡겼다.

한당과 황개는 선봉이 되어 본부 전선을 이끌고 삼강구(三江口)로 가 진을 친다. 장흠과 주태는 제2진, 능통과 반장은 제3진, 태사자와 여몽은 제4진, 육손과 동습은 제5진. 여범과 주치(朱治)는 순경사(巡警使)로서 6군의 진지와 군사의 활동 상황을 감시한다.

적군이 국경을 침범하여 장강으로 쳐내려오면 수륙으로 함께 나아가 이를 물리쳐야 한다.

명령을 내리고 주유는

"내 명령을 어기는 자는 비록 장수라 하더라도 용서하지 않고 곧 사형에 처한다."

엄하게 선언한 다음

"출발!"

한쪽 손을 높이 치켜들었다.

아버지 대신 참석한 정자는 주유의 대도독으로서의 늠름한 모습과 위엄에 찬 명령을 다 듣고 나서 급히 말을 달려 집으로 돌아와 아버지 정보에게 그 훌륭한 지휘 광경을 전했다.

정보는 그때서야 자기 고집을 버렸다.

"그러냐. 나는 주 도독에게 그 같은 장재(將才)가 있는 줄 모르고 업신여겼구나. 사과를 해야지."

정보는 뉘우치기가 무섭게 말을 달려 본영으로 달려갔다.

사죄하는 정보를 주유는 조금도 꾸짖지 않았다.

그 이튿날이었다.

제갈근은 아무도 거느리지 않고 혼자 역관으로 말을 몰았다. 어젯밤 주유에게 불려가, 공명을 달래어 오나라 신하가 되도록 하라는 부탁을 받았던 것이다.

제갈근은 속으로 아무리 권해 보아야 소용없으리라고 생각하면서도, 강동으로 들어와 아직 아무 공적도 세우지 못한 자신을 돌아보며 기어코 공명을 달래볼 결심을 하게 되었던 것이다.

비록 형제이긴 하지만 어릴 때부터 저마다 떨어져 저마다 자기 길을 걸어왔다. 따라서 허물없이 육친의 정을 주고받기보다는 어딘가 좀 서먹한 데가 있었다.

말을 몰아 공명을 찾는 형의 마음은 무거웠다.

형과 아우는 역관 방에서 마주 앉았다.

제갈량이 시상성을 찾아온 지 벌써 여러 날이 되었지만 형제는 단 한 번 중문에서 잠시 마주쳤을 뿐이었다.

"회의는 개전으로 결정되고, 군령도 이미 내려졌으므로 아우의 볼일도 끝났을 것으로 생각되어 오늘 밤은 단둘이서 이야기라도 나눌까 하고 찾아왔네."

제갈근의 이 말에 공명도 기뻐하였다.

서로 헤어져 유랑하던 소년 시대의 추억담이 계속되었다.

그러다가 제갈근이 문득 화제를 바꾸었다.

"아우는 백이(伯夷), 숙제(叔齊)의 이야기를 알겠지?"

"물론이지요."

공명은 형이 어떤 목적을 가지고 왔는지 벌써 내다보고 있었다.

'나를 설득하려는 건가.'

공명은 형의 표정을 가만히 지켜보았다.

제갈근은 말을 이어갔다.

"백이·숙제 형제는 주나라 무왕을 간하다가 받아들여지지 않자, 함께 수양산으로 들어가 마침내 주나라 곡식을 먹지 않고 굶주려 죽으면서 그 지조와 절개를 끝내 지켰네. 형제가 한곳에 있으면서 서로 떨어지지 않는 골육지정의 표징으로써 지금까지 그 이름이 전해지고 있지. 그런데 아우와 나는 같은 형제이면서 저마다 그 주인을 달리하여 멀리 떨어져 살고 있네. 말하자면 서로 적이 될 수도 있는 셈이야. 백이·숙제를 생각하면 부끄러운 일이 아닌가.”

“형님의 생각은 잘 알겠으나 저의 생각과는 약간 차이가 있습니다. 형님은 정을 말씀하지만, 이 아우가 지키려는 것은 대의(大義)입니다. 형님, 우리는 한(漢)나라 조정에 벼슬한 조상을 가진 형제입니다. 그런데 형님께서는 한나라 조정의 후예가 아닌 사람을 모시고 있습니다. 우리 주군 유 황숙은 전한 6대 황제인 경제의 후손입니다. 형님께서 오나라를 버리고 나와 함께 유 황숙 밑으로 돌아간다면, 의도 지키고 정도 살린다는 점에서 백이·숙제 두 형제보다 나았으면 나았지 못하지는 않으리라 생각합니다.”

제갈근은 더 할 말이 없었다. 자기가 설득시키려던 것이 거꾸로 동생에게 설득당하고 말았던 것이다. 공명은 말문이 막힌 형을 조용히 지켜보며 위로했다.

“하지만 지금에 와서 형님께서 오주 손권을 버린다는 것은 도저히 생각할 수 없는 일입니다. 제가 죽는 날까지 유 황숙을 버릴 수 없는 것처럼 말입니다.”

제갈근은 어쩔 수 없다는 것을 알자 말머리를 돌리는 수밖에 없었다. 이윽고 자리에서 일어나 밖으로 나온 제갈근은 허공을 바라보며 속으로 탄식했다.

‘나의 지혜는 아우의 발 밑에도 미치지 못한다.’

돌아온 제갈근은 곧 주유를 찾아가 자초지종을 자세히 보고했다. 주유는 다 듣고 나자 쌀쌀한 목소리로 물었다.

“당신은 아우의 권고에 따라 유현덕의 신하가 될 생각이오?”

제갈근은 당황할 수밖에 없었다.

“무슨 그런 말씀을! 나는 오주께 충성을 맹세한 사람인데, 어떻게 맹세를 저버리고 강하로 달아날 수 있겠습니까?”

“그리 결심하고 계시다면 더 할 말은 없소. 이 문제는 더 논할 것이 없는 줄 아오. 공명에 대해서는 달리 방법이 있으니까.”

주유는 분명히 말했다.

제갈근은 몹시 불안을 느끼면서 주유의 얼굴을 지켜보았다. 그러나 그의 가슴속에 공명에 대한 잔인한 살의가 들어 있다는 것은 짐작조차 할 수 없었다.

주유는 거듭 굳게 다짐했다.

‘공명이란 사람은 도저히 살려 둘 수가 없다!’

　　지혜와 지혜 만나면 어울려야 하련만
　　재주와 재주 겨루니 용납하기 어려워라

그 이튿날 주유는 손권에게 하직 인사를 하고 싸움터가 될 삼강구로 떠났다.

떠나기에 앞서 노숙에게 공명을 데리고 오도록 명했다.

공명은 쾌히 승낙하고, 주유의 대장선 뒤를 따르는 병선에 올라탔다. 순풍에 돛을 올리고 삼강구에서 50리 가량 거슬러오르자, 무수한 병선이 강기슭을 메우다시피 늘어서서 닻을 내리고 있었다.

주유는 수군의 진용과 강가에서 서산(西山)까지 육지에 포진한 군사들의 모습을 바라보며 흐뭇하게 웃음을 지었다.

“공명을 불러라.”

공명은 곧 중군에 이르렀다.

주유는 공명과 마주앉자 무서울 정도로 엄숙한 표정을 지으며 입을 열었다.

“내가 들은 바로는 앞서 관도(官渡) 싸움에서 조조가 적은 군사로 원소의 많은 군사를 무찌른 것은 허유의 계책을 써서 오소(烏巢)에 있는 군량을 끊었기 때문이라고 합니다. 지금 조조의 군사는 실수가 83만인 데 비해 우리 군사는 겨우 5만뿐입니다. 특이

한 계책을 쓰지 않으면 도저히 적을 막을 수 없습니다. 즉 관도에서의 허유의 본을 따르는 게 상책일 듯싶은데……."

"참으로 좋은 계책입니다. 그런데 조조의 군량이 어디에 쌓여 있는지 벌써 알아내셨습니까?"

"조조의 군량이 모두 취철산(聚鐵山)에 쌓여 있다는 것을 알아냈습니다. 그래서 선생께 한 가지 부탁이 있습니다. 선생께서는 소년 시절 한상(漢上) 여러 곳을 두루 다녀 그곳 지리를 잘 아실 줄 압니다. 따라서 감히 선생의 수고를 빌려 어두운 밤 취철산으로 몰래 들어가 조조의 군량 보급로를 끊었으면……. 물론 내가 정병 1천 기를 빌려 드리겠습니다. 군사의 지모라면 조조 83만 군사를 굶주리게 하는 것은 어려운 일이 아닐 줄 압니다. 부디 승낙해 주시도록……."

공명은 주유의 부탁을 들으면서 취철산 지형을 생각해 보았다.

겨우 1천 기를 가지고 뚫고 들어갈 수 있는 곳이 아니었다. 또 조조처럼 지략이 뛰어난 사람이 쉽게 불태워 버릴 장소에 군량을 저장했을 리도 없거니와, 두 겹 세 겹으로 진지를 쌓아 방비를 튼튼히 했을 것이 틀림없다.

이쪽에 아무리 귀신 같은 꾀가 있다 해도 취철산 작전은 불가능한 일이었다.

'이건 형을 시켜 달래봐도 소용 없다는 것을 알고 나를 없애버리려는 속셈임에 틀림없다.'

공명은 이렇게 생각했다. 그러면서도 겉으로는 아주 기쁜 듯이 대답했다.

"알았습니다. 1천 기를 빌려 주십시오."

노숙은 공명이 떠나기를 기다렸다가 주유에게 물었다.

"도독께서는 세상의 비난을 피하고자, 조조의 손을 빌려 공명을 없애려는 것이 아닙니까?"

“맞았소, 옳게 보았소.”

“그러나 공명은 벌써 도독의 속을 알고 있는 것이 아닐까요? 그럴 가능성이 다분합니다.”

“자경께서 가셔서 공명이 무엇을 하고 있는지 보고 오시오.”

노숙은 곧 말을 달렸다.

공명에게 주어진 진영은 마치 포로수용소처럼 사방이 목책으로 둘러싸여 있었다. 노숙이 울타리 안으로 들어가보니, 공명은 벌써 보내온 1천 기의 군졸들에게 밤에 몰래 적진에 잠입할 무장을 갖춰 놓고 있었다.

노숙은 공명 앞으로 가서 물었다.

“선생, 이번 기습 작전이 무사히 성공하게 되리라고 믿습니까?”

“걱정하실 건 없습니다.”

공명은 밝게 웃어 보였다.

“이 제갈량은 수전(水戰)·산전(山戰)·마전(馬戰)·차전(車戰) 할 것없이 절묘한 갖가지 작전을 쓰지 못하는 것이 없습니다. 혹시 귀공은 내가 반드시 패하게 되리라고 생각하는 것은 아닌지요?”

“조조는 원소와는 비교가 안 됩니다. 취철산은 모르긴 해도 10만 정도의 군사가 철통같이 방비하고 있을 것입니다. 또 취철산 지형을 보면, 아무리 어두운 밤이라도 다가가기 어려울 것입니다.”

“그렇겠지요. 주 도독이나 당신 같은 강동의 장수들은 다만 한 가지밖에는 능한 것이 없으니까 도저히 취철산을 기습해서 군량을 불사르거나 하지는 못할 겁니다.”

“우리에게 능한 것이 한 가지밖에 없다는 말씀은?”

노숙은 공명의 엉뚱한 말에 화가 왈칵 치밀었다.

공명은 차갑게 말했다.

“이 진영에 들어와서 나는 군사들이 부르는 노래를 들었습니다. ‘길에 숨고 관문을 지키는 건 자경(子敬)이 잘하고, 강에 다다라

물에서 싸우는 데는 주랑(周郞)이 있다'고 하더군요. 즉 육지 싸움에는 노숙이 있고, 물 위 싸움에는 주유가 있으니까 오나라의 수비는 완벽하다고 자랑하고 있는 거지요. 우스운 일입니다. 귀공은 단순히 길에 숨고 관문을 지키는 방법을 알고 있을 뿐입니다. 또 주 도독은 수전에서는 맹장일지 모르지만, 일단 뭍으로 올라와서 산과 들을 싸움터로 하게 되면 전혀 맥을 못쓰는 형편입니다. 이 노래를 듣고 한 가지밖에 능하지 못하다고 한 것뿐입니다.”
이렇게 말하는 공명을 뚫어질 듯이 바라보던 노숙은
“잠깐만 기다리십시오.”
말해 두고는 말에 오르기가 바쁘게 말 배를 차 쏜살같이 중군 기지로 달려갔다.

살계 (殺計)

　공명이, 주유와 노숙은 한 가지밖에 능하지 못하다고 비웃었다는 보고를 듣자, 주유는 얼굴빛이 이내 변했다.

　주유는 냉철한 머리를 가진 사람이었다. 그러나 자신이 모욕을 당했을 때만은 피가 끓어오르는 결점이 있었다.

　공명에게서 조조가 자기 아내를 탐내고 있다는 말을 들었을 때도 그랬는데, 지금 또 한 가지밖에 능한 것이 없다는 조롱을 당하자 또다시 피가 끓어올랐다.

　눈과 눈썹을 당겨붙인 모습은 전혀 딴 사람이 된 것처럼 사나워 보였다.

　"공명이, 주유는 육전에 무능하다고 비웃었단 말이지! 그런 무례한 말은 용서할 수 없다! 좋아, 그렇다면 취철산을 야습해서 내가 직접 불을 지르겠다. 만 명 철기병을 데리고 가서 보기좋게 조조의 보급을 끊어 공명에게 보여준 다음 그의 목을 벨 테다!"

　주유는 곧 정예병 1만 기를 골라내라고 노숙에게 명했다.

　그때 경비 대장이 황급히 들어와 공명이 찾아왔음을 고했다.

주유는 호통쳤다.

"만나지 않겠다!"

노숙이 달랬다.

"공명이 무슨 말을 하러 왔는지 들어본 후에 헛말이면 한쪽 귀로 흘려 버리고 참말이면 받아들이는 것이 삼군 총수로서 가져야 할 태도인 줄 압니다."

그래서 주유도 마지못해 얼굴빛을 가라앉혔다.

공명은 들어와 고개를 한 번 숙인 다음 정색을 하고 말했다.

"내 말을 다 들은 뒤 칼을 뽑아 목을 치시오. 도독께서 나를 보내 취철산의 군량을 불태우라 한 것은 아마 조조의 군사로 하여금 내 목을 베게 만들 계획이었던 것으로 압니다. 그런 줄 알았기 때문에 나는 농담으로 당신들은 한 가지밖에 능하지 못하다는 말을 해서 도독을 격분하게 만들었을 뿐입니다. 도독께서는 지금 격분한 나머지 직접 만 명 군사를 거느리고 취철산을 기습하기로 결심한 것이 아닙니까?"

"음!"

주유는 자기도 모르게 신음소리를 냈다.

"도독께서는 조조가 어떤 인물이란 것을 잊지는 않았겠지요? 그토록 모략에 뛰어난 군략가가, 더구나 자신이 지금껏 적의 양도(糧道)를 끊음으로써 자주 승리를 거둔 경험이 있는데, 어찌 자기 군량을 공격당하기 쉬운 곳에 두거나 수비를 등한히 할 리 있겠습니까? 도독께서 고작 만 명의 군사로 공격을 하게 되면 당장 생포될 것은 불을 보는 것보다 분명합니다. 지금은 다만 장강 위에서 당당히 조조의 수군과 싸워 이를 격파할 준비를 해야 할 때인 줄 압니다. 그렇다면 일단 저를 살려두고 그 지혜 주머니에서 승리의 계책을 찾아내야 할 줄로 아는데, 어떻게 생각하십니까?"

그렇게 말하고 공명은 맑은 두 눈을 들어 주유의 얼굴을 쏘아보았다. 주유는 대답할 수 없었다.

공명은 정중히 고개를 숙인 뒤, 소매를 펄럭이며 가버렸다.

잠깐 침묵이 흐른 뒤에 주유는 갑자기 한숨을 내쉬더니 온 몸의 피를 짜내는 듯한 목소리로 내뱉었다.

"공명은 반드시 내 손으로 없애고 만다! 하늘에 맹세한다!"

한편 유기와 함께 강하에 머무르고 있는 유현덕은 무작정 공명이 돌아오기만을 기다리고 있을 수는 없었다. 그래서 하구(夏口)와 시상(柴桑) 사이에 있는 번구(樊口)라는 곳까지 군을 전진시키고 있었다. 유비는 거기서 일이 이루어지는가 실패하는가를 초조하게 기다렸다.

모든 것은 이제 제갈공명의 세 치 혀에 달려 있었다. 만일 여기서 손권의 저버림을 받는다면 유비는 이제 갈 곳이 없다. 유비는 애가 탔다.

"배가 보이지 않는가, 병선은?"

과연 손권이 원군을 보내올까?

유비의 첩자는 조조가 도발적인 '회렵(會獵)의 글'을 시상에 보냈다는 것을 연락해 왔다.

이어 첩자는 오나라 주유의 동태를 알려왔다. 주유가 3만의 병을 선발하여 크고 작은 병선으로 장강을 거슬러 올라와 삼강구(三江口) 못미쳐 5, 60리 되는 곳에 닻을 내렸다는 소식이었다.

"주유는 장강의 남쪽 기슭 일대에 수채를 설치하고 중앙에 있는 서산(西山) 기슭에 본영을 두었으며 주위를 군세로 둘러쌌습니다. 숲처럼 세워진 정기며 장창, 색깔도 갖가지인 갑주가 햇빛에 반사되어 때아닌 꽃이 핀 것만 같았습니다."

유비는 이런 보고를 듣고 일단 안심은 되었으나, 그래도 여전히 조바심이 가시지는 않았다.

"내 눈으로 직접 오나라 수군을 보아야 마음이 놓인다."

주유가 조조가 보낸 사자의 목을 베었으니 조조는 크게 성을 냈을 것이다. 강릉에는 수천 척의 배가 있고 무기고도 식량고도 있다. 따라서 조조는 이미 그 함대를 진발시켰을지도 모른다.

"함대가 보입니다!"

그때 척후가 알려왔다.

유비의 측근들은 긴장의 빛을 띠었다.

배가 보였다 하더라도 어느 편인지 모른다. 상류에서 내려오는 조조의 함대인지, 시상에서 거슬러 올라오는 주유의 함대인지……

유비는 척후병에게 물었다.

"배의 생김새는?"

"주유의 함대입니다."

"음, 그렇다면!"

유비는 비로소 허리를 폈다.

조조가 강릉에서 얻은 배는 지난 날 형주 유표 휘하에 속해 있던 것이다. 동오 손권의 그것과는 배 모양이 달라 멀리서 보아도 알 수 있었다. 또 한 마디로 동오의 손권 진영이라고 하지만 그들은 지방 호족 연합체이므로 계열에 따라 배 모양이 다르다. 모양을 보면 장소인지, 노숙인지, 주유인지 대강 짐작이 간다. 배의 모양을 질문받은 척후가 주유라는 이름을 입에 올린 것도 그 때문이었다.

유비는 하늘을 우러러보았다. 자기의 표정을 숨기려는 것이다.

삶이냐, 죽음이냐! 어느 함대가 자기 앞에 나타나느냐에 따라 그의 운명이 정해진다.

'겨우 살아날 가망이 보이는구나!'

이런 안도감이 그동안 잔뜩 긴장해 있던 유비의 표정을 풀리게 만들었다. 볼의 근육이 풀어짐을 느끼는 순간, 그는 아직 본격적인 전쟁은 시작도 되지 않았다는 생각에 황급히 하늘을 우러른 것이다.

이제부터 전쟁이 시작될 텐데 여기서 총수된 자가 흐트러진 자세를 보여서는 안 된다. 하늘을 우러른 채 몸을 한 번 흔들어 자세를 가다듬고 나서 유비는 말했다.

"주유에게 사자를 보내어 그 수고를 위로하자. 그렇지, 편지를 들려 보내자."

유비가 이런 편지를 쓴 까닭은 오나라로 떠난 뒤 지금껏 소식이 없는 공명의 안부도 알기 위해서였다.

유비는 편지 첫머리에 형식대로 인사를 하고 난 뒤 아래와 같이 덧붙였다.

작전에 대해 의논할 필요도 있으니 아무쪼록 주 도독께서 납셔 주시기 바랍니다.

사자로 미축이 선발되었다.

유현덕을 대신해서 삼강구로 간 미축은 며칠이 채 안 되어 번구로 돌아왔다. 그의 보고에 관우·장비 등 모든 장수들이 눈을 찌푸렸다.

미축은 본영으로 주유를 찾아가 주군 유비 현덕의 예물을 올린 다음 공명을 만나게 해달라고 청했다.

그러자 주유는, 공명은 바로 며칠 전 훌쩍 숙사를 나간 뒤 지금 어디에 있는지 모른다고 대답했다. 놓고 간 편지가 있는데, 오나라의 아름다운 풍물을 사랑한다는 내용만 적혀 있을 뿐이어서 어디로 갔는지 언제 돌아올지 알 수 없다는 것이었다.

'그렇다면 공명은 벌써 이 세상에 없는가?'

미축은 의심이 갔으나 주유가 그렇게 대답한 이상 어쩔 도리가 없었다. 사흘 남짓 일없이 묵고 있다가 미축이 하직 인사를 하러 가자 주유는 답장도 없이 구두로

"제갈 군사도 아마 며칠 안으로 이 본영에 나타날 줄 아오. 이왕

이면 조조의 백만 대군을 무찌를 경천동지할 계책을 생각해내는 자리에 유 황숙도 꼭 참석해 주셨으면 하는데 어떻겠소?”

현덕이 와 주기를 청했다.

“무례하구나!”

관우가 얼굴이 벌개지며 분노했다.

일찍이 서주의 주인이었고 지금은 명목상이기는 하지만 예주목인 유비 현덕이 아닌가! 천하의 패권을 다투는 한 사람이다. 적어도 동오의 손권과 같은 지위에 있는 인물이라고 보아야 한다.

만일 상대가 손권 자신이라면 원군을 이끌고 와 주었으므로 이쪽에서 인사를 가는 것이 당연할지 모른다.

그러나 주유는 한낱 손권의 장수에 불과하지 않은가! 격이 아래인 주유가 예주목인 유비에게 오라가라 하다니.

“무례하기 짝이 없는 놈! 그놈의 목을 당장 날려버릴 테다!”

장비도 반응은 좀 늦었지만 호랑이의 구레나룻을 떨며 소리쳤다.

예의에 대해선 잘 모르지만 관우형이 성낼 정도라면 성을 내어 틀림없다고 생각됐다.

“기다려!”

유비는 분개하는 두 사람을 제지했다.

“구원을 청한 것은 우리이다. 우리는 사느냐 죽느냐의 백척간두에 서 있다. 동오로 본다면 반드시 구원해 줄 의리도 없지 않은가? 조조와 화친을 맺을 수도 있었지. 그렇건만 이렇듯 우리에게 원군을 보내 주었다. 그래서 우리는 죽을 고비에서 다시 살아난 거나 다름없다. 그것을 생각한다면 이쪽에서 찾아가는 것이 예의이겠지.”

“주군! 그건 너무 위험합니다.”

운장이 간했다.

“무엇보다 의심스런 것은, 오나라를 달래어 조조와 싸우게 해야 할 군사가 결전을 눈앞에 두고 혼자 훌쩍 풍물을 구경하기 위해 여행길에 올랐다는 점입니다. 이것은 주유가 일부러 군사로부터 미축을 따돌리기 위해 꾸며낸 거짓임에 틀림없습니다. 짐작컨대 주유는 가슴속에 군사를 살해할 흉계를 품고 있는 것 같습니다. 물론 군사께서 아무 대책 없이 그들에게서 해를 입을 리야 없겠지만, 여지껏 아무 서신조차 없는 때에 가볍게 이쪽에서 찾아가는 것은 위험한 일입니다. 잠시 형편을 두고 보는 것이 어떨까 합니다.”

현덕은 고개를 저었다.

“아니, 그럴 수는 없다. 공명이 그리로 간 것은 이 유비가 강동과 손을 잡고 조조를 무찌를 결심을 하고 있는 것을 분명히 알리기 위해서였다. 만일 내가 주유의 초청을 거부하게 되면 공명의 입장이 서지 않게 되고, 동맹의 신의를 저버리는 것이 될 것이다.”

“잠깐만!”

장비가 소리질렀다.

“주유는 결전을 위해 진을 치고는 있지만 아직 속으로는 조조와 싸워 패하게 될까 망설이고 있는 것이 틀림없습니다. 그래서 황숙을 속여 불러들인 다음, 몰래 죽여 그 머리를 조조에게 바치고 국난을 면해 볼까 하는 속셈일지 모릅니다! 아니 틀림없이 그런 꿍꿍이 속일 겁니다!”

“익덕, 말을 삼가는 것이 좋다. 지금은 서로 의심할 때가 아니다. 성심으로 힘을 합쳐 조조를 무찔러야 할 때다. 나는 가겠다!”

현덕은 단호히 말했다.

장비는 현덕의 생각을 움직일 수 없다는 것을 알자, 수행원으로 전원을 데리고 가 달라고 청했다.

“초빙에 응하는 사람이 그런 삼엄한 경계를 하는 것은 예의에 벗어나는 일이다.”

현덕은 수행 장수로 관운장 한 사람을 고르고, 수행 인원은 20명으로 한정했다.

장비도, 조운도, 간용도 몹시 불안한 생각이 들어 몰래 뒤에서 따라가려고 서로 상의를 했으나, 운장의 타이름을 받고 단념했다.

"만에 하나라도 뜻하지 않은 변을 당할 때는 내가 목숨을 던지더라도 주군만은 반드시 무사히 피하게 할 것이니 걱정할 것 없다!"

현덕 측의 염려는 주유의 속셈을 정확히 읽은 것이었다.

주유는 현덕을 암살할 생각으로 불렀던 것이다.

주유가 미축에게 유현덕을 초청하고 싶다고 했을 때 노숙이 옆에서 듣고 있었다. 미축이 떠나자 노숙이 주유에게 물었다.

"무엇 때문에 유현덕을 이리로 부르지요?"

주유는 싸늘하게 말했다.

"현덕이 지금까지 살아온 것을 보면, 그가 도움을 청해 몸을 의지했던 장군들은 모조리 망했소. 말하자면 현덕은 남에게 액(厄)을 끼치는 흉한 운명을 지니고 있소. 이를 없애지 않으면 우리 오나라도 망하게 될 염려가 있소."

노숙은 놀랍기도 하고 기가 차기도 했다.

"유현덕이 인의의 사람이라는 것은 온 세상이 다 알고 있는 일입니다. 이를 속여서 암살한다면 도독의 인망은 물론이요, 우리 주군의 면목도 서지 않게 됩니다."

그러나 주유는 듣지 않았다.

현덕과 공명을 죽여 없애는 것은 국가 장래를 위해 후환을 없애는 것이라고 굳게 믿고 있었던 것이다.

현덕이 도착하면 도부수 50명을 장막 뒤에 숨겨 두었다가 시기를 보아 주유가 술잔을 던지는 것을 신호로 도부수들이 일제히 뛰쳐나와 살해한다는 계획을 세웠다.

이윽고 강가 진지에서 장수 하나가 말을 달려오더니 유비 일행의 도착을 알렸다.

"배가 몇 척이더냐?"

주유가 물었다.

"배 한 척에 20여 명의 수행원이 따르고 있습니다."

"뭐야, 배 한 척에 겨우 20명?"

주유는 이맛살을 찌푸렸다.

주유는 현덕이 이쪽을 의심하여 만일의 경우에 대비하여 충분한 경비를 하고 올 것으로 예상하고 있었다.

그런데 거의 방비가 없다시피 한 가벼운 방문이 아닌가.

'유비는 일찍이 허도에서, 조조의 날카로운 감시 밑에 살아온 사람이다. 몸을 지키는 방법을 잘 알고 있을 것이다. 아무런 대비도 없는 것 같지만 실제로는 대책을 세우고 은밀히 경계하고 있을 것이 틀림없다!'

주유는 이렇게 생각했다.

"심복들은 모두 데리고 왔겠지?"

주유는 장수에게 물었다.

"아닙니다. 관운장 한 사람만 데리고 왔습니다."

"음!"

주유는 관운장의 용맹을 소문으로 듣고는 있었지만 눈으로 직접 본 일은 없었다.

'현덕은 관우라는 장수의 힘을 지나치게 믿고 있군.'

주유는 이렇게 풀이했다.

'어림없다! 이 주유 앞에서는 그따위 용맹만으로는 어쩔 수 없다는 것을 명백히 알려 주리라.'

주유는 계획대로 도부수 50명을 장막 뒤에 숨겨 둔 다음 태연한 얼굴로 진영을 나가 현덕 일행을 맞았다.

현덕 일행은 조용하게 주유 앞으로 나왔다.

주유는 현덕을 보고 그 뒤의 운장을 보았다.

현덕이 풍기고 있는 고결한 품위와, 운장이 보이고 있는 용맹스런 위풍은 주유가 지금까지 대한 적이 없는 것이었다.

'공명과, 이들 주종을 적으로 맞게 되면 이보다 더 무서운 존재는 없겠다. 역시 없애려고 결심한 내 판단이 옳다.'

주유는 자신에게 새삼 일렀다.

본영 장막 안으로 들어온 주유는 현덕을 손님 자리에 앉히고 첫대면을 했다. 후한 으뜸의 미남이라고 평판이 자자한, 웃음을 띤 그 얼굴에서 마음속에 숨겨 둔 흉악한 기도는 조금도 엿볼 수 없었다.

두 사람은 나란히 앉아 조용하고 부드러운 술자리를 계속했다.

주유는 화술이 능숙한 사람이었고, 유현덕은 또 좌담에서 분위기를 잘 맞추는 사람이었다. 이야기는 흔해빠진 것들이었지만 장막 안의 분위기는 참으로 즐겁고 정답고 유쾌했다.

공명은 그날까지 유현덕이 이 군영에 온 것을 전혀 모르고 있었다. 공명이 있는 집은 감옥처럼 사방을 목책으로 둘러쳐서 외부와 고립시켜 놓았기 때문이다.

마침 노숙에게서 사람이 왔다. 위로의 술과 안주를 공명에게 보내온 것이었다.

떠날 때쯤 사자는 자기가 데리고 온 군사들에게 말했다.

"너희들, 오늘 잔치 찌꺼기도 얻어 먹지 못하니 안됐다."

이 소리를 어렴풋이 들은 공명은 그 사자를 불러 물었다.

"오늘 손님은 누구였소?"

사자는 고개를 숙인 채 당황하는 기색이 역력했다. 함구령이 내려졌기 때문이다.

"도독께서는 내게 숨겨야 할 손님을 어디서 초대하셨는가?"

공명이 날카로운 목소리로 다그쳐 묻자 그 위엄에 눌린 사자는 자기도 모르는 사이에 사실대로 말하고 말았다.

‘뭐? 주군이 여기에 오시다니!’

공명은 깜짝 놀랐다.

‘주유에게 흉악한 속셈이 있는 것이 틀림없다.’

공명은 간파했다.

무서운 눈

술자리가 무르익자 유비는 주유에게 물었다.

"조조는 싸움에 익숙합니다. 그와 싸우려면 단단히 대비하여야 됩니다. 그런데 군세는 얼마나 준비하셨습니까?"

주유는 유비와 말하는 동안 줄곧 웃음을 띠고 있었다. 유비의 물음에 그는 넌지시 대답했다.

"3만."

"그것은 너무 적군요."

유비가 고개를 갸웃하며 말하자 주유는 여전히 미소를 지으며 대답했다.

"뭐, 3만 명 정도면 충분합니다. 황숙께서는 내가 조조군을 무찌르는 것을 구경만 하고 계십시오."

유비의 등 뒤에서 관우가 교만한 주유의 말을 듣고 크게 분격하고 있었다. 유비는 그런 관우의 태도를 눈치채고 슬쩍 참으라는 눈짓을 보냈다.

여기서 유비나 관우가 주유의 도발에 화를 낸다면, 주유는 그것을 펑계로 잠복시켜 둔 도부수를 불러들여 유비 일행을 죽이려고 했으리라.

사실이야 어쨌든 유비는 등에 소름이 끼쳤다.

'계집처럼 아름다운 얼굴을 하고 있으면서 속은 얼마나 무서운 사나이인가!'

유비는 새삼 그를 경계했다. 공명이 보낸 정보로는 주유는 노숙과 더불어 주전파이긴 하지만, 유비에 대한 생각이 다르다고 했다.

노숙은 동보와 더불어 유비와의 장기 동맹을 생각하고 있었는데, 주유는 유비를 하나의 발판으로밖에 보지 않는다. 조조를 쓰러뜨릴 발판으로써 말이다. 조조를 격퇴하고 난 후에는 발판을 차 쓰러뜨릴 작정이라는 것이다.

'채어 넘어질 수야 없지!'

유비는 마음 속으로 이렇게 다짐하면서 부드럽게 화제를 돌렸다.

"자경이 계십니까? 자경도 함께 술을 마셨으면 더 좋겠습니다."

"자경도 임무가 있습니다. 그 임무는 남에게 맡길 일이 못됩니다. 다음 기회에 만나도록 하십시오."

주유는 대답했다. 말은 정중하지만 그 의미는 냉정했다. 유비가 파고들 틈을 보이지 않았다. 유비는 다시 곰곰이 생각하지 않을 수 없었다.

주유는 '구경만 하십시오.'라고 말했다. 처음에는 그것이 자신이나 관우를 무시하는 말로 들렸다.

물론 그런 뜻도 있겠지만 곰곰이 생각해 보면 더 깊은 다른 뜻도 있는 것 같았다.

즉 이렇게 해석할 수도 있다.

'전쟁은 우리들 오나라 군사가 한다. 당신은 수만의 군세를 그 언저리에 배치하고 구경하는 것만으로 족하다. 물론 승리의 성과는 우리의 것이다. 절대 당신들에게 넘겨 주지 않을 것이다!'

이것이 주유의 본심일 것이고, 만일 그런 뜻을 미리 못박는 것이 라면 주유는 무서운 두뇌를 가진 인물임에 틀림없다.

유비는 여기까지 생각하자 다시 한번 등골이 서늘해졌다.

한편 한 시간 남짓 뒤 공명은 중군 본영으로 들어와 있었다.

그러나 장수들 가운데 공명인 줄 눈치챈 사람은 한 사람도 없었다. 변장술에도 능한 공명은 노래하는 여자들을 데리고 온 시상성 안의 궁감(宮監)으로 변장하고 장막 안으로 들어온 것이다.

상황을 훑어본 공명은 일순 당황했다. 양쪽 장막 뒤에 도부수가 숨어 있다는 사실과 현덕 앞에서 조용히 즐겁게 이야기하고 있는 주유의 두 손이 그 웃는 얼굴과는 반대로 무릎 위에서 계속 안절부절 못하고 있다는 사실을 깨닫고 무서운 음모가 있다는 것을 대번에 알아차린 것이다.

'이런 일을 주군께서는 예상하지 못했단 말인가?'

이렇게 한탄하던 공명은 문득 현덕의 등 뒤에 시립해 있는 운장을 보자, '그렇지!' 하고 속으로 고개를 끄덕였다. 칼자루를 잡고 바위처럼 우뚝 서 있는 운장의 용맹스런 모습은 물샐틈 없는 경계의 빛을 띠고 있었다. 수상한 놈이 가까이 오면 그 눈빛만으로 죽이겠다는 듯 치커뜬 봉의 눈은, 등을 돌리고 있는 주유에게는 보이지 않았지만 아랫자리에 있는 무장들을 떨게 하고도 남음이 있었다.

'운장이 옆에 있는 한 주군의 몸에 위험은 없다.'

공명은 마음을 놓고 장막 안을 떠났다.

술이 몇 순배 돌았을 즈음 주유는 천연스럽게 술잔을 무릎 밑으로 떨어뜨렸다.

그러나 장막 뒤의 도부수들은 그 신호를 듣고도 쥐죽은 듯 조용하기만 했다. 주유는 아랫자리에 있는 무장들 얼굴에 당황하는 빛이 역력한 것을 얼핏 보았다.

‘어떻게 된 걸까?’

주유는 순간 분노에 몸을 떨었다.

곧이어 주유는 등 뒤로 무서운 살기가 뻗는 것을 느꼈다. 무심히 돌아본 주유는 관운장의 눈빛을 보았다.

‘……앗!’

주유는 온몸이 떨렸다.

뭐라고 형용할 수 없는 무서운 눈빛이었다. 그 눈빛을 받고 아랫자리의 무장들도 꼼짝 못하고 있는 것이다.

‘과연 안량·문추를 무찌른 고금무쌍의 용사로다!’

주유는 유비 암살 기도를 깨끗이 단념하고 말았다.

현덕은 주유의 태도를 보고 물러갈 때가 왔음을 깨달았다. 곧 하직을 고하고 일어났다. 현덕이 일어나자 무장들은 그제야 일제히 웅성거리기 시작했다. 그러나 그것은 이미 시기를 놓치고 당황하는 모습을 드러낸 것에 지나지 않았다.

현덕은 운장의 호위를 받으며 원문(轅門)을 나섰다.

거기까지 배웅나온 주유는 우뚝 서서 멀어져가는 일행을 바라보며 중얼거렸다.

“유현덕이 계속 조조와 싸우면서도 오늘날까지 목숨을 부지해 온 까닭을 알겠다. 저 심복을 데리고 있는 한 어떤 적도 그를 해칠 수 없다.”

노숙은 마음을 놓으며 ‘과연!’ 하고 고개를 끄덕였다. 현덕 일행은 도중에 아무 일 없이 강가까지 무사히 돌아올 수 있었다.

그때 강가에 닿아 있는 외딴 배 위에 하얀 옷차림의 공명이 서 있는 것이 보였다.

“오오, 군사!”

현덕은 얼굴을 빛냈다.

공명은 현덕을 배 위로 맞자 미소지으며 물었다.

"주군께서는 오늘 술자리에서 생명이 위험하셨던 것을 알고 계셨
습니까?"
현덕은 짐짓 시치미를 뗐다.
"아니, 조금도……."
"주군 뒤에 운장이 서 있지 않았으면 주군의 목숨은 지금쯤 주유
의 손에 넘어가 있을 것이라 생각합니다."
"그랬던가……. 내 몸은 항상 충성된 신하에 의해 지켜지고 있
소. 험지에 들어와 그 충성을 보게 된 것은 나로서 다시 없는 다
행이 아닐 수 없소."
그러고 나서 현덕이 함께 돌아가게 된 것을 기뻐하자, 공명은 뜻
밖에도 혼자 강가로 내려갔다.
"군사, 어떻게 된 거요? 번구로 돌아가시지 않소?"
현덕이 놀라 묻자 공명은 시원스런 목소리로 말했다.
"지금 신이 주군을 따라 강동을 떠나게 되면 주유는 조조와의 싸
움을 포기하게 될 것입니다. 신이 범의 굴에 들어와 있긴 하지만
몸은 태산처럼 안전합니다. 주군께선 배와 군마를 정비하여 기다
리고 계십시오. 그리고 오는 11월 20일 오후, 조자룡에게 배 한
척을 몰고 와서 강 남쪽 기슭에 닻을 내리고 제가 나타나기를 기
다리도록 일러주십시오. 11월 20일을 잊지 마십시오."
"어째서 그날을 택했는지?"
공명은 웃으며 대답했다.
"그날 동남풍이 불게 될 것이므로 그 바람을 타고 돌아갈 생각입
니다."

조조의 서한을 든 사자가 주유에게 당도한 것은 현덕을 헛되이 떠
나 보낸 얼마 뒤였다. 사자는 주유를 만나기를 청하여 장막에 이르
렀다.

무심히 서한을 받아든 주유는 겉봉을 얼핏 훑어보더니 얼굴빛이 싹 변했다.

'한의 대승상이 주 도독에게 보내노라.'

이렇게 씌어 있었던 것이다.

"이 무슨 무례인가! 용서할 수 없는 오만이다!"

주유는 서한을 발 아래 구겨 던지고 마구 짓밟았다.

그리고 좌우에 둘러 서 있는 장수들에게게 명했다.

"이 자를 베어라!"

노숙이 당황하여 서한을 집어들며 말했다.

"비록 두 나라 사이에 원수 같은 미움이 불탈지라도 사자를 벤다는 것은 인의(仁義)에 어긋나는 일입니다."

"지금은 쓸데없는 예절을 찾을 때가 아니오. 조적(曹賊)이 무슨 말을 하려는지, 글을 훑어볼 것도 없이 다 알고 있소. 지금 우리가 할 일은 사자의 목을 베어 피를 뿌림으로써 우리 편 군사의 사기를 높이는 것뿐이오."

주유는 가차없이 사자의 목을 쳤다.

노숙은 조조의 서한을 주워 두었다가 나중에 몰래 펴보았다.

그것은 위협의 글이 아니었다. 뜻밖에도 한 편의 시가 씌어 있었다.

　술을 노래하라
　사람의 삶이 그 얼마나 가리요
　말하자면 한낱 아침 이슬
　지나가는 나날의 괴로움이 많도다

　느끼노니 오직 강개(慷慨)일 뿐
　이 마음을 잊기 어려워
　무엇으로써 이 수심을 달랠까

오로지 두강(杜康 : 술을 맛있게 빚었다는 사람으로 좋은 술을 이름) 뿐이라

창창한 그대 벗이여
유유(悠悠)한 내 마음이라
오로지 그대로 인해
깊이 생각하며 지금에 이르도다

사슴은 소리내어 울어대면서
들판의 풀을 뜯는도다
나에게 기쁜 손님 있다면
거문고 뜯고 피리 불리라

밝고 밝기는 달과 같아서
어느 때인가 선인(先人)을 따를 수 있을까
근심은 안으로부터 와서
도저히 끊어 버릴 수가 없도다

맥(陌 : 밭두렁)을 넘고 천(阡 : 밭두렁길)을 건너더라도
어디까지나 서로 만나
활달히 담론할지어다
마음에 사무친 옛정을

달이 밝으니 별빛이 남으로 날고
달빛 따라 새들은 모여들어
나무를 누비고 세 바퀴 돌지라도
어느 나뭇가지에 앉을 것이뇨

산은 높음을 마다하지 않고
물은 깊음을 싫어하지 않으며
주공(周公)은 먹은 것을 뱉노니
천하의 인심은 따르지 않으리라

실로 훌륭한 시였다.

난세의 효웅(梟雄)다운 일면, 천재적 문인 조조의 빛나는 재주가 유감없이 드러나 있다.

백만 군사를 이끌고 와서 강동 땅을 바라보며 장장 수백 리에 걸쳐 진을 치고, 이제 바야흐로 천하를 건 대결전을 눈앞에 두고서도, 조조는 군막에 앉아 인간의 향취가 담긴 시를 지어 주유에게 보낸 것이다.

마땅히 주유 또한 이에 응해서 무장만이 아는 감개(感慨)를 시로 읊어 다시 보내주어야만 했던 것이다.

'……그랬어야 하거늘, 읽지도 않고 구겨 버렸을 뿐만 아니라 사자의 목까지 베다니!'

그러나 그것은 노숙의 쓸데없는 걱정이었다.

아니, 주유는 조조의 사자 목을 치면서 군사들 사기를 높이는 데 이용했다.

"동오의 건아들이여. 청주·서주의 교만한 놈들이 우리 향토를 침공하려 하고 있다!"

주유는 외쳤다.

강남 사람들의 향토애는 특별히 왕성했다. 한편으로는 작은 파벌로 나뉘어 항쟁하는 결점도 있지만, 이것은 모세관(毛細管)처럼 발달된 수로에 의해 독립된 소지역이 많이 생기는 지리적 조건 탓인지도 모른다.

조조군은 주로 청주나 서주 출신의 장병으로 조직되어 있었다. 그

들은 타국인들로 과거에도 곧잘 남쪽으로 내려와 사나운 짓을 일삼
곤 했다.

그 타국인이 나타났다!

주유는 장병들의 그런 향토애에 호소했던 것이다. 그는 말을 이었다.

"포로로 잡힌 조조군 군졸의 자백에 의하면, 청주·서주의 병사들
은 남쪽에는 좋은 여자들이 있다, 빨리 쳐들어가 여자들을 차지하
자고, 진군 도중에도 그런 말로 서로 격려하고 있다고 한다. 여러
분, 이것을 어떻게 생각하는가! 여러분의 아내나 누이동생, 아니
어머니나 누님의 정조마저 지금 위기에 빠져 있는 것이다. 남자로
서 그것을 알면서도 가만히 있을 수 있겠는가!"

주유는 여기서 말을 끊고 장병들을 둘러보았다. 그는 분명히 그들
의 흥분을 느낄 수가 있었다.

반응이 있었다.

소년 시절, 손견을 좇아 싸움터에 나갔을 때의 일이 그의 머리를
스쳤다. 손견은 전군을 고무(鼓舞)할 때 곧잘 풍희(風姬)의 탁선을
이용했다.

풍희의 정열적인 신들림을 보고서 장병들은 도취에 가까운 흥분
을 보였다.

'풍희의 힘을 따를 수 있을까?'

이런 생각이 흘끗 스치기도 했으나 주유는 지금 자기의 변설이 풍
희의 신들림을 넘은 듯한 느낌이 들었다. 자기의 말은 풍희가 자아
내는 뭐라고 종잡을 수 없는 흥분 같은 것이 아니고 좀더 확실한,
아내나 누이를 지켜야만 한다는 목표 의식으로서의 흥분을 불러일
으키고 있었다. 그것은 종잡을 수 없는 것보다 몇 갑절이나 강한 힘
을 가지고 있었다.

"동오의 건아들이여."

주유는 오른손을 높이 들며 호소했다.

"건안 9년, 조조가 원씨 일족의 거성인 업을 함락시켰을 때의 일을 기억하고 있을 것이다. 조조의 아들 조비는 절세 미녀라고 소문이 자자했던 원담의 아내 견씨를 빼앗아 자기 아내로 삼았다. 조비가 견씨를 앗았다는 말을 듣고 조조는 발을 굴러가며 분해했다고 한다. 제기랄, 아들 녀석에게 선수를 빼앗겼다고 말이다. 이번 출전에 있어서도 조조는 자기 아들에게 이런 말을 했다고 한다. '동오의 이교(二喬)는 내 것이다, 너희들이 손을 대어선 안 된다, 이교를 내 저택에 두고 마음껏 즐길 테니까' 하며……."

전군이 조용해졌다.

일찍이 한나라 태위 벼슬까지 한 교현(喬玄)에게 두 딸이 있었다. 어느 쪽이나 절세 미녀였다.

교현의 가족들은 중원의 병란을 피하여 환성(晥城)에 옮겨 살았다. 그 환성 역시 동오 군단의 공략을 받았다.

이때 손책은 언니를 아내로 삼고 주유는 그 동생을 차지했다. 손책이 죽어 언니는 과부가 되었지만 과부의 몸으로 오나라 수도에서 건강하게 살고 있다. 동생은 주유의 아내로서 이미 2남 1녀의 어머니가 되어 있었다.

조조가 그 동오의 이교를 빼앗으려 하고 있다, 그것을 동생의 남편인 총수 주유가 스스로의 입으로써 말한 것이다.

'나의 아내마저 빼앗으려 하고 있다!'

기침소리 하나 없이 조용하기만 하던 전군 장병은 이윽고 일제히 함성을 올렸다.

"조조를 쓰러뜨려라! 동오의 땅을 지키자! 청주와 서주의 병사를 죽여라! 동오의 여자를 지키자!"

처음에는 신음소리와 같은 울부짖음이었으나 차츰 뚜렷한 말이 그 속에서 터져오르기 시작했다.

"쓰러뜨려라! 지키자! 죽여라! 지키자!"

이 대함성이 하구의 강기슭에 한동안 메아리쳤다.

'풍희의 힘을 앞섰다.'

주유도 야릇한 흥분에 휩싸이며 그것을 확신했다.

이어 주유는 사자를 벤 이상 앉아서 기다리기보다 오히려 이쪽에서 먼저 쳐나가리라 결심하고 명령을 내렸다.

감녕(甘寧)을 선봉으로 하고, 한당(韓當)을 좌익, 장흠(蔣欽)을 우익으로 삼고, 주유 자신이 총지휘를 맡아 출동키로 했다.

조조는 격노했다.

"풍아(風雅)도 모르는 강동의 송사리! 당장 낚아올려 창자를 끄집어내리라!"

유표의 옛 신하였던 수군도독 채모(蔡瑁), 부도독 장윤(張允)이 전위(前衛)를 맡으라는 명령을 받았다.

조조가 형주를 배반한 채모와 장윤의 사람됨을 알면서도 휘하에 넣고 현작(顯爵)을 주어 수군도독에 임명한 것은 오나라와의 수전에 대비한 처사였다. 채모와 장윤은 수전에 숙련된 자였던 것이다.

수십 척의 병선과 전함이 뱃머리를 가지런히 하여 삼강구(三江口)를 향해 나아갔다. 밤의 장막은 걷혔으나, 여전히 강물 위는 짙은 안개에 휩싸여 적군과 아군의 모습을 가리기가 어려웠다.

이윽고 안개가 걷히자, 양군(兩軍)은 뜻밖에 가까운 곳에 있는 적의 함대를 발견하고 서로 긴장했다.

"적군은 누구냐!"

오군의 선두를 달리는 전함 뱃머리에 유연히 서 있는 대장이 크게 소리쳤다.

"나는 감녕이다! 무용을 자랑하는 자가 있다면 배를 몰고 나와 나에게 맞서라!"

바람을 타고 그 목소리가 조조 군세의 배로 들려왔다.

"이 건방진 놈!"

채모는 친동생인 채훈(蔡壎)을 불러 몽동(艨艟)을 모아 단숨에 적의 전함을 사로잡으라고 명령했다. '몽동'이라는 것은 질긴 쇠가죽으로 겉을 붙인 속력 빠른 병선이었다.

채훈은 몽동 10척을 이끌고 감녕이 버티고 서 있는 전함을 향해 쏜살같이 돌진했다.

"왔느냐, 조적의 돼지 한 마리!"

감녕은 큰 활에 화살을 메겨 힘껏 쏘았다.

"아악!"

채훈은 목을 깊숙이 꿰뚫려 두 손을 번쩍 쳐들고 물속으로 떨어졌다. 그때를 놓치지 않고

"덤벼라!"

감녕의 명령이 떨어지자, 무수한 석탄(石彈)이 몽동을 향해 우박처럼 쏟아졌다.

지휘하는 장수가 쓰러져서 사기가 꺾인 데다가 감녕의 오군이 무서운 기세로 일시에 돌격해 오자, 몽동 10척에 탄 조조군은 어찌할 바를 몰라 갈팡질팡했다.

그 틈을 놓치지 않고 오른쪽으로부터 장흠이, 왼쪽으로부터 한당이 이끄는 병선 수십 척이 안개 속에서 달려나왔다.

때마침 강 위에 강한 바람이 소용돌이쳐서 양쪽 병선들은 물결 위의 나뭇잎처럼 출렁거렸다.

조조군 대부분은 청주와 서주 사람들로 미친 듯 출렁이는 파도 위에서 싸우기는 난생 처음이었다.

세 방면으로 일시에 공격을 받자 어찌할 바를 몰랐다. 그들은 철전(鐵箭)과 석탄을 정신없이 얻어맞고서 차례로 강물 속으로 떨어지거나 뱃바닥에 쓰러지고 말았다.

채모는 자기 편이 위태로워지자, 백여 척의 전함을 향해 일제히

돌진하라고 명령했다.

이것을 안 오나라 군사는 물러나는 것도 재빨랐다. 감녕·장흠·한당은 모두 교묘하게 다시 자욱해진 안개 속으로 꺼지듯 모습을 감추어 버렸다.

징과 북소리에 맞추어 자유자재로 뱃머리를 돌려 진형을 바꾸는 훌륭한 모습은, 그동안 주유가 파양호(鄱陽湖)에서 필사적으로 훈련시킨 효과를 거둔 것이었다.

조조의 수군은 첫 싸움에서 8척의 몽동과 500의 군사를 잃었다. 조조는 패배의 소식을 듣자 불쾌한 마음을 감추지 못하고 채모와 장윤을 본영으로 불렀다.

조조는 도독의 자리에 있는 두 사람에게 모든 장수가 보는 데서 욕설까지 퍼붓지는 않았지만, 사색이 되어 엎드려 있는 두 사람을 싸늘한 태도로 내려다보고 말했다.

"그대들은 스스로 자신의 잘잘못을 가려야 할 것이다!"

채모는 죽음을 각오하고 나왔던 만큼 조금도 망설이지 않고 큰 소리로 대답했다.

"물론 싸움에 패한 책임은 저희 두 사람이 져야 합니다. 그러나 조금이나마 변명할 기회를 주신다면 몇 말씀 올리겠습니다. 우리 수군은 먼 데서 온 데다가 조련(操練)이 부족했고 또 청주와 서주 출신 군사들은 큰 파도가 일렁이는 데에 매우 약하여 마주 활을 쏠 여유를 잃었습니다. 이에 비해 적의 수군은 파양호에서의 훈련이 어지간히 철저했던 것 같습니다!"

"그건 알고 있다."

조조는 버럭 소리를 높였다.

"그렇다고 해서 우리 수군을 짧은 시일 내에 장강의 큰 파도에 익숙해지도록 조련시킬 수는 없는 일이다. ……현재 상태에서 적을 무찌를 묘책을 세울 수밖에 도리가 없으며, 그것이 병법이다.

도독이라면 마땅히 마음속에 그 묘책을 세워야 한다. 안 그런 가?”

“감히 아뢰겠습니다. 우선 생각할 수 있는 것은 일단 공격 태세를 수비 태세로 진형을 고치는 것입니다. 다시 말해서 수십 리에 걸쳐 수채(水寨 : 물에 친 목책)를 세워 청주와 서주 출신의 군사를 안에 두고, 형주의 군사가 바깥을 수비하면서, 밤낮으로 맹훈련을 한다면 군사는 열흘이 되기 전에 파도를 이길 수 있게 될 것입니다.”

“좋다! 그렇게 하라! 도독이 직접 지휘하여 수채를 세우도록.”

조조는 허락했다.

목

채모와 장윤은 필사적이었다.

만일 이번에도 패한다면 자신들의 목숨은 달아날 것이라고 각오했던 것이다. 그들도 자기들이 조조의 신뢰를 받아서 도독과 부도독에 임명되었다고는 생각지 않았다.

북쪽 강기슭 일대에 24개의 수문이 세워지고, 그 수채는 장장 백여 리에 이어졌다.

그 수채 바깥쪽에는 전함이 주욱 늘어서서 거대한 성곽을 이루었다. 수채 안에는 무수한 병선들이 오고갈 수 있게 했다.

해가 넘어가자 모든 배에 불을 밝혀, 하늘과 수면이 온통 붉은 빛으로 물들었다. 그야말로 장관이었다.

이에 이어지는 육지의 진은 30여 리에 걸쳐 연기와 불이 활활 타올라 마치 지축(地軸)이 타서 하늘의 별들을 그을리고 있는 것처럼 멀리 아른거렸다.

"이상하다?"

남쪽 기슭 망루 위에 서 있던 주유는 먼 북쪽의 밤하늘을 물들이고 있는 황홀한 빛에 고개를 갸우뚱했다.

노숙을 불러 주유는 그 불빛에 대하여 물었다.

"잘은 모르지만 필경……."

노숙은 대답했다.

"저것은 조조가 채모와 장윤으로 하여금 수채를 만들게 하여 거기에서 피운 모닥불이 수면을 물들이고 하늘에 비낀 것으로 보입니다."

"적이 수채를 만들었단 말인가."

주유는 서전에서 크게 승리를 거두어 조조 따위는 두려워할 것 없다고, 좀 얕보는 마음을 품고 있던 참이었다.

갑자기 불안한 생각이 들었다.

그런데 수채까지 만들었다니,

"어떤 수채를 만들었는지, 어디 한 번 가 보기로 할까."

주유는 대담하게 결의했다.

"직접 가시겠습니까?"

노숙은 이맛살을 찌푸렸다.

"걱정할 것 없소. 계집을 파는 노예선으로 거짓 꾸며 가지고 가볼 참이오."

주유는 누선(樓船) 한 척을 준비하게 했다.

화려한 장막을 둘러쳐 얼른 보기에도 춤추고 노래하며 창부를 팔러 온 노예선처럼 꾸미고 장막 뒤에는 백여 명의 노궁수를 숨긴 채 야음을 틈타 조용히 남쪽 강기슭을 떠났다. 여차하면 50여 개의 노를 저어 질풍같이 강 위를 달릴 수 있는 배였다.

새벽녘에 적의 수채에 다다르자, 주유는 일부러 풍악을 잡히고 누위에 아름답게 꾸민 여자들을 여럿 세웠다. 그리고 천천히 수채를 따라 강물이 흐르는 대로 따라내려가며, 적의 진용을 자신의 눈으로 확인했다.

관찰할수록 주유의 마음속에는 두려운 마음이 일었다.

"육지를 뛰어다닐 줄밖에 모르는 말이 물속에 뛰어들어 얼마나 헤엄치랴 얕보았더니, 이건 안 되겠는걸! 이 정연한 수군 진용이나 태세는 대단한 위용을 갖추고 있다. ……조조가 이끄는 강대한 전력(戰力), 그리고 이 수상전에 대한 빈틈없는 준비 태세는 정말로 두려운 것이라고 아니할 수가 없구나!"

혼잣말을 하는 동안 주유의 살갗에는 소름이 끼쳤다.

"적군의 도독 채모와 장윤을 소인배라고 얕보았던 것은 나의 잘못이었다. ……오냐! 우선 채모와 장윤부터 없애리라."

주유는 결심했다.

마침 그때 수채 안에서 요란하게 북을 두드리며 10여 척의 전함이 한꺼번에 움직였다.

"안 되겠다, 들켰구나!"

주유는 곧 도망치라고 명했다.

피리를 불자 양쪽 뱃전에서 일제히 50여 개의 노가 쑥 나왔다.

"저어라! 전속력으로!"

위장선은 나는 듯이 강물 위를 미끄러졌다.

"게 섯거라!"

"달아날 테냐!"

10여 척의 전함이 사냥개의 무리처럼 수채에서 달려나와 뒤를 쫓았다. 그러나 주유가 거느린 위장선은 무섭도록 빠른 속력을 내고 있었다. 순식간에 추격선과 위장선의 사이가 벌어져서 도저히 따라잡을 수 없게 되었다.

"흠! 도망쳤구나. 그 위장선에는 아마도 주유가 타고 있었으리라. 이쪽의 수채를 살피러 온 것이 틀림없다."

보고를 들은 조조는 날카로운 눈빛으로 여러 장수들을 주욱 둘러보았다.

"어제는 선진(先陣)이 깨져서 예기(銳氣)가 꺾였었는데, 오늘은 그만 나의 진중을 낱낱이 보여주고 말았구나. 이처럼 쉽게 약점을 찔리다가는 앞으로의 일이 걱정이다. ……여러 장수들은 어찌하면 좋겠는가 말해 보라!"

사실 조조는 지금껏 주유에 대해 거의 아는 것이 없었다. 기껏해야 강동 시골의 살쾡이쯤으로 생각해왔던 것이다.

그러자 때리면 울리듯 대답하는 자가 있었다.

"승상……."

힘차게 일어선 사람은 막빈(幕賓), 구강(九江) 사람 장간(蔣幹)이었다. 그의 자는 자익(子翼)이라고 했다.

"제가 가서 주유를 설복하여 이 세 치 혀로써 그를 항복케 하겠습니다."

조조의 막빈 장간은 주유와 고향이 서로 이웃하고 있어 어려서 함께 공부한 벗이었다. 따라서 주유를 만나 이야기하면 반드시 성공할 자신이 있었다.

"좋다. 오나라로 가겠다면 군선 한 척을 주리라."

조조가 말했다.

"그러실 것 없습니다. 작은 조각배 한 척과 동자(童子) 한 사람과 종복 둘만 있으면 족합니다."

이윽고 장간은 칼을 버리고, 갈건(葛巾)에 포의(布衣)를 입은 학자 차림으로 조각배에 올라탔다.

뱃머리에 한나라 조정의 사자임을 나타내는 금기(錦旗)를 높이 세웠기 때문에 화살 하나 받지 않고 삼강구에 다다를 수 있었다.

그때 주유는 본영 군막 안에서 군의(軍議)를 열고 있었는데 장간이 찾아왔다는 말을 듣자 소리 높여 말했다.

"조조란 놈, 내 어렸을 적 친구까지 보내어 설득하려 드는구나. 그렇다면 세객(說客)을 대접하는 수가 따로 있지."

주유는 그 자리에 늘어앉은 장수들에게 이렇게 저렇게 하라고 명령했다.

푸른 옷 입은 동자 하나만을 데리고 본영으로 들어서던 장간은 깜짝 놀라 눈을 휘둥그렇게 떴다.

본영 앞에는 화모(花帽)를 쓰고 비단옷을 입은 군사가 수백 명, 마치 꽃이 활짝 핀 듯이 화려하게 열을 짓고 있었다.

원문(轅門)에는 주유 자신이, 일곱 가지 색채로 수놓은 찬란한 비단옷을 걸치고 기다리고 있었다.

"오오! 옛 친구가 왔구려. 헤어진 지 20여 년이 되는데 그간 별고 없었소? 자익……."

주유는 두 손을 내밀었다.

장간은 그의 앞으로 나가 공손히 배례했다.

그러자 주유가 빈정거렸다.

"그렇게 자신을 낮춘다면 옛날 이야기도 할 수 없을 것이오. 하기야 그대는 옛정을 나누러 온 것이 아니라 조조의 막빈으로서 나를 설복하려고 찾아왔을 터이겠지만……."

장간은 속으로 뜨끔했으나 이내 모른 체하고 말했다.

"옛 우정을 생각해서 찾아온 사람을 그토록 의심하여 세객으로 맞이하다니 참으로 섭섭하오. 그렇게 오해하신다면 이 자리에서 발길을 돌려 돌아갈까 합니다."

"내 말에 기분이 상했다면 진심으로 사과하리다. 그대의 얼굴을 본 순간, 그만 날마다 싸움질만 하던 옛날의 학동(學童) 시절이 생각나서 조심성 없는 말을 하게 된 것이니 노여워 마오. 자, 들어갑시다."

술자리에는 이미 강동에 그 이름이 알려져 있는 문관, 무장들이 모두 모여 있었다.

'이게 대체 어찌된 일인가?'

장간은 몹시 당황했다.

적의 사자로 찾아온 것이니 주유가 매우 냉랭하게 맞을 것으로 생각했던 것이다. 주유가 냉랭한 태도를 보이면 보일수록 이쪽은 세객으로서 필사적인 변설(辯舌)을 구사할 열정이 점점 더 타오를 수 있는 것이다. 그런데 이건 마치 국빈을 맞는 듯한 환대가 아닌가.

'주유는 필시 선수를 쳐서 나를 무골충처럼 맥을 추지 못하게 하려는 생각이구나.'

장간은 대화를 허용해 주지 않는 데 초조함을 느끼면서 주빈의 자리에 앉았다.

떠들썩한 주연이 시작되었다. 풍악이 연주되고, 은빛 갑옷을 입은 비장(裨將)들이 씩씩하게 춤을 추었다.

술잔이 몇 차례 돌았을 무렵, 주유가 불쑥 일어났다.

"자, 모두들 들으시오. 여기에 계신 분은 어릴 적 나와 서당에서 함께 공부한 친구요. 멀리 강북에서 여기까지 찾아오셨지만, 조조가 보낸 세객은 아니니 마음놓고 융숭한 대접을 하도록 하오."

이렇게 말한 다음 자신의 허리에 찬 칼을 풀어, 곁에 있던 태사자(太史慈)에게 건네주며 명령했다.

"알겠소? 그대가 이 칼을 받아 빈객을 지키는 일을 맡도록 하오. 오늘의 주연은 옛 벗과 정을 나누기 위해 열었소. 혹시 조조와 우리와의 싸움에 대해 경솔한 말을 하여 이 흥겨운 분위기를 깨고 빈객에게 불쾌함을 느끼게 하는 자가 있을 땐 그 자리에서 베어 버리시오!"

이렇게 되자 장간은 완전히 입이 봉해졌을 뿐 아니라, 바늘방석에 올라앉은 듯한 심정이었다.

술자리는 점점 무르익었다.

주유는 장간을 돌아보며 웃었다.

"진을 친 뒤로 우리는 술 한 방울도 입에 대지 않고 오직 군무에

만 충실했기 때문에, 오늘 주연에서는 모두 마음껏 취할 것이오.”

흥취가 한창 도도해졌을 무렵, 주유는 장간을 이끌고 장막 밖으로 나왔다. 거기에는 어마어마하게 무장을 갖추고 과극(戈戟)을 든 군사들이 둥글게 진을 치고 있었다.

“자익, 우리 군사의 사기를 어떻게 보시오?”

주유가 물었다.

“모두 곰과 호랑이처럼 용맹스러운 군사로 보입니다.”

장간은 이렇게 대답하지 않을 수 없었다.

걸음을 옮기자 산더미처럼 쌓인 군량과 무기가 보였다.

“자익, 우리 군의 싸움에 임하는 준비를 어찌 보시오?”

주유가 또 물었다.

“군사는 정예요 군량은 충분하니, 오나라 군사와 맞설 적수가 없다는 소문은 거짓이 아님을 똑똑히 알았습니다.”

장간은 솔직하게 시인했다.

주유는 제법 취기가 돈 것처럼 말을 시작했다.

“자익과 나는 어렸을 때, 어깨를 나란히하고 같은 서당에서 열심히 공부했소. 오늘날 이 몸은 오나라의 중진으로서 대도독이 되어 삼군을 통솔하는 통수권을 맡고 있소. 참으로 생각지도 못한 꿈같은 출세를 했다 할 것이오. 대장부가 세상에 태어난 보람을 느끼오. 나를 알아주는 주군을 만나, 밖으로는 군신의 의(義)로써 맺어지고 안으로는 골육 같은 친(親)으로 맺어져, 나의 명령은 반드시 시행되고, 계략을 세우면 상하가 모두 이에 따라 화와 복을 함께 하오. 이처럼 복에 겨운 지위를 얻은 내가 누구의 변설에 동요되겠소? 자익, 그렇지 않소?”

호탕하게 웃어젖히자 장간은 무수한 창이 소나기처럼 자기에게 퍼부어지는 듯한 전율을 느꼈다.

주유는 이쪽의 마음속을 거울로 비추어 보는 것처럼 꿰뚫어보고

통렬한 야유를 던져온 것이다.

장간은 뱃속까지 창백해졌다.

주유는 다시 장간을 술자리로 데리고 돌아와 말했다.

"자아, 마음껏 마십시다. 여기에 모인 문무백관들은 오나라의 영걸(英傑)들이니, 이 모임을 군영회(群英會)라 이름을 붙입시다. 우리 진영에 저장되어 있는 술을 한 방울도 남김없이 다 마셔버립시다."

주유는 한아름 되는 큰 잔을 가져오게 하여 단숨에 마셔 버렸다.

장간은 순식간에 술잔 공세를 받았다.

이윽고 해가 저물어 등불이 환하게 켜지자, 주유는 천천히 일어나 태사자로부터 칼을 받아 쑥 뽑았다.

"자아, 모두들 노래하시오. 내가 춤을 한판 보여 드리리다."

가운데로 걸어나온 주유는 유유히 춤을 추기 시작했다.

    장부가 세상을 살아가며 공명을 세워
    공명을 세움으로써 평생을 위로하리라
    평생을 위로함이여 나 취하려 하네
    바야흐로 취하여 미친 듯 노래 부르리라

주유의 칼춤이 끝나기를 기다려 감녕·장흠·한당이 차례로 앞으로 나가 멋진 칼춤 솜씨를 보였다.

밤이 이슥해지자 장간은 마침내 참을 수 없어 청했다.

"이 몸은 더 이상 술을 이길 수 없소이다……."

그러자 주유는

"자익, 30여 년 전, 그대와 나는 같은 잠자리에서 나란히 발을 뻗고 잤던 사이였소. 오늘밤은 옛날을 생각하여 서로 발을 섞고 자봅시다."

장간의 어깨를 끌어안고 주유는 비틀비틀 일어섰다.

주유는 곤드레만드레가 된 듯 걸음조차 위태로웠다. 장간은 하는 수 없이 어깨를 내밀어 부축한 채 함께 주유의 침소로 들어갔다.

주유는 바닥에 폭 쓰러지더니 '왜액!' 토하고 그 더러운 오물에 얼굴을 처박은 채 잠이 들고 말았다.

장간은 어이가 없어 주유를 흔들어 일으키려 했으나 도저히 일으킬 수 없어 혼자 잠자리에 누웠다.

잠이 올 리가 없었다. 이리저리 몸을 뒤척일 뿐이었다.

삼경(三更)을 알리는 북소리가 울렸을 때 장간은 자리에서 벌떡 일어났다. 등잔불이 흔들리는 속에서 주유의 코고는 소리도 높았다.

장간은 침소 안을 둘러보다가, 책상 위에 한 다발의 문서가 놓여 있는 것을 보았다. 살그머니 자리에서 빠져나와 책상 가까이 가보니, 그것은 진중에서 오고간 서신이었다. 장간은 끈을 풀고 가만히 한 통씩 살펴보았다.

"오오!"

장간은 자기도 모르게 나지막이 소리를 질렀다.

그것은 자기편 진영의 도독 채모와 부도독 장윤이 주유에게 보낸 편지였다.

장간은 떨리는 손으로 주욱 훑어보았다.

내가 조조에게 항복한 것은 벼슬을 탐함에 있지 않고 형세가 부득이한 때문이었소. 그리하여 지금 북군을 이미 속여 채 안에 가두어 놓았소. 기회만 얻으면, 조적의 목을 베어 휘하에 바치리다. 조만간 사람을 보내어 소식을 전하겠으니 절대 의심하지 마시오. 우선 이것으로 공경하여 따를 것을 맹세하오.

'……이게 무슨 일이람!'

장간은 신음했다.

놀랍게도 채모와 장윤은 조조를 배반하고 주유와 내통하고 있었던 것이다.

'……용서할 수 없다! 이 배반자 놈들!'

장간은 그밖에 수상한 편지는 없는가 하고 살펴보려 했다. 그때 주유가 천천히 몸을 뒤채어 돌아누웠다. 장간은 당황하여 얼른 편지를 품에 넣고 자리 속으로 들어갔다.

주유는 돌아누운 채 여전히 요란하게 코를 골았다.

장간은 희미한 등잔불 속에서 눈을 커다랗게 뜨고 가슴을 두근거리고 있었다.

'채모와 장윤이 배반했었구나!'

본디 유표 휘하의 중신이었던 그들이다. 일단 조조에게 굴복했지만, 복수의 기회를 노리고 있다고 해도 별로 이상할 것은 없었다. 다만 채모와 장윤에게 그만한 용기가 있을 줄은 꿈에도 생각지 못했던 장간이었다.

사경(四更)을 알리는 북소리가 울렸을 때였다.

살금살금 발소리를 죽여 다가오는 자가 있었다.

"도독……."

들릴 듯 말 듯 불렀다.

주유는 쉽게 깨어나지 않았다.

"도독, 일어나십시오!"

조금 큰 소리로 부르자, 주유는 간신이 '으으' 하고 신음소리를 냈다.

"도독, 어서 일어나십시오!"

독촉하자 주유는 벌떡 일어났다.

그리고 그제서야 처음으로 깨달은 것처럼 물었다.

"저 잠자리에서 자고 있는 건 누구지?"

"기억이 없으십니까? 빈객을 몸소 이리로 모시고 오셨습니다."

“뭐야? 그럼 자익인가! 이 무슨 짓을…….”

주유는 후회스러운 기색을 보였다.

“이렇게 만취한 것은 난생 처음인걸. 아무것도 기억이 없어. 불찰이었어. 그래, 무슨 볼일인가?”

“예, 강북으로부터 밀사가…….”

“음! 소리가 높다!”

주유는 주의를 준 다음 벌떡 일어서더니 장막 밖으로 나갔다.

‘그렇다면?’

장간은 온몸을 긴장시키고 신경을 곤두세워 귀를 기울였다.

주유와 밀사와의 대화가 토막토막 들려왔다.

이야기 내용은 똑똑히 알 수 없으나 채모와 장윤의 이름이 몇번 나왔다.

장간은 조금 전에 훔쳐 본 밀서를 떠올리며 단정했다.

‘두 놈의 배반은 의심할 나위가 없다!’

강북에서 온 밀사란 틀림없이 채모와 장윤이 보내온 자일 것이다.

이윽고 주유는 다시 침소로 돌아왔다.

“자익…….”

가만히 불렀다.

장간은 깊이 잠든 체하며 꼼짝도 하지 않았다.

주유는 마음을 놓은 것처럼 옷을 벗고 누웠다.

휴우, 속으로 한숨을 몰아쉰 장간은

‘……주유는 용의주도한 사람이므로 날이 새면 곧 책상 위의 문서를 조사하고 그 가운데 한 통이 없어진 것을 알 것이다. 그렇게 되면 내 목숨은 없다.’

이렇게 생각하고 주유가 잠자고 있는 사이에 살짝 빠져 나가기로 했다.

주유가 깊이 잠들기를 기다렸다가 호랑이의 꼬리를 넘는 듯 장막 밖으로 빠져나온 장간은 그곳에서 기다리고 있는 동자를 불러 재빨리 원문까지 서둘러 나아갔다.

밖은 아직 새벽 어둠 속에 싸여 있었다.

원문을 지나치려 할 때 군사가 물었다.

"누구냐?"

장간은 아랫배에 힘을 주어 대답했다.

"빈객 장간이다."

군사는 몹시 놀라서 물었다.

"이토록 일찍 어디로 가시옵니까?"

"도독께서 옛정을 나누는 우의 때문에 군무를 소홀히 하실까 염려되어 일찌감치 물러가는 참이다."

장간은 그럴듯하게 꾸며댔다. 군사는 그 마음씨에 탄복하는 양 머리를 숙였다.

장간은 원문을 나서자 강기슭까지의 거리를 천리나 되는 것처럼 느끼면서 걸음을 빨리했다. 두 종복이 기다리고 있는 조각배에 훌쩍 올라탄 순간, 다시 살아난 것같이 안도의 숨을 쉬었다. 장간을 태운 조각배는 조조의 진영으로 돌아왔다.

기다리고 있던 조조가 물었다.

"주유의 태도는 어떠하던가?"

장간은 땅바닥에 털썩 엎드리며 아뢰었다.

"재주가 없사와……."

조조는 싸늘하게 장간을 내려다보며 말했다.

"그대가 재주가 없었던 것이 아니라, 주유가 움직일 수 없는 사람이 아니었던가?"

"말씀하시는 바와 같습니다……."

장간은 도무지 꼼짝달싹하지 못했던 이야기를 자세하게 했다.

"일이 성사되지 못했음은 어쩔 수 없는 일이다. 다만 내 휘하에 무책무능한 모사가 있음을 주유가 비웃을 것을 생각하니 도무지 화가 치밀어 못 견디겠구나."
조조는 내뱉듯 말했다.
"승상!"
장간은 조조를 똑바로 올려다보며 말했다.
"비록 제가 주유를 설득하지는 못했으나 헛걸음만 한 것은 아닙니다. 이 밀서를 보십시오."
그는 주유의 침소에서 훔쳐 온 채모와 장윤이 연서(連署)한 편지를 내놓았다. 조조는 말없이 그것을 읽어 보더니 재촉했다.
"좀더 자세히 말하라."
장간은 주유가 몹시 취한 틈에 그것을 훔쳤다는 것, 또한 자기가 자는 체하고 있는 사이에 시신이 주유를 깨워 밀사가 도착했음을 고했다는 사실, 그 밀사와 대화 중에 여러 번 채모와 장윤의 이름이 언급됐다는 것 등을 자세하게 보고했다.
조조는 이야기를 다 듣고 나자 모장의 한 사람인 순유를 불렀다.
순유는 앞서 채모와 장윤이 옛 주군 유표의 지극한 은혜를 잊고 항복했을 때, 아첨하기를 좋아하는 소인배를 어떻게 수군의 도독으로 세울 수 있느냐고 조조에게 불만을 터뜨린 바 있었다.
순유는 그 편지를 읽자 단정했다.
"역시 그 두 사람은 배반을 예사롭게 하는 믿을 수 없는 도배들이었습니다."
"그들은 이미 우리 군에 필요치 않은 존재라고 생각하는가?"
"그 일이라면 그들에게 물어보시면……."
"알았소."
조조는 채모와 장윤을 불렀다.
"그대들은 지금 당장 출동 명령을 내린다면 어떻게 하겠는가?"
조조는 우선 물었다.

채모는 이맛살을 찌푸리며 대답했다.

"밤낮으로 훈련을 하고 있습니다만 아직 숙련되었다고 할 수 없습니다. 앞으로 한 열흘만 여유를 주셨으면 합니다."

조조는 싸늘하게 웃으며 날카롭게 쏘아붙였다.

"군사들의 조련이 다 끝나면 너희들은 틈을 엿보아 이 조조의 목을 베어 주유에게 바치고, 수군과 더불어 오나라에 항복할 생각이겠지?"

채모와 장윤, 두 사람은 도대체 조조가 왜 그런 말을 하는지 짐작도 못한 채 파랗게 질렸다.

"이놈들의 목을 쳐라!"

조조는 곁에 시립한 무장에게 명령한 다음, 몸을 홱 돌려 재빨리 안으로 사라졌다.

채모와 장윤에게는 한 마디의 변명도 허락되지 않았다.

채모와 장윤의 목이 조조 앞으로 운반되어 왔다.

"혹시?"

조조는 형상이 무시무시하게 일그러진 두 개의 죽은 얼굴을 흘끗 바라본 순간, 머릿속에 번개같이 스쳐 지나가는 직감에 소스라치게 놀랐다.

'……혹시 주유의 계략에 보기좋게 걸린 게 아닐까?'

별안간 의혹의 검은 구름이 마음속에 피어 올랐다.

조조는 확인하기 위해 다시 한 번 장간이 훔쳐온 밀서를 펴보았다. 두 번을 다시 읽어 보고 신음소리를 냈다.

'역시 그렇구나. 이건 가짜 편지다. 틀림없다! 주유는 지난 밤 남모르게 우리 수군의 진용을 살펴보고 수전에 능한 채모와 장윤 두 사람을 없애버리려 결심했을 것이 틀림없다. 거기에 때마침 장간이 나타나자 교묘하게 이용한 것이다. 내가 만약 주유였더라도 역시 그렇게 했을 것이다. 아아, 내가 잘못했구나!'

그러나 이미 엎질러진 물이었다.
후세 사람들이 이 일을 탄식해 읊은 시가 있다.

　　천하 간웅 조조를 대적할 사람 없더니
　　주유의 속임수에 빠져버렸네
　　채모와 장윤 주인 팔아 영화를 구하더니
　　뉘 알았으랴 오늘 아침 칼 맞아 죽임을 당할 줄

　조조는 채모와 장윤, 두 사람이 군법을 어겼기 때문에 참수했다고
전군에 포고하고, 두 사람 대신 모개(毛玠)와 우금(于禁)을 수군도
독과 부도독으로 임명했다.

화살 10만 개

이러한 이변(異變)은 하루도 채 지나지 않아 첩자들에 의해 오나라 군에 알려졌다.

주유는 크게 너털웃음을 터뜨렸다.

"조조란 두려워할 놈이 못된다. 대단한 속임수도 아닌데 걸려들다니, 아마 조조 두뇌에도 녹이 슬었나 보다."

노숙도 이번 주유의 계략에는 놀라지 않을 수 없었다.

"이것은 조조의 통찰력이 부족했다기보다는 도독의 속임수가 절묘했던 것입니다."

"노자경…… 내가 무슨 목적으로 장간을 국빈으로 후히 대접했는지 알아본 자는 우리 진영에는 없었소. 그러나 오직 한 사람, 마음을 놓을 수 없는 그 사람이 내가 꾸민 계략을 차디찬 눈으로 꿰뚫어보고 있는 것만 같았소."

"제갈량 공명을 이르심인지?"

"그렇소. 그의 식견은 분명히 나보다 높소. 자경은 공명이 이번 일을 훤히 알고 있었는지 어떤지, 만약 알고 있었다면 어떻게 평가하고 있는지 좀 알아줄 수 없겠소?”

“잘 알겠습니다.”

노숙은 주유의 말을 그럴 듯하게 생각하고 곧 공명을 찾아갔다.

　반간계 써서 일을 성사시키고

　냉정한 눈으로 바라보아 재주 시험하네

이 무렵 공명은 조각배 하나를 빌려 강기슭에 매어놓고 거기에 머무르고 있었다.

노숙은 공명을 찾아가, 군무에 쫓겨 여러 날 찾아뵙지 못했음을 사과했다. 그러자 공명은 티없이 맑은 미소로 말했다.

“이제 본영으로 나아가 도독께 치하 말씀을 드리려던 참입니다.”

“치하……라고 하시면?”

노숙은 마음 속으로 매우 놀랐으나 겉으로는 아무렇지도 않은 체하며 물었다.

“귀공께서 도독의 명을 받고 나의 마음속을 살피러 오신 그 일 말씀입니다.”

“아아, 역시!”

노숙은 공명의 신과도 같은 명찰(明察)에, 진정으로 감탄하는 동시에 두려움을 느끼지 않을 수 없었다.

“선생께서는 장간이 찾아왔을 때, 도독이 어떠한 계략을 쓸 것인지 이미 알아보시었습니까?”

“장간이 찾아오기 전에 도독께서는 조조의 수군이 어떠한 진용을 갖추고 있는지 은밀히 엿보러 가셨습니다. 채모와 장윤은 비록 소인이라 할지라도 수전에 있어서는 숙련된 장수들이고 보면 그 진용은 틀림없이 도독으로 하여금 두려움을 느끼게 하였으리라 생각합니다. 마땅히 도독께서는 조조 휘하에서 채모와 장윤을 제거

해야 한다고 결심했을 것입니다. 거기에 장간이 세객으로 찾아왔다고 하게 되면 쓸 묘책은 오직 한 가지……."

"과연! 말씀하시는 바와 같습니다."

"조조가 채모와 장윤의 목을 베었다는 소식을 이미 듣고 왔을 것으로 생각합니다."

"예, 그러므로 이 일에 대한 선생의 높으신 생각을 듣고 싶습니다."

"조조는 순간 화가 치밀어 채모와 장윤의 목을 쳤으나, 곧 도독의 속임수에 걸린 것이구나 하고 깨달았을 것입니다. 그러나 그것은 지난 일, 채모와 장윤을 대신할 도독과 부도독을 뽑았을 터인데, 아쉬운 대로 모개와 우금을 앉혔을 것으로 생각됩니다. 첩자들이 이런 소식도 알려오지 않았을 리 없는데……."

"선생께서 밝게 살피신 대로 조조는 모개와 우금을 뽑았습니다."

대답하면서 노숙은 공명을 다시 바라보지 않을 수 없었다.

공명은 조조가 채모와 장윤의 목을 친 사실을 꿰뚫어 보았을 뿐 아니라 그 후임자까지 정확히 알아맞힌 것이다.

노숙은 공명에 대해 놀라움을 넘어 두려움에 오싹하지 않을 수 없었다. 엉뚱한 괴물이 사람의 모습을 빌려 눈앞에 앉아 있는 것같이 느껴졌다.

이윽고 노숙이 좌담을 끝내고 일어서려 하자 공명은 문득 생각난 것처럼 말했다.

"돌아가시거든 내가 이번 계략을 환히 내다보았다는 말씀은 삼가 주셨으면 합니다. 만일 귀공이 있는 그대로 전한다면 도독은 반드시 마음속에 시새움을 품게 되어 나를 살려두었다가는 뒷날의 화가 된다고 생각하시고 결단을 내릴 것입니다."

노숙은 그러겠노라 하고 본진으로 돌아왔다.

그러나 노숙 자신도 이미 공명을 무서운 괴물로 보아 버린 터였으므로, 주유 앞에 나오자 자기도 모르게 탄식했다.

주유는 노숙의 모습을 흘끗 보자 소리쳤다.

"공명이 나의 일을 다 알고 있었나 보군."

노숙은 그렇지 않더라고 거짓말을 할 수 없었다.

하는 수 없이 노숙은 하나도 감추지 않고 공명이 한 말을 주유에게 전했다.

주유는 점점 얼굴빛이 창백해지더니 이마에 희미한 경련을 일으켰다. 그러고는 노숙이 오히려 기분 나쁠 정도로 침묵을 지켰다.

이틀이 지났다.

주유와 노숙은 함께 점심을 먹고 있었다.

그때도 주유는 식탁 앞에 앉은 채 줄곧 잠자코 있더니 불쑥 소리쳤다.

"좋아! 공도(公道)로써 베리라!"

노숙은 깜짝 놀라 물었다.

"그건 무슨 뜻입니까?"

"자경! 나는 요 이틀 동안, 제갈공명을 벨 것을 줄곧 생각해 왔소. 다만 남모르게 암살을 하게 되면 조조의 비웃음을 사겠지. 그러나 이 이상 살려 둘 수 없다는 결심을 한 바에는 무슨 일이 있더라도 베어 버려야 하오. 그 방법이 지금 생각났소!"

"…… ?"

"공도로써 그를 베는 것이오!"

"공도로써…… ? 그게 무슨 뜻인지요?"

"내일 내가 하는 일을 잘 보도록 하시오."

주유는 그 순간 오싹 소름이 끼칠 만큼 잔인한 웃음을 입가에 흘렸다.

이튿날 아침 모든 장수들이 주유의 장막에 모였다. 공명도 주유의 청을 받고 그 자리에 나타났다.

모든 사람이 자리를 다 잡은 다음 주유는 천천히 입을 열었다.

"머지않아 우리 오군은 조조의 군세와 결전을 벌이게 될 터인데, 수전에서 쓸 무기로는 무엇이 으뜸일지, 선생의 의견을 들려 주시지요."

"넓은 강물 위에서 싸우는 것이니 무엇보다도 화살이 알맞으리라 생각합니다."

공명은 당연한 일이 아니겠느냐는 태도로 대답했다.

주유는 벙긋 웃고 말했다.

"선생의 말씀은 참으로 나의 뜻과 같소이다. 그러나 어쩌면 좋겠소? 지금 우리 수군은 화살이 크게 모자라오. 바라건대 선생께서 급히 화살 10만 개를 만들어주실 수 없으신지요? 꼭 부탁드리겠습니다."

화살 10만 개!

이것을 급히 만든다는 것은 온 나라 안의 장인들을 총동원한다 해도 불가능할 것이다.

그런데 공명은 대수롭지 않다는 듯이 대답했다.

"부탁이시라면 만들어 드리지요."

여러 무장들은 어안이 벙벙하여 공명을 바라보았다.

"감사하오. 그럼 열흘 안에 만들어 주실 수 있겠습니까?"

주유가 다시 물었다.

여러 장수들이 이번에는 일제히 주유에게로 눈길을 옮겼다.

불과 열흘 동안에 10만 개의 화살을 만들라니! 신이 아닌 한 그렇게 할 수는 없는 일이다.

여러 장수들은 마른침을 삼키며 공명의 대답을 기다렸다. 만들어 낼 수 있는 숫자는 고작해야 한 달에 3만 개다. 그러나 결전이 임박한 지금 한 달의 여유가 있을 리 없었다.

사람들은 공명이 과연 어떤 대답을 할 것인지, 크나큰 흥미를 갖고 그 얼굴을 뚫어지게 지켜보았다.

공명이 입을 열었다.

"조조의 수군이 언제 밀어닥칠지 알 수 없는 상황인데, 열흘이나 여유를 둘 수는 없으리라고 생각합니다."

너무나도 뜻밖의 말에 여러 장수들은 물론, 주유 자신도 눈이 휘둥그레졌다.

"그러시다면…… ?"

"지금 열흘씩이나 걸려서 화살을 만들 수 있는 여유가 없다는 것입니다."

"그럼……선생은 대체 며칠 사이에 10만 개의 화살을 만들어 내겠다는 말씀이오?"

"사흘입니다."

"사흘!"

주유는 자신도 모르게 크게 소리를 질렀다.

모든 무장들도 공명이 제정신인가 하고 의심했다.

"사흘이라고! 만 사흘 동안에 10만 개의 화살을 만들어내겠다는 말씀이오?"

"그렇습니다. 사흘이면 넉넉하리라 생각합니다."

"선생!"

주유는 정색하고 공명을 노려보았다.

"나라가 흥하느냐 망하느냐 하는 중대한 일을 의논하는 군막 안이오. 농담은 단연코 용납할 수 없소!"

"도독께서는 제가 장난으로 지껄이는 줄 아십니까?"

"그렇게밖에는 생각할 수 없소!"

"저는 이제까지 큰일을 의논하는 군의(軍議) 석상에서 자신이 없는 말은 입에 담아본 기억이 없습니다."

공명은 단호하게 잘라 말했다.

"만일 사흘 안에 화살 10만 개를 만들어내지 못할 때는 어찌 하시겠소?"

"만일 사흘 안에 10만 개의 화살을 마련할 수 없을 때에는 양을 중벌에 처하십시오."

공명은 주유를 똑바로 보며 말했다.

"좋소. 그럼 이 약속을 군령장으로써 공포하려는데, 어떻소?"

주유는 날카로운 눈빛으로 공명의 맑고 조용한 눈길을 쏘아보며 물었다.

"상관없습니다."

주유는 곧 군정사(軍政司)를 불러 모든 무장들이 보는 앞에서 군령장을 만들게 하여 공명에게 약속을 어겼을 때에는 어떠한 중벌이라도 받겠다는 서약을 쓰게 했다.

공명은 붓을 놓으며 말했다.

"오늘은 이미 해가 저물었은즉, 내일을 첫째 날로 헤아려 셋째 날에 이르면 도독께서는 군사 500을 강가로 내보내주십시오. 10만 개의 화살을 그때 마련해 놓겠으니 가져가십시오."

공명은 조용히 자리에서 일어났다.

군의가 끝나고 주유가 안으로 들어가자, 따라온 노숙이 도무지 납득이 가지 않는다는 얼굴로 말했다.

"제갈량의 행동은 미친 짓이라고밖에는 생각할 수 없습니다만……."

주유 또한 의혹의 눈길을 허공에 던졌다.

"그럴지도 모르오. 그러나 그는 불세출의 천재이니, 우리가 상상하기 어려운 교묘한 화살 제작 방법을 알고 있을지 뉘 알겠소. 그러나 만드는 것은 우리 군중의 공장(工匠)이오. 공장들에게 미리 말해 두어 설사 어떠한 속성 제작법을 공명이 가르쳐 줄지라도 일부러 작업을 태만히 하도록 하고, 재료도 부족하게 준비해놓으리다. 공명은 자신의 재주를 너무 믿은 나머지, 아무래도 여기서 제 무덤을 파게 되는 것 같소. 내가 그를 죽이는 것은 아니오. 공명 자신이 기한을 단축시켰소. 사흘이 지나 화살의 수가 모자라면 스스로 목을 내놓게 되었으니 자업자득이라고 할밖에.”

그렇게 말은 했으나 한편으로는 공명쯤 되는 인물이 전혀 승산이 없는 불가능한 일을 태연히 수락할 리가 없다고도 생각했다.

‘……대체 어떤 생각을 품었을까?’

두려움과도 같은 흥미가 솟지 않을 수 없었다.

“자경, 공명의 배를 엿보아 어떠한 허실(虛實)의 계략을 쓰는지 좀 살펴보고 오오.”

노숙은 날이 새기를 기다려 공명을 찾아갔다.

공명은 유유히 잠자리에 누워 있다가, 노숙의 목소리에 천천히 몸을 일으키더니 뱃전으로 다가가서 두 손으로 물을 떠 양치질을 하고 맑게 갠 하늘을 올려다보며 중얼거렸다.

“오늘도 좋은 날씨로군.”

어제의 일 따위는 깨끗이 잊어버린 듯한 태도였다.

이윽고 서로 마주앉자 공명은 노숙에게 맑은 눈동자를 못박고 말했다.

“자경께서는 저의 부탁을 저버린 책임을 지셔야겠습니다.”

“그건 무슨 뜻인지요?”

“장간을 속여넘긴 계략을 이미 내가 알고 있었다는 것을 도독께 보고하지 말아달라고 부탁을 해 두었음에도 귀공은 그대로 고하시었소. ……귀공께서 그 책임을 져 주셔야겠소.”

“그럼 선생께서는 이번 약속이 승산이 없다고 하시는 겁니까?”

“우선은…….”

“그러나 도독이 열흘이라고 기한을 잘랐는데도 선생 자신이 사흘이면 넉넉하다고 줄이시지 않으셨습니까?”

“오군의 모든 공장을 독려하여 밤낮없이 만든다 해도 열흘에 10만 개란 도저히 당치 않다는 것은 자경께서도 아실 것이오. 그렇다면 열흘이거나 사흘이거나 마찬가지 아니겠습니까?”

그 말에 노숙은 아연실색했다.

“그렇다면…… 달아나도록 안내라도 하라는 말씀인가요?”

“하하하, 군령장에 맹세를 적은 이상 도망하여 천하에 비웃음을 살 짓을 이 제갈량이 할 수 있겠습니까?”

“그럼 대체 어쩌시겠다는 말씀입니까?”

“비상한 경우에는 비상한 수단을 택하지 않을 수 없습니다. …… 그래서 귀공의 힘을 빌리고 싶습니다.”

“내가 할 수 있는 일이라면 어떠한 일이라도…….”

“우선 20척의 배를 준비해 주십시오. 배에는 각각 30명씩 군사를 태우고, 배 위에는 푸른 천으로 휘장을 치고 뱃전에는 짚단을 천 개쯤 주욱 쌓아두시기 바랍니다.”

“그것쯤이야 어렵지 않은 부탁이오만, 그것만으로 10만 개의 화살을 만들 수 있다는 말씀이십니까?”

“그렇소. 모레……사흘째 되는 날에는 반드시 화살 10만 개를 만들어 도독께 드리겠소……. 다만 이런 부탁에 대해서 또 도독께 말씀드리지 않도록 당부하오.”

이번에는 노숙도 공명의 기묘한 부탁에 관해서 주유에게 한 마디도 보고하지 않았다.

“제갈량은 화살로 쓸 화살대, 깃털, 아교, 칠에 쓸 옻 같은 재료는 일체 필요치 않으며, 다른 방법으로 만든다고 태연했습니다.”

“재료도 마련하지 않고, 어떻게 화살을 만들 수 있겠소. 장인(匠人)들을 동원할 기색은 없던가요?”

"제가 살펴본 바로는 다만 배 안에서 무엇인가를 골똘히 생각하고 있을 뿐, 도무지 움직이려 하지 않았습니다."

"도망칠 생각을 하는 거라면 자객이라도 보내겠건만……."

"아닙니다. 천하의 비웃음을 살 짓은 절대 하지 않는다고 나에게 똑똑히 말했습니다."

"모르겠군! 오늘, 내일, 모레, 사흘 동안에 어떻게 화살 10만 개나 만들어 낼 수 있단 말이오?"

주유는 짐작조차 할 수 없는 안타까움에 저도 모르게 험상궂은 얼굴이 되었다.

한편 노숙은 그날 안으로 속력이 빠른 배 20척을 준비했다. 그리고 부탁받은 대로 푸른 천으로 휘장을 치고 배마다 1천 개의 짚단을 뱃전에 그득히 쌓아 공명에게 보냈다.

공명은 첫째 날은 그 위장된 진용을 시찰하고, 푸른 천 휘장을 좀 더 느슨하게 하라느니, 짚단을 조금 더 높이 쌓으라느니 하는 지시를 내렸을 뿐이었다.

둘째 날에도 공명은 움직이지 않았다.

셋째 날이 밝으려 할 무렵이었다. 한 어린아이가 아무도 모르게 노숙을 부르러 왔다. 노숙이 나가 보니 코 앞도 분간할 수 없는 짙은 안개가 땅 위에 자욱이 깔려 있었다.

어린아이가 노숙을 인도해 간 곳은 위장된 선단(船團) 가운데 한 척이었다. 공명도 그곳에 있었다.

"약속에 따라 이제부터 10만 개의 화살을 만들러 가려는 참입니다. 함께 가지 않으시겠소?"

"어디로 가십니까?"

"따라오시면 아시게 됩니다."

공명은 담담한 음성으로 대답했다.

20척의 쾌속선은 새벽이 채 되지 않은 어두운 강 위로 천천히 미끄러져 나갔다.

설사 횃불을 밝게 켜들었다 하더라도 그 불빛은 배 두 척을 지나면 보이지 않을 정도로 안개가 짙고 깊었다.

20척의 배는 이물과 고물을 서로 붙들어매어 떨어지지 않도록 하고, 한 줄로 북쪽 강기슭을 향해 강물을 거슬러 올라갔다.

노숙이 물었다.

"선생은 북쪽 강 기슭에 상륙하여 적의 진지로 들어갈 계획을 세우셨습니까?"

공명이 대답했다.

"그렇게 무모한 짓은 하지 않습니다."

짙은 안개에 싸인 장강을 나아가는 것은 마치 이 세상 끝으로 떨어지는 듯한 무서움이었다.

〈대무수강부(大霧垂江賦)〉라는 긴 시(詩) 속에 이러한 대목이 나온다.

거대하도다, 장강이여! 서로는 민산(岷山)과 아미산(峨嵋山)에 이르렀고, 남으로는 삼오(三吳 : 장강 하류 일대)의 땅을 아우르며, 북으로는 구하(九河 : 황하의 아홉 갈래 지류)를 품었구나. 백 갈래 강물 모아 바다로 들어가 만고의 세월을 거쳐 파도를 일으켜라. 용의 신과 바다의 신, 강의 신과 냇물의 신에서부터, 천 길이나 되는 거대한 고래와, 아홉 머리를 가진 천오와 괴기하고 이상한 것들 모두 간직하고 있구나. 대저 온갖 귀신들이 깃을 들이고, 영웅들이 싸우고 지키는 곳이로다.

때는 바야흐로 음양이 혼란에 빠져 어둠과 밝음 구분이 안되고, 저 하늘이 한빛으로 변해 홀연 안개 사방에서 가득 일어 아득하네. 배에 실린 것 풀섶이라도 눈에 보이질 않고 오직 징소리 북소리만 귀에 울려 오네. 처음에는 어슴푸레 겨우 종남산의 표범 정도나 숨길만 하더니, 차츰 가득히 채워져 북해의 곤조차 방향을 잃고 마네. 위로 높은 하늘에 닿고 아래로 두터운 땅까지 드리우니, 아득히 멀어 창망하고 가없이 넓어라. 수고래 암고래 물 위로 나와 파도를 일으키고, 교룡은 깊은 바닥에 엎드려 기를 토하네. 마치 여름 장맛비가 무더위를 거둬들이고 봄날 흐릿한 음기가 차가운 기운을 내뿜는 듯, 어슴푸레 희미하며 성대하고도 가득 늠실대어라. 동으로는 시상 기슭도 잃어버리고 남으로는 하구의 산들도 사라졌네. 일천 척이나 되는 싸움배들은 모조리 바위 골짜기로 침몰해버리고, 한 조각 고깃배만 놀란 파도 속을 들락거려라. 더 심해진 안개에 하늘빛은 사라지고 찬란한 아침 해도 빛을 잃어, 한낮이 도리어 황혼으로 바뀌고 붉은 산이 푸른 물로 변해버리니, 비록 대우의 지혜라 해도 그 깊고 얕음을 측량할 수가 없고, 이루의 밝은 시력이라 할지라도 어찌 지척을 분간할 수 있으리오?

마침내 용왕 풍이가 물결 잠재우고 바람의 신 병예도 위력을 거둬들이니, 물고기와 자라가 몸을 숨기고 길짐승과 날짐승도 자취를 감추네. 신선이 산다는 봉래섬 가는 길도 끊어버리고 천상의 자미성 궁문마저 캄캄하게 덮어버리네. 안개가 황홀히 치달아올라 금방 소나기라도 내릴 듯 어지러이 밀려드니, 마치 비구름이 몰려오리라. 저 속에 독사라도 숨어서 무서운 전염병을 퍼뜨릴까. 저 안에 요괴를 감추어서 온갖 재앙을 지어내지 않을까. 인간에게 질병과 액운을 내리고 변방에 전쟁을 일으키려는가. 서민이 만나면 요절하거나 몸을 다치고, 대인은 바라보며 탄식하더라. 장차 태고적 천과 지 기운으로 돌아가 이 하늘 땅을 혼합하여 큰 덩어리 만듦이런가.

공명이 화살 10만 개를 가지러 간다며 위장 선단을 띄우던 그때의 강이 이러했다.

노숙은 대체 공명에게 어떠한 묘계가 있는지 짐작조차 못한 터라 짙은 안개 속을 뚫고 나가는 데 희미한 공포를 느끼고 있었다.

공명은 태연히 뱃머리에 우뚝 서 있다.

"선생!"

노숙은 자기도 모르게 큰소리로 불렀다.

"선생은 혹시 이 20척의 배를 선물로 삼아 주군 현덕에게로 돌아가려는 것은 아닌지요?"

"사람을 의심하는 것도 때와 경우가 있소. 나는 오나라와 조조의 결전을 보기 위해 왔소이다. 내 한몸의 안전을 위하고자 뻔뻔스럽게 주군에게로 도망쳐 가는 비겁한 행동은 하지 않소!"

공명의 대답은 위엄있고 단호하여 맑게 울렸다.

날이 밝았다. 그러나 여전히 짙은 안개는 강 위로 퍼져 쉽사리 걷힐 것 같지 않았다.

20척의 쾌속선단은 이미 북쪽 기슭의 수채에 육박하고 있었다.

공명은 명령을 내려 뱃머리를 서쪽으로 향하고 고물을 동쪽으로 돌려 한 줄로 늘어세우자, 600 군사에게 요란하게 북을 두드리며 함성을 지르게 했다.

"선생! 조조의 군사가 일제히 공격해 오면 어찌하시려오?"

노숙은 소스라치게 놀라며 물었다.

20척의 배는 모두 주렁주렁 한 줄에 붙들어 매어져 있다. 배를 지키는 군사는 겨우 600에 지나지 않으며, 위장은 했으나 무장은 전혀 하지 않았다. 조조군이 한꺼번에 덤벼들기라도 한다면 꼼짝없이 물고기밥이 되는 것이다.

"마음놓으십시오. 적은 이쪽이 겨우 20척이라는 것을 전혀 알아볼 수 없습니다. 수전에 자신이 없는 조조가 이 짙은 안개를 뚫고 돌진해 오지는 않을 것이오."

공명은 명쾌하게 단정했다.

그 말은 틀림없었다.

별안간 강물 위에서 일어나는 북소리, 그리고 함성을 들은 모개와 우금은 말을 몰아 본영에 이르러 조조에게 급히 알렸다.

조조는 그 말을 듣자 곧 명령했다.

"공격해 나가지 말라. 짙은 안개를 이용해서 공격해온 것을 보면 반드시 대선단을 여러 함대로 나누어 상류와 하류에 매복시켜 놓았을 것이다. 그 계책에 걸려들어서는 안 된다. ……수채에서 모든 노궁수에게 마구 활을 쏘게 하라. 또 장료와 서황에게도 명령하여 육지의 진에 있는 노궁수 3천을 보내 돕도록 하라."

짙은 안개 속으로 몇백인지도 알 수 없는 군함이 요란한 시위를 하며 밀고 들어오자, 수채의 조조 군사들은 뭐라고 말할 수 없는 무시무시한 공포에 사로잡혀 정신없이 그 희뿌연 어둠을 향해 화살을 쏘아댔다.

곧 이어서 장료와 서황이 이끄는 3천의 노궁수가 강변으로 와르르 밀려와서 역시 짙은 안개 속으로 무수하게 화살을 날렸다.

약 1만 5천의 노궁수가 보이지도 않는 오나라 배를 향해 소나기처럼 화살을 퍼부었던 것이다.

조조 자신도 강변으로 나와서 독전했다.

"이만한 위력을 보이면 설마 상륙까지야 하지 못할 테지."

한편, 공명은 또다시 군사들에게 북을 마구 치게 하고, 끊일 사이 없이 계속 함성을 지르게 했다.

이윽고, 태양이 동쪽에서 타는 듯 시뻘건 동그라미를 그리며 떠올랐다. 짙은 안개는 순식간에 강물 위에서 흩어졌다.

그러자, 어찌된 일인가? 수채 바로 앞까지 바싹 다가왔던 오나라 선단은 안개와 함께 그림자도 없이 사라져 버렸다.

망루 위로 뛰어올라간 조조는 아득히 저쪽으로 나는 듯이 미끄러저 내려가는 20척의 배를 보았다.

"아차, 속았구나!"

조조는 분하여 소리를 질러댔다.

20척의 배는 뱃전에 쌓아올린 짚단과 배 위를 덮은 푸른 휘장에 무수한 화살이 꽂혀서 마치 화살로 만든 도롱이를 입은 것처럼 되어 있었다.

다시 멀리서 메아리같은 함성이 들려왔다. 제갈량이 모든 배의 군사들에게 일제히 고함을 지르도록 명령을 내린 것이다.

적선에서 질러대는 야유와 조롱의 외침이 파도가 되어 밀려왔다.

"조 승상! 그대가 준 화살을 잘 쓰겠노라!"

"이것은 틀림없이 공명의 짓일 것이다. 공격을 하려는 것이 아니라 화살을 훔칠 목적으로 안개 속에 숨어 가까이 왔던 거야."

조조는 마치 어린아이와 같은 속임수에 걸려든 자신의 어리석음을 부끄러워하면서 새삼스럽게 공명의 귀신 같은 술책에 혀를 내둘렀다.

곧, 날랜 병선으로 뒤쫓게 했으나 헛일이었다.

공명의 배는 가벼운데다가 물살은 급했다. 더욱이 오군은 추격해오는 조조의 병선을 겨누어 아낌없이 화살을 날렸다. 조조의 군사는 자신들이 내준 화살에 되맞아 수백 명이 강물에 빠져죽었다.

"자경……."

공명은 추격군을 뿌리친 뒤 노숙을 향해 말했다.

"배마다 꽂힌 화살은 얼른 보아도 능히 5, 6천 개씩은 될 것이오. 20척이면 대충 세어도 10만 개요. 화살을 만드는 데 이것이 가장 재빠른 방법이라고 생각지 않으십니까?"

"참으로!"

노숙은 아직도 놀라움 속에서 숨을 몰아쉬며 끄덕였다.

"선생의 귀모(鬼謀)는 보통 사람으로서는 감히 상상할 수도 없는

것입니다.”

“이것은 귀모랄 것도 없소이다. 다만 조조의 허(虛)를 찔러 보았을 뿐입니다.”

“그러나 선생, 어제 저녁때까지만 해도 장강에 안개는 보이지도 않았으며, 어젯밤 늦게야 짙은 안개가 끼었습니다. 선생께선 어젯밤부터 안개가 낄 것을 미리 꿰뚫어 보셨음에 틀림없다고 생각되는데, 어떻게 아셨습니까?”

“천문에 통하고 지리에 밝으며, 기문(奇門)을 알아야 하고 음양을 깨달으며, 진도(陣圖)를 보고 군세를 똑똑히 파악하는 것은 장수된 자가 마땅히 갖추고 있어야 할 소양입니다. 숙련된 어부에게 오늘밤의 맑은 하늘을 올려다보고 내일의 폭풍우를 예언하는 것은 어렵지 않은 일입니다. 그것을 아는 것은 또한 장수의 임무라고 생각합니다. ……주 도독께서 열흘 동안의 기한을 정하고 10만 개의 화살을 만들 것을 소망하셨소만, 내가 만약 그것을 수락했다면 공장들에게 게으름을 부리라고 명령했을 것이고, 재료를 부족하게 준비하여 기한을 어긋나게 하라고 했을 것입니다. 그러나 과연 그런 방법으로 이 몸을 이 세상에서 없앨 수 있겠습니까?”

노숙은 홀로 탄식하며 중얼거렸다.

“공명의 신기묘산(神機妙算)을 내 어찌 따를 수 있으랴!”

후세의 사람들이 이때의 일을 시로 지어 읊었다.

　　온 하늘 짙은 안개 장강에 가득하여
　　원근을 알 수 없고 강물마저 아득하네
　　화살이 소낙비처럼 배 위로 날아드니
　　공명이 오늘에야 주유를 눌렀어라

불

대도독 주유는 아연하여 장승처럼 굳어져 버렸다.

멀리 장막 밖에서 부르는 노숙의 목소리를 듣고 무심코 걸음을 옮기는 순간, 주유는 눈앞에 태산처럼 쌓여 있는 화살 더미를 보았다.

기적, 바로 그것이었다.

주유는 최면에 걸린 사람처럼 그 곳으로 걸어가더니 손을 뻗어 한 묶음을 집어보았다. 100개씩 묶여 있었다. 분명 하북에서 만들어진 정교한 화살이다. 견고한 살대나, 살깃의 털, 옻칠 등 어느 것을 보나 오나라의 물건과는 비교도 되지 않을 만큼 훌륭했다.

주유의 얼굴은 핏기를 잃었고, 화살 다발을 움켜쥔 손은 바르르 떨렸다.

노숙이 천천히 다가왔다.

"10만 개…… 1개도 모자라지 않습니다."

주유는 노숙으로부터 공명이 하루 아침에 이만한 것을 얻은 자초지종을 들었다. 주유는 비틀거리며 장막 안으로 되돌아갔다. 뒤를 따라온 노숙이 지켜보는 것도 잊은 양, 주유는 한동안 허공에 눈동자를 고정시키고 꼼짝도 하지 않았다.

"졌소!"

이윽고 주유의 입에서 창자를 쥐어짜는 듯한 비통한 목소리가 새어 나왔다.

"자경, 제갈량을 이리로 불러 주오."

노숙이 나갔다.

주유는 다발에서 뽑아낸 화살 한 개를 다시금 뚫어지게 들여다보았다. 가슴속에서는 견딜 수 없는 패배감이 강하게 소용돌이쳤다.

오래지 않아 공명이 나타났을 때, 주유는 여느 때의 의젓한 표정으로 되돌아가 있었다.

주유는 그 신과도 같은 재지(才智)와 묘산(妙算)에 대해 아주 평범하게 고맙다는 말을 했다. 공명 또한 자신의 계략을 자랑하는 기색은 털끝만치도 보이지 않았다.

주유는 공명에게 좋은 술을 권한 다음 아무렇지도 않은 듯한 말투로 말하기 시작했다.

"어젯밤 주군에게서 사자가 왔소. 조조의 수군을 강 건너에 바라보면서 헛되이 날을 거듭하고 있는 것은 어찌 된 일이냐고 진군을 재촉하는 전갈이었소. 부끄러운 일이지만 이 변변찮은 사람에게는 일격에 강적을 칠 만한 훌륭한 계책이 없어 헛되이 밤낮으로 걱정만 계속하고 있는 형편이오. 무릎을 꿇고 엎드려 절하니 선생의 가르침을 베풀어 주시오."

깊숙이 머리를 숙이고 공명의 대답을 기다렸다. 이 순간만은 주유도 충심에서 우러나오는 겸허한 태도를 보였다.

공명은 빙그레 웃으며 말했다.

"내가 작은 계책을 성공시켰다 하여 이토록 높이 평가하시는 것은 옳지 못합니다. ……변변치 못한 저에게 도독이 무릎을 꿇게 할 만한 묘계가 있을 리 있겠습니까. 또한 도독께 한 가지 계책도 없으시리라고는 도저히 생각할 수 없는바, 먼저 말씀해 주시기 바랍니다."

주유는 조금 망설이더니 입을 열었다.

"나는 전날, 적의 수채에 남 모르게 가까이 다가가서 그 진형을 보았소이다. 몹시 엄하고 정연하며, 병법에도 들어맞아 이를 공략하여 함락시킨다는 것은 아주 어려운 일이라고 생각했소. 다만 그때 혹시나 하고 생각했던 한 가지 계략이 있으나, 과연 그것으로 개가를 올릴 수 있을지 알 수 없어, 아직껏 아무에게도 털어놓고 말하지 못했소이다."

그 말을 듣자 공명은 손을 들었다.

"도독, 잠깐! 실은 저에게도 한 가지 계교가 있습니다. 도독의 계략과 저의 계책이 과연 같은지 어떤지, 저마다 손바닥에 적어 동시에 서로 펴서 비교해 보면 어떨까요?"

"그거 재미있겠소. 해봅시다."

주유가 먼저 붓을 들어 제 손바닥에 글자를 썼다.

공명도 그 붓을 받아 들어 자신의 손바닥에 선뜻 썼다. 그리고 두 주먹을 가까이 마주 댔다.

"그럼……."

동시에 손바닥을 폈다.

"하하하……."

주유가 껄껄 소리내어 웃었다. 공명도 조용히 미소지었다.

'불[火]'

두 사람의 손바닥에는 똑같은 글자가 씌어져 있었던 것이다.

한편, 십여만 개의 화살을 하룻밤 사이에 빼앗긴 조조는 그 충격으로 장막 안에서 이루 형용할 수 없는 불쾌감에 잠겨 있었다.

조조는 모사 순유를 불러 말했다.

"강동에 제갈공명이 군사로 있는 한 주유가 이끄는 수군을 무찌르기는 힘들 것 같다. 그대가 모사라면 이런 때야말로 묘책을 짜내야 할 것 아닌가."

"계책을 써서 공명을 강동에서 쫓아내기란 생각조차 할 수 없습니다. 다만 저희들이 생각할 수 있는 것은 사람을 골라 오군으로 보내어 거짓으로 항복케 한 다음 주유 휘하에 넣어 두고 오군의 움직임을 통보케 하여, 때를 보아 계략을 세우시면 어떨까 생각합니다만……."

"칠 계책을 세우기 전에 우선 적의 입에 '매복의 독'을 먹인단 말인가? 흔히 쓰는 수단이긴 하나 주유와 공명이 있는 한 반드시 첩자는 들키고 말 것이다."

"지난번 죽은 채모의 동생뻘이 되는 두 사람이 지금 주위로부터 싸늘한 눈총을 받아 기를 펴지 못하고 있사온즉, 승상께서 은혜로 이들을 쓰겠다 하시오면 미칠 듯 기뻐할 것입니다. 또한 오군 측에서도 이 두 사람이 도망쳐 들어간다면 설마 속인다고 의심하지는 않을 것입니다."

조조는 채중(蔡中)과 채화(蔡和) 두 사람을 불러들여, 채모의 오명을 씻고 공명을 세울 생각은 없느냐고 물었다.

물론 두 사람은 감격하여 물불을 마다하지 않을 것을 맹세했다.

"좋다………. 그럼 그대들은 저마다 부하 군사를 이끌고 야음을 틈타, 수채를 빠져나가 남쪽 기슭으로 달아나도록 하라. 채모의 분함을 풀기 위해 오군 쪽으로 돌아섰노라고 거짓 말하고, 주유의 중군에 끼어 그 동향을 남김없이 통보하도록 하라. 내가 오군을 쳐 무찌르는 날 큰 상을 내리리라."

채중과 채화는 하늘에 맹세코 일을 성사시키겠다고 대답했다.

"두 마음은 품지 않으렷다!"

조조는 다짐했다.

"저희들 둘은 다 처자를 형주에 남겨두었은즉, 어찌 두 마음을 품을 수 있겠습니까? 될 수만 있다면 주유와 제갈량의 목을 잘라 휘하에 바치고 싶습니다."

"가거라."

조조는 두 사람이 충성을 다할 것으로 믿었다.

이튿날 저녁 무렵, 채 형제는 저마다 수하 군사 500씩을 이끌고 몇 척의 쾌속선에 올라 순풍에 돛을 달고 수채를 미끄러져 나왔다.

채모의 동생인 채중과 채화 형제가 수하 군사까지 이끌고 투항해 왔다는 보고를 듣고, 주유는 잠깐 고개를 갸웃하더니 말했다.

"부르도록 하라."

채 형제는 주유 앞에 나오자 꿇어 엎드려 절했다.

"투항하는 까닭을 말하여라."

주유의 재촉을 받은 두 사람은 서로 번갈아가며 형 채모가 억울하게 한 마디 변명도 못한 채 죽어간 사실을 이야기하면서, 자기들은 그 동생이기 때문에 그 일이 있은 뒤로 주위로부터 따가운 눈총을 받아 수군 부장의 위치도 위태로워졌으므로 차라리 오군에 투항하여 형의 원수를 갚아야겠다는 각오를 굳히고 결사적으로 탈출해 온 것이라고 말했다.

"그 마음이 오죽하겠는가! 그대들을 기꺼이 받아들이리라. 우선 감녕의 군에 가세하라."

주유는 허락했다.

'……옳지, 되었다.'

채 형제는 회심의 미소를 지었다. 그러나 주유가 그들의 마음속을 꿰뚫어 보지 못할 리 없었다.

은밀히 감녕을 불러 일렀다.

"그들은 형주에 처자 권속들을 두고 온 자들이오. 진정한 항복이 아니고 조조의 첩자로 거짓 항복한 게 틀림없소. 적이 이러한 방책을 쓴다면 나는 이를 역이용하겠소. 그들로 하여금 정반대의 일을 조조에게 통보케 하는 것이오. 귀공은 눈치채이지 않도록 조심하오."

감녕과 엇바뀌어 노숙이 들어와 물었다.

"채중과 채화의 투항은 분명히 거짓이라고 생각합니다. 도독께서는 이미 이것을 꿰뚫어 보셨습니까?"

"자경,……그대의 좋지 못한 버릇은 무엇이든지 의심하는 버릇이오. 형을 살해당한 자들이 복수를 맹세하여 비상수단을 택하는 것은 당연하지 않소? 그대와 같이 의심이 많아서는 천하의 인재를 받아들일 수 없소."

일부러 주유는 호되게 노숙을 나무랐다.

주유의 장막을 나온 노숙은 도무지 못마땅한 표정으로 공명을 찾아갔다.

채중과 채화가 투항해 온 것을 말하고 자기는 거짓임을 꿰뚫어 보았지만, 도독은 그들의 말을 믿고 감녕의 휘하로 넣었는데, 선생은 어떻게 판단하시오 하고 물었다.

공명은 빙그레 웃기만 하고 대답을 하지 않았다.

노숙은 좀 화가 났다.

"어째서 대답을 아니하시오?"

"자경이 공연한 염려를 하고 있어서 그냥 웃었을 뿐이오. 귀공이 꿰뚫어 본 그대로 조조가 채 형제에게 명하여 거짓 투항케 한 것은 명백한 일입니다. 귀공은 이 일을 도독께서 알지 못한다고 한 탄하십니다만 도독이 이를 꿰뚫어 보지 못할 리 없으며, 다만 적의 계략을 거꾸로 이용하여 계책을 행하려는 것으로 생각됩니다."

"아……과연!"

노숙은 자신의 밝지 못함을 부끄러워했다.

"잠자코 보기만 하십시오. 도독께선 뜻밖의 계책을 쓰실 것이 분명합니다."

공명은 말하고 웃었다.

그날 밤 이슥해진 뒤 주유의 장막 안에는 노 장군 황개(黃蓋)가 삼강구의 진영에서 아무도 모르게 찾아와 있었다.

손견(孫堅)이 강동에 정기(旌旗)를 휘날린 뒤로 삼군 가운데 중책을 맡아 무수한 싸움터를 누벼온 황개는 이미 머리카락도 긴 수염도 하얗게 세어 버린 신장(神將) 같은 풍채였다.

"도독께서는 이미 남쪽 기슭에 진을 치신 지 오래되었습니다. 조조는 수군의 조련에 힘을 두어 그 힘을 강화시키고 있습니다. 무엇 때문에 재빨리 치고 나가 적의 수채를 없애버리지 않으시오!"

"방책만 있다면……."

"방책은 오직 하나……화공(火攻)이 있을 뿐이오!"

황개는 서슴지 않고 잘라 말했다.

주유는 이맛살을 찌푸렸다.

"화공이 좋다고 누가 장군께 가르쳐 드렸소?"

"나 혼자 생각한 일이오. 다른 사람이 가르쳐 준 것이 아니오."

"화공의 계략은 이미 내 가슴 속에 있었소. 그러나 이를 쓰는 이상 반드시 이겨야만 하오. 그래서……."

주유는 거짓 항복한 채중과 채화를 거꾸로 이용하기 위해 중군에 잡아 두었다고 말했다.

"이쪽에서도 조조의 진중으로 거짓 투항자를 보내어 속일 필요가 있다고 생각하오."

"오오! 도독께서 무엇을 생각하시는지 충분히 알겠소. 그 임무는 이 황개에게 맡겨 주시오."

"조조를 속이는 것은 보통 수단으로는 안 되오. 오나라를 배반하고 적에게 투항하는 데에는 조조가 충분히 납득할 만한 이유를 만들지 않으면 안 되오. 그것은 죽기보다도 더한 치욕을 당하여 이 주유와는 하늘 아래 함께 살 수 없을 정도의 증오와 원한을 품게 되었다 해도 상대가 의심하지 않을 만한 일이어야만 하오. 그러한 이상, 연로하신 장군에게는 무리한 임무라고 생각되오.”

“아니오! 내가 늙은 사람이기 때문에 그야말로 치욕에 견디지 못하고 조조에게 의지해 몸을 던졌다고 믿지 않겠소? 이미 여생이 얼마 남지 않은 목숨이라 오군이 조조를 쳐부수는 모습을 이 눈으로 똑똑히 보고 황천에 계시는 선군(先君)께 말씀드리고 싶소. 간뇌(肝腦)가 흙투성이가 되는 것쯤 각오가 되어 있는 일이니, 나라를 위해 공을 세울 수 있게 해 주시오.”

“장군, 고맙습니다. 이 고육지계(苦肉之計)가 귀공에 의해 행해진다는 것은 강동의 천행이라 할 수 있소.”

주유는 깊이 머리숙였다.

이튿날 주유는 갑작스럽게 북을 울려 모든 장수들을 장막 안에 모이게 했다. 자리가 다 정해진 것을 보고, 주유는 늠름한 위의(威儀)를 떨치며 입을 열었다.

“우리 군대는 드디어 며칠 안에 북쪽 기슭을 향해 건곤일척의 싸움을 위해 진발하게 되오. 그러나 적군은 백만이오. 30리에 걸쳐 진을 치고 있으므로 이것을 하루에 격파할 수는 없을 것이오. 따라서 여러 장군들은 석 달치 군량을 배 안에 비축해 놓도록……”

“잠깐만!”

주유의 명령이 채 끝나기도 전에 황개가 크게 소리쳤다.

“석 달치 군량을 배에 싣는다는 것은 어리석은 짓이오. 벌써 그렇게 겁을 먹고 엉거주춤 내빼려는 태도를 가진다면 석 달 아니라 3년치의 군량을 준비한다 해도 조조를 쫓아 버릴 수 없을 것이오. 어림도 없소!”

“노인! 군사에 관한 전권을 위임받은 도독한테 겁을 집어먹고 엉거주춤 내빼려고 한다니, 폭언이 지나치지 않소!"
주유가 소리쳤다.
"천만의 말씀. 폭언도 악담도 아니오. 조조와의 결전은 속전속결
……질풍처럼 몰아붙이는 것만이 상책이라고 말했을 뿐이오!"
"잠꼬대 같은 말을 군의석상(軍議席上)에서 떠들다니, 벌써 늙어
빠져서 망령이 난 모양이군!"
"뭐야! 아무리 도독이라 할지라도 그 말은 용서할 수 없다!"
황개는 차고 있던 칼 손잡이를 움켜 쥐었다.

지모전(智謀戰)

후한(後漢) 시절을 통틀어 가장 잘생겼다는 칭송을 받아온 주유의 수려한 얼굴이 별안간 야차(夜叉)같이 돌변했다.

"황개! 오나라의 3군을 통솔하는 대도독에게 감히 칼을 뽑겠다는 건가!"

"3대에 걸쳐 주군을 섬기며 한 조각의 사심도 없이 오로지 충성 하나로 나라를 세우기에 몸바쳐 온 나를 만인 앞에서 욕을 보였으니 죽음으로써 이 굴욕을 씻을 뿐!"

노장 황개가 잘라 말했다.

"듣거라, 늙은이! 여기는 적을 눈앞에 둔 진영이다. 싸움의 전권은 나에게 있다. 내 명에 항거하는 자는 반역죄로 엄벌에 처하리라!"

"가소롭다! 파로장군(破虜將軍)을 따라 동남의 싸움터를 가로세로 누빈 이 황개를 벨 수 있다면 베어 보라!"

황개는 칼을 쑥 뽑았다.

"장군, 진정하시오!"

감녕이 당황하며 앞을 막아 섰다.

"비키시오. 오늘이야말로 이 황개, 참을 수가 없소! 대도독의 지위에 우쭐해져 우리같이 나라를 일으킨 공신들을 경멸하고 무시하는 어리석은 자를 그대로 두면 나라를 멸망케 하는 화근이 되오. 이 자리에서 죽여 버림이 상책이오!"

완고한 노 장군은 앞뒤를 잊은 듯 격분에 몸을 떨었다.

"잠깐만! 백만 적군을 앞에 놓고 집안 싸움하는 것이야말로 내 손으로 내 목을 죄는 것과 같은 어리석은 짓이오!"

감녕은 틈을 노려 황개에게 달려들어 칼을 빼앗았다. 그리고 주유를 보고 충고했다.

"황 장군은 3대에 걸쳐 충성한 신하이니 좀 폭언을 했다 해도 그냥 흘려 버리심이 좋을 줄로 생각합니다. 나라를 위한 충성된 마음으로 한 진언이니 도독께서 너그럽게 이해하십시오……."

"닥쳐라! 주군께서 납시어 의논하는 자리라면 또 모른다. 진영에서 총수의 명령을 거스른 것을 벌하지 않는다면 무엇으로 군율을 바로잡는단 말인가? 감녕, 쓸데없는 혀를 놀려 자기 혼자 군자라는 평판을 들으려 하다니 무슨 일이냐! 군법의 엄정함을 보이기 위해 너부터 처벌하리라!"

주유는 벌떡 일어나면서 명령했다.

"감녕을 묶고, 황개를 베어라!"

모든 무장과 문관들은 새하얗게 질렸고 장막 안의 분위기는 갑자기 살벌해졌다. 물론 감녕을 묶거나 황개를 베려고 나서는 자는 없었다. 그 때문에 주유는 더더욱 분노가 치밀어 스스로 베어 버릴 기세를 보였다.

그 앞에 모든 무장들이 무릎꿇고 엎드렸다. 황개의 죄가 막중하다 치더라도 지금 이를 벤다는 것은 우리 군사들의 사기에 관계되므로 일단 용서하였다가 조조를 격파한 뒤에 처형해도 늦지 않을 것이라고 저마다 입을 모아 간했다.

그러나 주유는 격분을 가라앉히려 하지 않고, 명령에 거역하는 자는 엄중하게 처벌하겠다고 계속 호통쳤다. 노숙이 달려와 달래지 않았더라면 이 싸움은 밤까지 계속되었을 것이다.

가까스로 주유는 낯빛을 가다듬고 말했다.

"모두들 그토록 늙은이를 아낀다면 목숨만은 살려 주겠다. 그러나 군법은 어디까지나 엄정해야 하는 법. 곤장 100대를 쳐서 그 죄를 다스리리라!"

너무 가혹하다고 사람들은 말했으나 주유의 태도는 단호했다.

황개는 순식간에 윗옷이 벗겨지고 손이 뒤로 꽁꽁 묶여 땅바닥에 엎드려졌다. 두 군졸이 휘두르는 곤장은 가차없이 황개의 늙은 등을 파고 들었다. 한 대 한 대의 곤장이 살을 찢는 소리에 사람들은 자기 몸처럼 아픔을 느끼고 얼굴을 쳐들지 못했다.

"쉰!"

집행하는 군사가 큰 소리로 세다가 군졸에게 눈짓하여 때리기를 멈추게 했다.

"무엇을 하느냐! 쳐라, 어서 치지 못하겠느냐!"

주유는 큰 소리로 꾸짖었다.

"이 이상 때리면 늙은 몸이어서 목숨을 잃게 될까 염려됩니다."

"닥쳐라! 100대의 태형(笞刑)을 명했다. 50대로 멈추는 것은 용서치 않는다!"

주유의 냉혹하고 무참한 명령을 들은 사람들은 모두 그를 악귀처럼 느꼈다.

이미 황개의 등은 살갗이 터지고 살이 찢어져 피투성이가 되어 있었다. 고통을 견디는 신음소리도 이미 끊어지고 죽은 듯이 꼼짝하지 않았다.

집행하는 군사는 하는 수 없이 계속 세었다.

"쉰하나……쉰둘……."

군졸들은 매를 다시 내리쳤다.

"사정 두지 마라! 적당히 하려다가는 너희들도 처형되리라!"

주유는 악을 썼다.

"도독이 혹시 정신이 돌아버린 게 아닐까?"

자신도 모르게 중얼거리는 사람도 있었다.

"백!"

끝까지 다 세었을 때 집행하던 군사도, 때리던 군졸도 끔찍스러운 죄를 범한 사람처럼 얼굴이 창백해져 있었다.

엎드린 노 장군은 숨이 끊어진 것 같았다. 뼈는 으스러지고 피는 한 방울도 남김없이 흘러나오고 만 것처럼 참혹한 몰골로 변해 버렸다. 주유 자신도 너무 흥분한 나머지 핏기를 잃고 처참한 형상이 되어 있었다.

"됐다! 이것으로 군법을 바로잡았다! 앞으로도 명령에 거역하는 자는 이렇게 엄벌하리라!"

주유는 이렇게 말하며 장막 안으로 사라졌다.

모든 무장들은 급히 황개의 주위로 몰려들었다. 다행히 실낱같이 숨은 붙어 있었다.

사람들은 곧 응급치료를 하고 몸통을 온통 흰 베로 감은 뒤 그의 진영으로 옮겼다. 한참만에 간신히 의식을 되찾은 황개는 입을 열 기력도 없이 또 정신을 잃었다.

공명은 이런 소란을 처음부터 끝까지 똑똑히 눈으로 보면서도 한 마디 말도 하지 않고 있다가, 황개가 둘러메어져 가는 것을 확인한 뒤에야 자기 배로 돌아왔다.

얼마 뒤 노숙이 공명을 찾아왔다.

공명은 태연히 자리에 누워 있었다.

노숙은 흥분한 얼굴로 공명을 바라보며 물었다.

"오늘 있었던 소동에서 우리는 도독의 휘하에 속해 있기 때문에 다만 용서를 비는 것 말고는 다른 수가 없었습니다만, 선생께서는 손님이므로 공정한 입장에서 도독의 분노를 달래어 일을 수습해 주실 수 있다고 생각했는데, 끝내 입을 다물고만 계셨습니다. 나로서는 도무지 이해할 수가 없소이다. 어찌하여 생각을 감추신 채 구경만 하셨는지 듣고 싶습니다."

그러자 공명은 미소지으며 되물었다.

"노자경이 새삼 저를 속여 무슨 이로움이 있으시오?"

"속이다니? ……무슨 말씀이오? 나는 선생을 오나라로 모셔온 뒤로 단 한번도 속인 적이 없습니다."

"속이는 것이 아니라면 자경의 눈이 매우 흐린 모양이군요."

"무슨 말씀이시온지…… ?"

"오늘 있었던 소동은 도독이 일부러 꾸민 허실의 책략이오. 적을 속이기에 앞서 먼저 자기 편을 속이는 고육책(苦肉策)이었음을 귀공과 같은 분이 어찌 알아채지 못했는지 이상합니다."

"그것이 도독의 고육책이라는 말씀이오? 저 늙은 장군이 거의 초주검이 되었는데도 말이오…… ?"

어쩌면 황개는 그대로 숨이 끊어졌을지 모른다. 그토록 처절한 수단까지 써가며 자기 편을 속여야 했던가.

노숙은 어안이 벙벙했다.

"조조를 속이려면 그 정도로도 충분하다고는 할 수 없습니다. 도독은 황 장군을 조조에게 거짓 항복하도록 하려 하고 있습니다. 이쪽 진으로 거짓 항복하여 온 채중과 채화를 거꾸로 이용하기 위해서는 그런 대로 교묘한 수단이라고 하겠지요."

"아아, 과연……."

"그러나, 자경께 또 부탁을 드리겠는데, 내가 이를 알아챘다는 사실을 부디 도독께 말씀드리지 마십시오. 그렇지 않으면 도독께선 또다시 공명을 살려 둘 수 없다고 생각하게 됩니다."
"잘 알겠습니다."
노숙은 고개를 끄덕이고 물러갔다.
그날 밤 주유는 노숙을 불러놓고 물었다.
"자경 역시 오늘의 내 행동을 남몰래 비난하고 있소?"
"그 일로 모든 장수들의 마음이 도독에게서 떠나지나 않을까 염려하고 있습니다."
"흠, 공명은 어떨까?"
노숙은 시치미를 떼고 대답했다.
"찾아가 의견을 물었더니, 공명은 도독께서 성격상의 결점을 드러내신 것 같아 걱정스럽다고 대답하였습니다."
"공명이 그렇게 말했단 말이오?"
주유는 회심의 웃음을 지었다.
"공명을 속일 수 있었다면 반드시 조조를 속일 수 있을 것이오."
"무슨 말씀이신지?"
"하하하…… 자경, 오늘의 일은 우선 우리 편을 속이려는 계책이었소."
주유는 털어놓고 말했다.
노숙은 공명의 명찰(明察)에 새삼스레 경탄했다. 그 자리에서 목격한 모든 장수들 가운데 이를 꿰뚫어 본 사람은 단 한사람도 없었던 것이다.
'……공명은 사람이 아니다.'
노숙은 다시 오싹한 두려움을 느끼지 않을 수 없었다.

헌 누더기처럼 해어진 몸으로 자기 진중에 누워 있는 황개는 정신이 오락가락하여, 문병 온 사람들이 어떤 위로의 말을 하더라도 한마디도 대답하지 않았다. 말없이 가만히 있는 것으로 주유에 대해 얼마나 큰 원한을 가슴속에 불태우고 있는가를 말해 주었다.

참모 감택(闞澤)이 문병 온 것은 닷새쯤 지난 뒤였다.

황개는 좌우를 멀리하고 감택을 병상으로 불렀다. 감택은 황개를 가만히 지켜보며 물었다.

"장군께선 도독과 서로 미워해야 할 일이라도 있었습니까?"

"아니, 별로……."

황개는 고개를 저었다.

감택은 고개를 끄덕이고 목소리를 낮추어 말했다.

"그건 우리 편을 속이려는 고육책이 아니었습니까?"

"어째서 그렇게 생각하는가?"

"그날 내가 주공께 보고하러 갔다 돌아왔을 때는 이미 곤장 100대가 끝난 참이었습니다. 나는 몰래 도독의 기색을 살폈던바 참으로 잔인했습니다. 그런데 그때의 지나친 태도가 오히려 수상쩍게 생각됐습니다. 어쩌면 고육책이 아닐까 하고 생각했습니다."

"과연 그대답게 잘 보았군. 실인즉 그것은 도독과 내가 함께 짠 일이었지. 3대에 걸쳐 두터운 은의를 입은 이 황개가 늙은 몸을 채찍질하며 공을 세울 때는 이때다 각오하고서 맡은 임무였네."

"장군께서 저에게 진실을 털어놓으심은 어인 까닭이신지요?"

"우선……."

황개는 등의 아픔을 견디면서 말했다.

"두루 진중을 살펴보건대 심복이 되어 줄 인물은 그대 말고는 없다고 단정했기 때문이네."

"제가 장군의 심복으로서 해야 할 임무는 무엇입니까?"

"사자가 되어 조조에게로 가는 것이네."

"항복하겠다는 글을 조조에게로 가지고 가는 임무를 맡으라는 말씀입니까?"

"그렇네……. 그러나 이것은 이른바 굴욕의 사자이며 목숨을 던져야 하는 행동이므로 무리한 부탁일지도 모르는 일이지만……."

"장군, 염려 마십시오. 오나라를 위해, 장군을 위해, 이 감택의
한 목숨 기꺼이 버리겠습니다."

만일 도중에 실패하게 되는 날에는 영원토록 배반자라는 오명을
쓰게 된다. 그것을 각오하고 시작해야 하는 임무였다.

감택은 기꺼이 맡았다.

용맹한 장수 몸을 던져 주군에 보답하려 몸 아끼지 않는데
모사 또한 나라 위해 마음을 같이했네

실은 황개는 감택에게 평생의 은인이었다. 감택은 회계(會稽) 산
음(山陰) 출신이었으나 집이 매우 가난했다. 그러나 어렸을 때부터
글을 좋아한데다 다른 사람으로부터 책을 빌리면 단 한 번을 읽기만
해도 모조리 외어 버리는 수재였다. 뿐만 아니라 외운 후 다시 그것
을 옮겨 써서 책으로 만들었다. 그렇게 직접 만든 책을 다시 팔아
학자금을 마련하였다. 감택은 농부의 아들로 태어나 자연에서 배운
이치를 직접 청빈한 생활로써 실천하며 살아왔다.

감택은 담력이 있고 말재주도 좋아, 청년이 되었을 무렵에는 그
이름이 이미 고향 땅에 널리 퍼져 있었다. 황개가 이 말을 듣고 손
권에게 추천하여 감택은 단숨에 참모가 되었던 것이다.

감택은 손권의 휘하가 된 후로 충직한 부하로서 누구도 하지 못할
거침없는 충언을 하였다. 형벌에 대해 서슴없이 진언한 것도 그 중
하나였다.

"아무리 극악무도한 죄인일지라도 화형(火刑)이나 거열(車裂)의
형을 내려서는 안 됩니다. 그처럼 잔인한 형벌은 주군의 치세를
더럽힐 뿐입니다."

그 당시에는 반역죄를 범했을 경우, 그같은 형벌은 예사로운 것이

었다. 손권은 충정어린 감택의 의견을 적극 반영해 형벌의 방법을 개선하였다. 감택은 그처럼 공정하고 강직했지만 평소에는 온화한 인격의 소유자였다.

"장군, 제가 오늘날 오나라의 참모가 될 수 있었음은 오로지 장군의 높으신 은혜를 입은 덕분입니다. 그러한 장군께서 몸을 내던져 주군에게 보답하시려는데 제가 어찌 미천한 목숨을 아까워하겠습니까?"

"고맙네!"

황개는 아픈 몸을 일으켜 고마움을 나타냈다.

"이 계략은 때를 놓쳐서는 안 될 것입니다."

"그렇네. 조조에게 보내는 글은 이미 여기 써 놓았네."

황개는 베개 밑에서 봉서를 꺼내어 내밀었다.

"부탁하겠네."

"틀림없이 해내겠습니다."

그것을 받아든 감택은 아무렇지도 않은 듯한 태도로 황개의 진영에서 물러나왔다. 말을 몰아 자신의 숙사로 돌아오자, 경비 군사가 감택에게 말했다.

"제갈공명 선생께서 기다리십니다."

"선생께서 나를…… ?"

감택은 의아하게 생각하면서 객사로 나갔다. 공명은 밝은 미소를 띠고 예를 갖춘 다음 말했다.

"문득 참모에게 드릴 물건이 생각나 이렇게 폐를 끼칩니다."

"무엇을 주시렵니까?"

"이거지요."

공명은 탁자 위에 놓았던 꾸러미를 펴 보였다. 그것은 매우 조촐한 어부의 옷가지와 낚싯대였다.

감택은 말없이 공명을 쏘아보았다.

공명은 조용한 목소리로 말했다.

"밤중에 강을 건너려면 어부의 차림이 유리할 것으로 생각되어서 지요."

감택은 한동안 숨이 멎을 것처럼 놀라 말문을 열지 못했다.

봄날 밤, 장강 물 위에는 짙은 안개가 덮였다.

그 짙은 안개를 뚫고 조각배 한 척이 천천히 미끄러져 갔다. 조각배는 안개가 흩어진 새벽녘에 북쪽 강 기슭의 수채에 이르렀다. 거기에 탄 사람은 한 어부였다.

"수상한 자다!"

어부는 곧 강을 순시하는 군사에게 잡혔다.

조조는 그날 새벽녘까지 시를 짓느라 골몰해서 여느 때와 달리 늦잠을 자고 있었다. 수채의 한 대장이 잠을 깨우자, 조조는 몹시 불쾌한 기색으로 일어났다.

"수상한 어부를 붙잡았습니다. 오나라의 참모 감택이라는 자인데, 승상을 뵙고 은밀하게 진정(陳情)을 드리고 싶다기에 급히 데리고 왔습니다."

대장의 보고를 듣자 조조의 얼굴이 긴장되었다.

"감택이라는 이름은 들어서 안다. 가짜인지 어떤지는 내가 보면 알 것이다. 데려오너라."

날이 밝았다고는 하나 아직도 장막 안은 등촉이 필요할 만큼 어두컴컴했다. 조조는 팔걸이에 기대앉아 기다렸다.

이윽고 허름한 옷차림의 어부가 끌려 왔다. 조조는 날카롭게 그 얼굴을 쏘아보더니 꾸짖었다.

"이놈! 참모라고 거짓말을 하여 감히 이 조조를 속이려 하다니, 우스운 짓이다!"

이것은 일부러 말한 것일 뿐, 조조는 그 생김새에서 이미 예삿놈

이 아님을 꿰뚫어보았다. 그렇게 말하면 어떤 반응을 보일지 시험한
것이었다.

감택은 조조의 눈길을 아무 말 없이 받아내고 있다가 별안간 소리
높여 웃었다.

"소문만큼 믿을 수 없다는 것을 이제 깨달았소. 한 몸을 버리고
여기까지 온 나의 어리석음을 그저 비웃을 뿐……."

"나를 어리석은 무장이라고 경멸하는 것이냐?"

"그렇소……. 승상이 현인 구하기를 목마른 자가 물을 찾음과 같
이 한다는 소문은 모두 새빨간 거짓말이었소……. 황공복은 잘못
알았소!"

"뭐라고 했는가? 황공복이라면 동오의 늙은 공신 황개를 이르는
것인가?"

"그렇소. 황공복께서도 이번에는 생각이 부족하셨나 봅니다. 더
이상 할말이 없소. 이 어부의 목을 어서 치시오!"

"감택!"

조조는 꾸짖듯 그 이름을 불렀다.

"결전을 눈앞에 두고 있는 지금, 너는 남모르게 강을 건너와 대체
무엇을 호소하려는가? 똑똑히 말하라. ……그 호소를 듣고 나서
목을 치리라."

'……잘도 걸려들었구나!'

감택은 마음속으로 기뻐하였다.

"말씀드리겠소. 황공복께서 오나라 3대에 걸친 공신임은 이미 승
상께서도 아시리라 믿소. 그러한 공복께서 이레 전, 모든 무장들
이 다 보는 앞에서 대도독 주유에게 더할 수 없는 욕을 당하고 곤
장 100대의 태형을 받으시었소. 60여 년의 생애를 통해 한 조각
사심도 없이 3대의 주군께 충의를 다해 온 노장이 그 만년에 이르
러 죽음보다 더한 굴욕을 입으시었소. 그 깊고 심한 원한은 상상

이상의 것이오. 황공복께서 오나라를 배신하면서까지도 주유에게 보복할 것을 결심한 것도 저 무참한 형벌을 목격한 자라면 납득할 수 있는 일이오. ……나는 황공복의 눈에 띄어 세상에 나설 수 있었으며, 마침내 참모가 될 수 있었던 것도 오로지 그분의 높으신 은혜 때문이었소. 그러므로 나는 황공복께서 진정한 의향을 말할 수 있는 오직 한 사람의 심복으로서 그 밀서를 전할 소임을 맡아 여기에 왔소. ……그러나 이 몸을 내던져 찾아와 보니, 승상께서는 도저히 황공복께서 죽음을 걸고서 쓰신 밀서를 읽으시고 받아들이실 분이 아님을 깨달았소.”

“받아들일지 안 받아들일지, 어떻든 그 밀서를 읽어보기나 하자.”

감택은 몸에 지니고 있던 밀서를 꺼내 조조에게 주었다. 밀서의 내용은 아래와 같았다.

개(蓋), 손씨(孫氏)의 두터운 은혜를 입은 바 말할 것도 없이 두 마음을 품을 수 없으나, 오늘날의 사세(事勢)로써 이를 말할진대 강동 6군(六郡)의 군사로써 중원 100만의 군사를 당하려 함은 중과부적(衆寡不敵)임을 온 해내(海內)가 함께 아는 바요. 동오의 문무백관들은 지혜로운 자나 어리석은 자를 막론하고 모두 그 옳지 못함을 알고 있소. 다만 주유라는 소인배만이 한결같이 터무니없는 생각을 품고, 그 재주를 믿어 달걀로써 바위를 때려부수려 하고 있소. 뿐만 아니라, 자기 욕심껏 위세를 휘둘러 죄없는 자에게 형벌을 가하고, 공 있는 자를 상 주지 아니하며, 원로 신하인 이 개(蓋)에게까지 무단히 욕을 보임으로써, 원망이 골수에 사무치오. 듣건대 승상께서는 성심으로 사람을 기다리며, 허심탄회하게 인재를 받아들인다 하오니 나는 수하를 이끌고 승상께 항복하여 공을 세워 설욕을 꾀하려 하오. 군량과 마초 군장을 배에 실어다 바치겠소. 울며 엎드려 아뢰오니 의심치 마시기 바라오.

고심의 흔적이 역력한 문장이었다. 사실 황개로서도 조조가 밀서를 읽고 선뜻 자신의 의도대로 넘어오리라고는 기대하지 않았다. 따라서 쉽게 조조의 신용을 얻어낼 수 없다는 것을 미리 짐작하고 밀서로써 미진한 부분을 보완해 줄 임기응변에 능한 감택을 선택한 것이다. 그처럼 위험천만한 임무에는 목숨을 버릴 각오로 적진에 뛰어들 수 있는 용맹함과 더불어 재주와 신의를 갖춘 전령이 필요했다.

감택은 그에 가장 부합되는 장수였다.

그러나 천하의 감택이라도 그런 상황에서 초연할 수는 없었다. 감택은 내심 초조해하면서도 겉으로는 짐짓 태연한 척 무표정한 얼굴로 조조의 반응을 살폈다.

조조는 이 밀서를 3번이나 되풀이해 읽었다.

그리고 엷은 웃음을 띠고 나서 책상을 쾅 하고 쳤다.

"감택! 밀서에 담긴 참뜻, 알아보았느니라. 황개는 고육책을 써서 그대에게 거짓 항복하는 편지를 들려 보낸 것이다. 그만한 일을 이 조조가 꿰뚫어 볼 수 없을 것이라고 생각했다니, 너무 우습게 보았구나. ……군사들아, 이 거짓 글을 들고 온 자를 밖으로 끌어내어 베어 버려라!"

말을 끝내자마자 조조는 황개의 서장을 찢어 버렸다.

감택은 당장에 끌려나갈 판이었으나 전혀 두려워하는 기색도 없이 가슴을 쑥 내밀고 껄껄 소리높이 웃었다.

조조가 그것을 듣고 다시 명령을 했다.

"끌고 오너라."

조조는 감택을 앞에 세우더니 물었다.

"내가 이미 황개의 간계를 꿰뚫어 보았음에도 그대는 뭐가 우스워 웃었느냐?"

"승상을 비웃은 것이 아니오. 황공복이 너무나도 사람 보는 눈이 없어 웃은 것이오."

"모든 사실이 백일하에 드러났는데도 여전히 나를 속이려 들다니
……. 나는 어렸을 때부터 병서를 읽어 허실의 책(策)을 깊이 알
고 있으며, 간위(奸僞)를 알아보는 눈을 가지고 있다. 다른 사람
들은 다 속일 수 있어도 이 조조만은 못 속인다!"
"승상! 그 밀서의 어디를 두고 거짓 편지라 하시오? 저세상으로
가는 선물로 들어 두고 싶소."
"들려주리라. 밀서가 진정 항복을 호소하는 것이라면 반드시 항
복할 날을 약속해야 할 것이다. 그럼에도 다만 항복하겠다는 말만
하고 날짜에 대해서는 언급이 없다. 이것이 거짓이라는 증거가 아
니고 뭐냐?"
조조는 '자, 어떠냐?' 하는 듯 노려보았다.
"하하하……."
감택은 또다시 크게 웃었다.
"승상께서는 어려서부터 병서를 많이 읽었다는 것을 자랑하고 계
시오만, 그 정도의 안목밖에 갖추지 못하셨다면 일찌감치 병사를
거두어 허도로 돌아가심이 상책이실 것이오. 만약 싸운다면 반드
시 주유에게 사로잡혀 온 천하에 부끄러운 꼴을 보이게 될 것이
오. ……아아, 아깝도다, 감택! 조조와 같이 배우지 못한 도배에
게 죽는단 말인가!"
"나를 배우지 못한 도배라고 했으렷다?"
"그렇소. 분명 그렇게 말했소. 승상 조조는 틀림없는 무학도(無
學徒)요!"
조조는 거침없이 욕을 퍼붓는 감택의 꿋꿋한 표정을 싸늘한 눈길
로 쏘아보더니 다짐해 물었다.
"다시 한 번 묻겠는데, 너는 나더러 무학도라 했겠다?"
"참, 귀찮게 다짐을 하는군. 승상은 만 권의 서(書)를 읽었겠지
만, 기모(機謀)를 알지 못하고 도리를 분명히 하지 못하지 않소!

아무 데서나 볼 수 있는 어리석은 백성들과 다를 바 없으니 무학
도라 하여 안 될 게 뭐란 말요!"
"그 이유를 말해 보아라."
"현자(賢者)를 대우하는 예를 모르는 사람에게 이제 와서 그 이
유를 말한들 무슨 소용이 있겠소?"
조조가 말했다.
"그 말하는 바 이치가 있다고 생각되면 빈객으로 대접하리라."
"승상은 듣지도 못하시었소? 주군을 배반하여 도망을 하는 데 기
일을 정하지 말라는 말이 있다는 것을. 황공복은 3대에 걸쳐 섬긴
주군을 배반하면서까지 주유에게 복수하려고 하는 것이니 무슨
일이 있더라도 실패해서는 안 되는 것이오. 그렇다면 절대로 실패
하지 않도록 일을 신중하게 계획해야만 하오. 경솔하게 날짜부터
약속한다면, 그날까지는 무슨 일이 있더라도 실행해야 하기 때문
에 초조해져서 막중 대사가 중도에 틀어질 염려가 있소. 또한 실
패를 두려워하여 그 날짜를 연기한다면 이번에는 승상의 의혹을
사게 될 염려가 있소. 따라서 그 결행은 상황을 보고 편의를 엿보
아, 기회를 포착하여 신속히 하는 것뿐, 어떻게 승상의 수락을 바
라는 밀서에 날짜를 약속할 수 있겠소? 날짜를 기약했었다면 그
야말로 거짓 편지로 받아들여야 할 터인데, 승상은 그걸 반대로
해석하고 있으니 이치를 너무나 몰라 무학도라고 욕을 하는 것이
오."
감택은 당당히 말을 쏟았다.
"으음!"
조조는 크게 고개를 끄덕였다.
"과연 오나라의 참모로 나의 귀에까지 그 이름을 울리게 한 감택
이다. 한때의 밝지 못한 점을 보기 좋게 찔렀느니라. ……무례를
용서하라."

곧 감택에게 빈객의 자리를 내주고, 여러 무장들에게 주연을 열도록 명했다. 그러나 술자리를 베풀고 있는 동안에도 조조의 마음 속에는 여전히 황개·감택에 대한 의혹이 남아 있었다.

조조는 밤이 되어 침소에 든 뒤에도

'감택이라는 인물, 너무나도 말솜씨가 좋지 않은가?'

석연치 않은 기분을 떨쳐버릴 수가 없었다.

삼경이 지났을 무렵이었다. 숙직하는 군사가 살그머니 들어와, 한 통의 편지를 내밀며 말했다.

"남쪽 기슭으로부터 이것이 전달되었습니다."

그것은 오군에게 거짓 투항한 채중·채화 형제에게서 온 밀서였다.

황개가 당한 일을 서둘러 주욱 읽고 나서 조조는 빙그레 웃었다.

이튿날 아침 조조는 장막 안으로 감택을 부르더니 말했다.

"그대는 이제부터 속히 남쪽 기슭으로 돌아가, 황공복에게 항서를 틀림없이 승낙했노라고 전해 주기 바란다. 황공복과 일정이 약속되거든 다시 강을 건너오도록……."

그러나 감택은 사양했다.

"일단 오나라를 버린 이상 다시 돌아간다는 것은 위험하므로 황공복에게 다른 사람을 보내시도록 부탁드리오."

"주유를 속여 황개와 기밀을 도모할 사람은 아무리 둘러보아도 내 휘하에는 없다. 억지로 뽑아서 보냈다가 그 때문에 오히려 황개의 계획이 누설되기라도 한다면 아무 일도 되지 않는다. 역시 그대가 돌아가 주어야겠다."

감택은 그래도 굳이 마다했으나, 조조가 거듭 권하자 마침내 결의의 빛을 보이며 승낙했다.

"그렇다면 돌아가 황공복을 기쁘게 해드리도록 하겠소."

문답을 하는 동안, 감택은 조조의 마음속을 열심히 헤아리고 있었다. 조조가 굳이 돌아가기를 권하는 것이 과연 그말 그대로인지, 아니면 여전히 의혹을 품고 있어 시험할 생각인지 쉽게 판단할 수 없었기 때문이다.

감택은 문답하는 동안 지혜를 쥐어짤 대로 쥐어짰다.

조조가 막대한 금백(金帛)을 내리려 했으나 감택은 이를 사양하여 받지 않은 채 다시 조각배를 타고 남쪽 기슭으로 갔다.

되돌아온 감택은 기다리고 있던 심복에게

"황공복에게로 달려가 일이 성사되었다고 보고하라!"

명령해 두고 자신은 곧장 감녕의 진지로 찾아갔다.

거짓 항복한 채중과 채화 형제가 감녕의 휘하에 있었기 때문이다.

감택은 감녕과 마주 앉자 곧 말을 이었다.

"귀공께서 주 도독에게 창피스러운 일을 당했다는 말을 듣고, 나는 매우 불쾌했습니다. 도독은 조조의 백만 대군과 강을 사이에 두고 서로 대치하고 있으나 절묘한 책략이 없자 초조한 나머지 이상이 생긴 것이나 아닐지…….""

감녕은 빙긋이 웃고 대답하려 하지 않았다.

감택은 더욱 주유에 대한 불만을 입에 담았는데, 그때 채중과 채화가 들어오자 재빠르게 감녕에게 눈짓을 보냈다.

감녕은 민감하게 알아차리고 맞장구를 쳤다.

"도독께서는 재주와 지혜가 마음대로 발휘된 때에는 태도가 훌륭하지만, 일단 생각한 대로 되지 않으면 미친 듯이 변하여 모든 사람을 가볍게 보는 버릇이 있소. 도독의 몸으로서 이것은 용납하기 어려운 결함이라고 말할 수 있소."

감택은 일부러 감녕의 귓가에 입을 바싹 대고 뭔가를 소곤거리기도 하면서 채 형제의 신경을 유인하다가 갑자기 정색을 하고

"장군, 마음을 놓지 마시오!"

한마디 말을 던져놓고 밖으로 나갔다.

그로부터 사흘쯤 지나서 감택은 다시 감녕을 찾아와 좌우의 사람들을 멀리하고 한 시간 이상이나 밀담을 나누었다.

감택이 물러간 뒤 감녕은 제법 근심스러움을 떨칠 수 없다는 듯 아무와도 말을 하려 들지 않았다.

밤이 이슥해진 다음, 채중과 채화가 살그머니 감녕을 찾아왔다.

"무슨 용건인가?"

감녕이 언짢은 기색으로 묻자 채 형제는 좌우로 가까이 다가와서 말을 했다.

"장군이 우울해하시는 이유는 혹시 감택이 오나라를 배반하고 조조에게 항복할 것을 권하기 때문이 아닙니까?"

"그게 무슨 망언인가?"

감녕은 분노가 치미는 듯 느닷없이 칼을 잡아 뽑았다.

"너희들 형제는 살려둘 수 없다!"

당장 목이라도 벨 기세였다.

"잠깐만 기다려 주십시오!"

"속단하지 마시오!"

형제는 당황하여 감녕을 만류하며, 서로 번갈아 비밀로 해 왔던 일을 털어 놓기 시작했다.

'저희는 사실은 조 승상의 명령으로 거짓 항복을 해온 자들입니다. 만약 장군이 귀순하실 의향이 있으시다면 반드시 우리가 주선해 드리겠습니다.' 하며 털어놓은 뒤 감녕의 반응을 기다렸다.

감녕은 채 형제를 가만히 지켜보더니 다짐을 두었다.

"너희들의 말에 거짓은 없으렷다?"

"일이 이렇게 된 마당에 장군께 무엇을 속이겠습니까? ……우리 형제는 목숨을 버리고 거짓 항복한 몸, '확신이 서지 않고서는 이러한 비밀을 입이 찢어진다 해도 입 밖에 낼 수가 없지 않겠습니까?"

"이것도 천운(天運)인가!"

감녕은 깊이 탄식했다.

"오만불손한 도독이 오나라를 멸망케 하는구나. 조조 승상께 천운이 있는 증거일 것이다."

"장군…… 황 공복과 장군께서 주 도독에게 죽음보다 더한 창피를 당하셨다는 사실은 이미 저희들이 승상께 밀서를 보내어 보고 드렸습니다."

"그러한가……. 이미 황 장군께도 이 큰일을 털어놓았는가?"

"오늘 내일 사이에 털어놓을 생각입니다."

형제가 대답하자 감녕은 짐짓 침통한 얼굴로 말했다.

"그럴 필요는 없다."

"어째서 그렇습니까?"

"황 장군께서는 이미 감택을 사자로 하여 승상에게 항복하겠다는 뜻을 전하시었다."

감녕은 감택과 은밀히 밀담을 나눈 것은 바로 그 일이었다고 털어놓았다.

"황공복과 장군이 북군에 항복하신다면 이미 결전의 결과는 불을 보는 것보다도 환한 일입니다."

채 형제는 뛸 듯이 기뻐했다.

이튿날 아침, 감택이 찾아와 감녕·채 형제와 더불어 넷이서 한자리에 앉아 남모르게 주연을 베풀었다.

실로 이 주연이야말로 내일의 흥망을 건 권모술수의 축도라 할 수 있었다.

적이 거짓 모책을 쓰면 이쪽에서도 거짓 책략으로써 대응한다.

조조는 채 형제를 써서 오군의 내정과 동정을 살피려 했다. 주유는 이것을 거꾸로 이용하여 황개와 감녕이 배반한 것으로 만들었다. 채 형제는 그런 함정에 감쪽같이 걸려든 것이다. 그런 줄도 모르고 오히려 채 형제는 감녕을 교묘하게 자기 편으로 끌어들이는 데 성공했다고 생각하고 있다. 그렇게 생각하도록 감녕과 감택은 고심하여 연기해 낸 것이다.

감택은 틀림없이 조조가 여전히 황개의 투항에 의혹을 품고 있다고 생각하였다. 그 의혹을 머릿속으로부터 완전히 떨쳐 버리게 하려면 채 형제로 하여금 밀서를 보내게 해야만 했다.

밤이 이슥해서 채 형제가 물러가자 감택은 감녕의 손을 쥐었다.

"그들은 오늘 밤 안으로 밀서를 조조에게 보낼 것이오. 그 뒤를 쫓아 내가 따로 편지를 써 보내겠소. 그렇게 하면 아무리 의심이 많은 조조라 할지라도 믿지 않을 수 없을 것으로 생각하오."

"귀공의 몸을 내던진 고육책은 반드시 오군에게 크나큰 승리를 가져다 줄 것으로 생각하오. 감사하오."

감녕은 진심으로 경복(敬服)하여 머리를 숙였다.

감택은 그 이튿날, 조조에게 다음과 같은 편지를 써 보냈다.

다행스럽게도 감녕 또한 저의 설복에 따라 오만무례한 주유를 버리고 승상을 맹주(盟主)로써 우러를 것을 맹세하였습니다. 그러하오나 황개 노장이 북쪽 기슭에 투항하는 날은 아직까지 정확하게 정하기 어려운 일이니, 가까운 날 뱃머리에 푸른 아기(牙旗)를 세운 배가 나타나는 것을 보시게 된다면, 이것이야말로 황개가 이끄는 투항군이라는 것을 아시옵소서.

조조는 채 형제의 밀서에 이어 감택의 서장을 받았으나, 그래도 여전히 황개와 같이 3대를 모신 숙장이 주유에게 욕을 당했다는 이유만으로 쉽게 오나라를 배반할 것인가 하는 의혹을 완전히 풀지 않았다. 본진에 있는 모든 모사들을 모조리 모아 이 일을 알린 다음 의논했다.

"나는 아무래도 황개와 감녕처럼 오군을 대표하는 두 장군이 주
군 손권을 배반하리라고는 생각할 수 없다. 오히려 주군을 배반할
정도라면 주유를 자르려고 계획하는 것이 당연한 일일 것으로 생
각한다. ……누가 주유의 진영으로 들어가 진짜인지 가짜인지 살
피고 올 자는 없는가?"

"소장이 가겠습니다!"

"저에게 하명하십시오!"

모든 장수가 저마다 가겠다고 나섰으나, 그 가운데서 가장 열심히
청한 것은 앞서 채모와 장윤의 연서(連署)로 꾸민 밀서를 훔쳐 가
지고 돌아온 장간이었다.

장간을 조조는 시종 싸늘한 태도로 지켜보더니 승낙했다.

장간은 또다시 조각배를 타고 강을 건넜다.

주유는 장간이 다시 찾아왔음을 알리자

"우리에게 승리를 안겨 주기 위해 어리석은 자가 목숨을 내던져
찾아왔구나."

비웃음을 띠고 곧 노숙을 불러 말했다.

"이번에는 빈객으로 대우해서는 안 되오."

장간이 도착하기 전날, 주유의 진영에 한 현인이 찾아왔다.

양양 땅의 방통(龐統), 자를 사원(士元)이라 하는 인물이었다.
일찍이 양양의 석학 사마휘(司馬徽) 수경(水鏡) 선생의 문하에 와
룡과 봉추(鳳雛)라고 일컫는 두 위재(偉才)가 있었다. 와룡은 제갈
공명이요, 봉추는 방통이다.

제갈공명은 이미 유비 현덕을 따라 초려(草廬)를 나와 천하에 그
이름을 떨치고 있었지만 공명보다 두 살이나 나이가 많은 방통은 어
째서인지 아직 세상에 나오려 하지 않았다.

때마침 난(亂)을 피하여 강동 땅에 파묻혀 살고 있음을 노숙이

알고, 자꾸만 주유에게 방통을 군사(軍師)로 초청해 오자고 권했
다. 그러나 방통은 주유 자신이 직접 찾아가 아무리 설득해도 군사
가 될 것을 수락하지 않았다. 주유는 일곱 번이나 찾아갔는데 일곱
번 다 거절당하자 끝내 단념하고 말았다.

그런데 방통이 뜻밖에 제 발로 훌쩍 주유의 진영을 찾아온 것이
다. 바로 어제 일이다.

주유는 죽은 부모가 살아 돌아온 듯 기뻐하며 방통을 장막 안으로
맞아 들였다. 그러고는 이런 저런 얘기를 나눈 다음, 넌지시 조조의
백만 대군을 격파하려면 어떠한 방책을 써야 하느냐고 물었다.

그러자 방통은 웃으며 대답했다.

"지금 오군 진중에는 공명이 있다고 들었는데, 아마도 공명의 방
책과 내 방책은 한가지일 것으로 봅니다."

"그 방책이란 무엇인가요?"

"화공(火攻), 그것뿐입니다."

실로 공명과 똑같은 대답이었다.

"화공에 대해서는 나도 생각했었소. 그렇다면 어떠한 화공책을
쓰면 되겠는지 가르쳐 주기 바라오."

"무작정 불화살을 쏘아 공격해 보았자, 아무 효과도 없을 것입니
다. 넓은 강 위에서의 싸움이고 보면, 1척의 배에 불이 붙으면 다
른 배들은 사방으로 흩어질 것입니다. 그러니까 연환지계(連環之
計)를 써야 할 것으로 생각합니다."

"그 연환지계란 무엇이오?"

"배와 배를 묶게 하는 계략이지요."

"으음!"

"조조의 수군 배를 염주알 꿰듯 모조리 한줄에 꿰게 하고 그 가
운데 한 척에 불이 당기게 하면 전군이 불길에 싸여 전멸할 것이
틀림없습니다."

방통은 아무렇지도 않게 말했다.

선단(船團)을 하나도 남김없이 쇠사슬로 꿴다. 말하기는 쉬우나 이것을 조조로 하여금 하게 하기란 쉽지 않은 일이다.

방통이 물러간 뒤 주유는 노숙과 더불어 의논했다. 그러나 조조를 연환지계에 빠트릴 방법은 쉽사리 떠오르지 않았다.

노숙은 다시 한 번 방통을 청해 오려고 숙사로 찾아갔으나, 이미 그의 모습은 연기처럼 사라진 뒤였다.

그런데 바로 그 이튿날, 장간이 다시 찾아온 것이다.

장간은 강기슭에 이르러 군사에게 다시 찾아왔음을 알리고 잠깐 기다렸으나, 도무지 반겨 맞아주는 기색이 없었다. 하는 수 없이 장간은 따라온 아이를 데리고 본영 앞으로 걸어갔다.

지난 번에 찾아왔을 때는 본영 앞에 화모를 쓰고 금의를 입은 병졸이 수백 명, 마치 꽃이 핀 것처럼 정렬하여 맞아 주었다. 그리고 원문에는 주유 자신이 몸소 나와 주었다. 그러나 오늘은 물을 뿌린 듯 조용하기만 하고 사람의 그림자조차 없다.

"누구냐!"

원문을 들어서려 하자 군졸 하나가 날카롭게 물었다.

"도독의 옛 친구 장간이 다시 찾아왔다."

군졸은 싸늘하게 바라보았을 뿐 말도 하려 들지 않았다.

'……이번에는 냉대를 톡톡히 받는구나!'

장간은 속으로 죽음을 각오했다.

주유는 장막 안에 혼자서 편히 앉은 채 장간을 맞았다.

"지난 번에는 여러 가지로……."

다정하게 인사말을 건네는 장간에게 주유는 벽력같이 고함을 질렀다.

"자익! 옛정을 이용하여 나를 한 번도 아니고 두 번씩이나 속이려 들다니 그건 조조의 엄명에 의한 것인가!"

"무슨 말씀을 그리 하시오! 나는 옛날의 친구이기에 조조의 진중에 있으면서도 귀공의 우의를 잊지 않고 가능하다면 오군으로 옮겨 막빈이 되었으면 하고 바라고 있소."

"닥치시오! 그대의 교활한 마음속을 환히 꿰뚫어 보고 있소. 조조의 세객이 되어, 이 주유를 항복하게 할 생각이겠지만, 설사 바닷물이 마르고 돌이 녹을 때를 기다린다 해도 나의 결의는 털끝만큼도 변하지 않을 것이오! ……그대를 옛날 벗으로 여겨, 마음을 허락하여 술을 대접했더니 내가 술 취한 사이에 그대는 대체 무슨 짓을 했소! 채모와 장윤의 밀서를 훔쳐내어, 간다는 인사도 없이 달아나지 않았던가? 그 때문에 채모와 장윤은 조조에게 참수되어 버렸고 내가 고심하여 만든 군략은 꺾이고 말았소. ……그대는 그 공에 맛을 들여 두 번째 공을 세우려 왔겠지만, 옛날 정만 아니라면 당장 목을 칠 거요. 이 자리에서 북쪽 기슭으로 쫓아보낼 것이로되 결전이 오늘 내일로 임박했은즉, 우리 오군이 조조 백만 군을 어떻게 격파하는가를 그대에게 보여 주겠소."

주유는 군졸들에게 장간을 끌어내라고 명령했다.

장간은 전후 좌우를 군졸들에게 둘러싸여 도살장으로 끌려가는 소처럼 들길을 내려갔다.

이윽고 장간이 안내된 곳은 서산 뒤쪽의 대나무 숲속에 있는 초암(草庵)이었다.

"도독의 허가 없이 강변으로 가까이 가서는 안 됩니다. 만약 가까이 가거든 당장 죽이라는 명령이 있었으니 스스로 조심하십시오."

군사의 우두머리 되는 사람은 엄하게 말하고 가 버렸다.

이것은 틀림없는 포로 취급이었다.

장간은 하룻밤을 불안한 마음으로 꼬박 새웠다. 가져다주는 아침밥도 먹지 않고 고개를 툭 떨어뜨린 채 지내다가 점심때 가까이 되어서야 건들건들 암자에서 나왔다.

감시하는 군사들의 눈초리가 어디에선지 빛나고 있음을 느꼈다. 그러나 강변으로 가까이 가지 않는 한 목숨에는 위험이 없겠기에 대나무숲을 빠져나와 산기슭을 이리저리 돌아다녔다.

잡목 수풀을 몇 군데 빠져나가자 문득 낭랑하게 책 읽는 소리가 울려 왔다.

산중턱 쑥 내민 큰 바위 뒤에 몇 채의 초가집이 숨은 듯 엎드려 있었다. 글 읽는 소리는 그곳에서 새어 나오고 있었다. 장간은 발소리를 죽여 살금살금 가까이 다가갔다. 읽고 있는 책은 《손자병법》이었다.

창문으로 살짝 엿보았다. 꼿꼿하게 책상 앞에 앉아 있는 사람은 30세 안팎으로 보이는, 얼핏 보기에도 예사 사람이 아닌 듯한 인물이었다.

옷은 매우 초라했지만 벽에 세워져 있는 검(劍)은 금은보옥으로 장식된 것으로 보아 명검임이 확실했다.

'……누굴까?'

장간이 흥미롭게 그 옆얼굴을 지켜보고 있느라니, 그 인물이 이쪽의 인기척을 느낀 듯 고개를 돌렸다.

순간 장간은 소스라치게 놀랐다.

그 양미간에 콩알만한 점이 셋, 뚜렷했다. 그것은 바로 제갈공명과 쌍벽이라고 일컬어지는 방통의 얼굴 특징이었다. 조조는 현덕에게 공명을 빼앗긴 것을 분하게 생각하여 무슨 일이 있더라도 방통을 맞아 군사로 삼을 생각으로 문무 백관에게

"방사원이 숨어 사는 곳을 찾아라!"

엄명을 내린 바 있다. 그때 조조는 방통을 아는 사람에게 그 얼굴 모습을 물어서 화공에게 그리게 하여 나누어 주었다. 그래서 조조 휘하의 문무백관들은 방통의 얼굴의 특징을 알고 있었다.

‘……아, 이 사람이 봉추 방통이구나. 이런 데 숨어 있다니!’
장간의 가슴이 뛰었다.
“실례하오.”
장간은 문 쪽으로 다가가서 인사를 청했다.
“뉘신지?”
“나는 장간이라고 하는 자올시다……. 암자의 주인이 봉추 선생
이라 믿고서 꼭 여쭈어 보고 싶은 일이 있어 뵙기를 청하오니 허
락해 주십시오…….”
“들어오시지요.”
방통은 장간이 들어오자 잔잔한 미소로 맞아 주었다.

봉추(鳳雛)

장간도 어릴 때부터 사람을 볼 줄 알았다. 서로 마주 앉아 두서너 마디 나누는 동안, 봉추 방통이 소문에 듣던 바와 조금도 다름이 없는 준재임을 깨달았다. 조조 휘하에 있는 모사 중에서는 겨우 순욱쯤이 가까이 비교될 수 있을까 하고 생각했다.

'봉추를 설득하여 북쪽 기슭으로 데리고 가면 이야말로 앞서 저지른 실패를 보충하고도 남을 공이 된다.'

장간은 이렇게 마음을 정하고, 한 시간 남짓 이런저런 얘기 끝에 문득 본론을 꺼냈다.

"선생께 여쭙겠습니다. 선생과 같은 천재라면 어느 왕후라도 기꺼이 군사로 맞을 터인데, 무엇 때문에 이렇게 외딴 곳에 살고 계십니까? 제가 모시고 있는 조 승상은 선생의 모습을 그려 모든 장수들에게 나누어주고 무슨 일이 있더라도 찾아내어 모셔 오라고 명을 내렸을 정도입니다."

방통은 빙그레 웃으면서 말했다.

"확실히…… 나는 천하의 추세를 바라보는 데 세월을 좀 헛되이 쓴 것 같군요."

"선생! 선생께서 만약 소망하신다면 제가 선생을 승상에게로 인도해 드리겠습니다."

"나도 이미 천하는 조 승상의 수중에 들어갔다고 보고 있습니다만."

"부디 저에게 선생을 조 승상에게 인도하는 일을 허락해 주시도록 부탁드립니다."

방통은 잠시 침묵을 지켰다.

장간은 조조가 얼마나 재주있는 사람을 후히 대우하는가를 입이 아프도록 설명했다. 그래도 대답하지 않고 묵묵히 앉아 있던 방통은 불쑥 술잔을 집어들더니 거기에 철철 넘도록 따른 술에 자기의 얼굴을 비추면서 스스로에게 말했다.

"가기로 할까, 방통……?"

장간은 기뻐 어쩔 줄 몰랐다.

"선생! 그럼 지금 곧…….."

"어찌하여 서두르시오?"

"이 일을 만약 주유가 알게 되는 날에는 선생의 목숨과 내 목숨은 남아나지 못할 것이 틀림없습니다."

"그렇다면……?"

방통은 사람 눈에 뜨이지 않을 오솔길을 택하여 장간을 데리고 강가로 나왔다.

"저 어부의 집에 가서 배를 한 척 빌려 오겠소."

숲속에 장간을 기다리게 해 놓고 방통은 납작하게 찌부러진 오두막으로 걸어갔다. 오두막에 있었던 사람은 어부가 아니라 도복을 입은 제갈공명이었다.

공명과 눈길이 마주치자 방통은 웃으며 말했다.

"이제부터 조조의 진영으로 가겠네."

　실은 방통을 강동으로 불러 도와줄 것을 청한 것은 공명이었다. 조조를 비롯하여 어떤 장군이나 태수 자사의 요청에도 응하지 않았던 방통은 공명이 적어 보낸 편지 한 통을 받아들자 그 자리에서 양양의 초려를 떠나왔던 것이다.

　“자네를 번거롭게 해서 뭐라 할 말이 없네.”

　공명은 깊이 머리를 숙였다.

　“뭘, 나는 퍽 재미있게 생각하고 한몫 끼려는 것뿐일세. ……조조를 설득하는 거야 쉽겠지만 이쪽의 모계를 꿰뚫어 보는 자가 진중에 있을지도 모르겠어.”

　“만약에 원직이 있다면 위험해.”

　공명이 말했다.

　“그렇군. 원직이 조조의 진중에 초대되어 있을지도 모르겠군. 알았네.”

　방통은 오두막에서 나오자 장간이 기다리는 숲으로 되돌아와 말했다.

　“저 대지 너머 강기슭에 배 한 척이 매어져 있답니다. 해가 완전히 질 무렵에 떠나기로 하지요.”

　장간은 방통을 데리고 가는 자신의 공에 너무 만족한 나머지, 방통이 조조를 너무 쉽게 만나려 하는 점에 의혹을 품을 만한 여유조차 없었다.

　“뭐라구! 장간이 방사원을 데리고 왔다구?”

　조조는 귀를 의심했다. 너무나 기뻐서 자기도 모르게 자리에서 벌떡 일어났다.

　승상이라는 지위도 잊고 급히 장막 밖으로 나가 맞으려 했다.

　그러나 방통은 좀처럼 나타나지 않았다.

　“빈객은 어찌 되었느냐!”

조조는 조바심이 나서 큰 소리로 고함을 질렀다.

그때 장간이 말을 몰아 이르렀다.

"자익, 정말로 방사원과 함께 왔는가?"

"틀림없습니다. 제가 필사적으로 설복한 끝에 함께 강을 건너왔습니다."

"어째서 인사를 하러 오지 않느냐?"

"강기슭에 올라서자 승상을 뵈옵기 전에 군용(軍容)을 보겠다며 말을 타고 저 언덕으로 달려갔습니다."

"좋다, 말을 대령하라!"

조조는 당장 자신의 애마에 올라타자 크게 채찍을 휘둘렀다.

눈 깜짝할 사이에 언덕 꼭대기에 이른 조조는 거기에 우뚝 서 있는 인물에게 날카로운 눈길을 보냈다.

"으음!"

조조는 크게 고개를 끄덕였다.

전부터 조조는 자신과 생사를 함께 해 줄 군사를 머릿속에 그려왔었다. 그 인물이 눈앞에 와 있는 것이다.

"군사!"

조조는 자기도 모르게 이렇게 불렀다.

승상이 몸소 말을 몰아 여기로 올 것을 예측했던 방통은 조용한 태도로 정중하게 예를 올렸다.

"인사는 약하기로 합시다. 방 군사, 우리 포진에 대해 기탄없이 비판해 주시오."

조조가 청했다.

방통은 맑은 두 눈을 가늘게 뜨고 상쾌한 가을 햇살 아래 펼쳐진 산과 들판에 그 눈길을 보내면서 말했다.

"정기(旌旗)는 산에 의지해 있고 숲에 의지해 있으며, 앞뒤로 대비하여 한 자의 땅에도 빈틈이 없고, 각 진지에는 모두 출입하는 문을 마련하여 나아가고 물러나는 길목의 방비 포진은 손자와 오자가 다시 태어나고 양저(穰苴)가 다시 나타난다 할지라도 이 이상은 불가능할 것입니다."

"과찬이시오. ……귀공의 마음속 깊이 감추어져 있는 소견을 말씀해 주시오."

"나는 아첨하기 위해 승상을 뵈러 온 것이 아니올시다. 다만 본대로 느낀 대로를 말씀드렸을 뿐입니다."

"육지의 진은 이 조조 또한 어느 정도 자신하는 것이므로, 과찬의 말을 그대로 받기로 하겠소. ……이번에는 수채로 안내하여 비판을 듣고 싶소."

조조와 방통은 말머리를 나란히하고 언덕을 내려갔다.

남쪽을 향해 24좌(座)의 수문을 만들고, 거기에 정렬한 몽동과 전함들은 마치 물 위의 성곽을 이루었으며, 그 사이를 무수한 병선이 왔다갔다하고 있었다. 역사상 처음 보는 거선(巨船)이 정연히 늘어선 그 어마어마한 모습은 실로 천하를 위압하는 것처럼 보였다.

한참 이 수중 성곽을 바라보던 방통은 한쪽 손을 뻗쳐 강남을 가리켰다.

"주랑, 그대의 멸망은 이미 모면할 길이 없다. 가엾구나, 물 위에선 제일이라고 교만하다가 물 속으로 사라지게 되었구나."

그리고 어두운 표정이 되었다.

조조는 방통이 나직이 중얼거리는 소리를 듣고 마음속으로 여간 흡족하지 않았다.

'……옳지, 됐다!'

방통이 이 수채의 진용을 완벽하다고 보았다면 틀림없는 것이라고 조조는 굳게 믿었다.

본영으로 돌아와 주연이 베풀어지자 조조와 방통 사이에는 병기(兵機 : 군사에 대한 모든 일)가 논의되어 두 사람 모두 시간이 흐르는 것을 잊고 있었다.

방통의 고담웅변(高談雄辯)은 조조가 일찍이 만나 보았던 어떤 모사도 따를 수 없었다.

조조는 애타게 찾던 군사가 자기 눈앞에 와 있다는 사실에 가슴이 벅차올랐다. 그는 잠깐 동안의 침묵도 아까워, 목마른 자가 연못 속에 얼굴을 담그듯 방통의 흐르는 물 같은 달변에 귀를 기울였다.

이윽고 방통은 권하는 대로 술잔을 거듭 들더니 몹시 괴롭다는 태도로 물었다.

"군중에 좋은 의원이 있습니까?"

"몸이라도 불편하시오?"

조조는 양미간을 모았다.

"실은 오늘 아침, 강기슭에 닿았을 때 목이 말라 손으로 물을 떠 마셨는데, 그것이 좋지 않았던가 봅니다."

"그냥 넘길 일이 아니오. 곧 의원을 불러 치료하도록 하지요."

방통은 의원의 치료를 받고 곧 회복된 모습으로 조조 앞으로 돌아왔다.

"실례이오나 양의(良醫)가 아무리 많다 해도 아직 모자라는 게 아닙니까?"

"어떻게 그것을 아시오?"

확실히 북쪽 병사들은 물에 익숙하지 못하기 때문에 이제까지 진중에 발생한 일이 없는 병에 걸려, 심한 구토 끝에 죽는 자가 속출하고 있었다. 당장 조조의 고민은 바로 그것이었다.

"하북 사람들이 장강을 여행할 때 이따금 걸리는 병을, 승상의 병졸들이라 해서 모면했을 리가 없다고 생각하여 그렇게 말씀드렸을 뿐입니다……."

"그렇소. 솔직하게 털어놓는다면 수병(水病)을 앓다가 죽어 버린 병졸의 수가 2천여 명이나 되오. 지금도 자리에 누워 있는 군사가

만 명 이상이오. 이 재액(災厄)을 모면할 방법이 뭔가 있으면 좋 겠는데……."
방통은 한참 생각하더니 말했다.
"승상의 포진한 상태, 수군을 조련하는 방법, 참으로 더없이 묘를 다했다고 생각합니다만, 아깝게도 수병(水病)을 막는 수단을 잊 으시었습니다."
"그 수단을 좀 알려줄 수 없겠소?"
조조는 방통을 바라보았다.
"수병을 막는 방법은 단 한 가지밖에 없습니다. ……이 큰 강은 강이라기보다 바다 같아서 언제나 밀물이 생겨, 물결이 높고 바람 이 셉니다. 하북 군사들은 배에서의 생활에 익숙하지 않기 때문에 밤낮으로 계속 흔들리면 그 때문에 수병에 걸려 토하다가 죽고 마 는 것입니다. 그래서 크고 작은 군선을 한 곳으로 모아 전함이라 면 30척, 몽동이라면 50척을 한 줄로 하여 이물과 고물에 쇠사슬 을 달고 쇠고리로 서로 연결하여 배와 배 사이에 긴 발판을 놓고 건너다닌다면 병사들은 마치 평지를 걷는 것처럼 흔들리는 것을 잊을 것입니다. 즉 모든 배를 이어 물 위에 평지를 만드는 것입니 다. 그렇다면 설사 날씨가 사나운 날이라 할지라도 거대한 파도로 배가 심하게 흔들리는 일이 없어 배 안은 저절로 안온할 것입니 다. 그렇게 되면 수병도 없어지고 지금 누워서 앓고 있는 군사들 도 일어나지 않겠습니까?"
이런 의견을 듣자 조조는 일부러 자리를 내려와 깊이 감사했다.
"군사의 좋은 모계로 나는 이길 자신을 얻었소. 고맙소."
"원 별말씀을. 이것은 어디까지나 저의 어리석고 얕은 소견이오 니 더욱 잘 생각하시어 결단을 내리시도록 하십시오……."
방통이 말했다.
조조는 조금도 의심하지 않고 곧 수채에 명령을 내려 철장(鐵匠)

에게 밤낮으로 쇠고리와 쇠사슬과 큰 못을 만들게 했다.
  후세 사람들이 이를 두고 시를 지어 읊었다.

　　적벽 격전에서 화공책 쓴다는 건
　　공명과 주유의 뜻이 맞았다네
　　허나 방통의 연환계 없었던들
　　주유 어찌 큰 공 세울 수 있었으랴

  사흘 뒤 모든 군선이 주렁주렁 염주알 꿰듯 연결되었다. 방통은
이 광경을 바라보고 남몰래 조소를 띤 다음, 조조를 장막 안으로 찾
아가 태연하게 말했다.
  "제가 강동에서 듣기로는, 제 재주만을 믿고서 좋은 계책이나 유
명한 모사를 쓰지 않고 자신의 주장만을 고집하는 주유에 대해 심
한 원한을 품은 장수가 적지 않다고 합니다. 그러므로 방통이 이
세 치의 혀로 승상을 위해 그 불평불만을 품은 자들을 설득한다면
모조리 항복하게 하기란 그다지 어렵지 않을 것으로 생각합니다."
  만약 이런 자신만만한 말을 다른 사람이 지껄였다면 조조는 말할
것도 없이 일소(一笑)에 부쳤을 것이다.
  그러나 조조는 이미 방통의 마력에 사로잡힌 사람이다.
  '……이 사람이라면!'
  조조는 고개를 끄덕였다.
  "군사가 만일 그런 큰 공을 세운다면 나는 천자께 주청하여 삼공
(三公)의 열(列)에 봉하겠소."
  "승상께 말씀드립니다만, 제가 승상의 일을 도우려는 것은 부귀
공명을 바라서가 아닙니다. 다만 오군이 군비(軍備)를 늘리고 갖
추기 위해서 모든 장정들을 뽑아가고 무거운 세금을 과하여 만민
을 가난에 허덕이게 만드는 것을 차마 볼 수 없기 때문입니다. 그

러하오니 승상께서는 오군을 무찌르고 손권을 쫓아 버리기 위해 강을 건너시더라도 함부로 오나라 백성을 죽이고 괴롭히지 않으실 것이라고, 굳게 약조해 주시기 바랍니다."

"약속할 나위도 없는 일이오. 천하를 태평하게 다스리기 위해 군사를 일으킨 내가 어찌 아무 까닭도 없이 오나라 백성들을 미워하겠소? 걱정할 것 없소."

"승상께서 직접 붓을 잡으시고 방문(榜文)을 쓰신다면 백만의 북병(北兵)이 오나라 땅을 밟을지라도 백성은 편안히 농사일을 계속할 수 있을 것입니다."

"알겠소."

조조는 곧 방문을 썼다.

황군은 오나라 땅에 들어갔을 때 단 한 집도 침범하지 않을 것이며 한 백성일지라도 살상하지 않을 것이다. 이를 어기는 자가 있다면 마땅히 참형으로써 다스릴 것이다.

방통은 이것을 소중하게 받아들고 말했다.

"그럼 이것을 가지고 저는 일단 남쪽 기슭으로 돌아가오니 좋은 날을 택하여 군사를 진격시키십시오……."

조조는 아직도 방통을 군사로 불러다 놓은 것은 아니었다. 진중에 그냥 머물러 있게 할 수는 없었다. 그러나 방통이 자기 편임은 이미 확실한 일이다.

조조는 자신이 허리에 차고 있던 보검을 풀어 선사하려 했다. 방통은 이를 굳이 사양하고 방문만을 품에 넣은 채 장막 밖으로 나왔다.

세 치 혀를 놀려 조조를 연환지계에 빠트려 놓고 방통은 유유히 강변에 이르렀다.

올 때 탔던 배에 다시 몸을 실으려 할 때였다.

둑 위에 사람의 그림자 하나가 나타났다.

대나무로 엮은 갓을 쓰고 도포(道袍)를 걸치고 있었다.

"방통, 기다리시오! 승상은 속일 수 있을지라도 진중에 속일 수 없는 자가 아직 한 사람 있음을 잊었소?"

둑 위에서 소리쳤다.

'어떤 자인가?'

방통은 가슴이 뜨끔하여 고개를 돌렸다.

　　동남에서 이길 수 있다 하지 마라
　　그 누가 서북에는 사람이 없다 하더냐

대나무갓 아래로 흘끗 보이는 얼굴 모습, 형주 양양 땅, 면수(沔水)를 눈아래 내려다보는 언덕 위에서 또는 집에서 함께 천하를 논하고 고금의 영웅 호걸을 평했던 동학(同學) 옛벗이다. 방통은 빙그레 웃었다.

'그랬었구나. 역시 공명이 짐작했던 대로 원직(元直)은 조조의 진중에 있었구나.'

제갈공명·서원직·석광원·맹공위, 그리고 방사원——크나큰 뜻을 품고 신동이니 귀재니 하는 칭송을 등진 채 고향을 떠난 젊은이들이 양양의 석학 수경 선생을 흠모하여 그 집에 모여서 몇 해인가를 함께 지냈던 것이다.

그런데 서로 제 갈길로 나선 지 10년, 어느 틈엔지 각자의 입장은 멀리 벌어져 있었다. 그러나 이렇게 얼굴을 마주 대하고 보면 상대편의 뱃속이 환히 들여다보인다.

방통은 둑에서 내려온 서서(徐庶)에게 말했다.

"원직……. 방통의 두 어깨에는 강동 81주 백성들의 목숨이 달려 있네. 그대가 승상께 한 마디라도 내 계략을 폭로한다면 순식간에 천만의 오나라 백성은 병란에 휩쓸리게 될 것일세. 그대는 어찌하겠는가?"

"사원, 그것은 그대의 입장일세. 이쪽 입장에서 말한다면 멀리 산과 들을 넘어온 83만의 군사가 살아서 고향으로 돌아갈 수 있느냐 없느냐가 그대의 계략에 따라 결정되는 상황일세."

"그럼, 그대는 나의 계략을 수포로 돌아가게 할 셈인가?"

"만약, 유 황숙이 없다면 나는 예전의 친구 공명과 방통을 상대로 온갖 지능을 다하여 승부를 겨루는 것도 사양치 않을 것이나, 일찍이 나는 유 황숙의 높은 은혜를 입은 자일세. 뿐 아니라 조 승상 때문에 나의 어머니가 돌아가셨네. 조 승상의 군막으로 들어가 모사 일을 보기를 피하고 있는 것은 그 때문일세. 다만 그대의 화공지계(火攻之計)가 성공한다면 조조군 83만은 태반이 죽고 말 것일세. 이 서서 자신도 달아날 수 없을 것일세. 방통, 내 목숨은 어찌하려는가?"

그러면서 서서는 쓸쓸히 웃었다.

"조조가 그대에게 절대적으로 큰 신뢰감을 갖고 있다고 보나?"

"내가 활약해 주기를 바라는 것만은 틀림없네."

"그렇다면 그대가 이 위급한 땅을 빠져나가는 것쯤은 어렵지 않은 일일세."

방통은 서서의 귀에 입을 가까이 대고 뭔가를 한참 소곤거렸다.

서서는 크게 고개를 끄덕이면서

"고맙네. 돌아가거든 공명에게 안부 전하게……."

말하고는 홱 발길을 돌렸다.

그로부터 며칠 뒤 누가 꺼낸 말인지는 모르지만 불길한 소문이 온 진중에 퍼졌다.

"서량(西涼)의 마등(馬騰)과 한수(韓遂)가 마침내 모반하여 대군을 이끌고 허도를 향해 밀려오고 있다……."

'우리는 허도를 잃고 몸을 의탁할 곳도 없이 떠돌아다니는 군사가
되고 마는 것이나 아닐까?'

영고여탈(榮枯與奪)의 운명이 얼마나 어지럽게 돌고 도는가 하는
것을 모든 군사들이 역력히 보아 알고 있는 어지러운 세상이었다.

조조가 누리는 승상의 권세도 반드시 절대적인 것이라고 믿어지
지 않았다.

조조는 그럴 듯하게 퍼져 있는 이 소문을 의심하면서도, 병사들의
마음을 진정시키기 위해 모든 장수들을 불러모아 의논했다.

"허도를 비운 데 대한 불안한 마음이 이와 같은 소문을 낳은 것
이라고 생각한다. 병사들로 하여금 마음을 놓게 하기 위해 누군가
급히 허도로 돌아가 방비 태세를 갖추어야 할 것이다."

그러자 그 자리에서 서서가 앞으로 나섰다.

"저는 승상의 은혜를 입었으나 오늘날까지 단 한번도 도움이 되
어 드리지 못했습니다. 저에게 3천 군사만 주시면 되돌아가 허도
의 태평함을 도모할까 합니다."

다른 장수들은 멀리 이 강기슭까지 원정해 온 이상, 큰공을 세우
지 못한 채 물러난다는 것은 위신이 서지 않는 일이라 생각했다. 그
래서 되도록 자신이 지명되지 않기를 은근히 바라던 터이어서 저마
다 입을 모아, 서서야말로 군사들의 마음을 안심시키는 데 가장 적
임자일 것이라고 추천했다.

조조는 고개를 끄덕였다.

"그대에게 맡기면 아무런 근심도 없으리라. 그럼 기병 1천 기와
보졸 2천을 이끌고 곧장 산관(散關)으로 가서 그곳의 요충지를
지켜주시오."

"잘 알겠습니다."

조조로서는 서서가 처음으로 자기를 위하여 일하겠다고 자청해

주었으므로 매우 기뻤다. 실은 방통이 은밀히 일려준 위지탈출책
(危地脫出策)은 바로 이것이었던 것이다.

남쪽 정벌 나선 조조 날마다 걱정한 건
마등과 한수가 전쟁 일으킬 일이었다네
봉추가 서서에게 일러준 한마디에
물고기처럼 유유히 낚싯바늘 벗어나누나

동남풍

때는 건안 13년 11월이었다.

'남쪽 기슭에 대한 총공격은 며칠 안으로!'

조조는 결심했다.

다시금 수군의 진용을 둘러보고 나서 조조는 그 날짜를 결정하기로 했다.

우선 육지의 진용을 돌아다닌 뒤 조조는 자신의 기선(旗船)에 올라탔다.

역사상 가장 큰 거선(巨船) 한복판에는 '수(帥)'라는 글자가 씌어진 큰 깃발이 강바람에 드높이 나부끼고 있었다.

돌을 메었다가 날리는 노(弩)를 1천 개나 좌우에 설치한 배 위에서 조조는 주좌(主座)에 자리잡고 앉자 이미 승리를 차지한 듯 뿌듯함이 가슴에 꽉 차올랐다.

파란 하늘은 구름 한 점 없이 활짝 개었으며 바람은 잔잔하여 쇠고리로 이은 선체는 조금도 흔들리지 않았다.

조조가 말했다.

"오늘은 밤까지 이 강 위에서 전축연(前祝宴)을 베풀리라."

이 강 기슭에 온 뒤로 조조에게는 세 미녀가 헌상되었다. 이윽고 그 세 미녀를 양편에 거느리고 앉은 조조는 큰 잔에 술을 그득히 따르게 했다.

해가 막 서산 너머로 가라앉자 동녘 산마루에 달이 솟아오르면서 교교하게 명주 같은 빛의 띠(帶)를 대지에 깔았다.

동쪽으로는 시상(柴桑)의 경계요, 서쪽으로 하구(夏口)의 후미를 바라보고, 남으로 번산(樊山), 북으로 오림(烏林)의 봉우리를 올려다보는 강 위의 전망은 혀끝의 술맛을 한결 돋우었다.

조조 앞에는 여러 차례의 싸움에서 살아 남은 용맹스럽고 충성된 여러 장수가 위계와 서열에 따라 가지런히 앉아 있다.

실로 온 세상이 승상의 몸인 조조를 위해서 존재하는 듯 유쾌한 저녁이었다.

"공달……."

조조는 그림자처럼 곁에 앉아 있는 심복을 바라보며 큰소리로 말했다.

"오늘 저녁은 아무리 마음을 겸허하게 가지려고 해도 도저히 그럴 수가 없구나. 의병을 일으킨 지 어언 20년, 한나라 황실을 위해 흉적을 제거하고 해로움을 없애며, 사해(四海)를 깨끗이 쓸어 버린 지금 남은 것은 강남뿐이다. 그 강남을 치는 날이 바로 내일로 다가왔는데, 승리는 내 손아귀 안에 있으며 정예 백만의 사기는 하늘을 찌를 듯하다. 개가(凱歌)를 높이 부르는 날, 허도에서 기다리는 것은 부귀와 태평뿐일 것이다."

모든 장수는 일제히 일어나 사은(謝恩)하고, 이구동성으로 승상의 위대함을 찬양했다.

조조는 이윽고 천천히 일어섰다. 어지간한 취기가 온몸에 돌고 있었다. 조조는 아득히 먼 남쪽 기슭을 향해 고래고래 소리를 질렀다.

"주유·노숙……듣거라! 너희들은 하늘의 때를 모르는 어리석은 놈들이다. 이미 너희 뱃속에는 이 조조를 진심으로 따르는 자가 무서운 독벌레가 되어 너희 생명을 끊기 위해 몰래 숨어 활약하고 있단 말이다!"

"승상……!"

순유가 당황하여 옷소매를 잡아당겼다.

"가벼이 묘계를 발설하셔서는 안 됩니다. 만 리의 둑도 개미구멍 하나로 허물어지는 법입니다."

"하하하…… 공달, 걱정할 것 없다! 배 위에는 모두 내 수족과 같은 사람밖에 없지 않은가."

조조는 다시 하구 쪽을 가리켰다.

"유비나 제갈량이야말로 개미다. 하하하…… 너희들은 그 보잘것 없는 힘으로 구멍을 파서 만 리의 둑을 허물어뜨리려고 헛된 발버 둥을 치고 있구나. 어리석다고 해야 할지, 불쌍타고 해야 할지 모르겠구나."

큰소리를 치다 말고 조조는 문득 이렇게 말했다.

"그런데……제공, 나는 올해 54세가 되었지만, 아직도 아름다운 여자를 무릎 꿇게 할 만한 정열을 잃지 않았다. 저 강남에는 경국 (傾國)의 미녀가 둘 있다. 하나는 손책의 것이 되었고, 또 하나는 주유의 것이 되었지. 그 자매를 잡아다가 장수(漳水) 가에 지은 동작대(銅雀臺)에 두고 만년(晩年)을 즐기는 것이 나의 소망이 다. 다시 말해서 이 소망이 이루어져야만 나의 생애는 성취되어 끝나는 것이다."

당나라 시인 두목(杜牧)이 이를 두고 시 한 수를 지었다.

부러진 창 모래에 묻힌 채 아직 삭지 않았는데
갈고 씻어 살펴보니 옛 왕조 것임을 알겠어라

동풍이 만약 주랑 편을 들어주지 않았다면
봄 깊은 동작대에 대교와 소교는 갇혔으리

조조 앞에서 묵묵히 고개를 숙이고 있던 순유는 마음속으로 고개를 저었다.

'아무리 취중이라곤 하지만 너무 지나치구나.'

호화로운 술자리가 한창 무르익을 무렵이었다.

갑자기 까치 한 마리가 배 위를 스치면서 남쪽으로 날아갔다.

미녀의 무릎을 베고 누웠던 조조가 그 울음소리를 듣고 고개를 번쩍 들었다.

"무슨 일일까? 까치가 밤에 울며 날다니…… ?"

좌우에서 모시던 자들은 저마다 지껄였다.

"달이 너무 밝기 때문일 것입니다."

"까치는 영리한 놈이오나 또한 침착하지 못한 점이 있으므로 새벽인 줄 잘못 안 모양입니다."

"하하하…… 그런가."

조조는 비틀비틀 일어나더니 창을 집어들고 휘청거리는 발걸음으로 뱃머리로 걸어가 달빛 비치는 강물에 술을 부었다. 그러고는 연거푸 석 잔을 들이켰다. 그런 다음 모든 장수를 향해 말했다.

"나는 이 창칼로써 황건적을 무찌르고 여포를 사로잡았으며, 원술을 멸망시켰고 원소를 패주시켰는가 하면 멀리 새북(塞北)을 무찌르고 되돌아 요동을 쳐서 평정시켰으며 천하를 멀리 뛰어다녔다. 대장부의 뜻이 바로 이것이다. 오늘 저녁 이 아름다운 야경 속에서 참으로 감개 무량하도다. 어디 노래를 하나 불러볼까."

그리고 낭랑한 목소리로 읊기 시작했다.

그것은 지난날 주유에게 보낸 시였다. 조조의 불후의 명작인 〈단가행(短歌行)〉이다.

술을 노래하라
사람의 삶이 그 얼마나 가리요
말하자면 한낱 아침 이슬
지나가는 나날의 괴로움이 많도다

느끼노니 오직 강개(慷慨)일 뿐
이 마음을 잊기 어려워
무엇으로써 이 수심을 달랠까
오로지 두강(杜康 : 술을 맛있게 빚었다는 사람으로 좋은 술을 이름) 뿐이라

창창한 그대 벗이여
유유(悠悠)한 내 마음이라
오로지 그대로 인해
깊이 생각하며 지금에 이르도다

사슴은 소리내어 울어대면서
들판의 풀을 뜯는도다
나에게 기쁜 손님 있다면
거문고 뜯고 피리 불리라

밝고 밝기는 달과 같아서
어느 때인가 선인(先人)을 따를 수 있을까
근심은 안으로부터 와서
도저히 끊어 버릴 수가 없도다

맥(陌 : 밭두렁)을 넘고 천(阡 : 밭두렁길)을 건너더라도
어디까지나 서로 만나

활달히 담론할지어다
마음에 사무친 옛정을

달이 밝으니 별빛이 남으로 날고
달빛 따라 새들은 모여들어
나무를 누비고 세 바퀴 돌지라도
어느 나뭇가지에 앉을 것이뇨

산은 높음을 마다하지 않고
물은 깊음을 싫어하지 않으며
주공(周公)은 먹은 것을 뱉노니
천하의 인심은 따르지 않으리라

　모든 장수는 귀기울여 들으면서 자기 주군의 뛰어난 시적 감수성과 재능에 감탄하지 않을 수 없었다. 그러나 장수들 가운데에는 이 시에 매우 불만스러운 생각을 품은 자도 있었다. 조조가 다 읊었을 때였다.
　"승상께 말씀드립니다."
　날카로운 말투로 소리친 자가 있었다.
　"뭔가?"
　조조가 눈길을 돌려보니 양주자사 유복(劉馥)이었다. 자를 원영(元穎)이라고 하며, 이름도 없는 가난한 집안에서 입신하여 양주자사에까지 이른 위걸(偉傑)이었다. 그는 합비에 주치부(州治府)를 열고 학교를 세웠으며, 둔전(屯田) 제도를 널리 펴서 사방으로 뿔뿔이 도망쳤던 백성들을 불러모으는 등 치교(治敎)를 일으켜 훌륭하게 다스리고 있다.
　"흥하느냐 망하느냐 하는 일대 결전을 내일로 앞두고, 승상은 무엇 때문에 불길한 시를 읊조리십니까?"

"불길한 시라니?"

"지금 읊으신 시 가운데 '달이 밝으니 별빛이 남으로 날고, 달빛 따라 새들은 모여들어 나무를 누비고 세 바퀴 돌지라도 어느 나뭇가지에 앉을 것이뇨'라고 하셨습니다. 그야말로 마음속 깊이 숨어 있는 나약함을 무의식 중에 토로하신 것처럼 들립니다."

유복은 여지없이 정곡을 찔렀다.

"유복! 감히 나에게 그토록 무례한 말을 쏟아놓다니! 나를 경멸하는 마음이 있다는 증거가 아닌가!"

조조는 분명히 많이 취해 있었다. 게다가 손에 창을 들고 있었던 게 잘못이었다.

"나의 흥을 깨버린 죄, 용서 못한다!"

외치면서 유복의 가슴을 푹 찔러 버렸다. 찌르고 나서야 조조는 문득 정신이 들었다.

'아차!'

취한 바람에 강직한 신하를 자신의 손으로 찔러 죽였다는 후회가 가슴을 후비듯 파고들었다. 그러나 이미 돌이킬 수 없는 일이 되고 말았다.

"주연은 이것으로 끝이다!"

말해 놓고 조조는 기함에서 내려왔다.

이튿날 아침 유복의 외아들 유희(劉熙)가 뵙기를 청하여 조조에게 말했다.

"아버지의 주검을 고향 땅에 장사지내고 싶습니다. 허락하여 주십시오……."

조조는 수심어린 얼굴로 말했다.

"술에 취해 저지른 나의 소행을 용서해라. 나도 깊이 후회하고 있다. 삼공의 예로써 후히 장사지내도록 하라."

군사들에게 명하여 그날로 영구를 호송케 하였다.

이틀 뒤 수군도독 모개와 우금이 장막으로 왔다.

"크고 작은 군선은 하나도 빠짐없이 쇠사슬로 다 연결시켰으며, 정기(旌旗)며 전구(戰具)도 새로 수송되어 와서, 군용(軍容)은 완전히 다 갖추어졌으니 하루라도 빨리 출격할 날짜를 결정하여 주시기 바랍니다."

"음, 오늘이라도 결정하리라."

조조는 수채를 나가자 기함 위에 모든 장수를 불러모아 저마다의 맡은 바 부서(部署)와 분담(分擔)을 정했다.

이미 전군은 수륙 두 군으로 나뉘어 있었는데, 다시 수군과 육군을 다섯 대로 나누어, 오색의 깃발로 똑똑히 구별되게 하였다.

　　수군 중앙의 황기 : 모개·우금
　　전군의 홍기 : 장합
　　후군의 흑기 : 여건
　　좌익의 청기 : 문빙
　　우익의 백기 : 여통
　　육군 마보전군의 홍기 : 서황
　　후군의 흑기 : 이전
　　좌익의 청기 : 악진
　　우익의 백기 : 하후연

　그리고 수륙 예비군으로 하후돈·조홍, 유군(遊軍)의 감시로 허저와 장료.

이것이 조조 83만 대군세의 진용이었다.

'자아, 남쪽 기슭으로!'

모든 군사들의 의기(意氣)는 하늘을 찌를 듯이 높았다.

그날 서북풍이 불기 시작하자, 조조는 모든 수군 함선에 출동을 명령했다.

북이 크게 세 번 울리는 것을 신호로 수채의 문이 일제히 열리고 전함과 몽동들이 대오(隊伍)도 정연하게 빠져 나갔다.

두텁게 내리덮인 잿빛 구름 아래 윙윙 미친 듯이 불어닥치는 북풍은 커다란 파도를 일으켜 사방은 마치 큰 바다가 노한 것 같았다.

그러나 쇠사슬로 단단히 연결된 선단은 무서운 파도가 덮쳐도 끄떡없이 돛에 가득히 바람을 안고서 경쾌한 속도로 달렸다. 이를 본 조조는 외쳤다.

"바로 이거다! 마치 평지를 가는 것처럼 경쾌하고 빠르구나!"

북국의 병사와 병졸들은 이 연환계(連環計)를 신기해하며 기뻐 어쩔 줄 몰랐다.

앞으로 나아감에 따라 풍랑은 더욱 심해졌으나, 각군의 기선(旗船)은 조금도 전후좌우로 흩어짐이 없었다. 그 사이를 50여 척의 작은 병선이 순찰하며 경계에 임했다. 조조는 풍랑이 더욱 강해질 것으로 내다보고, 일단 돛을 내리고 북쪽 기슭으로 돌아가도록 명령했다.

본영으로 돌아온 조조는 모든 모사들을 보고 말했다.

"과연 방사원의 묘계다. ……장강도 평지와 같아졌구나. 풍랑이 가라앉기를 기다렸다가 일거에 장강을 건너 오군을 납짝하게 짓밟아 버리리라."

그 말을 듣자 정욱이 앞으로 나와 말했다.

"승상께서 노하실 것을 알면서 진언드립니다. 연환계는 확실히 배가 흔들리는 것을 막고 물 위에 익숙하지 못한 병사들에게는 안도감을 주기는 합니다. 다만 만약 적의 화공을 당하면 꼼짝도 못하고 불이 온 배에 퍼질 염려가 있을 것입니다."

"하하하……."

그 말을 듣자 조조는 크게 웃었다.

"정중덕(程仲德)의 걱정은 참으로 지당하다. 그렇지, 배를 꼼짝 못하게 붙잡아 맨 것을 불로 공격한다면 싸워보지도 못하고 우리 군은 전멸할 것이다."

"그렇다면……."

순유가 낯빛이 변하여

"방사원은 혹시 적의 첩자가 되어……?"

"너무 걱정하지 말라. 계절이 봄이라면 방사원은 틀림없이 우리를 계책에 빠뜨린 것이다. 그러나 지금은 11월 중순 바로 겨울을 맞고 있다. 화공은 바람의 힘을 빌려야만 할 것인데, 그것도 남쪽 기슭에서 우리 수군을 덮치려면 동풍이나 남풍이 불어야만 한다. 그러나 이 11월 중순에 동남풍이 불 리가 있는가? 따라서 나는 방사원의 계를 택한 것이다. 모두 알았는가?"

일동은 걱정하던 표정을 거두고 고개를 끄덕였다.

조조가 이끄는 군사와 병졸들의 대부분은 청주·서주·연주·기주의 사람들로 수전에는 전혀 경험이 없는 자들이기 때문에 연환계로 장강을 건너지 않는 한 남쪽 기슭에 이르렀을 때에는 배멀미 때문에 싸울 힘을 잃고 말 것이 틀림없다.

이 때 늘어앉은 좌중에서 초촉(焦觸)·장남(張南)이라는 두 장수가 앞으로 나섰다. 이 두 사람은 원소의 휘하에 있던 무장이다.

"저희들은 유주와 연주에서 났습니다만, 어렸을 적부터 배를 다루는 재주를 몸에 익혀왔은즉, 순선(巡船) 20척 가량만 주시면 이 서북풍을 타고 남쪽 기슭을 습격하여 적장의 정기를 빼앗아 북군에도 수전에 능한 자가 있음을 보여주고 싶습니다."

조조는 이 말을 듣자 고개를 설레설레 저었다.

"그대들이 아무리 배를 잘 다룬다고 하지만, 언제나 물 위를 오가면서 훈련을 쌓은 강남의 군사들에게는 미치지 못할 것이다. 고작

정기를 빼앗는 일에 목숨을 건다는 것은 어리석은 짓이다. 그만두어라."

그러나 초촉과 장남은, 실패한다면 어떠한 군법으로 다스릴지라도 후회나 원망은 않겠다며 끈질기게 간청했다.

"전선은 이미 쇠사슬로 묶어 놓았으므로 자유롭게 달릴 수 있는 것은 작은 조각배밖에 남아 있지 않다."

"우리 두 사람이 필요로 하는 것은 20명을 태울 수 있는 작은 배올시다. 부디 작은 배 20척만 내주십시오……."

조조는 하는 수 없이 정예 군사 500명을 골라 장창과 경노(硬弩)를 내주고 두 장수를 따르게 했다.

그리고 만에 하나 잘못될 것을 걱정하여, 문빙(文聘)에게 30척의 순선을 이끌게 하여 후비(後備)로 따르게 했다.

한편 남쪽 기슭에서는 전날 북쪽 기슭으로부터 모든 전선이 강 위로 몰려나오는 것을 멀리 바라다보고 긴장했으나 주유만은 산꼭대기의 망루에 우뚝 선 채 태연했다.

"저건, 조련(調練)에 지나지 않는다."

날이 밝자 또다시 북서풍을 타고 북소리가 강물을 건너왔다.

"오늘도 또 적은 조련을 계속하는 모양이군."

병사들은 그렇게 생각했다.

그런데 산꼭대기의 망루에서 주유의 목소리가 날아왔다.

"조조가 서전(緒戰)을 벌일 욕심으로 재주를 시험삼아 작은 배들을 보내오고 있다!"

곧 한당과 주태 두 장수가 적을 맞아 싸울 소임을 맡아, 각각 병선 10척을 이끌고 앞으로 내달았다. 주유는 다른 장수들에게는 가볍게 나가서는 안 된다고 명했다.

초촉과 장남은 곧장 작은 배들을 이끌고 돌진해 왔다.

이를 맞아 싸울 오군의 선두 뱃머리에는 가슴막이를 대고 장창을 잡은 한당이 늠름하게 서 있었다.

초촉이 이끄는 작은 배들이 먼저 접근하여 화살을 마구 쏘아댔다.

한당은 방패로 막으면서 명령했다.

"저 뱃머리를 들이받아라!"

요란한 소리와 함께 병선이 작은 배에 충돌했다. 그 순간 한당은 뱃머리에서 몸을 쑥 내밀면서 초촉의 얼굴을 향해 장창을 쑥 내질렀다.

"에잇, 괘씸한!"

장남이 작은 배에서 다른 배로 훌쩍 뛰어건너면서 한당에게 육박해 왔다.

마침 그때 주태가 탄 배가 굉장한 속력으로 그곳에 이르렀다. 북병들은 주태가 탄 배를 향해 화살을 소나기처럼 쏘아댔다. 주태는 뱃머리에 납작 엎드려 그 화살을 머리 위로 흘려 보내면서 적의 배에 충돌하기를 기다렸다.

이윽고 '쾅!' 하고 충돌하자마자 주태는 들짐승 같은 기세로 벌떡 일어나 적의 배로 달려들어가며 외쳤다.

"주태가 여기 있다!"

한당을 노리던 장남이

"아앗!"

몸을 돌렸을 때 주태의 호검(豪劍)이 허공에서 '윙' 하고 울었다. 장남은 정수리부터 둘로 갈라져 핏방울을 사방에 날리며 허물어지듯 주저앉았다.

눈깜짝할 사이에 대장을 둘 다 잃은 북병은 싸울 용기를 잃고 달아나려 했다.

"한 놈도 놓치지 말라!"

한당과 주태는 기세등등하여 부하를 격려했다. 북병의 작은 배는 보기에도 처참할 만큼 우왕좌왕 강 위를 도망치다 차례차례 뒤집혔다.

한당과 주태는 단 한 척이라도 돌려보내지 않을 기세로 뒤쫓는 동안 어느 틈에 장강 한복판까지 나왔다.

거기에 문빙이 이끄는 30척의 순선이 구원하기 위해 저어 나왔다.

"올 테면 오너라!"

한당과 주태는 물러갈 것을 잊었다.

강풍 속에서 선체와 선체가 서로 부딪치고 엇갈리며 심한 물길에 마구 흔들렸다. 양군의 장병들은 필사적으로 찌르고 베며 혼전을 벌였다.

주유는 산마루의 망루에서 전황을 지켜보고 있었다. 저쪽, 북쪽 기슭에는 크고 작은 전선과 몽동이 시야 가득히 늘어서서 정기를 펄럭이며 당장이라도 움직일 듯한 낌새를 보였다.

우뚝 서서 그 진용을 응시하던 주유는 어찌된 일인지 차츰 얼굴이 창백해졌다.

"백기를 흔들어 한당과 주태를 불러들여라!"

명령해 놓고 망루를 내려오려 했다.

그 때 별안간 회오리바람이 휘몰아쳐 물보라를 일으키는가 싶더니, 순식간에 바람은 북쪽 기슭의 대선단을 에워싸 버렸다. 주유는 망루 가운데 멈추어서서 그 미친 듯 휘몰아치는 바람을 온몸으로 맞았다.

수채를 덮은 광풍이 중앙의 기함에 꽂은 '수(帥)'자 기를 꺾어 하늘높이 날려보내는 것이 똑똑히 보였다. 이것은 조조에게는 매우 불길한 징조였고, 오군에게는 길조(吉兆)라고 할 수 있는 일이었다.

오군에서 '와아' 함성이 일었다.

그러나 오직 주유 한 사람만은 어찌된 일인지 그 단정한 모습에 어두운 빛을 띠고 입을 한일자로 꽉 다문 채 움직이지 않았다.

주유가 망루에서 내려와 본진으로 돌아온 것과, 북쪽 기슭을 미친 듯이 휘몰아치던 회오리바람이 장강을 건너 남쪽 기슭을 덮쳐온 것은 거의 동시였다.

요란한 소리를 내며 불어닥친 회오리 바람은 여러 개의 정기를 휘날려 버렸다. 하늘로 날아오른 정기 중의 하나가 주유를 후려쳤다. 그 순간 주유는 '으윽!' 하고 신음하며 무릎을 꺾었다. 한손으로 입을 막았는데, 그 손가락 사이로 시뻘건 선혈이 주르르 흘러내렸다.

주유는 퍽 오래 전부터 폐를 앓고 있었는데, 그것이 마침내 도져 터진 것이다. 주유는 쓰러지자 그대로 의식을 잃고 자리로 옮겨져서 깊이 잠들어 버렸다. 얼마 뒤부터 열이 나기 시작했다.

급한 소식을 받고 군막으로 달려온 모든 장수는, 그대로 죽어 버릴 것 같은 주유의 중태에 너무도 놀라 얼굴빛을 잃었다.

강북의 백만 군병이 호랑이와 고래가 먹이를 노리듯 바야흐로 남쪽 기슭을 무시무시한 기세로 응시하고 있는데, 오군의 대도독이 쓰러진 것이다.

금방 웃다가 금방 부르짖으니
남군이 북군 쳐부수기 어려운 일

노숙은 절망적인 심정으로 공명이 머무르고 있는 배로 찾아갔다.

공명은 이미 그 소식을 들었으나 그다지 걱정하는 것 같지 않은 태도로 뱃전에 기대앉아 낚싯줄을 수면에 드리우고 있었다.

"도독께서 이대로 일어나지 못하면 어떻게 되겠습니까? 선생의 의견을 들려 주십시오."

"노자경께서는 이 일을 어찌 생각하시나요?"

"이것이 조조에게는 더없는 행운이 아닌가 생각됩니다."

이 말을 듣자 공명은 소리없이 웃었다.

"선생! 왜 웃으십니까?"

노숙은 울컥 화가 치밀어 올랐다.

"도독께서 쓰러지신 것은, 단지 가슴을 앓아 피를 토하신 것만은
아니라 생각합니다."
"그렇다면 뭔가 마음속에 충격을 받았기 때문에 쓰러지셨다는 말
씀인가요?"
"우선 보기로는……."
"그 근심거리를 선생께서 없앨 수 있다고 생각하십니까?"
"그 뜻을 도독께 전해 주시기 바랍니다."
노숙은 공명과 함께 주유의 진막으로 돌아갔다.
주유는 이미 의식을 되찾았으나 핏기 없는 얼굴에는 형용하기 어
려운 고뇌의 빛이 배어 있었다.
노숙은 머리맡으로 나아가 말했다.
"제갈공명께서 도독의 괴로움을 없애드리고 싶다 하시며 문병을
위해 이곳에 와 계십니다."
"내 괴로움을 없애…… ?"
주유는 이맛살을 찌푸렸다.
"만나시겠습니까?"
"음……."
노숙의 뒤를 따라 공명이 들어왔다.
주유는 처참한 자신의 몰골을 공명에게 보이는 것이 부끄러워, 시
자(侍者)에게 몸을 부축케 하여 자리 위에 일어나 앉았다.
"도독께서 무거운 병환이라고 들었습니다만, 아주 갑작스러운 일
이군요."
공명은 싸늘한 눈길을 주유에게 보냈다.
"사람에게는 화복(禍福)이 아침 저녁에 달려 있다던가……. 내
자신도 이렇게 될 줄은 꿈에도 생각지 못했소."
주유는 그늘진 표정으로 무겁게 입을 열었다.
그러자 공명은 빙그레 웃으며 말했다.

“하기야…… 하늘도 예측할 수 없는 풍운이 있다고 말들 하는데 사람의 일이란 한 치 앞의 운명을 헤아리기 어렵겠지요.”

순간 주유는 참을 수 없는 고통 때문에 그만 무서운 형상이 되었다. 그는 두 눈을 감더니 답답한 듯이 크게 숨을 몰아쉬었다.

공명은 웃음을 띤 채 말했다.

“견디기 힘들 만큼 고통스러우신 모양입니다…….”

“그렇소…….”

“열이 높으시면 그것을 내리는 약을 드시는 게 좋겠지요.”

“이미 여러 가지 좋은 약을 써보았지만, 도무지 듣지 않는구려.”

“분명히 그것은 정신이 어지럽기 때문일 것입니다. 우선 마음을 진정시켜 순조로워지면 한번 호흡을 하는 사이에 저절로 고통은 가라앉을 것으로 생각됩니다.”

‘……공명은 이미 나의 가슴속을 훤히 꿰뚫어 보고 있구나!’

주유는 이렇게 느꼈다.

“마음을 순조롭게 하려면 어떠한 처방을 하면 좋겠소? 가르쳐 주시겠소?”

“아주 간단한 일이지요.”

공명은 노숙에게서 종이와 붓을 빌려 단숨에 써 내려갔다.

그리고 노숙에게 사람들을 물리도록 부탁한 다음 그 종이를 주유에게 내밀었다.

그것을 주욱 훑어본 주유는 금방 얼굴에 생기가 되살아났다.

그 종이 쪽지에는 다음과 같은 글이 씌어 있었다.

　조조를 무찌르려면 화공계를 써야 하는데, 모든 것이 다 갖추어졌으나 동남풍이 빠졌도다.

실로 주유의 마음속 번민을 정통으로 맞힌 것이다.

"선생, 어떻게 나의 마음속을 그처럼 꿰뚫어 보시었소?"
주유는 공명을 뚫어지게 보았다.

"도독께선 어제 북풍이 무섭게 휘몰아쳐 조조의 큰 기가 꺾여 날아가는 것을 멀리 바라보셨습니다. 그때 우리 오군이 북병(北兵) 백만을 격파하려면 화공밖에 없음에도 불구하고 북풍이 부는 한 불을 놓으면 거꾸로 아군이 불에 탈 것을 깨달으시고 깜짝 놀라셨습니다. 그렇지 않습니까?"

"틀림없이 그 말씀이 맞소. 화공책은 동남풍이 불지 않는 한 쓸 수 없는 일이오. 그러나 이 겨울에 동남풍이 분다는 것은 도저히 생각할 수 없는 일이오."

공명은 빙긋이 웃었다.

"과연 이렇게 추운 계절에 동남풍이 분다는 것은 기적일 것입니다. 그 기적이 만약 일어난다면 어떻게 될까요?"

"선생, 그것은 어떤 뜻이죠? 말씀해 주시오."

"나는 여덟 살 때 광주로부터 조각배를 타고 큰 바다에 떠 있는 무인도에 표류(漂流)했던 일이 있습니다. 그때 무인도의 동굴에서 홀로 사는 붉은 머리카락에 눈이 파란 이인(異人)을 만났습니다. 그 이인으로부터 기문둔갑(奇門遁甲)에 관한 천서(天書)를 전수받았지요. 그로 인하여 나는 바람을 부르고 비를 부를 수가 있습니다. 도독께서 만약 동남풍을 바라시면 제가 불게 해 드리겠습니다."

"그대가 동남풍을 불게 하겠단 말씀이오? 제정신으로 그런 말씀을 하시는 거요?"

"내일 하루 동안에 남병산(南屛山) 꼭대기에 단(壇)을 쌓아 주십시오. 그 단을 칠성단(七星壇)이라고 부릅니다. 높이 아홉 자로 3층을 쌓는데, 120명의 기수(旗手)를 주위에 세워야 합니다. 저는 단 위에 앉아 술법으로써 이틀 밤낮 사이에 반드시 동남풍을 붉게 해 보이겠습니다.”

“만약 그것이 실현된다면 화공책으로 조조를 격파하는 건 어렵지 않겠소만…….”

“약속드리겠습니다.”

공명은 머리를 숙이고 뒤돌아서 조용히 나갔다.

“자경…….”

주유가 불렀다.

“공명이 만약 이 한겨울에 동남풍을 부를 수가 있다면 신이거나 아니면 마신(魔神)일 것이오.”

공명은 자신이 묵고 있는 조각배로 돌아오자, 오나라에 왔을 때부터 부리던 젊은 하비(下婢)를 불렀다.

“곧 아버지를 불러다 주겠느냐?”

“예.”

하비의 아버지는 50년이나 이 강 위에서 살고 있는 어부였다.

공명은 여기에 머무르고 있는 동안 늙은 어부와 은밀히 여러 번 만나며 여러 가지 말을 들어 왔었다.

“군사님…….”

공명이 차를 마시는데 칠순이 넘은 어부가 들어섰다.

“어떤가, 올해의 그대 예상은?”

“아, 예. 괴상한 바람 말씀입니까요?”

“음.”

“올해는 늦습니다요. ……그렇지만 어제 불던 거친 바람이 오늘은 방향을 바꾼 것을 알아차리셨습니까요?”

“음.”

“이렇게 되면 앞으로 며칠 안에 틀림없이 훈훈한 동남풍이 불어 올 것입니다요.”

“그런가, 알겠소!”

공명은 밤이 되자 사자를 주유에게로 보냈다.

"내일 모레……11월 20일은 갑자일(甲子日)이므로 이날 초저녁부터 제(祭)를 올리겠습니다. 그리하여 22일 병인(丙寅)까지는 동남풍을 불게 할 것을 약속하리다."

이렇게 전하게 했다.

이튿날 아침 공명은 노숙의 안내로 남병산에 이르렀다. 거기에는 이미 3천여 명의 병사들이 정렬한 채 명령을 기다리고 있었다.

공명은 자세히 지형을 살피고, 동남쪽의 붉은 흙을 파다가 단을 쌓으라고 명령했다. 해가 뉘엿뉘엿 질 무렵에는 칠성단이 다 완성되었다.

단은 둘레 24장(丈), 한 단의 높이는 석 자(尺), 3층 아홉 자로서, 맨 아랫단에는 28수(宿)의 별을 그린 기를 세웠다.

즉 동녘 7면의 청기는 각(角)·항(亢)·저(氐)·방(房)·심(心)·미(尾), 기(箕)의 별을 나타냈다. 이것은 창룡(蒼龍)의 모양을 만든 것이다.

북녘 7면의 흑기는 두(斗)·우(牛)·여(女)·허(虛)·위(危)·실(室)·벽(壁)의 별을 나타냈다. 이것은 현무(玄武)의 세(勢)를 이룬 것이다.

서녘 7면의 백기는 규(奎)·누(婁)·위(胃)·묘(昴)·필(畢)·자(觜)·삼(參)의 별을 나타냈다. 이것은 백호(白虎)의 위(威)를 보이고 있다.

남녘 7면의 홍기는 정(井)·귀(鬼)·유(柳)·성(星)·장(張)·익(翼)·진(軫)의 별을 나타냈다. 이것은 주작(朱雀)의 형상을 본뜬 것이다.

둘째 층에는 64괘(卦)를 나타내는 64류(流)의 황기를 팔방(八方)으로 나누어 세웠다.

그리고 맨 윗단인 셋째 층에는 4명의 병사를 세웠다. 각각 속발
(束髮)의 관을 쓰고 검정 비단의 포의(袍衣)를 입고, 봉의박대(鳳
儀博帶)에 붉은 신을 신고, 방형(方形)의 치마를 두른 차림이었다.

앞줄 왼쪽에 선 자는 닭의 깃털을 꽂은 긴 장대를 들고 있었다.
이것은 바람을 부르는 표시였다.

앞줄 오른쪽에 선 자는 칠성(七星)의 띠(帶)를 붙들어맨 장대를
들고 있었다. 이것은 바람의 방향을 나타내고 있다.

뒷줄 왼쪽에 선 자는 보검을 받쳐들고, 뒷줄 오른쪽에 선 자는 향
로(香爐)를 받쳐들고 있다.

단 아래에는 정기·보개(寶蓋)·대극(大戟)·장과(長戈)·백모
(白旄)·황월(黃鉞)·주번(朱幡)·조독(皂纛) 등을 든 24명의 병사가
사방을 에워싸고 호위에 임했다.

바람을 부르기 위해 마련한 어마어마한 제단이었다.

그날——20일, 공명은 새하얀 도복을 입고 머리를 길게 늘어뜨리
고서 맨발로 남병산에 올랐다.

단에 오르기 전에 공명은 따라온 노숙을 뒤돌아보고 말했다.

"본진으로 돌아가시거든 도독에게 전해 주시오. 즉시 싸울 준비
를 갖추고 기다리시라고. 설사 22일이 되어도 나의 기도가 아무
런 영험을 나타내지 않는다 할지라도 결코 의심하지 마시라고. 반
드시 22일 중에는 동남으로부터 바람이 일 것이라고."

"알겠습니다."

노숙이 떠나는 것을 기다렸다가 공명은 칠성단을 수비하는 군사
들에게 엄한 주의를 주었다.

"절대로 제마음대로 자기의 수비 위치를 떠나서는 안 된다. 또한
함부로 사적인 말을 주고받는 것을 금한다. 어떠한 사태가 일어날
지라도 놀라고 소란을 피워서는 안 된다. 명령을 거스르는 자는
당장 그 목을 치리라."

늠름한 그 모습에는 위풍이 저절로 서려 있어, 군사들을 최고조로 긴장하게 했다.

천천히 단 위로 걸어 올라간 공명은 방향을 정하고 향을 살랐다. 쟁반에 정화수를 떠놓고 나서 합장하고 하늘을 우러러 기도하기 시작했다.

기도하기 두 시간.

기도가 끝나자 단을 내려와 군막에서 쉬었다.

이날 공명은 세 차례 단 위에 단정히 앉아 기도했다.

20일은 눈 깜짝할 사이에 지나갔다.

군사들은 명령을 지켜 침묵을 지켰으며, 단정히 앉은 공명은 꼼짝도 하지 않고 기도했다. 이러한 고요함은 다음날 21일에 들어서도 변함이 없었다.

그러나 바람은 여전히 서북 방향에서 불어닥치는 찬기운을 싣고 있을 뿐 단 위를 장식한 깃발은 방향을 바꾸어 휘날릴 기색은 조금도 보이지 않았다.

공명 자신도 절대적으로 자신을 가지고 이 기도제를 올리고 있는 것이 아니었다. 늙은 어부의 오랜 경험에 의지하고 있을 뿐이었다.

만약 이 사흘 동안에 동남풍이 불지 않으면 오군은 궤멸되고 말 것이며, 자기 몸도 또한 살아서 주군에게 돌아갈 수 없으리라.

'……동남풍이여, 불지어다!'

필사적으로 기도를 드렸다. 그러나 단에서 내려와 군막에서 쉴 때에는 불안이 가슴속에 검은 구름처럼 일었다.

이야말로 제갈공명 일생 일대를 건 큰 도박이었다.

한편 본진에서는 주유와 정보와 노숙 등이 모여, 만약 동남풍이 일어난다면 당장 출격할 수 있도록 만반의 준비를 갖추고 있었다.

또한 조조에게 항복한 황개는 일부러 은밀하게 화선(火船) 20여

척을 준비하고서 대기하고 있었다.

이 화선은 뱃머리에 커다란 못을 박았으며 배 안에는 잘 마른 갈대며 장작을 싣고, 생선 기름을 부은 다음 다시 그 위에 유황염초(硫黃焰硝)를 칠하고서 기름먹인 헝겊으로 덮어 놓았다.

뱃머리에 청룡의 아기를 세웠는데 그것은 조조에게 항복할 반기(叛旗)라고 통보해 두었기 때문이다. 고물에는 속력이 빠른 주하를 매놓았다.

이 20여 척이 달려나가면 조조는 황개가 주유를 배반하여 오군으로부터 도망쳐오는 것으로 알고 매우 기뻐할 터였다. 이때야말로 황개가 분전할 다시없는 기회로 조조에게 청천벽력을 내리게 되는 순간이 된다.

한편 감녕과 감택은 적의 첩자인 채중과 채화를 외채(外寨) 속에 보기좋게 연금(軟禁)시켜 놓고는 날마다 술을 퍼먹여 그들이 이끌고 온 500명의 병사들을 한 걸음도 육지로 올라가지 못하도록 교묘하게 단속하고 있었다.

그 주위를 단단히 지켜 물샐 틈 없도록 경비진을 펴고 있는 오군은 본진으로부터 명령이 내리기를 이제나저제나 하고 기다리고 있었다.

이윽고 본진에서 군의를 열고 있는 중에 급사가 달려왔다.

"우리 배들은 지금 수채로부터 80리 거리에 진출하여 도독의 길보를 기다리고 있습니다."

이리하여 모든 오군은 명령이 내리기만을 기다리며 일제히 공격해 나갈 만반의 태세를 갖추었던 것이다.

21일도 저물었다.

밤은 깊었지만 하늘빛은 맑게 개고 한 조각 구름도 없었다. 강 위는 잔잔하여 미풍조차 불지 않았다. 갖가지 깃발은 모조리 무겁게 축 늘어져서 조금도 흔들리지 않는 채 시간만 지났다.

“노숙…….”

주유는 아직도 열이 있는 몸을 나른한 듯이 보료에 기대고 이따금 기침을 하면서 이 긴장된 순간순간을 참고 있다가, 갑자기 몸을 일으켰다.

“나는 공명의 하는 짓이 간책(奸策)으로만 여겨지오……. 이런 한겨울에 동남풍이 일겠소? 우리가 속고 있는 것은 아닐까? 공명은 어쩌면 조조와 내통하고 있는 게 아닐까? 간책으로 오군을 패배케 하면 이 나라를 유비에게 주겠다고 조조로부터 약속받은 것은 아닐까?”

“도독! 진정하십시오. 공명은 절대로 거짓말은 하지 않습니다.”

“믿을 수 없어! 도무지 믿어지지 않아!”

주유는 머리를 저었다.

날이 새면 22일이다.

공명은 22일 중이라고 했다.

기다리는 수밖에 없다.

공명의 웃음

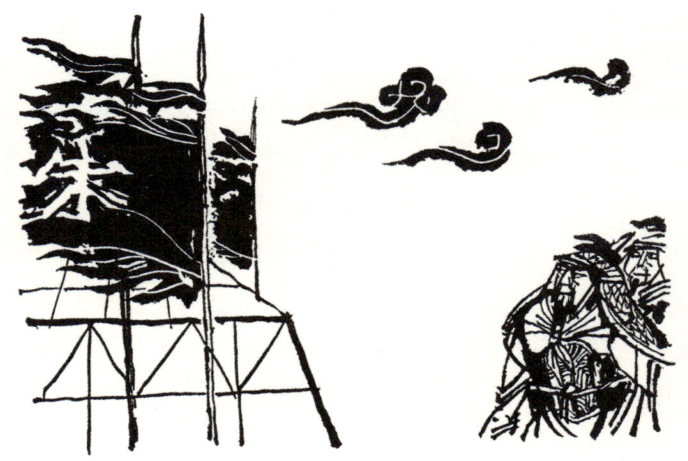

22일 동이 틀 무렵이었다.

별안간 수채의 진지에서 '와아' 하는 병사들의 함성이 들려왔다.

주유가 벌떡 자리에서 일어났다.

"바람인가?"

노숙이 황급히 군막 밖으로 달려나갔다.

곧 되돌아오자마자 노숙이 소리쳤다.

"도독! 깃발이 나부끼는 방향을 보십시오!"

주유를 앞세우고 일동은 정신없이 우르르 달려나갔다.

보라!

각 진에 선 천기만번(千旗萬幡)들이 모조리 서북쪽을 가리키며 펄럭이고 있었다.

주유의 동공이 크게 열렸다.

기다리고 기다렸던 동남풍이 불고 있는 것이다. 주유는 벌어진 입을 다물지 못하고 하늘을 올려다보았다.

얼굴을 때리는 바람은 틀림없는 훈훈한 동남풍이었다.

바람은 소리를 내며 차츰 강해지면서 강물 위를 건너 북쪽 기슭으로 불었다.

기적이 일어난 것이다.

그런데 화색이 돌던 주유의 얼굴에서 점차 핏기가 사라졌다. 주유는 뒷통수에 철퇴라도 맞은 듯 정신이 몽롱해졌다.

"으으음!"

주유가 형용할 수 없는 신음소리를 내며 흰 헝겊으로 입을 가렸다.

'……또 피를 토하는가?'

노숙이 겁을 먹고 지켜보는 가운데 주유는 어깨를 흔들며 크게 숨을 몰아쉰 다음 부르짖었다.

"제갈량은 사람이 아니다! 마신이 붙은 자다. 그놈은 천지조화를 자기의 손으로 바꾸는, 귀신도 헤아릴 수 없는 환술(幻術)을 갖고 있다. ……살려 두었다가는 나라의 흥망을 좌우하고 백성의 생살여탈(生殺與奪)의 권리를 제멋대로 하여, 황건적보다 더한 난을 일으킬 것이다. 화근을 미리 끊어 놓아야 한다!"

주유는 당장 장군호군교위(帳軍護軍校尉) 정봉(丁奉)과 서성(徐盛) 두 장수를 불러 명령했다.

"너희들은 각각 100기씩을 거느리고 두 편으로 나뉘어 남병산으로 달려가 말할 틈도 주지 말고 다짜고짜 공명의 목을 베어 가지고 오너라. 머뭇거려서는 안 된다! 빨리 가라!"

노숙이 만류할 틈도 없을 정도로 주유는 미친 듯 서둘렀다.

정봉은 노궁수 100기를 이끌고 육로로 쏜살같이 달렸으며, 서성은 수로로 100명의 도부수를 이끌고 급히 떠났다.

날이 훤하게 밝아오자, 동남풍은 더욱 거세게 불어왔다.

후세 사람이 시를 지어 제갈량을 칭송했다.

칠성단 위로 와룡선생 오르니

밤새 동풍 불어 장강 물결 일으키네
공명의 모계가 없었다면
어찌 주랑이 재능을 뽐냈으랴

먼저 정봉의 무리가 남병산 꼭대기로 달려 올라갔다.

칠성단의 28수 64괘의 깃발은 서북쪽을 향해 힘차게 펄럭거리고,
수비하는 군사는 꼼짝도 하지 않은 채 꼿꼿이 서 있었다.

정봉은 휘하 군졸들과 함께 단 위로 달려 올라갔다. 그러나 제단
위에 공명의 모습은 없었다.

"선생은 어디 계시는가?"

정봉이 고함을 치자 한 군사가 대답했다.

"군막에서 쉬고 계시는 줄로 압니다."

정봉은 허겁지겁 군막으로 뛰었다.

그러나 군막에도 그 모습은 없었다.

"없다!"

정봉이 얼굴빛이 달라져 뛰쳐나오는 순간 서성이 배에서 뛰어왔다.

"공명이 도망쳤다!"

"어디로?"

공명이 달아난다면 당연히 배로 갔을 것이다.

정봉과 서성은 강기슭을 향해 말을 몰았다.

물가를 수비하는 병사들에게 정봉과 서성이 달려와 물었다.

"제갈공명의 모습을 본 자가 없느냐?"

"흰 옷을 입고 머리를 풀어헤친 사람이라면, 조금 전에 저쪽 강기
슭으로 내려갔습니다."

"그자다!"

"그 사람은 어젯밤부터 그곳에 매어두었던 어선을 타고 상류로
가 버렸습니다."

"놓치면 안 된다!"

"뒤를 쫓아라!"

정봉과 서성은 수륙으로 나뉘어 필사적으로 추격했다.

이윽고 서성이 지휘하는 돛배는 아득히 먼 곳을 거슬러 올라가는 한 척의 배를 발견했다.

"저거다! 바싹 쫓아라!"

서성은 뱃머리에 서서 외쳤다.

그 배는 이쪽의 추격을 기다리는 것처럼 속력을 떨어뜨렸다.

"선생! 그 배에 계시오?"

서성이 힘을 다해 외치자 고물에 새하얀 모습이 솟아오르듯 나타났다.

"선생, 멈추시오! 도독께서는 무슨 일이 있더라도 감사의 말씀을 드리겠다고 저희들을 보내셨습니다."

이 말을 들은 공명은 소리높여 껄껄 웃었다.

"도독께 전해 주시오. 이 좋은 때를 놓치지 말고 빨리 용병(用兵)의 묘(妙)나 다하시라고……."

"선생! 부디 저희 오군의 진중에서 싸움에 이기는 모습을 보아 주십시오!"

"하하하…… 문향, 나를 속이려 해도 소용 없는 일이오. 내 목을 베어 오라는 도독의 명령을 받고 쫓아온 것이겠지요. 그걸 예상하고 이렇게 마중할 배를 오라고 해 두었던 것입니다. ……기회 있으면 다른 날 도독을 다시 만날 것이라고 전하시오."

말해 놓고 공명은 배 안으로 모습을 감추었다.

"저어라, 저어! 배를 들이받아라!"

서성은 기를 쓰며 고함쳤다.

그러자 공명이 탄 배의 고물에 무장한 거한이 우뚝 버티고 섰다.

"수상쩍어 한 마디 묻겠다! 군사께서 거부하심에도 불구하고 어찌하여 자꾸 뒤를 쫓는단 말이냐? 나는 상산의 조자룡, 손에 익힌 약간의 재주를 보여 주겠다!"

말을 마치기가 무섭게 들고 있던 활에 붉은 화살을 메겨 힘껏 당겼다.

허공을 가른 화살은 마침 서성이 서 있는 머리 위의 팽팽하게 당긴 돛줄을 맞히어 뚝 끊어 놓았다.

순간 돛은 공중에서 너풀거리고, 그 바람에 배는 크게 앞으로 기울어졌다.

조자룡은 병사들에게 한손을 들어 돛을 올리도록 명했다. 순풍을 안은 돛은 가득히 부풀었고 배는 날 듯 빠른 속도로 순식간에 멀어져갔다.

서성은 이를 부드득 갈았으나 이미 쫓을 재주가 없었다. 거기에 정봉이 새로운 배를 몰아 구조하러 왔다.

"문향, 체념하시오. 제갈량의 신기묘산(神機妙算)은 도저히 우리들 범부가 미칠 바가 아니오. 뿐만 아니라 마중 온 사람이 조자룡이라면 따라붙어 보았자 헛되이 호검의 제물이 될 뿐이오. 그대도 당양 장판파(長坂坡)에서 1만 명의 장부들이 당하지 못하던 조자룡의 용맹을 소문으로 들었을 거요. 되돌아가서 도독께 사실대로 보고하고 꾸중이나 달게 받을 수밖에 없소."

정봉이 이렇게 타이르자 서성도 고개를 끄덕이지 않을 수 없었다.

두 장수의 보고를 받은 주유는 그렇지 않아도 창백한 얼굴에 더욱 핏기를 잃고 말했다.

"공명이 이 세상에 살아 있는 한 나는 편히 잠을 이룰 수 없을 것이다."

몇 번이나 공명을 죽이려다가 끝내 이루지 못하고 놓쳐 버린 분함은 헤아릴 수 없이 컸다.

"도독!"

노숙이 외쳤다.

"공명은 동남풍을 일으켜 놓고 갔습니다. 공명에 대해서는 빨리 잊으시고 조조를 무찌르는 데 전력을 쏟으십시오……."

"음!"

주유도 퍼뜩 정신을 차렸다.

"조조를 치는 게 우선이다."

주유가 군막 안에 모든 장수를 모았을 때에는 늠름한 대도독의 위엄을 되찾고 있었다.

"흥패(興霸 : 감녕의 자)……."

"예!"

"귀공은 채중과 그 항복한 병사들을 이끌고 남쪽 기슭을 따라 달려서 북군의 기치를 세우고 오림(烏林)으로 가는 길로 나가 적의 군량이 저장되어 있는 곳으로 공격해 들어가 봉화를 올려라. 채화 쪽은 따로 쓸 생각이 있으니, 군막 안에 그대로 잡아 두어라."

"잘 알겠습니다."

"다음은 자의(子義 : 태사자의 자)……."

"여기 대기하고 있습니다."

"귀공은 2천 군사를 이끌고 황주 경계로 가서 대기하라. 반드시 합비로부터 조조의 원군이 올 터이니, 이를 중도에서 막고 신호의 봉화를 올려라. 만약 홍기를 높이든 군세가 가까이 오거든 우리 주군이 지원군을 보내신 것으로 알아라."

"임무, 명심하겠습니다."

"다음……자명(子明 : 여몽의 자)."

"예."

여몽이 앞으로 나가자, 주유는 3천 군사를 이끌고 오림(烏林)으로 달려가 그곳에서 감녕과 합류하여 군막을 모조리 불태워 버리라고 명령했다.

네 번째로 능통(凌統)에게 명령했다.

"2천의 병사를 이끌고 이릉(彝陵)으로 가서 오림에서 봉화가 오르거든 곧 지원하러 가라."

다섯 번째로 부른 동습(董襲)에게 명령했다.

"3천의 병사를 이끌고 한양으로 공격해 들어가, 한천(漢川)으로부터 조조의 진영을 기습하여 백기를 높이 든 우리 편 군세가 도착할 때까지 머물러 있으라."

여섯 번째로 반장(潘璋)에게 명령했다.

"3천의 군사를 거느리되, 모든 병사는 백기를 들고 한양을 습격하여 동습에게 가세하라."

여섯 장수는 용기 백배하여 저마다 수하 군세에 호령하여 정해진 지점을 향해 떠났다. 그 사이에 노장 황개는 화선을 다 갖추고 나서 밀사를 조조에게 보냈다.

오늘 밤에 투항하겠소. 뱃머리에 청룡의 대장기가 펄럭이는 배가 다가가거든 우리 배인 줄로 아시오.

그리고 투항선을 가장한 선단을 꾸몄다.

황개는 청룡의 아기를 높이 내건 화선을 타고 병선 4척을 뒤따르게 했다.

그리고 그 뒤를 따르는 군선 300척의 1번대를 영병(領兵) 군관 한당(韓當), 2번대를 영병 군관 주태, 3번대를 장흠, 4번대를 진무에게 지휘하도록 했다.

그 4대 전선 200척의 전면에는 화선 20척을 나가게 했다.

대도독 주유는 몸소 총지휘를 하며 부도독 정보와 함께 대몽동 위에 서서 서성과 정봉을 좌우에서 호위하게 했다.

노숙과 감택에게는 그밖의 모사들과 함께 텅 비게 되는 본진을 지키게 했다.

부도독 정보는 주유가 물샐 틈 없이 훌륭하게 진격 명령을 내리자 '아아, 과연!' 하고 진심으로 탄복했다.

오주 손권으로부터의 급사가 도착하자 서산에서는 출격 신호인 불화살을 쏘아올렸고, 남병산에서는 거대한 호기(號旗)를 높이 내걸었다.

그리고 오나라의 모든 전선은 어둠이 강물 위를 휘덮기를 이제나 저제나 하며 기다리고 있었다.

번구에 있던 유현덕은 공명이 돌아오기를 애타게 기다리고 있었다. 공명의 요청에 의해 조자룡을 마중하라고 보냈으나, 과연 주유의 눈을 속여 무사히 돌아올 수 있을 것인지 불안이 컸다.

동남풍은 이미 불어대고 있다.

'……이 바람을 타고 군사는 돌아올 것인가?'

유비를 비롯하여 관우도, 장비도 못내 조바심하며 침묵을 지키고 있었다.

"돛배가 보입니다! 이리로 오고 있습니다!"

이윽고 외침이 들렸다.

"돌아왔구나!"

유비는 자기도 모르게 자리에서 벌떡 일어나 망루로 달려갔다.

순풍이 불고 있는 강물 위를 나는 듯이 달려오는 것은 틀림없이 조자룡이 맞으러 갔던 돛배였다.

그 뱃머리에 흩어진 머리카락을 바람에 나부끼며 우뚝 서 있는 흰옷 차림의 공명을 본 순간 유비는 가슴에 손을 모으고 신에게 감사했다.

공명은 이윽고 유비 앞에 그 맑은 미소를 보였다. 유비는 반가움에 얼굴 가득 웃음꽃을 활짝 피우면서 안부를 물었다.

“일이 매우 급박합니다. 한담을 나눌 겨를이 없습니다. 전부터 부탁드렸던 군세의 전비(戰備)는 다 갖추어졌겠지요?”

공명이 다급히 물었다.

“군사의 지시만을 기다리고 있소.”

“그러면 곧 작전명령을 내리겠습니다.”

군막으로 들어가자 공명은 먼저 조운을 불렀다.

“자, 그대는 3천의 군마를 이끌고 강을 건너 오림의 오솔길로 가서 갈대숲에 매복하시오. 내일 이른 새벽녘에 조조가 반드시 이 사잇길을 택하여 도망쳐 올 것이오. 그 반수를 지나게 해 놓고 불을 놓아 공격하되 마음껏 짓밟으시오. 그러나 한 사람도 남김없이 다 치려 해선 안 되오. 반수만 치면 족하오.”

“알았습니다.”

조운은 고개를 끄덕이더니 다시 물었다.

“오림으로부터의 사잇길은 두 줄기가 있습니다. 하나는 남군으로 통하고, 또 하나는 형주로 통하고 있습니다. 과연 조조는 어느 길로 도주할까요?”

“남군으로 빠지는 것은 위험하다 보고서 조조는 반드시 형주를 지나 허도로 향할 것이오.”

공명은 손바닥 들여다보듯 예언했다.

조운이 나가자 곧 엇바뀌어 장비가 들어왔다.

“비가 해야 할 일은 무엇이오? 되도록이면 가장 보람있고 위험한 싸움터로 보내주시오.”

“그대는 수하 군세 3천을 거느리고 강을 건너 이릉의 길을 공략하여 호로곡(葫蘆谷)에 매복하여 기다리시오. 패주하는 조조는 남이릉으로는 달아나지 않고 북이릉으로 달릴 것이오. 내일 아침에는 비가 오겠지만, 조조가 그곳에 이르렀을 무렵은 개어 있을 것이오. 그곳에서 조조는 병사들에게 아침밥을 먹이게 될 것이오.

병사들이 솥을 걸고 밥짓는 연기가 오르는 것을 확인하거든 기슭 일대에 불을 질러 단숨에 공격하시오. 그대의 공은 크나큰 것이 될 것이오."

"반드시 조조의 목을 베어 오겠소."

공명은 다음에 미축과 미방, 그리고 유봉(劉封)을 불렀다.

"그대들 셋은 속력이 빠른 쾌속선을 타고 강을 이리저리 돌아다니며 낙오된 자들을 사로잡아 입은 것 가진 것 들을 모조리 빼앗아 버리시오."

공명이 명쾌하게 명령을 내리는 모습을 곁에서 지켜보던 유비가 미심쩍어 한 마디했다.

"군사, 내일의 싸움이 지금 머릿속에 그리고 있는 것처럼 과연 그대로 될까요?"

그러자 공명은 그에 대답하는 대신 일렀다.

"주군께서는 곧 무창으로 가서서 강어귀에 진을 치십시오. 북군의 패잔병은 도망을 치다 못해 끝내는 그곳으로 몰릴 터이니 하나도 남김없이 사로잡으십시오. 다만 절대로 가벼이 성곽을 떠나서는 안 됩니다. 되도록 조심하십시오……."

유비는 아무래도 미심쩍었지만, 확고한 자신을 갖고 명령을 내리는 공명을 믿을 수밖에 없었다.

맨 마지막으로 공명은 다시 유비에게 말했다.

"그리고 주군께서는 저와 함께 번구의 언덕에 올라가 오늘 저녁 주유가 거두게 될 역사적인 대승리를 구경이나 하시지요."

그런데 유비 곁에 서서 공명이 지시하는 모습을 바라보고 있던 관운장은 도무지 자기에게는 명령을 내리지 않은 채 끝내 주군과 공명이 함께 자리에서 일어나려 하자 참지 못하고 물었다.

"군사께 여쭙겠소!"

"무엇입니까, 관우 장군?"

공명은 맑은 눈길로 관우를 바라보았다.

"나는 주군 모시기를 20여 년, 수없이 싸움터를 뛰어다녔지만, 이제까지 뒷전에 물러앉아 하는 일 없이 팔짱만 긴 채 바라본 일은 한 번도 없었소. 오늘 이 중대한 결전을 맞아 나를 쓰지 않는 까닭은 무엇인지 궁금하오."

관우의 얼굴에는 분노의 빛마저 어렸다.

공명은 물끄러미 관우를 바라보았다.

"본디 운장께는 가장 요긴한 곳을 맡길 생각이었습니다. 그러나 이 결전에서 운장을 싸우게 했다가는 지장이 초래되겠기에 피하였습니다."

"지장이라니? 무슨 지장이오?"

관우는 눈빛을 날카롭게 번뜩였다.

공명은 조용히 미소지었다.

"돌이켜 생각해 보시기 바라오. 장군은 일찍이 주공의 부인을 수호코자 허도에 항복하지 않으셨소?"

"그건 어쩔 수 없는 일이었소."

"물론 주공께서 계신 곳을 알게 되면 천리를 멀다 하지 않고 허도를 곧 떠날 것을 조건으로 하고 항복하시었지요. 그때 조조가 장군을 대우한 그 두터운 마음씨는 보통 이상의 것이었으며, 장군은 이제까지도 그 은의를 잊지 못하실 것이오. 그렇다면 허도를 떠날 때 머지않은 날 반드시 베풀어 준 정의에 보답하겠다고 하셨을 것이오. 조조는 이 결전에서 패하면 반드시 화용도(華容道)를 택하여 달아날 것이오. 만약 장군에게 화용도에서 기다리다 패주하는 조조를 치라고 하면 조조의 목을 베겠소? 차마 그러지 못하고 살려 도망치게 해 주리라는 것은 보지 않아도 훤합니다. 제가 이번에 장군을 쓰지 않는 까닭이오."

공명은 딱 잘라 말했다.

"군사! 잠깐만!"

군막에서 나가려는 공명을 황망히 불러세운 관우의 얼굴은 붉은 칠을 한 것처럼 상기되었으며, 그 수염은 심한 흥분으로 부들부들 떨리고 있었다.

"군사의 의심은 너무도 가혹하오. 나는 틀림없이 조조로부터 은혜를 입었소. 그러나 그 은혜는 이미 충분히 갚았소. 백마의 들판에서 조조군이 위기에 몰렸을 때 내가 단신 적중에 뛰어들어 안량과 문추를 베어 승패를 바꾸어 놓은 것은 군사께서도 이미 아시는 일이라 생각하오. 그런데 흥망을 건 이 결전에서 패주하는 조조를 무엇 때문에 그냥 놓아 보내겠소!"

제갈량은 단호한 결의를 담아 간청하는 관우를 지그시 바라보더니 싸늘하게 물었다.

"만일 그냥 놓아 보내면 어쩌시겠습니까?"

"결단코 그대로 보내지 않겠소! 만일, 그러한 괘씸한 짓을 했을 때는 군법으로 처단해 주시오."

"서약서를 쓰시겠습니까?"

"물론!"

관우는 서약서를 쓰고 나서 물었다.

"이번에는 내가 여쭙겠습니다. 군사는 조조가 반드시 화용도로 달아날 것이라 예언하셨지만 만약 다른 길을 택하여 달아난다면 어쩌시겠소?"

"조조가 화용도로 패주하지 않을 때에는 내가 처벌을 받으리다. 원한다면 서약서를 써 드리지요."

공명은 자신만만하게 잘라 말했다.

"그럴 것까지는 없소. ……그래 내가 맡을 일은?"

"화용 산골짜기에 땔감을 높이 쌓아 올리고 불을 붙여 연기를 일게 하오."

“연기를 보면 조조는 매복한 군세가 있음을 알고 그곳을 피하지 않겠소?”

“허(虛)하면서 실(實)하고 실하면서 허한 것, 이것이 병법의 기모(奇謀)라고 하는 것. 봉화가 오르는 것을 보면 조조는, 이것은 공명이 매복한 군세가 있는 것처럼 보이게 꾸민 위계라 보고 주저없이 달려올 것이오. 이를테면 이쪽은 속임수에 또 속임수로 속이는 계략이오. ……그때 장군은 절대로 조조에게 정을 베풀지 마시오.”

관우는 공명의 지모에 감탄했다. 이윽고 관우는 군막을 나오자 관평과 주창을 좌우에 거느리고 교도수 500기를 이끌고 곧장 화용도를 향해 질풍같이 달려갔다.

그것을 눈으로 배웅하면서 유비가 말했다.

“운장은 의리에 넘치는 사나이이므로 조조가 화용도로 도망쳐 온다면 아마도 그 목숨을 빼앗을 수 없으리다.”

그 말을 듣자 공명은 낭랑히 웃으며 대답했다.

“그렇게 될 것으로 생각합니다.”

“그런 줄 알면서 어찌하여 관우를 보내셨소?”

“천문을 보았더니 조조의 명맥은 아직 다하지 않았더군요. 관우의 마음속에 조조에게서 입은 은혜의 무게가 이제까지도 남아 있다면 이번이 그 무게를 없앨 기회가 되지 않을까 생각되어 감히 보낸 것입니다. 이 또한 아름다운 일일 것입니다.”

유비는 거듭 공명의 깊은 통찰력에 탄복했다.

유비와 공명은 조조와 주유의 일대 결전을 구경하기 위해 번구로 올라갔다.

적벽대전

   조조는 오군의 본영에서 연락이 오기만을 학수고대하고 있었다.
초조해지는 마음을 다스리기 위해 조조는 「손자병법」을 폈다. 조조
는 82편으로 이루어진 이 병서를 병서 중 으뜸으로 여겼다. 손자의
견해는 많은 부분에서 조조의 생각과 일치했다. 싸움에 임하면 반드
시 이기는 것이 병가의 최상이라고 생각하기 쉬운데 그보다 더욱 훌
륭한 것은 싸우지 않고 사람을 굴복시키는 것이라고 말하고 있기 때
문이다. 이야말로 조조가 소원해마지 않는 가장 이상적인 승리이다.

  지난 날 조조는 피 한방울 흘리지 않고 유종에게 형주를 넘겨받았
다. 그것은 싸우지 않고 적을 굴복시킨 대표적인 사례였다. 수많은
군세를 몰고 나가 치열한 전투 끝에 강동을 차지하는 것은 조조에게
그다지 매력있는 승리가 아니었다. 훨씬 더 상책의 전술을 구사할
수 있는 황개의 제의가 오히려 더 보람있게 느껴졌다. 3대의 주군에
게 충성을 바쳐온 노장의 변심을 알게 된 오군은 틀림없이 크게 동
요할 것이다. 뿐만 아니라 각 장막 안에서 속속 변절자가 나타나 오
군의 기강을 무너뜨리고 주유는 마침내 내부의 분열을 다스리지 못

해 고심하게 될 것이다. 통제력을 잃어버린 오군의 앞날은 불을 보듯 뻔했다.

조조는 손바닥을 들여다보듯 주유와 손권의 몰락이 눈 앞에 환히 그려졌다. 오나라를 점령하면 천하는 얼마 가지 않아 조조의 손 안에 들어올 것이다. 조조는 자신의 이름이 당당히 사서에 기록되는 날을 상상해보았다. 그것도 나쁘지 않으리라.

한밤중이었다. 멀리서 아득히 함성이 들렸다. 조조는 승전보를 울리며 막 허도에 입성하는 중이었다. 뒤로는 백만의 병사들이 개선 행진을 하며 환호성을 내지르고 있다. '드디어 천하의 패업을 이루었도다!' 벅찬 가슴으로 조조는 그렇게 중얼거렸다.

잔야(殘夜) 즈음, 조조는 꿈속에서 금빛 천의(天衣)를 입고 황궁을 거닐고 있다. 수백 마리의 봉황이 하늘에서 봉거(鳳車)를 몰고 내려오고 있다. 조조는 취한 듯 황홀경에 휩싸여 찬란한 봉거를 올려다보았다. 바로 그때였다. 손을 뻗으면 막 닿을 듯한 지점에서 봉거는 갑자기 흔들리기 시작했다. 광풍이 불어온 것이다. 바람은 점점 거세져 어느덧 머리를 풀어 헤친 광인(狂人)의 도리질처럼 소용돌이쳤다. 중심을 잃은 봉황은 황금색 깃털을 날리며 제각각 어디론가로 흩어져 버렸다. 수백마리의 봉황이 몸부림치며 나부낀 깃털이 황금색 불을 지핀 듯 온 하늘을 뒤덮었다. 회오리에 휘말린 봉거는 다시 하늘 저편으로 날아가 사라져버렸다. 그때 조조는 눈을 번쩍 떴다.

"상서롭지 못한 꿈이다. 무슨 조짐일까?"

그날 22일, 날이 훤하게 밝을 무렵, 조조가 자고 있는 군막에 정욱과 순유가 황급히 들어왔다.

"승상…… 천변(天變)이 일어났습니다. 한 시간 전부터 별안간 난데없는 동남풍이 불기 시작했습니다."

"뭐라고!"

조조는 잠자리에서 벌떡 일어났다.

"동남풍이 불어온다고!"

소스라치게 놀랐다.

"하하하……."

곧 침착함을 되찾은 조조는 크게 웃었다.

"동지(冬至)에 하루쯤 미친 바람이 부는 일도 있겠지. 일양내복 (一陽來復)의 표시라고 받아들이기로 하는 게 어떻겠나?"

"그러나 만약 이 동남풍을 타고 적이 화공이라도 해오는 날에는 어찌 되겠습니까?"

"걱정할 것 없다! 그보다도 황개로부터는 아직 통보가 없느냐?"

그 말에 대답이라도 하는 것처럼 강동으로부터 황개의 밀명을 받은 사자가 이르렀다는 보고가 올라왔다. 조조는 급히 밀서를 받아 펼쳤다.

주유의 법령이 너무 엄하여 가벼이 탈출하지 못한 채 기회를 엿보던 차 이번에 파양호(鄱陽湖)로부터 군량이 운반되어, 제가 그것을 감독하게 되었습니다. 이것을 하늘이 도우신 기회라 생각하고 반드시 강남 명장의 목을 베어 탈출하겠습니다. 따라서 오늘밤 이경, 청룡의 대장기를 꽂고 북쪽 기슭으로 접근하는 배를 보시게 되면 이는 군량을 가득히 실은 항복선으로 아시고, 절대로 공격하는 일이 없도록 하십시오.

글을 훑어본 조조는 마음속의 불안한 구름을 쫓아 버리며 말했다.

"됐다! 승리는 동남풍을 타고 내게로 오고 있구나!"

정욱과 순유는 화공에 대한 걱정을 떨쳐 버리지 못했으나, 조조가 너무나 자신있는 데에 눌려 입을 다물지 않을 수 없었다.

조조는 모든 장수와 함께 수채로 나가 기함 위에서 주연을 베풀고 날이 저물기를 기다렸다.

한편, 남쪽 기슭에서는 해가 뉘엿뉘엿 질 무렵 주유가 채화를 불렀다. 그리고 갑자기 군사에게 명하여 채화를 꽁꽁 묶게 했다.

채화가 기겁하며 자기에게는 아무런 죄도 없다고 주장하자, 주유는 싸늘하게 웃었다.

"내가 너 같은 놈한테 속아 넘어갈 줄 알았단 말이냐? 출진에 앞서 네 목을 쳐 군신께 제를 올릴 것이다!"

채화는 이미 달아날 도리가 없음을 깨닫자 태도를 바꾸었다.

"황개도, 감녕도, 그리고 감택도 이미 나와 항복을 모의했다는 것을 모르는가?"

"하하하…… 어리석구나! 그것도 모두 내가 꾸민 계략이었다!"

주유는 채화를 강기슭으로 끌고 가 검은 군기(軍旗) 아래 꿇려 앉히고 단칼에 그 목을 베어 버렸다.

혈재(血祭)가 끝났다.

황개는 세 번째 화선에 올라타자 뱃머리에 '선봉 황개(先鋒黃蓋)'라고 크게 쓴 깃발을 세우고 자신은 엄심갑(掩心甲)을 입고 오른손에 칼을 뽑아 높이 치켜들며 큰 소리로 호령했다.

"진격!"

첫번째 화선이 청룡의 대장기를 펄럭이며 강기슭을 떠났다. 그보다 조금 뒤떨어져 두 번째, 세 번째 화선이 크고 작은 병선을 이끌고 떠났다.

때마침 하루 내내 계속해서 불어오던 동남풍은 마치 하늘의 명령을 받들어 오나라 군사의 편이라도 드는 것처럼 그 기세가 더욱 강해져 무시무시한 소리를 내며 강 위에 파랑을 일으켰다.

해는 완전히 저물었다.

조조는 기함 위에 우뚝 서서 남쪽 기슭으로 날카로운 눈길을 보내고 있었다.

머리 위에는 달빛이 교교히 비추고 있고, 그 빛은 일렁이는 파도를 번쩍거리게 하여, 마치 무수한 은빛 뱀이 미친 듯 솟구치며 장난하는 것 같았다.

그때 돛대 위에서 감시하던 파수병이 소리쳤다.

"배다! 순풍을 받아 한 무리의 배가 이리로 옵니다!"

조조는 크게 고개를 끄덕였다.

"황개가 오는 것이다!"

틀림없었다.

"맨 앞에 선 배는 청룡의 대장기를 내걸었습니다."

돛대에서 미끄러져 내려온 파수병이 보고했다.

조조는 활짝 웃었다.

"됐다! 하늘의 도우심이란 바로 이런 것이다!"

물결을 헤치며 선단은 북쪽 기슭으로 다가왔다.

별안간 정욱이 소리 질렀다.

"승상, 저 선단을 가까이 오게 해서는 안 됩니다!"

"무슨 소리를 하는가?"

"황개의 밀서에 의하면 군량을 실은 배라고 했습니다. 그렇다면 반드시 선체는 가라앉고 배의 속력은 느려야 합니다. 그런데 저 배는 너무나도 가볍게 떠 있으며, 굉장한 속력을 보이고 있습니다. 뿐만 아니라 불어닥치는 것은 동남풍! 만약 황개가 속임수를 써 화공을 하러 다가오고 있다면 이것을 막을 방도가 없습니다!"

정욱의 말을 듣고 비로소 조조는 깜짝 놀랐다.

"뭐라고! 그럼 놈들에게 속았단 말이냐!"

얼굴이 험악해진 조조는 모든 장수들에게 다급하게 외쳤다.

"저 선단을 막아라! 수채에 들여놓아서는 안 된다! 누군가 화공을 막을 자 없느냐!"

"제가 맡겠습니다!"

문빙이 선뜻 대답하고 나서 쾌속선에 뛰어올랐다.

"나를 따르라!"

손을 들어 신호하면서 10여 척의 순선(巡船)을 따르게 했다.

달빛 아래, 괴물이 헤엄쳐 오는 것 같은 속력으로 다가오는 선단을 향해 쾌속선이 달려나갔다.

"멈춰라!"

문빙은 양손을 높이 쳐들고 절규했다.

"승상의 명령이시다! 이 선단은 수채로 들어갈 수 없다! 멈춰라! 멈추라니까!"

그 외침에 대한 응답은 달빛 속에 윙 소리를 내며 날아온 한 개의 화살이었다. 문빙은 그 화살을 왼쪽 팔뚝에 맞고 뱃머리에서 곤두박질치며 바닥으로 떨어졌다.

청사(靑史)에 길이 남을 적벽대전은 이렇게 막이 올랐다.

황개는 적의 쾌속선과 순선이 갈팡질팡 피해 달아나려고 하는 것을 바라보며 칼을 높이 들고 명령했다.

"돌진!"

맨 앞을 달리는 화선(火船)이 일제히 불길을 뿜었다. 불은 바람을 부르고, 바람은 불을 도와 활활 타오르는 화선은 쏜살같이 수채로 돌입했다.

오군의 화선은 차례차례 불덩이가 되어 돌입해 왔다.

'콰앙!'

북군의 육중한 선체에 부딪칠 때마다 붉은 혀를 날름거리며 악마가 덤벼들 듯 하늘을 가리고 집어삼킬 듯한 기세로 북병을 덮쳤다. 수채 안의 배들은 모두 닻을 내리고 있었다. 거기에 방통의 조언대로 모두 연환계(連環計)를 써서 쇠사슬로 빈틈없이 연결되어 있었다. 화마를 피할래야 피할 길이 없었다. 여지없이 불길은 옆의 병선을 향해 징검다리를 내딛듯 빠른 속도로 번져갔다.

눈 깜짝할 사이에 수채는 불지옥으로 변했다.

쇠사슬로 단단히 묶인 조조의 배들은 달아날 재주도 없이 하늘을 찌르는 불길 속에 휩싸여 무시무시한 소리를 내며 타올랐다.

오병 쪽은 뛰는 토끼처럼 화선이 끌고 온 쾌속선에 옮겨타고 불바다에서 빠져나왔다.

게다가 남쪽 기슭에서 방포 소리가 울려 퍼지자, 오나라의 군선이 사방으로부터 일사불란하게 수채를 향해 물밀듯 밀려들었다.

장강 일대는 대낮같이 환하게 밝았다. 불길은 불길을 부르고, 거센 바람은 윙윙 소리를 내면서 그 불길을 소용돌이로 만들어 쇠사슬로 엮은 배를 고스란히 태워 물 속으로 가라앉혔다.

조조는 너무나 참담한 패배에 멍하니 넋을 잃고 있을 뿐이었다.

"승상! 빨리 뭍으로!"

누군가가 소리치자 그제서야 정신을 차리고 힘없이 외쳤다.

"달아나라!"

그때 황개는 쾌속선으로 옮겨 타고 수면을 기는 붉은 혓바닥 사이를 돌파하여 조조의 목을 치려고 기함을 향해 육박해 갔다.

'……여기를 빠져나가야 한다! 죽어서는 안 된다!'

조조는 자기 자신에게 그렇게 다짐하면서 배 위를 오른쪽으로 달렸다 왼쪽으로 달렸다 하면서 기슭으로 달아나기 위해 작은 배를 찾았다.

"승상, 이리로!"

다행히 바로 거기에 기슭으로부터 저어온 작은 배에서 장료가 외치는 소리가 들렸다.

조조는 정신없이 뱃전에서 작은 배로 몸을 날렸다.

그 찰나, 공중에서 펄럭이며 떨어지는 그 빨간 전포(戰袍)를 육

박해 오던 황개가 보았다.

"저기다! 저기 조조가 있다. 놓치지 마라!"

날아오는 불티를 털며 부르르 몸을 떤 노장은 병사를 독려하여 쾌속선을 쏜살처럼 젓게 했다.

"조조야, 황개가 여기 있다! 당당히 맞서 싸우라!"

황개는 질풍처럼 쾌속선을 몰아 조조의 뒤를 쫓았다.

"아아!"

조조는 자기도 모르게 절망에 찬 신음소리를 냈다.

"주군, 엎드리시오!"

장료는 조조를 밀어 엎드리게 하고, 강궁(强弓)으로 황개를 겨누어 활줄 소리를 크게 울렸다.

"으으으음!"

황개는 몸을 피할 겨를도 없이 화살을 오른쪽 어깨에 맞고 물속으로 떨어졌다.

　　불길의 횡액 맞을 때에 물의 횡액 만나니
　　매맞은 상처 낫자마자 화살 상처 입었네

한겨울이었다. 황개는 곧 의식을 잃어버렸다. 기슭으로 떠밀린 것을 오군 병사가 건져 주었다. 병사들은 그것이 황개인 줄도 모르고 강변에 그대로 눕혀 놓았다.

그러는 사이 황개는 의식을 되찾았다.

"한당(韓當)!"

손견을 따라 싸움터에 나온 뒤 함께 싸워온 한당은 그 목소리를 듣자

"저것은 공복의 목소리다!"

그대로 달려가 눈물을 흘리면서 젖은 옷을 갈아 입히고 정성껏 간

호했다. 먼저 화살촉을 뽑아낸 다음, 기를 찢어 상처를 싸매고 곧장 말에 태워 본영으로 옮겼다.

만일 한당이 아니었다면 황개는 꼼짝없이 심한 상처를 입은 몸으로 전장에서 얼어죽었을 것이다. 3대의 주군을 모신 용맹한 노장은 이로써 하늘의 구원을 받게 되었다.

이 무렵 조조의 기함에 실렸던 화약이 폭발하여 삼강을 뒤흔드는 요란한 굉음과 함께 불기둥을 뿜더니 기함은 순식간에 기울었다.

조조는 장료의 도움으로 가까스로 강가로 피했으나, 이미 뭍의 진지도 불바다였다. 가는 곳곳마다 여기저기 연기와 불길이 올랐으며, 불은 점점 넓게 번져가고 있었다.

"말, 말을!"

장료는 미친 듯이 누구에게라 할 것 없이 고함쳤다.

우선 조조를 말에 태워 이곳을 빠져 나가게 해야만 했다.

이미 불길은 온 강을 뒤덮고 함성이 천지를 뒤흔드는 가운데 적벽 서쪽에서는 한당과 장흠의 양 군사가, 동으로는 주태와 진무의 양 군세가, 그리고 중앙으로는 주유와 정보·서성·정보의 대군이 일거에 물밀듯 밀려왔다.

불은 병사들의 위세에 가세하고, 병사들은 불길의 위세를 빌려 달아날 곳을 찾아 갈팡질팡하는 북병을 화살로 쏘아 죽이고, 창으로 찔러 죽이고, 불에 태워 죽이고, 물에 빠져 죽게 하여 후세까지도 길이 남는 적벽의 대첩(大捷)을 이룩해 낸 것이다.

후세 사람은 그 싸움을 다음과 같이 읊었다.

　위(魏)와 오(吳)가 싸워 자웅을 결하니
　적벽의 전함들이 싹 쓸어 없어졌네
　열화(烈火)는 처음으로 성하여 구름바다를 비추고

일찍이 여기서 주랑이 조조를 무찔렀네

달리 또 하나의 명시가 전해진다.

　산은 높고 물은 아득한데
　달은 말이 없고 세월은 지나간다
　역사는 흐르고 사람도 가는데
　바람의 뜻을 그 누가 알리!

'달아나자!'
승상 조조는 자신의 몸 하나를 구하기 위해 필사적으로 달아나는 것밖에는 아무것도 생각할 수 없었다. 사면이 온통 불바다였다.
감녕이 채중을 재촉하여 조조의 본진을 찌르고 '여기냐!' 하고 외치면서 채중을 단칼에 베어 쓰러뜨린 다음 풀숲에 불을 지른 것이다.
이 불길을 보고 여몽도 주위를 불바다로 만들었다.
강하게 불어오는 동남풍은 그 불길을 더욱 부채질하여 달아나는 조조의 군세보다 더 빨리 산과 들판을 불바다로 만들어 나갔다.
조조는 장료와 함께 100여 기를 이끌고 바람처럼 달려갔으나, 거대한 불길의 숲이 눈앞을 가로막아 쉽게 혈로를 찾을 수 없었다.
"여봐, 같이 가자! 기다려!"
뒤에서 말탄 장수가 소리치면서 뒤쫓아왔다.
상처 입은 문빙을 등에 업고 말을 몰아 온 모개였다.
조조는 아무래도 다람쥐 쳇바퀴 돌듯 같은 곳을 맴돌고 있는 것 같았다. 불안감에 쫓기다가 조조는 곁에 따르는 장료에게 물었다.
"이 부근은 오림이 아닌가?"
"저 방향이 오림입니다. 피할 길은 오로지 저 오림뿐입니다."
곧장 오림을 향해 달렸다.

"와아."

등 뒤에서 함성이 올랐다. 뒤돌아보니 불길에 여몽의 깃발이 펄럭이는 것이 보였다.

"장료, 뒤를 막아라!"

조조는 장료에게 뒤를 막게 하고 필사적으로 말의 옆구리를 걸어차고 또 찼다.

그때 앞쪽에서 또 함성이 터졌다. 산골짜기에서 소용돌이치며 솟는 것처럼 한 무리의 군세가 나타나 횃불을 높이 들고 하늘을 찌를 듯한 기세로 쇄도해 왔다.

"오군의 능통이 여기 있다! 조조! 목을 내놓아라!"

조조는 눈앞이 캄캄했다.

'……이제 내 목숨도 다했구나!'

만약 불에 휩싸인 한쪽 숲을 돌파하여 서황이 구원하러 달려오지 않았다면 조조의 생애는 이곳에서 끝났을 것이 틀림없다.

사나운 호랑이가 마구 날뛰는 듯한 서황의 활약으로 조조는 간신히 장료와 함께 겹겹이 에워싼 적군 속에서 혈로를 뚫을 수 있었다.

북으로, 오로지 북으로.

말의 옆구리를 걸어차며 달아나는 조조의 뒤에는 불과 수십 기밖에 따르고 있지 않았다.

조금 뒤 질주하는 길을 가로막고 앞쪽에 우뚝 선 산을 바라보다가 조조는 까무러칠 듯이 놀랐다.

산허리에 한 무리의 군세가 정연하게 대열을 짓고 있었던 것이다.

"주군, 이제는 안심하십시오! 저건 마연(馬延)과 장의(張顗)입니다!"

장료가 소리쳤다.

일찍이 원소의 휘하에 있었던 항장(降將)이 북쪽의 병사 2천여를 이끌고 이 산에 진을 치고 있었던 것이다.

조조가 산기슭에 이르자, 마연과 장의는 이미 그곳으로 내려와 기다리고 있었다.

온 하늘 가득히 타오르는 불빛을 보고 조조가 오군을 전멸시킨 것이라고 생각하고 있던 참에 참담한 모습으로 패주해 오는 승상을 보자, 두 항장은 그만 아연한 얼굴이 되었다.

조조로서도 자신의 굴욕스러운 몰골을 항장에게 보이게 된 것이 견딜 수 없었으나 지금은 그들의 도움에 매달리는 수밖에 없었다.

"1천 기는 여기에 머물러 막도록 하고, 1천 기로 앞을 인도하라."

길을 잘 알고 있는 마연과 장의의 안내로 가까스로 되살아났다는 안도감을 느꼈으나 그것도 잠깐이었다.

20리도 채 달리기 전에 천지를 뒤흔드는 함성이 일어나며, 자기 편 군사의 거의 갑절이나 되는 적의 군세가 다시 혈로를 막았다.

"오군의 감흥패(甘興霸), 여기서 조조를 기다렸노라. 항복이냐, 아니면 싸우다 죽겠느냐? 어느 쪽을 택하겠느냐?"

맨 앞에 달려나온 대장의 벽력같은 호통을 들으며 마연이 무공을 세우고자 말을 몰아 내달았으나 칼을 부딪혀 불꽃을 튕겨 보지도 못하고 마연의 목은 하늘을 향해 날아올랐다.

"이놈, 죽일 놈!"

장의가 장창을 비껴들고 맹렬히 덮쳤으나, 이 또한 감녕의 큰 호통소리가 한번 울리자 언월도의 제물이 되어 피를 뿌리며 말에서 굴러떨어졌다.

조조는 감녕이 나타난 것을 보고, 이미 북쪽은 모조리 적의 군세로 메워져 있을 것으로 판단하고, 말머리를 서쪽으로 돌렸다.

조조로서는 합비에 있는 자기 편 군세가 구원을 위해 달려와 줄 것으로 기대했던 것이다. 그러나 그 합비로 가는 길목에는 손권이 있었다. 손권은 강에서 일어난 큰 불을 멀리 바라보며

"신호의 봉화를 올려라!"

명령한 뒤 태사자에게 육손을 가세시켜 패주해 오는 조조를 치게 했다. 성난 파도같이 몰려오는 오군과 또 맞부딪치게 된 조조는 말머리를 돌려 이릉을 향해 달리고 또 달렸다.

도중 장합을 만나 약간의 희망을 품어보았으나, 이미 1천 기는 3분의 1로 줄어들었으며, 죽어라 하고 달리는 곳마다 모두가 사지라는 예감은 떨쳐 버리기가 어려웠다.

시각은 이미 오경을 지나 머지않아 날이 샐 것으로 생각되었다.

추격해 오는 적의 말발굽소리도 간신히 떨어졌으므로, 조조는 말고삐를 당겨 세우고 좌우 부하에게 물었다.

"여기는 어디쯤인가?"

"오림의 서쪽, 의도(宜都) 북쪽이 되는 것 같습니다."

조조는 말잔등 위에서 등을 쭉 펴며 주위의 지형을 살펴보았다. 산천은 험하고 숲은 울창했다.

"주유나 공명도 역시 신은 아니었던 모양이군. 실책이 있었다는 비난을 면치 못하리라. 하하하……. 내가 그들이라면 마땅히 여기에 복병을 두었을 것이다. ……턱없이 조조를 살려 주었구나."

조조는 한바탕 크게 웃고는 단숨에 그곳을 빠져나갈 요량으로 말에 채찍질을 했다.

바로 그때 좌우의 숲속으로부터 일시에 북소리가 요란하게 울렸다. 동시에 불길이 확 오르며 패주군을 낱낱이 비추었다.

"이크! 역시 공명에게 빈틈은 없었구나!"

조조의 얼굴은 금세 흙빛이 되었다. 그 절망감을 비웃기라도 하듯 숲에서 한 장수가 말을 타고 뛰쳐나오며 소리쳤다.

"조조, 기다렸다. 상산의 조자룡이 네 목을 받으리라!"

그러나 조자룡의 출현이 오히려 조조에게 투지를 떨쳐 일어나게 했다.

'……현덕에게 내 목을 줄 수야 없지!'

“서황, 장합! 조자룡을 맡으라!”

이렇게 소리친 다음, 조조는 아직도 남아 있는 어둠을 이용하여 포위한 적의 한 모퉁이를 돌파했다.

공명의 명령을 지켜 굳이 깊이 쫓지 않은 조운은 불 속을 무릅쓰고 도망쳐 가는 조조를 바라보며, 쓸쓸한 연민의 정을 금치 못했다.

하늘 또한 조조의 무운을 버린 듯했다. 날이 밝을 무렵, 검은 구름이 패주하는 조조군의 머리 위에 무겁게 내려앉더니 비를 억수로 퍼부었다.

한겨울 새벽이다.

추위는 비와 함께 옷과 갑옷을 뚫고 살갗을 떨게 했으며 뼈를 얼어붙게 했다.

굶주림도 있었다.

얼굴에 핏기를 잃고 비바람 속으로 계속 패주해 달아나는 조조의 군세는 마치 악몽이라도 꾸는 것 같은 처참한 모습이었다.

여러 개의 산을 넘고 들판을 지나 이제는 주위에 적이 없다고 판단되자, 조조는 마을로 들어가 양식을 약탈해 올 것을 명령했다.

밥을 지으려고 연기를 피웠을 때, 또다시 뒤쪽에 적군이 추격해 온다는 보고가 들어왔다.

막 지으려던 밥솥을 그대로 팽개치고 다시 도망치려 할 참에, 적이 아니라 자기 편 군사라는 외침이 들리자, 모두 ‘아아!’ 하며 털썩 주저앉았다.

달려온 것은 다름아닌 이전과 허저였다. 군사들을 헤치며 주군의 뒤를 따라온 것이었다.

조조는 그들의 얼굴을 보고는 한참만에야 허탈한 목소리로 중얼거렸다.

“……내 운명이 아직은 다하지 않았구나!”

고산 대삼국지 인간경영
4
매력 상벌 이익

매력 상벌 이익

□ 통솔자의 매력

성격에 특징이 없는 통솔자는 매력이 없다. 회사에는 아버지역과 어머니역이 필요하다고 일컬어지는 것도 그 때문이다.

감리교의 창시자인 영국의 존 웨슬리(1703~1791)는 집단 설교에서 먼저 청중의 머리에 절망과 공포의 무시무시한 감정적 충격을 주어 허탈 상태에 몰아넣고 나서 서서히 구원의 손길을 뻗쳤다. 예를 들면 이런 식이었다.

"만일 이 구원에 실패한다면 영원한 지옥에 떨어지리라! 무서운 이 운명에서 벗어나고 싶다면 지금부터 예수를 믿어라! 당장!"

레닌은 먼저 정치악을 폭로하고 대중에게 직접 관계 있는 사건, 즉 식료품 값의 상승 따위에 대해 불만을 폭발시키고 나서 다음엔

달콤한 슬로건, 이를테면 '일체의 식량은 인민이 관리토록 한다' 등을 내걸어 사람들의 욕망에 어필하는 선전 전술을 썼다.

양극(兩極)의 이미지를 강조하는 수법은 개인의 매력에서도 효과적이다. 이를테면 거칠면서 동시에 자상한 성격이 사람을 이끈다. 그러나 거칠기만 한 간부는 부하에게 미움을 받으며 자상할 뿐인 사장은 사원의 신뢰를 잃는다. 거칠지도 않지만 자상하지도 않은 잿빛 인격자는 모든 부하로부터 무시되고 만다.

□ 현대의 수어지교(水魚之交)

유비가 47살 때, 군사(軍師)로 맞은 공명은 27살이어서 관우나 장비처럼 오래된 무장들에게는 그가 한낱 풋내기로밖에 여겨지지 않았다. 자기들은 전투에도 경험이 많다, 공명 같은 책상물림이 무엇을 알겠느냐 하는 태도였다.

그러나 유비와 제갈량의 친밀함은 날로 더해 갔다. 관우와 장비는 차츰 시기심마저 느끼고 그 불만을 숨김없이 드러냈다. 이때 유비는 차근차근 타이르듯이 말했다.

"나에게 공명이 있음은 물고기에 물이 있음과 같다. 그러니 다시는 말하지 말라!"

여기서 군신의 친밀한 관계를 나타내는 말로 '수어지교' 라는 말이 생겼지만 경영에도 충분히 응용될 수 있다. 남을 능숙히 부릴 줄 아는 사람은 남을 섬기는 방법도 능숙하다. 사용자측이 피사용자측을 응대하는 노하우는 단 한 가지 점만 제외한다면 다를 것이 없다. 그 한 가지 점이란 물질적 대우에 대한 마음가짐이다.

사용자측은 부하의 대우나 은상을 쉴새없이 배려해야 한다. 특히 근대적인 노사(勞使)관계에선 정신면만을 강조하고 물질적 대우가 따르지 않는 경영은 부하의 노동 의욕을 저하시키므로 사업의 성공은 바라기 힘들다.

한편 피사용자측은 물질적 대우만을 만능이라고 생각해선 안 된
다. 급료를 많이 받고 은상을 받고 싶은 것이 인지상정이다. 그러나
사람은 빵만으로 사는 것은 아니다. 좀더 많은 샐러리만 바란다면
그야말로 쉴새없이 전직해야만 되리라. 특히 동양 사회에선 정신적
인 지우(知遇)를 중시하는 경향이 있다.
　당나라 태종의 중신인 위징(魏徵)은 '술희'라는 시에서 이렇게 노
래했다.

　　사람은 기분으로 사는데
　　공명인들 또 무엇이랴.

또한 《사기》 자객전(刺客傳)에도 이런 말이 있다.
"선비는 자기를 알아 주는 이를 위해 죽고, 여자는 자기를 기쁘게
해주는 이를 위해 단장한다."
　인간이 자기를 정말로 평가하고 이해해 주는 사람을 위해 신명
(身命)을 바칠 수 있다는 사고방식은 중국뿐 아니라 우리 사회에서
도 충분한 설득력을 지닌다. 물질적인 대우를 모든 것에 우선하고
줄곧 자기 타산을 하고 있다면 처세가 서투른 사람이고, 기업이나
윗사람에게서 결코 신뢰받지 못한다.

　□간부의 직무수행 능력과 지성은 다른 것이다
　이것은 드러커 교수의 말이다.
　성공한 난세의 무장은 뛰어난 군사(軍師)를 가졌고, 오늘날 약진
하는 우량 기업에선 명컨설턴트가 활약한다. 그러나 여기서 이상한
것은 군사나 컨설턴트가 그렇게도 유능하다면 왜 스스로 무장이 되
고 경영자가 되지 않느냐 하는 점이다.
　요컨대 무장(경영자)과 군사(컨설턴트)는 이질적인 것이며 그 중

에서 가장 중요한 것은 통솔력이 있나 없나 하는 문제이다.

빼어난 대장이 되려면 박학 다식한 편이 좋을 것은 분명하다. 그러나 박학 다식하더라도 통솔력이 없다면 대장은 될 수 없으며, 바꾸어 말한다면 대장이 되기 위해서는 통솔력이 훨씬 중요하다는 것이다.

전략·전술과 통수(統帥), 경영학과 경영은 다르다.

'통수는 전략·전술과 밀접한 관계가 있다. 그렇지만 전략·전술과 통수와는 같은 것이 아니다. 통수의 본뜻은 전략·전술을 자유의 사대로 행동하는 본능을 가진 인간을 적응시켜 부리는 데에 있다.'

□ 통솔권을 주었다 해서 명장이 되는 것은 아니다

알프레드 슐리펜(1833~1913)은 도이칠란트 참모총장이었다. 그가 살았던 시대의 도이칠란트는 러시아와 프랑스라는 2대 강국에게 동서에서 협격당할 염려가 있기 때문에 그 작전계획 입안에 몹시 고심했다. 그가 만들어낸 '슐리펜 플랜'는 뛰어난 것으로 그 골자는 온갖 것을 걸며 먼저 서방의 적 프랑스군을 신속히 격파하고 이어서 군사력을 동방에 전용하여 러시아군을 공격한다는, 매우 효과적이긴 하지만 큰 위험이 내포돼 있는 것이었다. 그는 예의 작전 준비에 힘쓰고 있었지만 그 기회가 오기 전에 병으로 쓰러졌다.

후임은 소(小)몰트케(1848~1916)였다. 참모총장감이 아니었으나 황제의 신임이 두터워 임명된 그는 마침내 슐리펜의 명플랜을 수행하지를 못하고 제1차 세계대전에서 도이칠란트의 승기(勝機)를 놓치고 말았다.

인간의 재능은 지위와 권한이 주어짐으로써 더욱 효과적으로 발동되지만, 지위와 권한이 주어졌다 해서 반드시 그것에 어울리는 재능을 가지게 된다고는 할 수 없다. 어떤 종류의 기술자나 기능자는 관리직에 앉히지 않는 편이 회사나 본인 쌍방을 위해 좋은 경우가 많다.

우리는 사장이나 과장 등에 임명되는 그 자체를 입신출세라고 생각하는 경향이 있으며, 취임 요청을 받으면 무조건 맡고 자기에게 그런 능력이 있는지 없는지 신중히 검토하는 것을 게을리하기 쉬운데 이것은 좋지 않다. 능력 없이 그런 지위에 앉는 일만큼 괴로운 일은 없으며, 그 조직과 부하에 대해 큰 피해를 준다. 가장 나쁜 것은 이미 그 능력이 상실되었는데도 지금까지의 지위에 한사코 남아 있는 일로서 이것만큼 피해를 입히는 일은 없다.

"간부는 태어나면서 지닌 재능이나 지위만으로 만들어지는 것이 아니다."

(드러커)

□ 조직의 활용

손권은 19살로 형에게서 정권을 물려받은 수성형(守成型) 인물이다. 조조나 유비와 같은 맨주먹의 스타트가 아니어서 파란만장의 드라마도 없다.

그러나 교묘히 위기를 회피하면서 강동의 영토를 보전하고 50여 년이나 항쟁이 심했던 격동기에 톱의 지위를 계속 지켰다는 것은 예사로운 역량이 아니다. 그가 오랫동안 영토와 오의 주인 자리를 지킨 것을 평가해야 한다. 2대째 리더로서 빠지기 쉬운 결점은 창업자 못지않은 실적을 남기겠다고 무리한 발돋움을 하는 데 있다. 또 창업자와는 다른 방식을 해보겠다는 의욕과 자기 힘을 과시해 보겠다는 욕심이 부하의 인심이반(人心離反)을 불러오고 정책을 그르치기 쉽다는 점은 주의할 필요가 있다.

이런 점에서 손권에겐 '수수함' 이란 장점이 있었다. 결코 화려하게 보이려 하지 않는 견실성이 있었다. 손권도 젊어서는 성급하고 거친 데가 있었지만 부하들의 말에 진지하게 귀기울였다. 사장은 독단적으로 얼마든지 선택할 수 있지만, 간부의 말을 좀처럼 들어주지 않는다면 그것은 너무나도 속이 좁은 일이다.

손권은 인재 등용에 힘썼다. 그러나 새로운 인재 발굴은 힘드는 일이다. 그것보다 간단하고 쉬운 일은 이미 있는 인재를 잘 써먹는 데 있다. 손권은 그 방법으로,

①단점은 모른 척하고 어디까지나 장점을 보아 능력을 끌어낸다.

②부하를 신뢰한다.

이 두 가지 점을 채용함으로써 '힘 이상의 힘'을 가졌던 것이다.

일반적으로 입사시험에서 90점 이상 받은 자만을 모은 조직이 강하냐 하면 그렇지도 않다. 정실(情實)로 들어온 자가 있는가 하면 날카로운 자도 있고, 운동만 하던 친구도 있는 조직이 더 강하다. 인텔리전스와 인텔렉트의 차이일지도 모른다. 미리 해답이 나와 있는 문제를 처리하는 능력과 직감적으로 어떤 사물의 본질을 파악하여 정답을 아는 능력과는 별개의 것이다.

그 두 가지 힘을 섞어서 일에 대처한다. 조직에 요구되는 능력이란 그러한 '힘'이다. 그러므로 90점을 자랑하는 인텔리전스만으로써는 특히 앞을 예측할 수 없는 오늘날, 내일 도산할지 모를 기업조직을 끌어나가지 못한다. 비슷한 견식이나 사고방식을 가진 자의 집단은 균일성(均一性)은 높지만 변화에 대응하지 못하기 때문이다.

□ 4명의 참모

손권 자신은 반드시 지모(智謀)의 사람도 아니었고, 그다지 기량(器量)이 특출했다고도 생각되지 않는다. 그러나 만사에 소프트 터치였고 일단 중요한 참모나 부장을 임명해 놓고서는 주구(走狗) 취급하는 일도 없었다.

그러한 점에서 참모들은 일하기 쉬웠고 게다가 안심하고 일에 매진할 수 있었다. 이리하여 주유로부터 노숙·여몽·육손에게로 '참모총장'의 배턴 터치가 이루어졌다. 이런 예는 《삼국지》에서 오나라뿐

이었고 달리 그 예를 찾기 힘들다. 그리하여 이렇듯 순조롭게 릴레이식 인사가 실시된 것도 통솔자인 손권이 전임자의 추천을 거의 무조건 받아들였기 때문이다. 개인적으로 유능한 통솔자는 선대가 중임하던 가신들을 흔히 기피하는 법이다. 그러나 손권은 손책이 중임했던 주유뿐 아니라 그가 추천하는 노숙까지도 포용(包容)했다. 통솔자가 이와 같은 대응을 하면 참모는 마음껏 가지고 있는 능력을 발휘하여 하고자 하는 열성도 생긴다. 손권은 모티베이션(동기부여)의 천재였다고 하겠다.

□안장 위 사람 없고 안장 아래 말 없다

이 말이야말로 마술(馬術)의 비결로서 명인이 자유롭게 말을 부리는 최고의 모습이다. 먼저 사람과 말이 저마다 자기를 주장하고, 마음으로써 다투고, 서로의 심정이 천변만화(千變萬化)한 결과 마침내 인마일체(人馬一體)의 망아황홀(忘我恍惚)의 경지에 이르는 것이며, 이 모습이 되기까지에는 격렬한 디스커션의 쌓아올림이 있는 것이다.

말을 길들이는 요건은 다음의 세 가지이다.

① 사랑받고 있다는 것을 말에게 자각시킨다.

② 말이 지닌 능력 이상을 요구 않는다.

③ 일단 명령했다면 무슨 일이 있어도 실행시킨다.

말을 다스리는 것도 인간 통어(統御)와 같다.

□통어 법칙

통어(컨트롤)는 심리적인 것이며 정확한 것이 없고, 통어에 성공하기 위한 최선의 이론을 조립하긴 어렵지만 다음의 법칙을 충족시킨다면 누구라도 대장의 목적은 달성할 수가 있다.

〈제1 법칙〉 성공한다 : 이익을 올리지 못하는 경영자나 게임에 이기지 못하는 스포츠 감독은 따르는 자가 없다.

〈제2 법칙〉 이익을 준다 : 새나 짐승이라도 먹이를 뿌리면 모여든다. 사람을 움직이려면 먼저 물질을 동원한다.

〈제3 법칙〉 공포감을 준다 : 본인 뜻과는 달리 복종시킬수 있는 가장 손쉬운 방법은 생명에 위험을 느끼게 하는 일이다.

〈제4 법칙〉 이익과 두려움을 병응(並應)시킨다 : 이익과 두려움은 통어의 기본적 두 가지 조건으로 이만큼 효험이 빠른 방법은 없다. 특히 이 두 가지를 연관시켜 병용하면 한결 효과적이다. 이를테면 두려움을 주면서 뒤에서 이익을 아른거리게 하는 것이다.

〈제5 법칙〉 헤드 다음 하트를 그린다 : 인간은 그 이성을 움직이면 납득은 하지만, 그 위에 다시 감정에 호소하지 않으면 뒤흔들리기 쉽다. 이성은 인간의 생각에 방향을 제시하지만 그것을 추진하는 것은 감정이다.

□ **이익과 공포, 어떤 인간이라도 움직일 수 있는 두 지렛대**

순식간에 전유럽을 석권한 나폴레옹은 각국의 노회(老獪)한 실력자들을 쉽사리 손아귀에 거머쥐고 큰소리쳤다.

"이익과 공포는 사람을 움직이는 강력한 지렛대이며, 이것으로써 움직이지 않는 인간은 없다."

인간에겐 '칭찬받는 행동은 되풀이하고 꾸중듣는 행동은 되풀이하지 않으려는' 심리가 있다.

통어를 위해 부하를 칭찬하거나 꾸짖거나 하는 일은 이 원칙을 이용하는 것이지만, 그때 중요한 것은 결코 목적을 잊어선 안 된다는 것이다.

칭찬하거나 꾸짖는 것은 부하의 협력을 얻기 위해서이고, 이것을 무시한 상벌은 한낱 히스테릭한 감정의 표현에 지나지 않으며 통어를 위해선 유해무익이다.

"군주가 신하를 이끌고 제재할 수 있는 것은 두 개의 자루뿐, 두
개의 자루란 벌과 상이다."   (한비자)
"벌 줄 것을 칭찬하고 상 줄 것을 벌한다면 요순이라도 다스리지
못한다."   (한비자)
"스포츠 선수 최대의 관심사는 감독의 웃는 얼굴이다."

□ 상은 때를 넘기지 말라

잊어버렸을 무렵 상(賞)을 받으면 하나도 고맙지가 않다. 보너스
는 추석이나 정월로 정해져 있지만 중소기업 등에서는 매월 말 그
달의 성적에 따라 지급하여 다음 달에 하고자 하는 의욕을 고무시키
는 방법을 쓰기도 한다. 벌하는 것도 마찬가지이다. 과거의 잘못을
들춘다면 "이제와서 새삼……." 하는 반발만 일으킨다.

일찍이 중국 항구의 세관 수입은 영국의 권익(權益)으로 되어 있
었고 영국인 세관장이 완고하게 버티고 있었다. 이익을 꾀하려는 무
역상들은 엄청난 뇌물을 주어 매수를 꾀했지만 그들은 단호히 받아
들이지 않았다. 이유는 간단했다. 그들은 10년쯤 오직(汚職)하지
않으면 몇 억 원이나 되는 퇴직금이 약속돼 있었기 때문이다.

□ 최초에 꾸짖어라

부하가 잘못을 저질렀을 때 큰일이 벌어지기 전에 처벌하는 친절
심과 용기가 필요하다. 일본이 패망한 시초는 군부의 쿠데타 사건을
처벌하지 않은 데서 비롯되었다.

1931년 연초, 의회의 부패 혼란상에 격분한 일본 육군의 중견 간
부 몇몇이 쿠데타에 의한 국가 개조를 마음먹고 여러 가지로 획책 준
비했지만 결행 직전인 그해 3월 21일 우카키(宇垣) 육군 대신에 의
해 저지되었다. 미수로 끝났다고는 하나 이 사건은 어둠에서 어둠으
로 은폐되었으므로, 젊은이들은 '국가를 위해 필요불가피할 때에는

무력행사에 의한 정치 행위는 정당하며 상급자도 이를 알리거나 처벌하는 일이 없겠지' 하고 생각하기 시작했다. 그리하여 10월 사건(1931), 5·15사건(1932), 2·26 사건(1936)이 잇따라 발생하여 앞서의 3월 사건으로 시작된 위법 행위가 마침내는 만주사변·중일전쟁·태평양전쟁까지 확대되어 갔던 것이다.

"2년 전에는 히틀러와 대결하여도 안전했었다. 3년 전에는 아주 쉬운 일이었다. 4년 전이었다면 한 통의 외교문서만으로 해결되었을 것이다."

이것은 제2차 세계대전이 일어나기 얼마 전인 1938년 3월 24일 처칠이 연설한 내용의 일부이다. 영국의 히틀러에 대한 유화 정책을 쓰는 대신 좀더 강경책을 썼더라면 히틀러의 무모한 침략도 쉽게 억제되었을 것이라는 뜻이다.

"초기에 엄하게 영을 내리고, 뒤에 점진적으로 늦추어 준다면 사람들은 두려워하며 삼가게 되므로 법을 어기는 자도 없게 된다."

□싫은 말은 직접 하라

무심코 한 말이 상대의 가슴을 찌르는 결과가 되는 일이 있다. 회담, 특히 설득할 경우에는 언제나 상대의 얼굴을 똑바로 보고 그 표정 변화에 유의하고 있다가 이상하다 싶으면 화술·말투·표정·태도를 반성해야 한다. 말이라는 것은 상대의 머릿속에 있는 수신기 상태에 따라 다른 의미로 해독되기 때문이다.

처벌한다든가 꾸짖는다든가 하는 것은 상대로서는 처음부터 싫은 것이다. 그것은 그 심경(心境)에 의해 뜻밖의 확대 해석을 받기 쉬운 숙명을 가지고 있으므로 느닷없이 문서를 들이대든가, 전화하든가, 사람을 파견하든가 하면 엉뚱한 오해를 낳게 된다. 직접 본인을 만나고 상대에게 얼굴을 보이며, 상대 반응을 확인하면서 정중히 이야기해야 할 것이다.

‘만나서 직접 이야기하는 것만이 악감정을 일소하는 최상의 방법
이다.’
‘중소기업의 특권은 사장과 사원이 서로 얼굴을 보이는 기회가 많
다는 것과 비율 임금제를 채택하기 쉽다는 것이며 이것을 행사하
지 않는 사장은 태만이다.’

□ ‘일반방향’을 그르치지 말라

‘일반방향’은 본디 전술용어(戰術用語)이다. ‘일반방향 청산리’ 하
면 ‘어떤 방법을 써도 좋으니 어쨌든 청산리를 향해 진격하라’는 뜻
이다.

통솔자가 결단을 내릴 때 특히 일반방향을 그르치지 않아야만 한
다. 눈앞의 작은 파란에 눈길을 빼앗기지 않고서 대국(大局)의 방
향만 그릇되지 않게 하면, 그밖의 일로 서투른 짓을 하여도 결국 성
공을 거두는 법이다. 적어도 큰 실패는 하지 않는다.

그러나 일반방향을 그르치면 다른 모든 것을 성공하여도 수확은
없고, 오히려 노력하면 할수록 손해를 크게 보고야 만다. 이를테면
목적지와는 반대 방향으로 달리는 차가 스피드를 내면 낼수록 손해
를 보는 것이나 같다.

경영과 관리에서, 경영은 목적과 방침을 명백히 하고서 전사(全
社)의 에너지를 이 목적에 집중 지향케 하는 것이며 관리는 이것을
실현할 방법 수단을 구체화시키는 것이다.

□ 대장의 지휘법은 방향을 제시하고 후방 준비를 하는 일

처음으로 대군의 지휘를 맡게 된 사람은 우선 당혹감을 갖는다.
수백만의 인간을 움직이자면 어떻게 해야 좋을지 전혀 짐작이 가지
않기 때문이다.

그러나 그것은 단순하다. 위의 말이 가르치듯 ‘방향을 제시하고

후방을 준비' 하는 일을 그대로 실행하면 되기 때문이다. 즉 오른쪽으로 갈 것인가, 왼쪽으로 갈 것인가, 직진할 것인가, 나아갈 것인가, 물러날 것인가, 머무를 것인가와 같은 큰 방침을 제시하고 그것에 필요한 탄약·연료·식량 등 보급을 원활히 해주면 되는 것이다. 필요 이상의 일을 하면 오히려 부하의 방해가 된다.

이것은 회사도 마찬가지로 가령 제조공장에선 증산인가 감산인가, 현상유지인가, 주력 제품은 무엇인가. 사장은 이것을 실행하는 데 필요한 자금은 얼마 정도인가를 예측해 준비해야 한다. 그리고 그 나머지는 공장장에게 맡기면 된다.

공장장도 그 이상의 것은 이러쿵저러쿵 간섭받지 않는 편이 일하기 좋다. 그런데 많은 사장들은

"앞으로의 일은 잘 모르지만 어쨌든 힘써라. 금융이 잘 돌지 않으니까 절약하라."

이렇게 외칠 뿐이다.

"대군을 지휘할 경우 중요한 것은 백을 백이라 하고 흑을 흑이라고 하는 일이다."

고산(高山)

서울출생. 성균관대학교국문학과졸업. 성균관대학교대학원비교문화학전공졸업. 소설 〈청계천〉으로 〈자유문학〉 등단. 1956년~현재 동서문화사 발행인. 1977~87년 동인문학상운영위집행위원장. 1996년 〈파스칼세계대백과사전〉 편찬주간. 지은책 〈얼어붙은 장진호〉〈한국출판100년을 찾아서〉〈망석중이들 잠꼬대〉〈한국인〉新文館 崔南善·講談社 野間淸治 〈愛國作法〉 한국출판학술상수상 한국출판문화상수상

그림/이우경 정준용 카츠시카 정웬 류성잔 스셩첸

1956

高山 大三國志
4 적벽대전

고산 고정일 지음

1판 발행 /2008년 8월 8일
발행인 고정일
발행처 동서문화사
창업 1956. 12. 12. 등록 16-345(윤)
서울강남구신사동540-22 ☎ 546-0331~6 (FAX) 545-0331
www.epascal.co.kr
잘못 만들어진 책은 바꾸어 드립니다.

＊

이 책의 출판권은 동서문화사가 소유합니다.
의장권 제호권 편집권은 저작권 법에 의해 보호를 받는 출판물이므로 무단전재와 무단복제를 금합니다.
사업자등록번호 211-87-75330
ISBN 978-89-497-0467-8 04820
ISBN 978-89-497-0463-0 (세트)